붓다
차
리
라

金達鎭 全集 9

붓다차리타

문학동네

『붓다차리타』에 대하여

『붓다차리타 *Buddha-carita*, 漢譯 佛所行讚』는 서기 1, 2세기경에 불교 시인 마명(馬鳴)이 창작한 붓다 생애의 궁정서사시(宮廷敍事詩)이다. 종래의 불교 저작은 대개가 무미건조하고 기술(記述)이 산만하거나 또 졸렬하였다. 그러나, 이 『붓다차리타』에 이르러 비로소 불전(佛傳)문학사상 인도 순문학의 여러 걸작에 견줄 수 있는, 순예술적인 한 걸작을 가지게 된 것이다. 또 종래의 붓다 전기는 대개가 조박(粗朴)할 뿐 아니라, 체계가 없는 단편적인 부분전(部分傳)이었으나, 이 『붓다차리타』에 이르러 비로소 불전문헌사상 어느 정도 정확한, 붓다의 완전한 전기를 가질 수 있게 되었다.

실로 저 유명한 「베다」의 찬가(讚歌) 「마하바라타」와 「라마야나」의 2대 서사시를 가진 인도 문학과, 아함성전 이후에 육성된 불교 사상, 특히 붓다관(佛陀觀)이, 인도 문화에 배양된 천재 마명의 심령의 용광로에 용해되어 창작된 것이 이 큰 궁정시 『붓다차리타』였던 것이다. 여기에는 숭고한 붓다의 인격과 언행, 심원한 불교 사상·인도 사상이 인도 문학의 우수한 수사(修辭)에 의하여 장려하고 생생하게 표현되어 있다.

실로『붓다차리타』는 인도 문화의 화원에 난만히 피어 있어서, 다른 순문학 저작과 경염(競艶)하는 연꽃이요, 또 반짝이는 불교의 마니(摩尼) 중에서도 특히 그 광명이 찬연한 주옥인 것이다.

마명에 대하여

저자 마명은 심원한 사상을 가진 불교 사상가인 동시에, 재기(才氣)가 빛나는 천재적 시인이다. 그는 서기 1세기 후반으로부터 2세기 전반경에 중인도의 스라바스티(舍衛國) 바기다(婆枳多)에서 출생하였다.

그는 바라문족 출신으로서 바라문의 교육을 받고 4베다·6론(論)에 통달하였으며, 지혜는 깊고 식견은 높으며 변설이 교묘하였다 한다.

그는 처음에는 유아사상(有我思想)을 주장하여 불교를 반대하였으나 부나사(富那奢) 존자와 쟁론하다가 그에게 굴복하고, 그의 제자가 되어 교화를 받고 불교에 귀의하여, 수도에 정진하는 동시에 교의의 선전에 활동하였다. 그의 불교 사상은 대체로 소승의 일체유부(一切有部)에 속하여 있으므로 원시불교를 벗어나지 못하였으나, 대중부(大衆部) 등의 진보사상을 다소 섭취하였고, 그 문체를 지배하는 기분과 태도로 보아 자유사상을 가진 불교 시인으로 생각된다.

그의 저작으로 확실한 것은『붓다차리타』『손타라난타시 孫陀羅難陀詩』일 것이다. 그리고 다소 이론은 있으나,『대장엄론경 大莊嚴論經』『금강침론 金剛針論』『대승기신론 大乘起信論』이 있다.

1980년대에 중앙아시아에서 마명의 저작이라고 생각되는 희곡「사리불극 舍利佛劇」과 기타 두 작품이 발견되었는데, 인도의 희곡 및 언어 발달에 대한 중요한 자료가 되는 것이다.

『붓다차리타』의 구성

원래 전하는 범본(梵本) 『붓다차리타』는 17장으로 되어, 붓다의 탄생에서 시작하여 환국(還國)으로 마무리되어 있다. 그러나 한역(漢譯)과 서장역(西藏譯)은 전 28장으로서 「탄생生品 第一」에서 시작하여 「사리를 나누다分舍利品 第二十八」로 마친, 붓다의 생애를 기술한 것이다. 한역 『붓다차리타』는 북량(北凉) 사람 담무참(曇無讖)에 의하여 서기 412년에서 421년에 걸쳐 번역된 것이다. 담무참은 중인도 사람으로 서기 412년에 중국에 와서 이 『붓다차리타』와 『대열반경』 『보살계경』 『보살계본』을 번역하였다.

한역 『붓다차리타』는 5권 28품으로 되어 있다. 역문은 아름다운 운문으로서, 그 격조는 높고 장엄하며 그 말은 곱고 아름답다. 한어와 한시를 자유로이 사용한 점으로 볼 때, 번역이라기보다 하나의 독립된 문학 작품이라 할 것이다. 한역을 범본과 비교해볼 때, 대체로 축자역(逐字譯)을 하였으면서도, 때로는 원문을 생략하거나 아주 삭제하기도 하였고, 또는 늘이거나 보태기도 하였다. 그리고 그 사상에 있어서도 범본에 없는 후대의 사상을 보탠 곳이 적지 않게 발견된다. 그 문장이 간결하기는 하나, 그에 따라 알기 어렵다는 것은 이미 정평이 나 있다.

『붓다차리타』에 나타난 사상

불교에서 그 교조(敎祖) 석존은 불교의 이상인 보리(菩提)의 체득자로서, 승단의 지도자로서 가장 중요한 인물이다. 그 교리 또한 교조인 석존의 인격과 자각을 기초로 하고 있으므로, 수도 및 기타에 있어서 극히 중요한 것이다. 그러나 붓다께서 세상을 떠나신 뒤 얼마 동안은 체계 있는 전기 같은 것이 없었고, 겨우 율장(律藏) 중의 단편적 기술과 『장아함경』 대본경 따위에 불과하였다. 그러다가 붓다께서 떠난 지 오랜 시일이 지나고 그 제자들도 세상을 떠나게 되자, 교조를 사모하는 풍조가 높아짐과 동시에 어느 정도의 체계를 갖춘 전기를 요구하게 되었다. 그래서 드디어는 성전에서 전해지는 전설에 각자가 이해하는 붓다관을 보태어, 여기서 붓다 전기가 성립하게 된 것이다. 곧 현재에 전하는 『본생담本生譚』 따위의 많은 불전(佛典)문학이 그것이다.

이 『붓다차리타』는 많은 불전 중에서도 가장 뛰어난 것으로서 종래의 자료에 기초하면서도 사실을 중시하고 적당하게 이상화(理想化)시키어, 아름다운 시로 붓다의 생애와 그 교의 및 인격을 찬탄함으로써 인격적 감화를 사람들의 가슴에 불러일으키려고 노력하였다. 그 내용은 석가 왕족의 계보와 붓다의 탄생에서 시작하여 붓다의 입멸(入滅)과 사리(舍利)의 분배에서 마쳤다.

그 기술은 다른 불전(佛傳)처럼 너무 과장되지도 않았고 또 단편적이거나 간단하지 않으며, 역사적 사실에 치중하여 체계적으로 상세하게 기술하였다. 그러므로 붓다 생애의 기술 속에 불교의 교의가 교묘하게 섞여 있고, 석존의 언행이 생생하게 표현되어 있기 때문에, 석존이 걸으신 고뇌의 도정과 자각자로서 살아온 길이 여실히 묘사되어, 다른 불전과 비교할 수 없을 만큼 절절히 독자의 가슴을 치는 점이 있다.

이처럼 이 『붓다차리타』는 불전의 문헌으로서 귀중할 뿐 아니라, 그 사상은 아직 원시적 불교를 완전히 벗어나지는 못하였다 하더라도 불교의 진수와 묘리를 간결하게 간직하고 있으면서 아름다운 시구로 표현되어 주옥처럼 빛나고 있다.

붓다는 인생의 무상(無常)을 절실히 느끼어 두 번 남이 없는 열반의 경지를 구하여 쾌락을 버리었고, 바라문교의 도의(道義)와 경륜(經綸)의 학문을 배척하고 고행설(苦行說)과 수론(數論)의 해탈론을 배격하고 오로지 중도(中道)에 의하여 도를 이루었던 것이다.

이 『붓다차리타』에는 4성제(聖諦)와 8정도(正道)가 상세히 설명되어 있고, 6바라밀(波羅密) 중심의 수도관(修道觀)과 법신(法身)의 상주(常住)를 중심으로 한 불신관(佛身觀) 등이 기술되어 있으며 불교 사상이 거의 다 망라되어 있다. 그러므로 이 『붓다차리타』는 흡사 「불교요설」이라는 느낌이 있어, 독자로 하여금 불교를 이해시키는 데 중요한 불전문학이라 할 수 있다.

차례

1. 탄생(生品 第一)

감자왕[1]의 먼 후손으로 태어난	甘蔗之苗裔
사캬(釋迦) 종족의 가장 나은 왕은	釋迦無勝王
깨끗한 재물과 덕을 갖추었으니	淨財德純備
그러므로 이름하여 '깨끗한 밥'이라 하네	故名曰淨飯

---

1) 감자왕(甘蔗王, Ikuṣvāku) : 인도의 귀족에는 일종족(日種族)과 월종족(月種族)이 있는
데, 감자왕은 일종족 비바스바트(Vivasvat)의 아들인 마누 바이바스바타(Manu
Vaivasvata)의 아들로 라마(Rāma)의 수도인 아요디야(Ayodhyā)에 있는 일종왕국(日種王
國)의 시조이다. 『불본행집경佛本行集經』에 의하면 감자왕 전전(前前)의 왕인 대모초왕
(大茅草王)이 왕위를 버리고 출가하여 오신통(五神通)을 얻어 호를 왕선(土仙)이라 하였는
데, 왕선이 노쇠하여 행동이 불가능함에 제자들이 그를 초롱(草籠)에 담아 나무에 매달아
놓고 나와서 밥을 벌어 먹었다. 그런데 그때 어떤 사냥꾼이 왕선을 백조로 잘못 알고 쏘아
서 죽였다. 뒤에 그 피가 떨어진 곳에 감자(甘蔗 : 사탕수수) 두 뿌리가 생겨 그것을 햇빛에
쬐어서 쪼개니 그 하나는 동자(童子)가 되고 또하나는 동녀(童女)가 되었다. 대신(大臣)이
이 소식을 듣고 그를 데려다가 궁중에서 양육하였다. 일광(日光)에다 감자를 쬐어서 났기
때문에 선생(善生 : Sujata) 또는 일종(日種 : Sūryainsa)이라 하고, 감자에서 나왔기 때문에
감자생(甘蔗生)이라고도 한다. 동녀는 선현(善賢)이라 하였다. 마침내 선생을 왕으로, 선
현을 왕비로 삼았다. 선현이 네 아들을 낳았고, 뒤에 왕이 두번째 왕비를 얻어 또한 아들을
낳았는데, 계비(繼妃)가 왕에게 권하여 선현의 네 아들을 나라 밖으로 쫓아냈다. 이 네 아

모든 중생들 우러러 바라보기　　　　　　　群生樂瞻仰

마치 처음 나온 달을 대하듯 하나니　　　　猶如初生月

왕은 사크라(帝釋)²⁾ 하늘 신(天神) 같고　王如天帝釋

부인은 저의 부인 사지(舍脂)³⁾ 같아라　夫人猶舍脂

뜻을 잡아 가지기 땅처럼 편안하고　　　　執志安如地

마음의 깨끗하기 연꽃 같아라　　　　　　心淨若蓮花

거짓으로 비유하여 마야(摩耶)⁴⁾라 하나니　假譬名摩耶

그는 실로 세상에 짝할 이 없네　　　　　其實無倫比

저 코끼리 투시타(兜率陀)⁵⁾ 하늘에서　　於彼象天后

신을 내리어 어머니 태에 들자　　　　　　降神而處胎

어머니는 온갖 시름 모두 여의어　　　　　母悉離憂患

거짓되고 환(幻)된 마음 내지 않으며　　　不生幻僞心

시끄러운 세속 일 싫어하고 미워하여　　　厭惡彼諠俗

한가하고 빈 숲에 살기를 즐겨하네　　　　樂處空閑林

저 룸비니(藍毘尼)⁶⁾의 훌륭한 동산　　藍毘尼勝園

들이 설산(雪山 : 히말라야)의 남방에 나라를 세우고 성(姓)을 석가(釋迦 : Sākya)라 칭하고
또한 사이(舍夷 : Sāki)라고도 하니 이것이 곧 카필라 성(迦毘羅城)이다. 세 아들이 죽은 뒤
한 아들이 왕이 되어 니구라(尼拘羅)라 이름하고 다음을 구로(拘盧 : kukṣi)·두구로(頭拘
盧 : Vikvkṣi)·사자협(師子頰 : Simhahanu)·열두단(閱頭檀 : Suddhodana)이라 하였으니,
곧 싯다르타 태자의 부왕(父王)이다.

2) 사크라(Śakra) : 도리천(忉利天)의 주(主). 수미산정(須彌山頂) 희견성(喜見城)에 거하
며 다른 삼십이천(三十二天)을 통령(統領)함.

3) 사크라 부인의 이름.

4) 석존의 어머니. 또는 마하마야(摩訶摩耶).

5) 투시타(Tusitadeva) : 욕계 6천의 하나로서 도솔천(兜率天)이라고도 한다.

14

흐르는 샘물 있고 꽃과 열매 우거지고　　　　　流泉花果茂

한가하고 고요하여 선사(禪思)[7]하기 알맞기에　　寂靜順禪思

거기 나가 놀기를 왕에게 청하였네　　　　　　啓王請遊彼

왕은 그 마음 알아차리고　　　　　　　　　　王知其志願

그 마음 기특하다 생각하시어　　　　　　　　而生奇特想

안팎의 권속들에 분부를 내려　　　　　　　　敕內外眷屬

동산숲으로 함께 나가게 하다　　　　　　　　俱詣彼園林

그때에 왕후 마야 부인은　　　　　　　　　　爾時摩耶后

아기 낳을 때가 온 줄 스스로 알고　　　　　　自知産時至

편안하고 훌륭한 자리에 눕자　　　　　　　　偃寢安勝床

백천 채녀(婇女)[8]들은 왕후를 모시었네　　　百千婇女侍

때는 사월도 팔일　　　　　　　　　　　　　時四月八日

맑고 화한 기운 고르고 알맞은데　　　　　　　淸和氣調適

그는 재계하고 깨끗한 덕 닦았기에　　　　　　齋戒修淨德

보살은 오른쪽 옆구리로 나셨도다　　　　　　菩薩右脇生

큰 자비는 온 세상을 건지려 하였기에　　　　大悲救世間

그 어머니를 괴롭히지 않았나니　　　　　　　不令母苦惱

아우르바(優留)[9] 왕은 다리로 났고　　　　　優留王股生

---

6) 룸비니(Lumbini) : 석존이 탄생한 고장. 중인도 카필라 성의 동쪽에 있던 꽃동산.

7) 선은 적정(寂靜)의 뜻. 사유적정(思惟寂靜)을 선사라 함. 즉 선정(禪定).

8) 궁중의 시녀.

9) 아우르바(Aurva) : 범사(梵士) 우르바 (Urva)의 아들. 바르가바 족의 창시자인 브리구
(Bhṛgu)의 손자.

푸리투(畀像)[10] 왕은 손으로 났고   畀像王手生

만다트리(曼陀)[11] 왕은 정수리로 났고   曼陀王頂生

카크시바트(伽叉)[12] 왕은 겨드랑으로 났네   伽叉王腋生

보살도 또한 그와 같아서   菩薩亦如是

오른쪽 옆구리로 태어나셨네   誕從右脇生

차츰차츰 태에서 나오자   漸漸從胎出

그 광명은 두루 널리 비추어   光明普照耀

마치 허공에서 떨어지는 것 같아   如從虛空墮

나오는 그 문에서 나지 않으셨나니   不由於生門

한량이 없는 겁에 덕을 닦아서   修德無量劫

나서도 죽지 않음 스스로 알아   自知生不死

조용하고 편안하여 허둥거리지 않고   安諦不傾動

밝고 드러나고 묘하고 단정했네   明顯妙端嚴

환하게 태에서 나타나는 것   晃然後胎現

마치 처음 오르는 해와 같아라   猶如日初昇

---

10) 푸리투(Pṛthu) : 필투왕(畢像王). 베나(Vena)의 아들. 푸라나(Purāna)에 의하면 범사 베나를 땅의 왕으로 삼았지만 종교를 망하게 했으므로 죽였다. 그러나 나라가 어지러워져 브라만이 왕의 다리를 마찰하자 니사다(Niṣāda)가 태어나고, 오른쪽 겨드랑이를 만지자 푸리투가 태어났다고 한다. 그는 대왕국을 세우고 백성들을 기갈(飢渴)에서 구했다.

11) 만다트리(Māndhātṛ) : 유바나스바(Yuvanāsva)의 아들. 푸라나에 의하면 왕은 큰아들 이 아니고, 아이를 낳는 식을 행할 때 그 물을 야음(夜飮)한 곳인 오른쪽 겨드랑이에서 태 어났다고 함. 전륜왕(轉輪王)으로서 유명하다.

12) 카크시바트(Kakṣīvat) : 리그베다(rig-veda) 성가의 저자. 유명한 리쉬(ṛṣi: 베다의 성 가를 부르는 가수).

살펴보면 지극히 밝고 빛나지마는　　　　　　觀察極明耀
바라보는 눈동자 해치지 않고　　　　　　　　而不害眼根
아무리 보아도 눈부시지 않는 것　　　　　　縱視而不耀
마치 공중의 달을 보는 것 같네　　　　　　　如觀空中月

자기 몸의 광명이 빛나고 비추기　　　　　　自身光照耀
해가 등불 광명을 뺏는 것같이　　　　　　　如日奪燈明
보살의 황금빛 몸의 광명이　　　　　　　　　菩薩眞金身
두루 비추는 것도 또한 그러하여라　　　　　普照亦如是

바르고 참된 마음 흐트러지지 않고　　　　　正眞心不亂
편안하고 조용히 일곱 걸음 걸을 때에　　　安庠行七步
발바닥이 편편한 발꿈치는　　　　　　　　　足下安平趾
마치 환한 일곱 별 같았네　　　　　　　　　炳徹猶七星

사자 걸음처럼　　　　　　　　　　　　　　　獸王獅子步
사방을 두루 관찰하면서　　　　　　　　　　觀察於四方
진실한 이치를 환히 깨달아　　　　　　　　　通達眞實義
능히 이와 같이 말할 수 있었네　　　　　　　堪能如是說

"이 생을 부처의 생으로 한다　　　　　　　　此生爲佛生
곧 가장 마지막 생으로 한다　　　　　　　　則爲後邊生
나는 오직 이 생에 있어서　　　　　　　　　我唯此一生
마땅히 일체를 건져야 한다"　　　　　　　　當度於一切

마침 그때에 허공중에서　　　　　　　　　　應時虛空中

한 줄기는 따뜻하고 한 줄기는 시원한	淨水雙流下
깨끗한 물이 두 줄기로 흘러내려	一溫一淸涼
정수리에 쏟아져 즐겁게 하였네	灌頂令身樂

보배 궁전에 편안히 들어	安處寶宮殿
유리로 된 평상에 누워 계시자	臥於琉璃床
하늘 왕은 금꽃을 가진 손으로	天王金華手
평상 네 발을 떠받들어 가지었고	奉持床四足

모든 하늘들은 허공중에서	諸天於空中
보개13) 일산을 들어 모시고	執持寶蓋侍
그 위신(威神)14)을 찬탄하면서	承威神讚歎
불도 성취하길 격려하였고	勸發成佛道

| 모든 용왕들은 기뻐하면서 | 諸龍王歡喜 |
| 뛰어난 그 법을 간절히 우러렀네 | 渴仰殊勝法 |

그들은 과거에도 부처를 받들었고	曾奉過去佛
지금은 이 보살을 만나게 되어	今得値菩薩
만다라(曼陀羅) 꽃15)을 흩날리면서	散曼陀羅花
오롯한 마음으로 공양을 즐기네	專心樂供養

---

13) 진주 보물 등으로 장식된 일산(日傘). 일산은 볕을 가리기 위한 큰 양산.

14) 겉으로 다른 사람이 무섭게 느끼도록 하는 것을 위(威)라 하고, 안으로 측도(測度)하기 어려운 것을 신(神)이라 함. 즉 인지(人知)로는 헤아릴 수 없는, 부처가 가진 영묘하고도 불가사의한 힘.

15) 만다라(曼陀羅) 꽃 : 빛깔 좋고 방향(芳香)을 내며 고결하여 보는 이로 하여금 환희심을 내게 한다는 하늘 꽃.

여래가 이 세상에 나타나시매 如來出興世

저 정거천(淨居天)¹⁶⁾도 또한 기뻐하였네 淨居天歡喜

그는 애욕 기쁨이 이미 없지만 已除愛欲歡

법을 위해 기뻐하고 즐겨하나니 爲法而欣悅

괴로움 바다에 빠진 중생들 衆生沒苦海

해탈을 얻을 수 있기 때문이었네 令得解脫故

저 수미산(須彌山)¹⁷⁾의 보배 산왕은 須彌寶山王

이 땅덩이를 든든히 가지고 있지만 堅持此大地

보살이 이 세상에 나타나시는 菩薩出興世

그 공덕 바람에 날리게 되어 功德風所飄

두루 몹시 울리어 흔들렸나니 普皆大震動

마치 풍랑이 배를 두드린 것 같았네 如風鼓浪舟

찬다나(栴檀那)¹⁸⁾의 가루향 栴檀細末香

온갖 보배의 연꽃들 衆寶蓮花藏

바람이 불 적마다 허공을 따라 風吹隨空流

어지러이 휘날려 흘러내렸네 繽紛而亂墜

하늘 옷은 허공을 따라 내리어 天衣從空下

---

16) 색계(色界)의 제사선천(第四禪天)에 속하는 다섯 천(天)을 이름. 색계는 무색계(無色界)와 욕계(欲界)의 중간 세계이고, 제사선천은 색계를 사천선(四禪天)으로 나눌 때 가장 상위의 천이며, 이중 정거천은 불환과(不還果)를 증득(證得)한 성인(聖人)이 태어나는 곳으로 무번천(無煩天)·무열천(無熱天)·선리천(善理天)·선견천(善見天)·무구경천(無究竟天)의 오천(五天)을 말하는 것임.
17) 불교의 세계에서, 세계의 한가운데에 높이 솟아 있다고 하는 산.
18) 찬다나(Candana) : 향나무의 이름.

그 몸에 부딪혀 묘한 음악 아뢰고 　　　　　　觸身生妙樂

해와 달은 언제나 다름없으나 　　　　　　日月如常度

그 광명은 빛나기 몇 배나 더하였네 　　　　　　光耀倍增明

이 세계의 모든 불빛은 　　　　　　世界諸火光

섶이 없어도 스스로 불타고 　　　　　　無薪自炎熾

맑은 우물에는 깨끗한 물이 　　　　　　淨水淸涼井

서로 잇따라 스스로 솟을 때 　　　　　　前後自然生

중궁(中宮)[19]의 채녀들은 이상히 여겨 　　　　　　中宮婇女衆

일찍 없던 일이라 찬탄하면서 　　　　　　怪歎未曾有

다투어 달려가 마시고 목욕하고 　　　　　　競赴而飮浴

모두 다 안락하다는 생각이 일어났네 　　　　　　皆起安樂想

한량이 없는 모든 정령들 　　　　　　無量部多天

법을 즐기어 구름처럼 모여들어 　　　　　　樂法悉雲集

룸비니 동산의 　　　　　　於藍毘尼園

나무숲 사이에 두루 찼었네 　　　　　　遍滿林樹間

이상하고 특별한 온갖 묘한 꽃들은 　　　　　　奇特衆妙花

때도 아닌데 스스로 피어나고 　　　　　　非時而敷榮

흉악하고 사나운 중생 무리도 　　　　　　凶暴衆生類

한꺼번에 사랑하는 마음을 내었어라 　　　　　　一時生慈心

---

19) 후궁(後宮)을 말함.

이 세상의 모든 병들은   世間諸疾病

고치지 않아도 스스로 없어지고   不療自然除

어지러이 우짖던 날짐승 길짐승은   亂鳴諸禽獸

잠자코 고요해 소리 없었네   恬默寂無聲

개울물은 모두 흐르기를 그치고   萬川皆停流

흐린 물은 다 맑아졌으며   濁水悉澄清

하늘에는 구름의 가리움 없고   空中無雲翳

하늘 북(天鼓)[20]은 스스로 울고 있었네   天鼓自然鳴

이 세간의 모든 것들   一切諸世間

모두 다 안온한 즐거움 얻었나니   悉得安隱樂

마치 거칠고 어지러운 나라가   猶如荒難國

현명한 임금을 만난 듯하였었네   忽得賢明主

보살이 이 세상에 나신 까닭은   菩薩所以生

세간의 온갖 고통 건지려 함이어니   爲濟世衆苦

오직 저 악마의 하늘 왕만   唯彼魔天王

부들부들 떨면서 매우 근심하였네   震動大憂惱

그 부왕은 난 아들을 보고   父王見生子

이상하고 특별하여 일찍 없었다 하여   奇特未曾有

그 성질은 본래 태평하고 무거웠으나   素性雖安重

---

20) 치지 않아도 묘한 음이 나온다는 천인(天人)의 북. 원수가 온다, 원수가 갔다, 사랑하라, 싫증을 내라 등 네 가지 소리를 낸다고 함.

매우 놀라 보통 때의 얼굴 고치고 　　　驚駭改常容
가슴에는 두 갈래 생각이 있었으니 　　二息交胸起
하나는 기쁨이요 하나는 두려움이네 　一喜復一懼

부인은 그 아들이 　　　　　　　　　夫人見其子
떳떳한 길로 나지 않은 것을 보고 　　不由常道生
여자의 겁 많고 약한 성질이기에 　　女人性怯弱
두려움은 얼음이나 숯불을 품은 듯 　怵惕懷氷炭
좋고 나쁜 얼굴상을 분별하지 못하고 不別吉凶相
도리어 근심하고 두려워하였었네 　反更生憂怖

오래 보살피던 어미들 　　　　　　　長宿諸母人
서로 어지러이 신명(神明)²¹⁾에게 기도하고 　互亂祈神明
제각기 언제나 할 일을 청하기를 　　各請常所事
"원컨대 태자를 편안하게 하리라" 　願令太子安

그때에 그 수풀 속에는 　　　　　　時彼林中有
상을 잘 보는 바라문(婆羅門)²²⁾이 있었는데 　知相婆羅門
의젓한 위의(威儀)에 많은 지식 갖추고 威儀具多聞
훌륭한 말솜씨에 높은 이름 있었다 　才辯高名稱

그는 이 태자의 상을 보고는 　　　　見相心歡喜
일찍 없이 뛰면서 기뻐하다가 　　　踊躍未曾有

---

21) 하늘과 땅의 신령.
22) 인도 사성(四姓) 가운데 가장 높은 지위의 승족(僧族).

놀라고 두려워하는 왕의 마음을 알아   知王心驚怖
진실한 사실로써 왕에게 아뢰었다   白王以眞實

"누구나 사람으로 이 세상에 나서는   人生於世間
특별하고 훌륭한 아들을 구하나니   唯求殊勝子
왕은 이제 뚜렷한 보름달과 같아라   王今如滿月
마땅히 큰 기쁨 내어야 하네   應生大歡喜

이제 이 기특한 아들을 낳았나니   今生奇特子
반드시 한 종족(宗族)²³⁾을 드러내 빛내리라   必光顯宗族
마음을 편히 하여 스스로 기뻐하고   安心自欣慶
아무 다른 의심이나 걱정은 하지 말라   莫生餘疑慮

신령스런 상서(祥瑞)²⁴⁾는 이 나라에 모였으니   靈祥集家國
지금부터 갈수록 흥하고 성하리라   從今轉休盛
이제 난 특별하고 훌륭한 아들   所生殊勝子
반드시 이 세상의 구원이 되리   必爲世間救

생각하건대 이 상사(上士)²⁵⁾의 몸은   惟此上士身
황금빛 묘한 광명이 있네   金色妙光明
이와 같은 특별하고 훌륭한 상은   如是殊勝相
반드시 등정각(等正覺)²⁶⁾을 이루오리라   必成等正覺

---

23) 같은 종파의 겨레붙이. 즉 동족(同族).
24) 복되고 길한 일이 일어날 징조.
25) 보살(菩薩).
26) 부처의 열 가지 다른 이름 중 하나. 부처님은 평등한 정리(正理)를 깨달았으므로 이와 같이 말함.

만일 세상을 친하여 즐겨하면	若習樂世間
반드시 전륜(轉輪)²⁷⁾의 거룩한 왕이 되어	必作轉輪王
두루 이 땅덩이의 주인으로서	普爲大地主
바른 법으로써 굳세게 다스리리	勇猛正法治

만일 세상을 친하여 즐겨하면　　　　若習樂世間
반드시 전륜(轉輪)²⁷⁾의 거룩한 왕이 되어　　必作轉輪王
두루 이 땅덩이의 주인으로서　　　　普爲大地主
바른 법으로써 굳세게 다스리리　　　勇猛正法治

사천하(四天下)²⁸⁾를 점령하여　　　　王領四天下
모든 왕들을 통솔하고 제어하기　　　統御一切王
마치 이 세상의 모든 광명 중에서　　猶如世光明
햇빛을 최상이라 하는 것 같네　　　日光爲最勝

아니면 만일 그가 산숲에 머무르면　若處於山林
알뜰한 마음으로 해탈²⁹⁾을 구하고　　專心求解脫
진실한 지혜를 이루어 마쳐　　　　成就實智慧
두루 이 세상을 비추오리라　　　　普照於世間

비유하건대 수미산은　　　　　　譬如須彌山
두루 모든 산의 왕이 되고　　　　普爲諸山王
온갖 보배 중에서는 황금이 제일이며　衆寶金爲最
여러 물 중에서는 바다가 제일이며　衆流海爲最

---

27) 전륜왕(轉輪王) : 몸에 32상(相)을 갖추고 즉위할 때 하늘로부터 윤보(輪寶)를 감득(感得)하여, 이것을 굴리어 천하를 위복치화(威伏治化)한다는 왕. 전륜성제(聖帝)·전륜성왕(聖王)·윤왕(輪王)·전륜(轉輪)이라고도 함.

28) 수미산을 중심으로 사방에 있는 남섬부주(南贍部洲)·동승신주(東勝神洲)·서우타주(西牛陀州)·북구로주(北俱盧州)의 총칭. 사주(四州)·사대주(四大州)라고도 함.

29) 해탈(Vimokṣa Vimukta, Mukti) : 열반의 다른 이름. 번뇌의 속박을 벗어나 자유로운 경지에 이르는 것.

모든 별 중에서는 달을 제일로 하고　　　　　　　　　　諸宿月爲最

모든 빛 중에서는 해가 제일인 것처럼　　　　　　　　　諸明日爲最

여래(如來)[30]가 이 세상에 나타나시매　　　　　　　　如來處世間

모든 사람 중에서 제일 되느니라　　　　　　　　　　　兩足中爲最

깨끗한 눈은 길고 또 넓으며　　　　　　　　　　　　　淨目脩且廣

아래위로 깜박이는 긴 눈썹 있고　　　　　　　　　　　上下瞬長睫

바라보는 눈동자는 검푸른 빛으로서　　　　　　　　　瞪矚紺靑色

밝고 또 빛나기 반달 모양 같나니　　　　　　　　　　明煥半月形

이 상(相)을 어떻게 아니라 하리　　　　　　　　　　　此相云何非

평등하고 특별한 뛰어난 눈이니라"　　　　　　　　　平等殊勝目

그때에 왕은 이생(二生)[31]에게 말하였다　　　　　　　時王告二生

"만일에 너의 말한 바와 같다면　　　　　　　　　　　若如汝所說

이와 같은 이상하고 특별한 상은　　　　　　　　　　如此奇特相

어떠한 인연이 거기 있기에　　　　　　　　　　　　　以何因緣故

과거 조상 왕에게는 응하지 않고　　　　　　　　　　不應於先王

내 세상에 와서 나타났는가"　　　　　　　　　　　　乃現於我世

이에 바라문은 왕에게 사뢰있다　　　　　　　　　　　婆羅門曰王

"부디 그런 말은 하지 마시오　　　　　　　　　　　　不應如是說

많은 지식과 또한 지혜와　　　　　　　　　　　　　　多聞與智慧

높은 이름과 또한 사업과　　　　　　　　　　　　　　名稱及事業

---

30) 석가모니를 신성하게 이르는 말.

31) 이생(dvija) : 바라문을 말함.

이와 같은 네 가지 일은   如是四事者

먼저와 나중을 돌아볼 것 아니네   不應顧先後

사물의 성질이 생기는 것은   物性之所生

제각기 인연 따라 일어나나니   各從因緣起

이제 모든 비유 들어 설명하리니   今當說諸譬

왕은 우선 자세히 들어보시라   王今且諦聽

브리구(毘求)[32)]와 앙기라스(央耆羅)[33)]   毘求央耆羅

이 두 선인(仙人) 종족은   此二仙人族

오랜 세상을 지난 뒤에야   經歷久遠世

제각기 뛰어난 아들을 낳았네   各生殊異子

그 두 아들 브리하스파티(毘利訶鉢低)[34)]와   毘利訶鉢低

또 슈크라(儵迦羅)[35)] 들은   及與儵迦羅

능히 제왕론을 지었지마는   能造帝王論

그것은 조상에서 온 것이 아니네   不從先族來

사라스바타(薩羅薩)[36)] 선인은   薩羅薩仙人

---

32) 브리구(Bhṛgu) : 베다의 선인(仙人)으로 발가족(跋伽族 : Bhārgava)의 창시자임.

33) 앙기라스(Aṅgiras) : 리그베다의 많은 찬가의 작가이고 칠대선(七大仙)의 한 사람. 천문학에 관한 저서가 있다.

34) 브리하스파티(Bhṛihaspatí) : 앙기라스의 아들.

35) 슈크라(Śukra) : 비구(毘求)의 아들이자 성승(聖僧)이며 시인. 법전 『수가라행론儵迦羅行論, Sukrańtí』의 작자. 브리하스파티. 사람을 악인으로부터 지키는 조력자. 승(僧)의 최초. 모든 신의 아버지라고 불림. 대창조력(大創造力)이 있고, 후세 범사(梵士)가 됨. 앙기라스 선(仙)의 아들이며, 고법전(古法典)의 저자라고도 불림.

26

오랫동안 경론을 끊었지마는	經論久斷絶
그 아들 사라스바타(婆羅婆)를 낳아	而生婆羅婆
다시 계속하여 경론을 밝혔나니	續復明經論
이와 같이 현재의 지견이 생기는 것	現在知見生
반드시 그 조상을 말미암지 않느니라	不必由先胄

비야사(毘耶娑)[37] 선인은	毘耶娑仙人
모든 경론을 많이 지었고	多造諸經論
끝의 후손 발미키(跋彌)[38]는	末後胤跋彌
게송(偈頌)[39]의 장구(章句)를 널리 모았네	廣集偈章句

아트리(阿低利)[40] 선인은	阿低利仙人
의학을 해득하지 못하였지만	不解醫方論
그 아들 아트레야(阿低離)[41]는	後生阿低離

---

36) 사라스바타(Sārasvata) : 사라스바티(Sarasvatī)의 아들. 푸라나에 의하면 바시스타 (Vaśiṭṣha)가 여덟시에 태어나서 아홉시에 베다를 편찬했다고 함.『마하바라타Mahābhārata』 LX.51에는, 사라스바타는 사라스바티의 아들이고 예언에 따라서 대고행자가 되어 베다 지식 을 얻고 그것을 계속 임송했다고 함.

37) 비야사(Vyāsa) : 일반적으로 '편찬자'의 뜻이지만 특별히 베다 비야사(Veda-vyāsa) 를 가리킨다. 베다의 편찬자이고 전설적으로『마하바라타』의 편자. 베단타(Vedānta) 철학 의 창설자. 푸라나의 정리자라고도 한다. Parāśara Kṛṣṇa Dvaipāyana이 사생이고 Kṛṣṇa Dvaipāyana라고도 불린다.

38) 발미키(Vālmiki) : 유명한 서사시「라마야나」의 작자.「라마야나」속에 그 자신도 치토 라 쿠타의 은소(隱所)에서 추방당한 시타(Sitā)를 찾아 그 두 아들을 가르쳤다. 슬로카 (Śloka)라는 시체(詩體)의 발견자라고도 불린다. 이 기사에서 마명 당시에 발미키의「라마 야나」가 있었다는 것이 알려진다.

39) 부처님의 공덕과 교리를 노래·글귀로 찬미한 것. 3자 내지 8자를 한 구(句)로 하고, 네 구를 일게(一偈)라 함.

40) 아트리(Atri) : '식자(食者)'라고 한역. 바라문. 많은 베다 찬가의 작자. 7선(仙)의 한 사람. Anasūyā와 결혼해서 아들 Durvāsas가 있다.

| 온갖 병을 잘 다스리었네 | 善能治百病 |

이생(二生)의 크시카(駒尸)[42] 선인은	二生駒尸仙
외도(外道)[43] 학문을 익히지 않았지만	不閑外道論
그 후손 가디(伽提那) 왕은	後伽提那王
외도의 법을 모두 알았네	悉解外道法

감자왕의 시조는	甘蔗王始族
바다의 조수를 막지 못했지만	不能制海潮
사가라(娑伽羅)[44] 왕에 이르러서는	至娑伽羅王
천 명 아들을 낳아 길러서	生育千王子
큰 바다 조수를 능히 막아	能制大海潮
그 한정을 넘지 못하게 하였으며	使不越常限

자나카(闍那駒)[45] 선인은	闍那駒仙人
스승 없이 선도(禪道)를 얻었다니	無師得禪道
무릇 큰 이름을 얻는 사람은	凡得名稱者

---

41) 아트레야(Ātreya) : 아트리의 아들. 의학서 『차라카상히타 Carakasaṃhitā』의 찬술자.

42) 크시카(Kuśīka) : 왕. 동족의 할아버지. 비스바미트라(Viśvāmitra)의 아버지라고도 하고, 비스바미트라의 아버지 가디(Gādhi)의 할아버지라고도 함.

43) 불교 이외의 다른 종교.

44) 사가라(Sagara) : 일종족(日種族)이고, Ayodhyā의 왕. Bāhu 왕의 아들 Aurva가 그를 사가라라고 명명했다. 부왕대(父王代)에 쫓겨난 왕국을 사카(Śaka) 등에서 회복했다.

45) 자나카(Janaka) : 영왕(英王)이고 왕족이지만 깊은 지식의 양자(良者)·신성(神聖)으로도 알려져 있다. 라마의 아내 시타(Sitā)의 아버지인 야즈냐발키야(Yajñavalkya) 선(仙)은 그의 승(僧)이고 조언자. 바라문교의 교권제도의 이유를 부정하고 승(僧)의 중개 없이 제식(祭式)을 행하는 권리를 얻었다고 함. 그는 순정(純正)한 생활에 의해서 바라문 왕선(王仙)이 되었다.

모두 다 제 힘에서 생긴 것이네	皆生於自力
선조 훌륭한데 후손 못하고	或先勝後劣
혹은 후손 훌륭한데 선조는 못하나니	或先劣後勝
모든 제왕이나 모든 신선들	帝王諸神仙
반드시 그 조상을 이어받지 않느니라	不必承本族
그러므로 이 세상의 모든 일들은	是故諸世間
반드시 먼저와 나중을 돌아볼 것 아니니라	不應顧先後
대왕은 이제 이와 같거니	大王今如是
마땅히 기쁜 마음 내어야 하네	應生歡喜心
마음이 기뻐함을 말미암아서	以心歡喜故
영원히 의혹을 떠나게 되리"	永離於疑惑
왕은 선인의 이 말을 듣고	王聞仙人說
기뻐하여 공양을 더하면서 말하였다	歡喜增供養
"나는 이제 훌륭한 아들을 낳았으니	我今生勝子
전륜왕의 자리를 물려주리라	當紹轉輪位
내 나이는 이미 못쓰게 늙었으매	我年已朽邁
집을 버리고 나가 범행(梵行)⁴⁶)을 닦으리니	出家修梵行
부디 왕자로 하여금 세상을 버리고	無令聖王子

---

46) 범행(Brahmacarya) : 범(梵)은 청정·적정의 뜻. 불도의 수행. 음욕(淫慾)을 끊은, 맑고 깨끗한 행실.

산숲으로 들어가 노닐게 하지 말라"	捨世遊山林
마침 그때에 그 근처 동산에는	時近處園中
고행을 행하는 선인이 있어	有苦行仙人
그 이름은 아시타(阿私陀)[47]라 불리며	名曰阿私陀
상 보는 법을 잘 알았다	善解於相法
그는 왕궁의 문 앞에 와서	來詣王宮門
"이는 범천(梵天)[48]에 응(應)하는 상과	王謂梵天應
고행으로 바른 법을 즐겨할 상과	苦行樂正法
이 두 가지 상이 함께 나타나	此二相俱現
범행의 상을 두루 갖추었다"고	梵行相具足
그때에 왕은 크게 기뻐해	時王大歡喜
곧 왕궁 안으로 청해 들이어	卽請入宮內
공경하고 또 공양을 베풀었네	恭敬設供養
그가 내궁으로 들어왔을 때에	將入內宮中
오직 왕자 보기를 바라고 원할 뿐	唯樂見王子
비록 아름다운 채녀들이 있었으나	雖有婇女衆
텅 빈 숲 속에 있는 듯하였네	如在空閑林

---

47) 아시타(Asita) : 설산(雪山)에 은거한 노선인(老仙人)인데 서상(瑞相)에 의하여 태자의 출생을 알고 와, 붓다가 될 것임을 예언하였다고 전함.
48) 색계의 초선천(初禪天). 이 천은 욕계(欲界)의 음욕을 떠나서 깨끗하고 조용하므로, 맑고 깨끗하다는 뜻의 범(梵)을 붙여 범천이라 함.

바른 법 자리에 편안히 앉아　　　　　　　安處正法座
존경하고 받들기만 더하였나니　　　　　　加敬尊奉事
그것은 마치 암티(安低牒) 왕이　　　　　　如安低牒王
바시시타(波尸吒)[49]를 섬기듯 하였네　　　奉事波尸吒

그때에 왕은 선인에게 아뢰었다　　　　　　時王白仙人
"나는 이제야말로 큰 이익을 얻었구나　　　我今得大利
큰 선인을 수고로이 하였으니　　　　　　　勞屈大仙人
황송하게도 와서 나를 받아주었도다　　　　辱來攝受我
마땅히 하여야 할 모든 일 있으면　　　　　諸有所應爲
원컨대 때를 맞춰 분부하시라"　　　　　　唯願時教勅

이렇게 권하여 청하기를 마치자　　　　　　如是勸請已
선인은 크게 기뻐하여 말하였네　　　　　　仙人大歡喜
"착하다, 언제나 '이기는 왕' 이여　　　　　善哉常勝王
온갖 덕을 모두 두루 갖추었으니　　　　　　衆德悉皆備
즐거이 와서 구하는 자에게는　　　　　　　愛樂來求者
은혜로 베풀고 바른 법을 높이며　　　　　　惠施崇正法

이진 지혜가 뛰어난 거레로서　　　　　　　仁智殊勝族
공경하고 겸손하여 잘 따라 순하나니　　　　謙恭善隨順
과거에 온갖 묘한 종자를 심어　　　　　　　宿殖衆妙因
훌륭한 그 열매 지금에 나타났네　　　　　　勝果現於今

---

49) 바시시타(Vaśiṣṭha) : 많은 찬가를 지은 베다 선(仙). 원래 가장 부유한 자라는 말.

너는 이제 마땅히 내가	汝當聽我說
지금 온 인연을 말하리니 들으라	今者來因緣
나는 일도(日道)에서 오다가	我從日道來
공중에서 하늘의 말을 들었네	聞空中天說
'이제 저 왕은 태자를 낳았으니	言王生太子
반드시 정각(正覺)⁵⁰⁾의 도를 이루리라'고	當成正覺道
아울러 아까 상서로운 상을 보고	幷見先瑞相
이제 짐짓 여기에 이르렀나니	今故來到此
저 사캬 왕의 바른 법의 깃대를	欲觀釋迦王
이룩하여 세우는 것 보고자 하네"	建立正法幢
왕은 선인의 이 말을 듣고	王聞仙人說
깊이 믿고 의심그물 아주 여의어	決定離疑網
태자를 데리고 나오게 하여	命持太子出
그 선인에게 상을 보였네	以示於仙人
선인이 태자의 상을 보았더니	仙人觀太子
발바닥엔 일천 개의 바퀴가 있고	足下千輻輪
손가락과 발가락은 사이에 막(膜)이 있고	手足網縵指
두 눈썹 사이에는 흰 털이 감아 서고	眉間白毫跱
말의 양근(陽根) 그것처럼 숨어 있으며	馬藏隱密相
얼굴빛은 불꽃처럼 빛나고 있었다	容色炎光明

---

50) 정각(Saṃbodhi) : 깨달음. 불(佛)의 깨달음. 올바른 깨달음. 우주의 대진리를 깨닫는
것. 또는 진리를 깨달은 사람. 여래(如來)와 같은 말.

선인은 그것 보자 일찍 없는 생각으로　見生未曾想
눈물을 흘리면서 길이 탄식하였었네　流淚長歎息

왕은 그 선인의 우는 것 보고　王見仙人泣
아들을 생각하여 마음이 떨리었고　念子心戰慄
기운이 맺혀 가슴에 가득 차서　氣結盈心胸
놀랍고 두근거려 편안하지 못하였다　驚悸不自安

얼결에 문득 자리에서 일어나　不覺從坐起
선인의 발에 머리를 조아리며　稽首仙人足
그리고 선인에게 아뢰어 말하였다　而白仙人言
"이 아이는 나기도 기특하고　此子生奇特
얼굴은 지극히 단정하고 엄숙하여　容貌極端嚴
거의 하늘 사람과 같아 다름이 없다　天人殆不異

사람 중에 제일이라 그대는 말했거니　汝言人中上
무슨 일로 근심하고 슬퍼하는가　何故生憂悲
혹은 이 아이가 수명이 짧아　將非短壽子
내가 슬퍼할까 그러는 것 아닌가　生我憂悲乎

오랫동안 목마르다 얻은 단 이슬　久渴得甘露
다시 도로 그것을 잃는 것이 아닌가　而反復失耶
혹은 장차 재물 잃고 집을 망치고　將非失財寶
나라를 망치지나 않을 것인가　喪家亡國乎

만일 내게 훌륭한 아들이 있어　若有勝子存

이 나라를 맡아줄 수가 있으면   國嗣有所寄
나는 죽을 때에도 마음이 편해   我死時心悅
안락하게 저세상에 태어나리라   安樂生他世

마치 사람의 두 눈이 있어   猶如人兩目
한 눈은 잠자고 한 눈은 깬 것 같네   一眠而一覺
가을 서릿발 앞에 꽃은 피어도   莫如秋霜花
열매 없는 것처럼 되게 하지 말라   雖敷而無實

사람으로서 친족 중에서   人於親族中
아들에 더한 사랑 다시없나니   愛深無過子
마땅히 지금에 장래를 점쳐   宜時爲記說
나로 하여금 되살아나게 하라”   令我得蘇息

이에 선인은 그 부왕의   仙人知父王
마음속의 큰 근심 알아차리고   心懷大憂懼
곧 그 왕에게 말해 알렸다   卽告言大王

“대왕이여, 이제 와서 두려워하지 말라   王今勿恐怖
아까 이미 왕에게 다 말했거니   前已語大王
부디 스스로 의심을 내지 말라   愼勿自生疑
지금의 상도 변함없거니   今相猶如前
다시 다른 생각을 품을 것 없네   不應懷異想
스스로 내 나이 늙은 것 생각하고   自惟我年暮
슬프고 애달파 울며 탄식할 뿐이네   悲慨泣歎耳

내가 이제 목숨이 끝나려 할 때　　　　　　今我臨終時
이 아들은 세상을 응하여 났네　　　　　　此子應世生
다시 나지 않기 위해 세상에 났으므로　　爲盡生故生
이 사람을 다시는 만나기 어려우리　　　斯人難得遇

거룩한 왕의 자리 떨쳐버리고　　　　　　當捨聖王位
오욕[51]의 경계에 집착하지 않으며　　　不著五欲境
꾸준히 힘써 고행을 닦아　　　　　　　　精勤修苦行
진실한 이치를 깨달은 뒤에는　　　　　　開覺得眞實

언제나 일체의 중생을 위해　　　　　　　常爲諸群生
어리석은 어둠의 장애를 없애고　　　　　滅除癡冥障
이 세상에서 길이 불붙어　　　　　　　　於世永熾燃
지혜의 햇빛은 밝게 빛나리　　　　　　　智慧日光明

중생이 괴로움의 바다에 빠져　　　　　　衆生沒苦海
온가지 병을 물거품 삼고　　　　　　　　衆病爲聚沫
쇠하고 늙음을 큰 물살 삼으며　　　　　衰老爲巨浪
죽음을 바다의 큰 물결 삼을 때　　　　　死爲海洪濤
그는 가벼운 지혜의 배를 타고　　　　　乘輕智慧舟
이런 온갖 흐름의 어려움을 건너네　　　渡此衆流難

지혜로 흐르는 물 거슬러 오르고　　　　智慧泝流水

---

51) ①색(色)·성(聲)·향(香)·미(味)·촉(觸)의 오경(五境). 이들은 능히 사람으로 하여금
탐욕하는 마음이 일게 하므로 욕이라 함. ②재물(財物)·색사(色事)·음식(飮食)·명예(名
譽)·수면(睡眠)의 다섯 가지에 대한 욕심.

깨끗한 계(戒)로써 기슭을 삼고	淨戒爲傍岸
삼마디(三昧)[52]는 청량한 못이 되며	三昧淸凉池
정수(正受)[53]는 갖가지 기이한 새가 되리	正受衆奇鳥

이와 같은 매우 깊고 또 넓고도 넓은	如此甚深廣
바른 법의 큰 강물이거니	正法之大河
애욕에 목마른 모든 중생은	渴愛諸群生
그것을 마심으로써 살아나리라	飮之以蘇息

오욕의 경계에 물들어 집착하여	染著五欲境
온갖 괴로움의 핍박을 받고	衆苦所驅迫
나고 죽는 큰 벌판을 헤매면서	迷生死曠野
아득히 돌아갈 곳 알지 못하네	莫知所歸趣

보살이 이 세상에 나타나심은	菩薩出世間
해탈의 길 터놓기 위해서이니	爲通解脫道
이 세상의 탐욕의 불길	世間貪欲火
경계의 섶에 왕성히 탈 때	境界薪熾然
가엾이 여기는 큰 구름 일으키고	興發大悲雲
법의 비를 내리어 꺼서 없애네	法雨雨令滅

어리석음과 우매함은 두 겹문이요	癡闇門重扇
탐욕은 그 문의 자물쇠 되니	貪欲爲關鑰

---

52) 삼마디(Samādhi) : 하나의 대상에만 마음을 집중시키는 일심불란(一心不亂)의 경지.
53) 대상을 관하는 마음과 관한 바 대상이 일치되어, 바른 마음으로 대상을 섭입(攝入)하는 마음 상태.

모든 중생들을 막아 가두네   閉塞諸群生

나고 죽음 뛰어넘는 해탈의 문은   出要解脫門
금강 지혜의 못뽑이로써   金剛智慧錤
은혜와 애정의 화살촉을 뽑나니   拔恩愛逆鑽

어리석음 그물에 스스로 묶이어   愚癡網自纏
궁하고 괴로워도 의지할 곳 없더니   窮苦無所依
법의 왕은 이 세상에 나타나시어   法王出世間
중생의 결박 능히 풀어주시네   能解衆生縛

왕이여, 부디 이 아들로 말미암아   王莫以此子
스스로 근심하고 슬퍼하지 마시라   自生憂悲患
그보다 저 중생들 욕심에 집착하여   當憂彼衆生
바른 법에 어긋남을 오히려 근심하라   著欲違正法

나는 이제 늙음과 죽음에 시달리어   我今老死壞
성인의 공덕에서 멀리 떠났네   遠離聖功德
갖가지 선정(禪定)[54]을 닦는다 하더라도   雖得諸禪定
그 이익은 얻지 못하네   而不獲其利

현재 이 보살 앞에 있어서   於此菩薩所
끝내 바른 법 듣지 못하면   竟不聞正法
몸이 무너지고 목숨 끝난 뒤에는   身壞命終後

---

54) 참선하여 삼매경에 이름.

반드시 삼난천(三難天)[55]에 태어나리라"　　　必生三難天

왕과 모든 권속들　　　王及諸眷屬
이 선인의 말을 듣고는　　　聞彼仙人說
그 스스로 근심하는 것 알자　　　知其自憂歎
두려움은 모두 그로써 없어졌네　　　恐怖悉以除

"이러한 이상하고 특별한 아기 낳아　　　生此奇特子
내 마음 크게 편안하게 되었지만　　　我心得大安
만일 그가 집을 떠나 세상 영화 버리고　　　出家捨世榮
선인의 도를 찾아 닦아 익히면　　　修習仙人道
드디어 왕의 자리 이을 곳 없어　　　遂不紹國位
다시 나로 하여금 언짢게 하리라"　　　復令我不悅

그때에 그 선인은　　　爾時彼仙人
왕을 향해 진실을 말하였나니　　　向王眞實說
"틀림없이 왕의 걱정하는 것처럼　　　必如王所慮
반드시 정각도(正覺道)[56]를 이루오리라"　　　當成正覺道

그는 왕의 권속들 가운데에서　　　於王眷屬中
여러 사람 마음을 위로한 뒤에　　　安慰衆心已
스스로 자기의 신력(神力)으로써　　　自以己神力
허공에 올라 멀리 가버리었네　　　騰虛而遠逝

---

55) 삼천(三天)이라 불리는 지고(至高)의 하늘도 불행한 장소라고 생각해서 이렇게 말함.
56) 무루정지(無漏正智)를 얻어 만유의 실상(實相)을 깨달음.

그때에 백정왕(白淨王)[57]은　　　　　　爾時白淨王

그 아들 기특한 모양을 보고　　　　　見子奇特相

또 이 아시타의　　　　　　　　　　又聞阿私陀

결정코 진실한 말을 듣고는　　　　　決定眞實說

아들을 마음으로 공경하고 존중하며　　於子心敬重

보배로이 보호하고 언제나 생각하여　　珍護兼常念

천하에 큰 사면(赦免)을 내려　　　　大赦於天下

감옥의 죄수들을 모두 풀어놓았네　　　牢獄悉解脫

세상 사람들 아들 났을 때 법은　　　世人生子法

마땅함을 따라서 일을 취사(取捨)하나니　隨宜取捨事

모든 경전의 방론(方論)을 의지하여　　依諸經方論

온갖 할 일은 모두 다 했네　　　　　一切悉皆爲

아들을 낳은 지 열흘이 차면　　　　生子滿十日

안온하여 마음이 이미 편하고　　　　安隱心已泰

모든 하늘 신에게 두루 제사드리며　　普祠諸天神

도 있는 이에게 널리 보시(布施)[58]하였네　廣施於有道

사문(沙門)[59]이나 또 바라문들은　　　沙門婆羅門

---

57) 석존의 아버지인 정반왕(淨飯王)의 다른 호칭.

58) 깨끗한 마음으로 법이나 재물을 아낌없이 사람에게 베풂. 혹은 중에게 베풀어주는 금전이나 물건.

59) 사문(Śramaṇa) : 식심(息心)·공로(功勞)·근식(勤息)이라 번역. 부지런히 모든 일을 닦고 나쁜 일을 일으키지 않는다는 뜻. 외도·불교도를 불문하고 처자권속을 버리고 수도 생활을 하는 이를 총칭함. 후세에는 오로지 불문에서 출가한 이를 말함. 비구.

주문으로 원하여 좋은 복 빌고 呪願祈吉福

모든 신하들과 온 나라 안의 嚫施諸群臣

가난한 이들에게 물건 베풀며 及國中貧乏

시골과 도시의 채녀들에게 村城婇女衆

소·말·코끼리와 재물 들 牛馬象財錢

제각기 그 구함을 따라 各隨彼所須

일체를 모두 내려주니라 一切皆給與

좋은 날짜를 점쳐 가리어 卜擇選良時

아들을 옮겨 본궁(本宮)으로 돌아갈 때 遷子還本宮

정반(淨飯)·백반(白飯)의 새하얀 코끼리와 二飯白淨牙

칠보(七寶)[60]로 장엄한 수레는 七寶莊嚴輿

갖가지 빛깔의 구슬로 얽어 雜色珠絞絡

밝고 고우며 지극히 찬란하네 明焰極光澤

부인은 그 태자를 안고 夫人抱太子

두루 돌면서 하늘 신에 예배했네 周匝禮天神

그러고는 보배수레에 오르자 然後昇寶輿

아름다운 채녀들이 따라 모시네 婇女衆隨侍

왕은 여러 신하들과 더불어 王與諸臣民

모두 다 함께 그 뒤를 따르나니 一切俱導從

---

60) 칠보(Sapta-ratna) : 7종의 보옥. 즉 금·은·유리(瑠璃 : 검푸른 보옥)·파려(玻瓈 : 수
정)·자거(硨磲 : 백산호)·적주(赤珠 : 적진주)·마노(瑪瑙 : 짙은 녹색의 보옥). 이것은 『아
미타경』에 있는 말. 『법화경』 보탑품에는 파려 대신에 매괴(玫瑰)가 들었다.

마치 저 사크라 하늘이   猶如天帝釋

모든 하늘들에 둘러싸이는 것 같네   諸天衆圍遶

또 저 마헤스바라(摩醯首羅)[61] 하늘은   如摩醯首羅

갑자기 육면(六面)의 아들[62]을 낳으면   忽生六面子

갖가지 제구를 베풀어 나누어주고   設種種衆具

또 그 복을 청하는 것처럼   供給及請福

이제 이 왕이 태자를 낳아   今王生太子

온갖 제구 베푸는 것 또한 그러하였네   設衆具亦然

또 바이스라바나(毘沙門) 천왕[63]이   毘沙門天王

나라크바라(那羅鳩婆)[64]를 낳았을 때에는   生那羅鳩婆

저 일체 하늘 무리들   一切諸天衆

다 함께 매우 기뻐했나니   皆悉大歡喜

이제 왕이 태자를 낳자   王今生太子

카필라(迦毘羅)[65] 주위의 나라   迦毘羅衛國

---

61) 마헤스바라(Maheśvara) : 자재천(自在天)·위령제(威靈帝)라 함. 색계(色界)의 대자
재천(人自在天) 징싱에 잇는 젼신(天神)의 이름.

62) 육면의 아들(六面子, Saṇmukha) : 군신(軍神, Kārttikeya), 즉 불법을 수호하는 장군.

63) 바이스라바나 천왕(Vaiśravaṇa) : 사천왕(四天王)의 하나. 다문(多聞)·보문(普門)이
라 번역. 수미산 중턱 제4층의 수정타(水精埵)에 있으며 야차·나찰 두 귀신을 영솔. 북방
의 수호와 세상 사람에게 복덕을 주는 일을 맡았으므로 북방천이라고도 한다. 늘 부처님의
도량을 수호하면서 불법을 들었으므로 다문천(多聞天)이라고도 함. 형상은 여러 가지가
있으나 태장계 만다라 외금강 부원의 북방에 그린 것은 몸에 갑주를 입고, 왼손에 탑을 들
고 오른손에 보봉(寶棒)을 잡은 좌상.

64) 나라크바라(Nalakūvara) : 바이스라바나 천왕의 맏아들. 불법과 국왕을 수호하는 신.

65) 카필라(Kapila) : 석가가 탄생한 땅. 석가족의 수도였음.

모든 백성들까지　　　　　　　　　　　　一切諸人民

못내 기뻐한 것 또한 그러하였네　　　　歡喜亦如是

2. 궁중생활(處宮品 第二)

이제 백정왕의 집은	時白淨王家
거룩한 아들을 낳았으므로	以生聖子故
친족과 자제들과 모든 신하들	親族名子弟
모두 다 충성스럽고 어질게 되고	群臣悉忠良

코끼리·말·보배수레와	象馬寶車輿
나라 재물과 칠보그릇 등	國財七寶器
날이 갈수록 더욱 더하여	日日轉增勝
쓰임을 따라 보이어 나녀	隨應而集生
감춰둔 보배 한량이 없이	無量諸伏藏
저절로 땅에서 솟아나왔네	自然從地出

맑고 깨끗한 설산에 사는	清淨雪山中
모질고 사나운 흰 코끼리들은	兇狂群白象
부르지 않아도 스스로 와서	不呼自然至

다루지 않아도 스스로 항복했네 　　　　　　不御自調伏

가지가지 얼룩말들은 　　　　　　　　　　種種雜色馬
모양은 지극히 단정하고 엄숙하며 　　　　形體極端嚴
붉은 갈기에 가늘고 긴 꼬리 　　　　　　朱髦纖長尾
뛰거나 오르기 나는 것 같으며 　　　　　超騰駿若飛

또 들에서 스스로 자란 것도 　　　　　　又野之所生
때를 따라서 저절로 모여왔네 　　　　　　應時自然至
순수한 빛깔로 잘 다루어졌으며 　　　　　純色調善牛
잘생기고 건장한 소떼 　　　　　　　　　肥壯形端正
순수하고 향기로운 젖 가지고 느린 걸음으로　平步淳香乳
때를 따라 모두들 구름처럼 몰려왔네 　　　應時悉雲集

원한을 품은 사람 마음이 가라앉고 　　　　怨憎者心平
공평하고 바른 사람 더욱 순후해지며 　　　中平益淳厚
평소에 친한 사람 더욱 친밀해지고 　　　　素篤增親密
반역을 꾀하는 일도 다 사라졌네 　　　　　亂逆悉消除

고운 바람에 때 따라 비 내리고 　　　　　微風隨時雨
천둥도 울지 않고 벼락도 치지 않았네 　　雷霆不震裂

농사는 그 때를 기다리지 않아도 　　　　　種殖不待時
가을 거둠이 몇 갑절 풍성하고 　　　　　　收實倍豊積
오곡은 향기롭고 맛도 있으며 　　　　　　五穀鮮香美
가볍고 부드러워 쉬이 소화되었네 　　　　輕軟易消化

44

아기를 밴 여자들은 　　　　　　　　　諸有懷孕者

편안한 몸이 온화롭고 알맞았네 　　　　身安體和適

네 가지 성종(四聖種)[1]을 받기를 제하고는 　除受四聖種

그 밖의 모든 세상사람들 　　　　　　　諸餘世間人

제각기 살림살이 편안해하여 　　　　　　資生各自如

남에게 구할 생각 조금도 없었나니 　　　無有他求想

교만도 아낌도 질투도 없고 　　　　　　無慢無慳嫉

또한 성내고 해칠 마음도 없이 　　　　　亦無恚害心

세상의 모든 남자나 여자는 　　　　　　一切諸士女

고요하기 태고 때 사람 같았네 　　　　　玄同劫諸人

하늘 사당(天廟)과 모든 절집과 　　　　天廟諸寺舍

동산과 수풀과 우물과 못들 　　　　　　園林井泉池

그 모든 것 하늘 물건 같아서 　　　　　一切如天物

그때를 따라 저절로 생겼나니 　　　　　應時自然生

경우에 맞으면 굶주림 없고 　　　　　　合境無飢餓

무기는 사라지고 몹쓸병도 그치었네 　　刀兵疾疫息

온 나라의 모든 백성들 　　　　　　　　國中諸人民

친족들끼리 사랑하고 공경하되 　　　　　親族相愛敬

법의 사랑으로 서로 즐기고 　　　　　　法愛相娛樂

---

1) 네 가지 성종(Catvāra-āryavaṃśāḥ) : 성자(聖者)가 되는 네 가지 행법(行法). 의복·음식·와구(臥具)를 주는 대로 만족. 단혹(斷惑)을 즐김.

더러운 욕심은 내지 않았네	不生染汚欲
다만 정의로 재물 구할 뿐	以義求財物
이익을 탐하는 마음 없었고	無有貪利心
법을 위하여 은혜 베풀되	爲法行惠施
그 되갚음 받을 생각 없었고	無求反報想
네 가지 범행을 닦아 익히어	脩習四梵行
성내고 해칠 마음 없애었네	滅除恚害心
과거의 마누(摩㝹)²⁾ 왕은	過去摩㝹王
일광(日光) 태자³⁾ 낳았을 때	生日光太子
온 나라가 좋은 상서를 입어	擧國蒙吉祥
모든 나쁜 것 일시에 그쳤나니	衆惡一時息
이제 그 왕도 태자를 낳자	今王生太子
그 덕 또한 그와 같아서	其德亦復爾
갖가지 덕을 갖췄다는 뜻으로	以備衆德義
싯다르타(悉達羅他)⁴⁾라 이름하다	名悉達羅他
그때에 마야 부인은	時摩耶夫人
그가 낳은 아들이	見其所生子
단정하기는 하늘 아기와 같고	端正如天童
온갖 아름다움 갖춘 것 보고	衆美悉備足

---

2) 마누(Manu) : 인도 신화에 나오는 인류의 시조.
3) 일광 태자(Ādityasuta) : 감자왕을 말한다.
4) 싯다르타(Siddhārtha) : 모든 성취를 이룩한 사람이란 뜻. 석가의 다른 호칭.

크나큰 기쁨을 스스로 못 이기어 　　　　過喜不自勝

그만 목숨 마치고 천상에 태어났네 　　　命終生天上

대애(大愛) 고타미(瞿曇彌)[5]는 　　　　　大愛瞿曇彌

태자의 모습 하늘 아기와 같고 　　　　見太子天童

덕스러운 풍채는 세상에 빼어나며 　　德貌世奇挺

이미 친어머니 목숨 마침을 보고 　　既生母命終

사랑하여 기르기 친아들같이 하고 　愛育如其子

아들 또한 공경하기 친어머니같이 했네 子敬亦如母

마치 해나 달이나 불의 광명이 　　　　猶日月火光

조그맣게 시작하여 점점 넓어지는 것처럼 從微照漸廣

태자의 자라는 것 날로 새롭고 　　　太子長日新

덕스러운 모습 또한 그러하였네 　　德貌亦復爾

값 칠 수 없는 찬다나 향 　　　　　　無價栴檀香

잠부드비파(閻浮提)[6]의 이름난 보배 　閻浮檀名寶

몸을 보호하는 신선의 약 　　　　　護身神仙藥

그리고 영락(瓔珞)[7]으로 몸을 장엄하였었네 瓔珞莊嚴身

붙어 있는 모든 이웃 나라는 　　　　附庸諸隣國

5) 고타미(Gotami) : 교담미(憍曇彌)라고 음사. 번역하여 명녀(明女). 석존의 이모이며 양모(養母)인 마하파사파데를 말함.
6) 잠부드비파(Jambudvipa) : 4대주(州)의 하나. 수미산 남쪽에 있는 세모꼴의 섬. 인도라고도 함. 혹은 인간계.
7) 목·팔 같은 곳에 두르는, 구슬을 꿴 장식품.

왕이 태자를 낳았다는 말 듣고	聞王生太子
갖가지 진기한 것과	奉獻諸珍異
소·염소·사슴·말 수레와	牛羊鹿馬車
보배그릇과 장엄거리 바치어	寶器莊嚴具
태자 마음을 기쁘게 하였었네	助悅太子心
가지가지 장식품과	雖有諸嚴飾
아기 놀잇감 있었지마는	嬰童玩好物
태자 성질은 태연하고 묵직하며	太子性安重
몸은 어렸으나 마음은 노숙했네	形少而心宿
마음은 높고 승(勝)한 경계에 깃들어	心栖高勝境
세상 영화에는 물들지 않았었네	不染於榮華
모든 학술·기예(技藝)를 공부할 때도	修學諸術藝
한번 들으면 스승을 뛰어넘네	一聞超師匠
부왕은 그의 총명과 깊은 생각	父王見聰達
세상 바깥에 뛰어난 것을 보고	深慮蹤世表
이름도 높고 세력 있는 친족과	廣訪名豪族
풍교(風敎)[8]와 예의 있는 집안을 두루 찾다	風敎禮義門
얼굴과 태도 단정한 여자 있어	容姿端正女
그 이름 야소다라(耶輸陀羅)[9]였나니	名耶輸陀羅
마땅히 태자의 아내로 맞아	應嫂太子妃

---

8) 풍화(風化). 교육과 정치의 힘으로 풍습을 잘 교화시킴.

그 마음 머물도록 유도하였네 　　　　　　　　　誘導留其心

태자의 뜻은 높고 또 멀며 　　　　　　　　　　太子志高遠
덕이 성하매 모습은 맑고 밝아 　　　　　　　　德盛貌淸明
마치 저 범천(梵天)[10]의 맏아들 　　　　　　　猶梵天長子
사나트쿠마라(舍那鳩摩羅)[11]와 같았느니라 　舍那鳩摩羅

그의 어진 아내 아름다운 용모와 　　　　　　　賢妃美容貌
요조하며 맑고 묘한 자태는 　　　　　　　　　窈窕淑妙姿
곱고 아리땁기 천후(天后)와 같아 　　　　　　瓌艶若天后
둘은 함께 있으면서 밤낮을 즐기었네 　　　　同處日夜歡

그들을 위해 청정궁(淸淨宮)을 세우매 　　　　爲立淸淨宮
굉장하고 화려하며 지극히 장엄하여 　　　　　宏麗極莊嚴
높이 솟아서 허공에 있고 　　　　　　　　　　高峙在虛空
아득히 멀어 가을 구름 같았네 　　　　　　　沼遆若秋雲

따뜻하고 시원하기 사철에 맞아 　　　　　　　溫涼四時適

---

9) 야쇼다라(Yaśodharā) : 지칭(持稱), 구칭(具稱), 지예(持譽), 명문(名聞)이라 번역함. 소문이 널리 퍼졌다는 뜻. 구리 성주 선각왕의 딸. 석존의 외사촌. 석존이 출가하기 전 싯다르타 태자 때의 비(妃). 태자 19세에 맞아 아들 라훌라를 낳고 석존이 성도하신 후 제5년에 이모 마하파사파데와 5백 석가족의 여자들과 함께 출가, 비구니가 됨.

10) 범천(Brhama-deva) : 바라하마천(婆羅賀麼天)이라고 음역. 색계 초선천. 범은 맑고 깨끗하다는 뜻. 이 하늘은 욕계의 음욕을 여의어서 항상 깨끗하고 조용하므로 범천이라 한다. 범중천·범보천·대범천 이 세 하늘을 범천이라 통칭. 범천이라 할 때는 초선천의 주(主)인 범천왕을 가리킴.

11) 사나트쿠마라(Sanatkumāra) : 범천의 마음에서 태어난 네 아들 중 첫째. 언제나 청정 무구(淸淨無垢)였다.

언제나 때에 맞춰 택하여 살 때 　　　　　　隨時擇善居

기녀들은 언제나 둘러싸 있어 　　　　　　妓女衆圍遶

하늘 음악 소리를 합해 아뢰니 　　　　　　奏合天樂音

더러운 소리와 빛깔 가까이하여 　　　　　　勿隣穢聲色

세상이 싫은 생각 나지 않게 하였다 　　　　令生厭世想

하늘의 간다르바(犍撻婆)[12]의 　　　　　　如天犍撻婆

자연으로 된 보배궁전에 　　　　　　　　　自然寶宮殿

악녀가 하늘 풍악 아뢰어 　　　　　　　　樂女奏天音

소리·빛깔이 마음과 눈을 부시게 하듯 　　　聲色耀心目

보살이 높은 궁전에 살자 　　　　　　　　菩薩處高宮

그 음악도 또한 그와 같았네 　　　　　　　音樂亦如是

그 부왕은 태자를 위해 　　　　　　　　　父王爲太子

고요히 살면서 순수한 덕을 닦아 　　　　　靜居修純德

어질고 자애로운 정법으로 교화하되 　　　　仁慈正法化

어진 이와 친하고 나쁜 벗 멀리하여 　　　　親賢遠惡友

그 마음은 은애(恩愛)[13]에 물들지 않았나니 　心不染恩愛

욕심에 대하여는 독이라 생각하여 　　　　　於欲起毒想

정(情)을 껴잡고 모든 근(根)[14]을 단속하며 　攝情檢諸根

가볍고 급한 뜻을 없애버리고 　　　　　　　滅除輕躁意

---

12) 간다르바(Gandharva) : 팔부중(八部衆)의 하나. 수미산 남쪽의 금강굴에 살며 제석천
(帝釋天)의 아악(雅樂)을 맡아 보는 신.

13) 애정이나 은혜에 끌리는 집착.

14) 감각을 일으키는 기관인 눈(眼)·귀(耳)·코(鼻)·혀(舌)·몸(身)의 오근(五根)을 말함.

부드러운 얼굴로 송사를 잘 들었네 和顔善聽訟

사랑하여 가르치매 대중에 만족하여 慈敎厭衆心
모든 외도(外道)들에게 펴서 교화하고 宣化諸外道
반역을 도모하는 모든 꾀를 끊으며 斷諸謀逆術
학문을 가르치어 세상을 구제하여 敎學濟世方
만백성 모두 안락을 얻었나니 萬民得安樂
내 아들을 안락하게 하는 것처럼 如令我子安
만백성에 대하여도 또한 그러하였네 萬民亦如是

불을 섬기고 모든 신을 받들며 事火奉諸神
손바닥 모아 달빛 마시고 叉手飮月光
갠지스 물에 몸을 씻으며 恒水沐浴身
법의 물로써 그 마음 씻어 法水澡其心
복을 비는 것 자기 위함 아니요 祈福非存己
오직 그 아들과 백성 위함이었다 唯子及萬民

사랑하는 말이라 하여 의(義) 없음이 아니요 愛言非無義
의로운 말이라 하여 사랑 아님 아니며 義言非不愛
사랑하는 말이라 하여 진실 아님 아니요 愛言非不實
진실한 말이라 하여 사랑 아님 아니었네 實言非不愛

부끄러워하는 마음으로 해서 以有慚愧故
능히 참답게 말하지 못하나니 不能如實說
사랑하고 사랑하지 않는 일에서도 於愛不愛事
탐하고 성내는 마음 의지하지 않았나니 不依貪恚想

뜻은 오직 고요하고 가라앉음에 두어   志存於寂默
공평하고 바른 마음 다툼을 쉬고   平正止諍訟
구태여 하늘에 제사하지 않았으니   不以祠天會
살생하지 않은 복이 그보다 나았네   勝於斷事福

저 많이 구하는 중생을 보면   見彼多求衆
풍족하게 베풀어 그 욕망에 지나고   豐施過其望
마음에는 전쟁할 생각이 없어   心無戰爭想
덕으로 원수의 적 항복받았네   以德降怨敵

하나를 다스려 일곱을 보호하고   調一而護七
일곱을 떠나 다섯을 막아내며   離七防制五
셋을 얻어서 셋을 깨닫고   得三覺了三
둘을 알아서 둘을 버리었나니   知二捨於二

정(情)을 구하다가 죄를 저질러   求情得其罪
죽음에 다다르면 용서해주되   應死垂仁恕
추하고 나쁜 말 더하지 않고   不加麤惡言
부드러운 말로써 가르쳐 신칙하며   軟語而教勅

힘써 재물로써 베풀어주어   務施以財物
살아갈 길을 지시해주고   指授資生路
신선의 도를 받아 배워서   受學神仙道
원망하고 성내는 마음 멸해 없애어   滅除怨恚心
이름과 그 덕은 두루 흘러 들렸네   名德普流聞

세상은 길이 망하더라도	世間永消亡
그 왕으로서 밝은 덕 닦으면	主匠修明德
온 천하의 백성들 받들어 배우나니	率土皆承習
마치 사람의 마음 편하고 고요하면	如人心安靜
온몸의 모든 근이 따르는 것 같느니라	四體諸根從

때에 백정왕 태자의	時白淨太子
어진 아내 야소다라는	賢妃耶輸陀
나이 점점 자라자	年竝漸長大
라훌라(羅睺羅)[15]를 배어 낳았다	孕生羅睺羅

백정왕 스스로 생각하기를	白淨王自念
'태자는 이미 아들을 낳았으니	太子已生子
대대를 서로 이어	歷世相繼嗣
바른 교화는 끝이 없으리	正化無終極

태자는 이미 아들을 낳았으니	太子旣生子
그 아들 사랑하기 나와 같아서	愛子與我同
다시는 집 나가기 생각지 않고	不復慮出家
다만 힘써 착함을 닦을 것이니	但當力修善
이제 내 마음은 그저 편안해	我今心大安
하늘에 난 즐거움과 다름없구나'	無異生天樂

---

15) 라훌라(Rāhula) : 라호라(羅怙羅)·할라호라(曷羅怙羅)·라운(羅云)이라고도 함. 번역
하면 부장(覆障)이라는 뜻. 석존의 아들. 석존이 태자로 있을 때 출가하여 도를 배우려고
마음을 내었다가, 아들을 낳고는 장애가 됨을 한탄하여 라훌라라 이름. 석존이 성도한 뒤
에 출가하여 제자가 됨. 밀행 제일(密行第一). 사미(沙彌)의 시초.

마치 저 겁초(劫初)¹⁶⁾ 때에	猶若劫初時

마치 저 겁초(劫初)[16] 때에 ... 猶若劫初時
선왕(仙王)의 머무른 바 길과 같아서 ... 仙王所住道
청정한 업을 사랑하여 행하고 ... 愛行淸淨業
제사 때에 살생하지 않았네 ... 祠祀不害生
불꽃처럼 성하게 훌륭한 업을 닦아 ... 熾然修勝業
왕도 훌륭하고 범행도 훌륭하며 ... 王勝梵行勝
종족도 훌륭하고 재보(財寶)도 훌륭하며 ... 宗族財寶勝
용맹도 훌륭하고 기예도 훌륭하여 ... 勇健伎藝勝
밝게 나타나 온 세상 비추는 것 ... 明顯照世間
마치 천 개 햇빛이 빛나는 것 같아라 ... 如日千光耀

무릇 왕이 된 까닭은 ... 所以爲王者
장차 아들을 나타내기 위함이요 ... 將爲顯其子
아들을 나타냄은 종족을 위함이며 ... 顯子爲宗族
명성으로 빛나게 함이니라 ... 榮族以名聞

이름이 높으면 하늘에 날 수 있고 ... 名高得生天
하늘에 나는 것은 즐거움을 위함이니 ... 生天爲樂已
이미 즐거우면 지혜 더하여 ... 已樂智慧增
도를 깨달아 바른 법 펴느니라 ... 悟道弘正法

먼저 훌륭한 명성이 있는 곳에 ... 先勝名聞所
온갖 묘한 도를 받아 행하나니 ... 受行衆妙道

---

16) 겁(劫, Kalpa)은 인도의 시간적 단위 중에서 가장 긴 것. 우주론적 시간으로 세계가 성
립하여 존속하고 파괴되어 공무(空無)가 되는 하나하나의 시기를 말하는 것이다. 겁초는
이 가운데 성겁(成劫)의 초를 말한다. 즉 세계가 성립하는 당초(當初).

오직 원하는 것 그 태자로 하여금　　　　　　　唯願令太子
아들을 사랑하고 집 버리지 않았으면　　　　　愛子不捨家

일체의 나라 왕은　　　　　　　　　　　　　　一切諸國王
낳은 아들이 아직 나이 적기 때문에　　　　　生子年尚小
그 왕의 국토로 말미암아　　　　　　　　　　不令王國土
그 마음 방탕할까 염려되지 않나니　　　　　慮其心放逸
욕심을 따라 세상 낙에 집착하면　　　　　　縱情著世樂
왕의 종자를 이을 수 없느니라　　　　　　　不能紹王種

이제 이 왕은 태자를 낳아서는　　　　　　　今王生太子
마음을 따라 오욕을 누리면서　　　　　　　隨心恣五欲
다만 세상 영화를 즐기기를 바라고　　　　唯願樂世榮
도를 배우게 하려 하지 않는다　　　　　　不欲令學道

과거의 보살왕도　　　　　　　　　　　　過去菩薩王
비록 그 도가 매우 굳다 하더라도　　　　其道雖深固
반드시 세상 영화 즐거움을 익혔나니　要習世榮樂

아들을 낳아 왕의 대를 잇게 하고　　　　生子繼宗嗣
그런 뒤에야 산숲으로 들어가　　　　　　然後入山林
적묵(寂默)[17]의 도를 닦았었느니라　　修行寂默道

─────────────

17) 말없이 명상에 잠겨 잠잠함.

3. 싫어하고 근심함(厭患品 第三)

밖에는 모든 동산숲 있고	外有諸園林
흐르는 샘물과 맑고 시원한 못	流泉清凉池
온갖 꽃들과 과실나무들	衆雜華果樹
줄지어 서서 그윽한 그늘 드리웠고	行列垂玄蔭
이상하고 기이한 온갖 새들은	異類諸奇鳥
훨훨 날면서 그 속에 노니네	奮飛戲其中
물과 육지의 네 가지 꽃들은	水陸四種花
빨간 빛깔로 묘한 향기 풍기는데	炎色流妙香
기녀들은 그 따라 풍류 잡히고	伎女因奏樂
거문고 노래로 태자에게 아뢰다	弦歌告太子
태자는 그 풍류 소리를 듣고	太子聞音樂
동산숲의 아름다움 찬탄하면서	歎美彼園林
마음속으로 기쁨 못 이겨	內懷甚踊悅

거기 나가 놀 생각 간절했나니　　　　　　　思樂出遊觀
그것은 마치 매여 있는 코끼리　　　　　　　猶如繫狂象
언제나 넓은 들을 그리워하듯　　　　　　　常慕閑曠野

부왕은 그 태자의　　　　　　　　　　　　父王聞太子
동산 구경 가고프다는 소식 듣고　　　　　　樂出彼園遊
곧 모든 신하에게 분부를 내려　　　　　　　卽勅諸群臣
우의(羽儀)를 마련하라 명령하였다　　　　　嚴飾備羽儀

왕의 다니는 길을 다시 손보고　　　　　　　平治正王路
또 여러 가지 더러운 것과　　　　　　　　　幷除諸醜穢
늙은이나 병자나 쇠약한 이나　　　　　　　老病形殘類
빈궁에 괴로워하는 이들 모두 치워서　　　　羸劣貧窮苦
태자가 그것을 보고　　　　　　　　　　　無令少樂子
불쾌한 맘 일으키지 않게 하였다　　　　　　見起厭惡心

모든 장엄이 갖추어지자　　　　　　　　　莊嚴悉備已
태자가 왕께 나아가 떠날 인사 아뢰었다　　啓請求拜辭

왕은 태자가 오는 것 보고　　　　　　　　王見太子至
머리를 쓰다듬고 얼굴 들여다보며　　　　　摩頭瞻顔色
슬프고 기쁜 마음 한데 얽히어　　　　　　　悲喜情交結
입으로는 허락하나 마음이 놓이지 않았네　　口許而心留

온갖 보배로 꾸민 앞 높은 수레에는　　　　衆寶軒飾車
헌칠하고 번주그레한 네 마리 말 매었네　　結駟駿平流

어질고 착하며 재주 능하고	賢良善術藝
깨끗하고 고운 꽃옷을 입고	年少美姿容
얼굴과 자태 아름다운 소년이	妙淨鮮花服
수레에 함께 타고 고삐 잡았네	同車爲執御

거리거리에는 온갖 꽃 흩뿌리며	街巷散衆華
보배장막은 길가를 가리었고	寶縵蔽路傍
담장 나무는 길 곁에 늘어섰는데	垣樹列道側
보배그릇으로 장엄하게 꾸미었네	寶器以莊嚴

비단 일산과 모든 깃발은	繪蓋諸幢幡
바람을 따라 어지러이 나부끼는데	繽紛隨風揚
길가에 늘어선 구경꾼들은	觀者挾長路
몸을 내밀고 눈은 연해 빛나면서	側身目連光
물끄러미 바라보아 깜박이지 않나니	瞪矚而不瞬
마치 푸른 연꽃을 벌여놓은 것 같네	如竝靑蓮花

달을 따르는 별같이	臣民悉扈從
백성들은 다 함께 뒤따라 호위하며	如星隨宿王
입은 다르나 같은 소리	異口同聲歎
세상 드문 일이라 찬탄하며 칭송하네	稱慶世希有

귀한 이나 천한 이, 부한 이나 가난한 이	貴賤及貧富
어른이나 어린이 또한 젊은이	長幼及中年
모두 다 공경하고 예배하면서	悉皆恭敬禮
다만 행복하기를 빌고 원하네	唯願令吉祥

도시 사람이나 촌사람이나	郭邑及田里
이제 태자의 행차 있다 말을 듣자	聞太子當出
높은 이나 낮은 이 하직할 겨를 없고	尊卑不待辭
깬 이나 자는 이 서로 알리지 않고	寤寐不相告
육축(六畜)[1]을 몰아들일 겨를도 없이	六畜不遑收
미처 돈과 재물 받아들일 사이 없이	錢財不及斂
사립문 닫고 잠글 여가도 없이	門戶不容閉
서로 다투어 길가로 달려가네	奔馳走路傍
다락집 위에서나 언덕 나무에서나	樓閣堤塘樹
열린 창에서나 골목길 사이에서	窓牖衢巷間
몸을 내밀고 눈을 다투어	側身競容目
뚫어져라 바라보아도 싫증을 모르네	瞪矚觀無厭
높은 데서 보는 사람 땅에 내려가려 하고	高觀謂投地
땅에서 보는 사람 허공에 오르려 하네	步者謂乘虛
마음이 함빡 쏠려 자기를 잊어	意專不自覺
몸과 마음이 한꺼번에 날아간 듯	形神若雙飛
공손하고 정성스레 그 모습 보고	虔虔恭形觀
함부로 허튼 마음 내지 않나니	不生放逸心
두렷한 몸매 통통한 지절(支節)	圓體腯支節
빛깔은 마치 연꽃이 핀 것 같다	色若蓮花敷

---

1) 집에서 기르는 대표적인 여섯 가지 가축. 소·말·돼지·양·닭·개.

이제 나와 이 동산숲에 계시거니　　　　今出處園林

원하오니 거룩한 법 선인(仙人)을 이루소서　願成聖法仙

태자는 새로이 닦아놓은 길을 보매　　　太子見修塗

장엄하게 많은 사람 거느렸을 때　　　　莊嚴從人衆

옷과 수레는 더욱 고이 빛나고　　　　　服乘鮮光澤

흐뭇한 마음 기쁨에 찼네　　　　　　　欣然心歡悅

온 나라 백성들은 그 태자　　　　　　國人瞻太子

엄의(嚴儀)와 승우(勝羽)의 행렬을 뵈옵기　嚴儀勝羽從

마치 저 하늘의 모든 사람들　　　　　亦如諸天衆

하늘 태자 탄생을 보는 것 같네　　　見天太子生

그때에 정거천(淨居天)²⁾ 왕은　　　時淨居天王

갑자기 내려와 길 곁에 나타나　　　　忽然在道側

쇠약한 노인의 형상으로 변하여　　　變形衰老相

이 세상 싫어하는 마음 내게 하였나니　勸生厭離心

이에 태자는 그 노인 꼴 보고　　　　太子見老人

놀랍고 괴이하여 어자(御者)에게 물었다　驚怪問御者

"저이는 그 어떠한 사람인가　　　　此是何等人

머리는 희고 등은 굽으며　　　　　頭白而背僂

---

2) 색계(色界)의 제4선천(禪天)을 지칭하는 말이다. 불환과를 증득한 성인이 나는 하늘로
서, 무번천(無煩天)·무열천(無熱天)·선현천(善現天)·선견천(善見天)·색구경천(色究竟
天)의 다섯 하늘을 가리킨다.

눈은 어둡고 떨면서 　　　　　　　　　　目冥身戰搖

지팡이 의지하여 비틀걸음 걷나니 　　　任杖而羸步

이는 그 몸이 갑자기 변함인가 　　　　爲是身卒變

본래 받은 성질이 스스로 그러한가" 　爲受性自爾

어자는 마음으로 망설이면서 　　　　　御者心躇躕

감히 진실을 말하지 못할 때에 　　　　不敢以實答

이에 정거천은 신력을 부려 　　　　　淨居加神力

그로 하여금 참을 고백하게 하였다 　令其表眞言

"빛깔은 변하고 기운은 허약하여 　　　色變氣虛微

근심은 많은데 즐거움은 적으며 　　　　多憂少歡樂

기쁨을 잊고 모든 근은 허물어지나니 　喜忘諸根羸

이것을 늙고 쇠한 모양이라 하나이다 　是名衰老相

저이도 본래는 어린애로서 　　　　　　此本爲嬰兒

어머니 젖으로 자라났으며 　　　　　　長養於母乳

소년 때에는 장난쳤으며 　　　　　　　及童子嬉遊

단정히 젊었을 때는 오욕을 즐겼나니 　端正恣五欲

세월은 흘러 몸뚱이 말라지고 　　　　年逝形枯朽

지금은 늙음으로 허물어졌나이다" 　　今爲老所壞

태자는 이 말 듣고 길이 탄식하면서 　太子長歎息

다시 그 어자에게 물어보았다 　　　　而問御者言

"다만 홀로 저만이 쇠하고 늙는 건가 　但彼獨衰老

우리도 또한 저렇게 될 것인가" 　　　吾等亦當然

어자는 다시 대답하기를　　　　　　　　御者又答言
"태자님께도 그런 운명 있나니　　　　尊亦有此分
세월이 가면 몸은 절로 변하여　　　　時移形自變
반드시 올 것이 의심이 없나이다　　　必至無所疑

젊음으로 늙지 않음 없건마는　　　　少壯無不老
온 세상 알면서도 구하나이다"　　　舉世知而求

태자는 과거에 오랫동안을　　　　　菩薩久修習
청정한 지혜의 업 닦아 익히고　　　清淨智慧業
모든 덕의 씨를 널리 심어서　　　　廣殖諸德本
그 소원 지금에 꽃 피고 열매 졌네　願果華於今

태자는 늙고 쇠함의 괴로움 듣고　　聞說衰老苦
두려움에 온몸 털이 일어섰나니　　戰慄身毛竪
마치 번개치고 천둥치는 소리를 듣고　雷霆霹靂聲
뭇 짐승이 두려워 달리는 것처럼　　群獸怖奔走
보살도 또한 그와 같아서　　　　　菩薩亦如是
두려움에 떨면서 길이 한숨 쉬네　震怖長噓息

늙음의 괴로움을 마음에 걸고　　　繫心於老苦
머리를 떨어뜨려 눈 바로 뜨고　　頷頭而瞪矚
이 늙는 고통을 생각하나니　　　念此衰老苦

"세상사람 무엇을 사랑하고 즐기는가　世人何愛樂
모든 것은 늙음 앞에 허물어져서　老相之所壞

거기에 부딪히면 가릴 것 없는 것을　　　　　　觸類無所擇
비록 젊음의 빛깔과 힘 있어도　　　　　　　　雖有壯色力
변하지 않는 어느 하나 없거니　　　　　　　　無一不遷變
눈앞에서 그 모양 환히 보면서　　　　　　　　目前見證相
어찌해 싫어하여 떠나지 아니하리"　　　　　如何不厭離

보살은 이에 어자에게 분부했다　　　　　　　菩薩謂御者
"마땅히 빨리 수레 돌려 돌아가자　　　　　宜速廻車還
생각 생각에 늙음은 닥치거니　　　　　　　　念念衰老至
이 동산 구경이 무엇이 즐거우랴"　　　　　園林何足歡

어자는 분부 받고 바람처럼 달리나니　　　　受命卽風馳
수레바퀴를 날려 본궁으로 돌아가네　　　　飛輪旋本宮

태자 마음은 황혼 속에 헤매나니　　　　　　心存朽暮境
마치 빈 묘지 사이로 돌아드는 것 같아　　如歸空塚間
부딪히는 일마다에 정 붙지 않고　　　　　　觸事不留情
사는 곳은 잠깐도 편함이 없네　　　　　　　所居無暫安

태자의 즐겨하지 않는다는 말을 듣고　　　　王聞子不悅
왕은 다시 나가 놀기 태자에게 권했나니　勸令重出遊
곧 모든 신하들께 분부 내리니　　　　　　　卽勅諸群臣
그 장엄한 것은 전보다 훌륭했네　　　　　　莊嚴復勝前

정거천은 다시 병인으로 화하여　　　　　　天復化病人
겨우 목숨 부지하고 길 곁에 있었으니　　守命在路傍

몸은 바짝 마르고 배는 퉁퉁 붓고	身瘦而腹大
숨소리 길게 헐떡거리며	呼吸長喘息
팔다리 뒤틀려 바싹 마르고	手脚攣枯燥
슬프게 울면서 끙끙 앓고 있었다	悲泣而呻吟

태자는 다시 어자에게 물었다	太子問御者
"이것은 또 어떠한 사람인가"	此復何等人
어자는 말하기를 "이것은 변자로서	對日是病者
사대(四大)³⁾가 모두 뒤섞이고 어지러워	四大俱錯亂
여위고 기운 빠져 견딜 수 없어	贏劣無所堪
이리저리 뒤엎치며 남의 신세 지나이다"	轉側恃仰人

태자는 어자의 이 말을 듣고	太子聞所說
곧 불쌍하고 가엾은 마음 일어	卽生哀愍心
"오직 이 사람만 병이 나는가	問唯此人病
다른 사람도 또한 그러할 건가"	餘亦當復爾

어자는 대답하되 "이 세상의	對日此世間
모든 것 그러하지 않은 것 없나이다	一切俱亦然
몸이 있으면 반드시 병 있나니	有身必有患
어리석은 사람들 잠깐 환락 즐깁니다"	愚癡樂朝歡

태자는 어자의 이 말을 듣고	太子聞其說
곧 큰 두려운 마음 생겨	卽生大恐怖

---

3) 땅·물·불·바람(地水火風).

몸과 마음이 함께 떨리기 身心悉戰動

마치 물결 속의 달과 같았네 譬如揚波月

'이 큰 괴로움의 그릇 안에 살면서 處斯大苦器

어떻게 능히 스스로 편안하리 云何能自安

오오 슬프다, 세상사람들 嗚呼世間人

미련해 미혹되고 어둠에 막히어 愚惑癡闇障

병의 도적 이르는 것 기약 없거늘 病賊至無期

그런데도 기뻐하고 즐겨하는 마음 내네' 而生喜樂心

태자는 수레 돌려 다시 돌아와 於是廻車還

시름에 잠겨 병의 고통 생각할 때 愁憂念病苦

마치 어떤 사람이 매를 맞을 때 如人被打害

몸을 움쳐 작대기를 기다리는 듯 捲身待杖至

한가한 궁전 속에 들어 엎디어 靜息於閑宮

세상 등진 즐거움을 오로지 구하였네 專求反世樂

왕은 다시 태자가 돌아왔단 말 듣고 王復聞子還

무슨 일이 있었더냐 신칙하여 물었다 勅問何因緣

어자 대답하되 "병자 보았나이다" 對曰見病人

왕은 두려워하기 몸을 잃은 듯 王怖猶失身

길을 맡은 사람을 못내 꾸짖고 深責治路者

가슴이 막혀 다시 말이 없었다 心結口不言

다시 기녀의 무리를 더해 復增伎女衆

음악은 전보다 배나 훌륭하였네 音樂倍勝前
이로써 눈과 귀를 기쁘게 하여 以此悅視聽
세속 살아가는 것 즐겨하게 하나니 樂俗不厭家
밤낮 가림 없이 음악과 여자를 바쳤으나 晝夜進聲色
그 마음은 조금도 기뻐할 줄 몰랐다 其心未始歡

왕은 스스로 나가 돌아다니며 王自出遊歷
보다 훌륭하고 묘한 동산 구한 뒤 更求勝妙園
지극히 아름답고 고운 맵시에 簡擇諸婇女
얄미운 아양으로 받들 줄 알며 美艷極恣顔
아리따운 얼굴로 사람 호리는 詔黠能奉事
수많은 채녀들을 가려 뽑았다 容媚能惑人

왕은 행차하는 길 다시 손보고 增修王御道
더러운 모든 것을 다 치운 뒤 防制諸不淨
다시 좋은 어자에게 특별히 신칙하여 幷勅善御者
자세히 보아 살피며 길을 가려 가게 했다 瞻察擇路行

그때에 정거천 왕이 時彼淨居天
다시 죽은 사람으로 화(化)해 復化爲死人
네 사람이 함께 상여를 메고 四人共持輿
이 보살 앞에 나타났을 때 現於菩薩前
다른 많은 사람은 보지 못하고 餘人悉不覺
보살과 어자만이 그것 보았네 菩薩御者見

"이것은 어떠한 가마이기에 問此何等輿

꽃과 깃발로 장엄하게 꾸미고 　　　　　幡花雜莊嚴

따르는 사람들은 근심하고 슬퍼하며 　　從者悉憂慼

머리를 흩트리어 울부짖고 따르는가" 　　散髮號哭隨

하늘 신은 어자 시켜 대답하였다 　　　天神教御者

"이것은 죽은 사람 　　　　　　　　　對曰爲死人

모든 근이 무너지면 목숨이 끊어지고 　諸根壞命斷

마음은 흩어지고 염식(念識)[4] 떠나며 　心散念識離

정신은 가고 몸뚱이는 말라빠져 　　　神逝形乾燥

뻣뻣이 굳어 마른나무 같나니 　　　　挺直如枯木

일가친척과 모든 벗들은 　　　　　　親戚諸朋友

은혜와 사랑 본래부터 얽혔지만 　　　恩愛素纏綿

이제는 모두 보기 싫어해 　　　　　　今悉不喜見

빈 무덤 사이에 가져다 버립니다" 　　遠棄空塚間

태자는 죽음이란 이 말을 듣고 　　　太子聞死聲

슬프고 아픈 마음 한데 맺히어 　　　悲痛心交結

"오직 이 사람만 죽는 것인가 　　　　問唯此人死

천하 사람이 다 그러한가" 　　　　　天下亦俱然

"온 천하가 다 그러하나니 　　　　　對曰普皆爾

대개 처음 있으면 반드시 끝이 있어 　夫始必有終

어른이나 어린이나 또 젊은이나 　　　長幼及中年

---

4) 기억작용. 대상을 기억하여 잊지 않는 것.

몸이 있고 무너지지 않는 것 없나이다"   有身莫不壞

태자는 마음으로 놀라고 슬퍼하여   太子心驚悕
수레 앞 가로 나무에 몸을 엎치고   身垂車軾前
숨길이 끊어질 듯 탄식하면서   息殆絶而嘆

"세상사람 어이 이리 한결같이 잘못인가   世人一何誤
이 몸의 사라짐을 환하게 알건마는   公見身磨滅
그래도 생각 없이 함부로 놀려 하네   猶尙放逸生
마음은 말라빠진 나무·돌이 아니거니   心非枯木石
일찍 덧없음을 걱정하지 않았구나"   曾不慮無常

곧 신칙하되 "수레 돌려 돌아가자   卽勅迴車還
다시 이와 같이 놀 때가 아니니라   非復遊戲時
목숨 끊겨 죽는 것 기약 없거니   命絶死無期
어떻게 마음대로 함부로 놀겠는가"   如何縱心遊

어자는 왕의 신칙 받들었으매   御者奉王勅
그것을 두려워해 감히 돌리지 않고   畏怖不敢旋
수레를 바로 몰아 빨리 달리어   正御疾驅馳
어느덧 그 동산에 이르렀나니   徑往至彼園

숲속 물은 가득 차 맑게 흐르고   林流滿淸淨
아름다운 나뭇잎 다 피어 한창인데   嘉木悉敷榮
가지가지 기이한 새와 짐승들   靈禽雜奇獸
날고 달리면서 즐거이 노래할 때   飛走欣和鳴

모든 것 빛나 귀와 눈이 즐거운 것　　　　　光耀悅耳目

마치 저 하늘 위의 난다나(難陀) 동산 같네　　　猶天難陀園

4. 애욕을 떠나다(離欲品 第四)

태자가 동산숲에 들어갔을 때	太子入園林
많은 여자 나와서 받들어 맞이하고	衆女來奉迎
만나기 어렵다는 생각으로써	竝生希遇想
다투어 생글대며 그윽한 정 바치면서	競媚進幽誠
제각기 아양 떠는 맵시를 다해	各盡伎姿態
받들어 모시면서 마땅함을 따르나니	供侍隨所宜
어떤 이는 손발을 잡고	或有執手足
혹은 그 몸을 두루 주무르며	或遍摩其身
혹은 웃음으로 수작을 걸고	或復對言笑
혹은 근심스러운 표정을 나타내어	或現憂慼容
어찌했든 태자를 즐겁게 하여	規以悅太子
사랑하고 즐기는 맘 내기 꾀하였네	令生愛樂心
많은 여자들 태자 뵈오매	衆女見太子

빛나는 얼굴 하늘 사람 몸 같아서　　　　　光顔狀天身

가지가지 장식을 빌지 않더라도　　　　　不假諸飾好

본바탕 몸이 장엄보다 나았으니　　　　　素體踰莊嚴

모두들 우러러보며　　　　　　　　　　一切皆瞻仰

월천자(月天子)[1] 왔다 하네　　　　　　謂月天子來

갖가지 방편을 베풀었으나　　　　　　　種種設方便

보살 마음을 움직일 수 없었나니　　　　不動菩薩心

서로서로 돌아보며　　　　　　　　　　更互相顧視

부끄러워 말없었네　　　　　　　　　　抱愧寂無言

어떤 바라문의 아들　　　　　　　　　　有婆羅門子

이름은 우다이(優陀夷)[2]　　　　　　　名曰優陀夷

여러 처녀들에게 그는 말했네　　　　　　謂諸婇女言

"너희들은 다 단정하고 또 아담하며　　　汝等悉端正

총명하고 또 기술 많으며　　　　　　　聰明多技術

색의 힘도 또한 보통 아니며　　　　　　色力亦不常

또 일체 세간의 애욕에 대한　　　　　　兼解諸世間

은밀한 방법을 알고 있거니　　　　　　隱祕隨欲方

거기다 얼굴은 세상에 드물어　　　　　容色世希有

모양은 왕녀(王女)의 얼굴과 같아　　　　狀如王女形

---

1) 인도 신화에서 불교에 전입한 신의 하나. 월궁전(月宮殿)에 살며 4천하(四天下)를 비춤.
2) 우다이(Udāyin) : 카필라 성의 국사의 아들로 정반왕에게 뽑혀 싯다르타 태자의 학우
가 됨. 변론을 잘해 태자의 출가를 막으려 했음. 후에 출가하여 붓다의 제자가 됨.

하늘이 보면 그 아내 버리고　　　　天見捨妃后
신선도 그 때문에 넘어지리니　　　　神仙爲之傾
어떻게 한 사람의 왕자로서　　　　如何人王子
능히 그 정을 느끼지 못하리　　　　不能感其情

이제 이 왕의 태자는　　　　今此王太子
마음 가지기 비록 튼튼하고 굳으며　　　　持心雖堅固
청정한 덕 순수히 갖추었더라도　　　　清淨德純備
여자의 힘에는 이기지 못하리라　　　　不勝女人力

옛날의 손타리(孫陀利)[3]는　　　　古昔孫陀利
능히 큰 선인(仙人)을 무너뜨리고　　　　能壞大仙人
그로 하여금 애욕을 익히게 하여　　　　令習於愛欲
발로써 그 정수리 밟았다 한다　　　　以足蹈其頂

오랫동안 고행한 고타마(瞿曇)도　　　　長苦行瞿曇
또한 천후(天后)에게 넘어갔으며　　　　亦爲天后壞
리시야스링가(勝渠)[4] 선인의 아들은　　　　勝渠仙人子
애욕을 익힘으로 물을 다스렸으며　　　　習欲隨洀流

비스바미트라(毘尸婆)[5] 선인은　　　　毘尸婆梵仙
도를 닦은 지 십천 년 되었으나　　　　修道十千歲

---

3) 손타리(Sundari) : 염(艶)이라 번역. 손타라난타의 아내.
4) 리시야스링가(Ṛṣyaśṛṅga) : 인도 고대 신화에 나오는 선인(仙人)의 이름.
5) 비스바미트라(Viśvāmitra) : 크샤트리아 족으로 태어나 고행에 의해 브라만 족에 오른
대선(大仙).

못내 천후에게 집착함으로써   深著於天后
하루 만에 갑자기 무너졌다   一日頓破壞

저와 같은 여러 아름다운 여자들은   如彼諸美女
그 힘이 모든 범행(梵行)을 이겼거니   力勝諸梵行
하물며 너희들과 같은 기술로   況汝等技術
왕자를 미혹하게 못하겠는가   不能感王子
마땅히 다시 모든 방편 부리어   當更勤方便
그 왕의 대물림 끊기게 하지 말라   勿令絶王嗣

여자의 본바탕 비록 천하나   女人性雖賤
높고 영화로움 승천(勝天)을 따르나니   尊榮隨勝天
어찌하여 그 기술 다 부리고   何不盡其術
그에게 더러운 마음 나게 하지 못하는가"   令彼生染心

그때에 여러 채녀들   爾時婇女衆
즐거이 우다이의 말을 듣고   慶聞優陀說
용기와 기쁜 마음 더하였으니   增其踊悅心
좋은 말에 채찍질 더하는 것 같았네   如鞭策良馬

그들은 곧 태자 앞에 나아가   往到太子前
제각기 갖가지의 애교 부리네   各進種種術
노래하고 춤추며 혹은 농담 붙이고   歌舞或言笑
눈썹을 찡긋하고 하얀 이빨 드러내며   揚眉露白齒
아름다운 눈매로 살짝 엿보고   美目相眄睞
얇은 옷에 아련히 하얀 살 드러내어   輕衣現素身

살랑살랑 흔들며 천천히 걸어　　　　　　妖搖而徐步
거짓으로 친하여 차츰 다가가네　　　　　詐親漸習近

정욕은 그 마음에 치밀어 무르녹고　　　　情欲實其心
그 위에 대왕의 뜻 받들었거니　　　　　　兼奉大王旨
함부로 비밀한 곳 추잡하게 드러내며　　　慢形媟隱陋
어느새 부끄러워하는 마음 잊어버렸네　　忘其慚愧情

그러나 태자 마음 튼튼하고 굳었으매　　　太子心堅固
의젓하여 그 얼굴 변하지 않았나니　　　　傲然不改容
마치 저 큰 용(龍)의 코끼리　　　　　　　猶如大龍象
뭇 코끼리에게 둘러싸여도　　　　　　　　群象衆圍遶
그 마음 어지럽힐 수 없는 것처럼　　　　不能亂其心
여럿 속에 있어도 혼자 있는 것 같네　　　處衆若閑居

또 마치 사크라(帝釋)[6] 왕이　　　　　　猶如天帝釋
뭇 천녀들에게 둘러싸인 것처럼　　　　　諸天女圍繞
태자가 동산수풀에 있어　　　　　　　　　太子在園林
둘러싸여 있는 것도 그와 같았네　　　　　圍繞亦如是

혹은 그를 위해 옷을 바루고　　　　　　　或爲整衣服
혹은 그를 위해 손발 씻으며　　　　　　　或爲洗手足

---

6) 사크라(Sakrodevendra) : 구족하게는 석제환인다라(釋提桓因陀羅), 석가제바인다라
(釋迦提婆因陀羅)라 한다. 제는 Indra의 번역. 석은 Śakra의 음사. 수미산의 꼭대기 다리천
의 임금. 선견성(善見城)에 있어 4천왕과 32천을 통솔하면서 불법과 불법에 귀의하는 사람
을 보호하며 아수라의 군대를 정벌한다는 하늘 임금.

혹은 향수를 몸에 바르고	或以香塗身
혹은 꽃으로 장엄하게 꾸미며	或以華嚴飾
혹은 그를 위해 영락(瓔珞)을 꿰고	或爲貫瓔珞
혹은 그 몸을 안기도 하며	或有扶抱身
혹은 그를 위해 베개 자리가 되고	或爲安枕席
혹은 몸을 기대어 소곤거리며	或傾身密語
혹은 세속의 잡된 희락질 하고	或世俗調戲
혹은 가지가지 애욕 일을 말하며	或說衆欲事
혹은 모든 애욕의 꼴을 흉내내어	或作諸欲形
그 마음을 움직이려 꾀하였네	規以動其心
그러나 보살 마음 깨끗하고 맑으며	菩薩心淸淨
튼튼하고 굳세어 움직이기 어려웠다	堅固難可轉
보살은 모든 채녀 지껄이는 말 듣고도	聞諸婇女說
근심도 하지 않고 기뻐하지도 않고	不憂亦不喜
몇 곱이나 싫어하는 생각을 내어	倍生厭思惟
이것은 참으로 기괴하다 탄식하며	嘆此爲奇怪
모든 여자들 음욕의 왕성하기	始知諸女人
이렇듯 하다는 것 비로소 알았었네	欲心盛如是
"젊고 성한 빛깔도 잠깐이어서	不知少壯色
어느새 늙고 죽어 무너질 줄 모르나니	俄頃老死壞
슬프다, 이 큰 미혹이여	哀哉此大惑

어리석음이 그 마음 덮었구나   愚癡覆其心

늙고 앓고 죽는 것 마땅히 생각하여   當思老病死
밤낮을 쉬지 않고 부지런히 노력하라   晝夜勤勖勵
칼날이 내 목에 다다랐거니   鋒刃臨其頸
어떻게 오히려 웃으며 즐겨하랴   如何猶嬉笑

남의 늙고 앓고 죽는 것 보고도   見他老病死
스스로 돌아보아 살펴볼 줄 모르나니   不知自觀察
이것은 곧 흙이나 나무로 만든 사람   是則泥木人
무슨 마음에 생각함이 있으랴   當有何心慮

빈 벌판의 두 나무가   如空野雙樹
꽃과 잎이 다 함께 무성하다가   華葉俱茂盛
하나는 이미 베이었어도   一已被斬伐
다른 하나 두려움을 모르는 것처럼   第二不知怖
이 세상의 모든 사람들   此等諸人輩
생각 없는 것 또한 그와 같구나"   無心亦如是

그때에 우다이   爾時優陀夷
태자 앞에 나와서   來至太子所
고요히 앉아 선사(禪思)에 들어   見宴默禪思
마음에 오욕 생각 없는 것 보고   心無五欲想
곧 태자에게 사뢰어 말하였다   卽白太子言

"일찍 대왕의 명령을 받았나니   大王先見勅

'내 아들의 착한 벗 되라'　　　　　　　爲子作良友

이제 마땅히 정성된 말 올리리라　　　　今當奉誠言

참된 벗에는 세 종류가 있으니　　　　　朋友有三種

첫째는 이익되지 않는 것 덜어주고　　　能除不饒益

둘째는 남의 이익 만들어주며　　　　　成人饒益事

셋째는 어려울 때 버리지 않는 것　　　遭難不遺棄

나는 이미 착한 벗이라 불리었거니　　　我既名善友

장부의 의리를 등져버리어　　　　　　棄捨丈夫義

마음에 먹은 바를 다 말하지 않으면　　言不盡所懷

어떻게 세 가지 이익이라 이름하리　　　何名爲三益

그러므로 이제 참말을 말하여　　　　　今故說眞言

충성된 내 마음을 표하려 하네　　　　以表我丹誠

나이는 한창 젊은 때요　　　　　　　　年在於盛時

얼굴과 몸도 충실하게 갖추었거늘　　　容色得充備

이제 여자를 소중히 여기지 않으면　　　不重於女人

그는 훌륭한 사람의 도리가 아니니라　斯非勝人體

비록 진실로 그런 마음 없더라도　　　正使無實心

마땅히 방편으로 받아들여야 하네　　　宜應方便納

은근하고 겸손한 마음을 내어　　　　　當生軟下心

그대로 따라 그 뜻을 받아주라　　　　隨順取其意

애욕으로 교만을 더하는 것은　　　　　愛欲增憍慢

여자에 지나는 것 다시없나니　　　　　無過於女人
우선은 내 마음에 어기더라도　　　　　且今心雖背
법으로써 방편을 따라야 하느니라　　　法應方便隨

여자를 따르면 마음이 즐거웁고　　　　順女心爲樂
그대로 따르는 것 장엄거리 되나니　　順爲莊嚴具
만일 사람으로 '따름'을 떠나면　　　　若人離於順
나무의 꽃과 열매 없는 것 같네　　　　如樹無花果

어찌하여 그대로 따라야 하는가　　　　何故應隨順
그 일을 거두어받으려 함이니라　　　　攝受其事故
얻기 어려운 경계 이제 이미 얻었거니　已得難得境
예사로운 일이라 함부로 생각 말라　　勿起輕易想

애욕이란 가장 제일이니라　　　　　　欲爲最第一
하늘도 그것을 잊지 못하였나니　　　　天猶不能忘
그러므로 저 사크라 왕도　　　　　　　帝釋尙私通
고타마 선인의 아내와 사통(私通)하고　瞿曇仙人妻

아가스티야(阿伽陀)⁷⁾ 선인은　　　　　阿伽陀仙人
오랫동안 고행을 닦아　　　　　　　　長夜脩苦行
그로써 천후를 구하였으나　　　　　　爲以求天后
끝내 그 원을 풀지 못하였으며　　　　而遂願不果

---

7) 아가스티야(Agastya) : 리그베다 저자의 한 사람. 선인(仙人).

바라드바자(婆羅墮)⁸⁾ 선인과   婆羅墮仙人

또 월천자(月天子)   及與月天子

파라샤라(婆羅舍)⁹⁾ 선인과   婆羅舍仙人

또 카핑잘라(迦賓闍羅)¹⁰⁾   與迦賓闍羅

이러한 많은 무리들   如是比衆多

모두 여자 때문에 넘어졌나니   悉爲女人壞

하물며 지금은 자기의 경계   況今自境界

어떻게 능히 즐기지 않으리   而不能娛樂

오랜 과거에 덕의 종자 심었기에   宿世殖德本

이제 이 묘한 많은 것을 갖추어 얻었거니 得此妙衆具

세상사람들 모두 즐겨 집착하거늘   世間皆樂著

그 마음은 도리어 반겨하지 않는구나"   而心反不珍

그때에 태자는   爾時王太子

친구 우다이가   聞友優陀夷

달콤한 말과 능란한 말솜씨로   甜辭利口辯

세간 현상을 말하는 것을 듣고   善說世間相

우다이에게 대답하였다   答言優陀夷

---

8) 바라드바자(Bhāradvāja) : 선인. 리그베다 저자의 한 사람으로 추정됨.

9) 파라샤라(Parāśara) : 바시시타(Vasiṣṭha)의 아들이라 함. 또는 샤크티(Śakti)의 아들이라고도 함.

10) 카핑잘라(Kapiñjala) : 히말라야에서 살며 마력을 가지고 시바 신을 섬기는 초자연적 존재인 비디야다라(Vidyādhara)의 이름.

"너의 성심으로 말하는 것 들었다 　　　　感汝誠心說
나도 이제 너에게 설명하리니 　　　　　　我今當語汝
우선 마음먹고 자세히 들으라 　　　　　　且復留心聽

내 묘한 경계를 업신여긴다거나 　　　　　不薄妙境界
또한 세상 즐거움 모르는 것 아니다 　　　　亦知世人樂
다만 저 덧없는 모양 보나니 　　　　　　　但見無常相
그러므로 근심스런 마음 생기는 것이다 　　故生患累心

만일 그 법이 항상되어서 　　　　　　　　若此法常存
늙고 앓고 죽는 괴로움 없다고 하면 　　　　無老病死苦
나도 또한 마땅히 그 즐거움 받아 　　　　　我亦應受樂
마침내 싫어하거나 떠날 마음이 없으리라 　終無厭離心

만일 모든 여자의 색으로 하여금 　　　　　若令諸女色
끝까지 쇠하거나 변함없게 한다면 　　　　　至竟無衰變
애욕은 비록 허물이 되더라도 　　　　　　　愛欲雖爲過
오히려 사람 정은 붙을 수 있으리라 　　　　猶可留人情

사람에게는 늙음·앓음·죽음 있어 　　　　　人有老病死
자기 스스로도 즐거할 것 없겠거늘 　　　　彼應自不樂
어찌 하물며 남에게 대해 　　　　　　　　何況於他人
물들어 집착하는 마음을 내랴 　　　　　　而生染著心

항상됨이 없는 오욕 경계는 　　　　　　　非常五欲境
자기 자신도 또한 그러하거니 　　　　　　自身俱亦然

| 그런데 사랑하고 즐겨하는 마음 내면 | 而生愛樂心 |
| 그것은 곧 짐승이나 다름 없으리 | 此則同禽獸 |

내가 보기로 모든 신선들	汝所引諸仙
그들은 오욕 익혀 집착한 사람이다	習著五欲者
그들은 곧 싫어하고 근심해야 하였나니	彼卽可厭患
욕심 익힘으로써 멸망하고 말았도다	習欲故磨滅

또 그들 훌륭한 선비들이	又稱彼勝士
오욕 경계를 즐겨 집착했다 하나니	樂著五欲境
그들도 또한 함께 멸망하고 말았나니	亦復同磨滅
그들은 실로 훌륭하지 않은 줄 알아야 하네	當知彼非勝

만일 거짓으로 방편을 부려	若言假方便
그를 좇아 가까이해 익혔다고 말한다면	隨順習近者
'익힘'은 곧 진실로 물들어 집착한 것	習則眞染著
어떻게 이름하여 방편이라 하겠는가	何名爲方便

속임수와 거짓인 그대로 좇음	虛誑僞隨順
나는 그따위 일을 하지 않나니	是事我不爲
진실로 그대로 좇는 사람은	眞實隨順者
그것을 곧 법 아니라 이르느니라	是則爲非法

이 마음을 억제하기 어려워	此心難裁抑
일을 따르면 곧 집착 생기고	隨事卽生著
집착하면 허물을 보지 못하나니	著則不見過

어떻게 방편이라 따를 것인가 如何方便隨
거짓으로 좇아 마음에 어그러짐 處順而心乖
이런 이치를 나는 보지 못하였네 此理我不見

이리하여 늙음·앓음 또 죽음은 如是老病死
큰 괴로움의 무더기이니 大苦之積聚
나를 그 가운데 떨어지게 하는 것 令我墜其中
그것은 착한 벗의 말이 아니다 此非知識說

아아, 우다이여 嗚呼優陀夷
너는 참으로 대담하다 하겠구나 眞爲大肝膽

남·늙음·병·죽음의 근심 生老病死患
그 괴로움은 참으로 두려운데 此苦甚可畏
눈에 보이는 것 모두 다 썩는 것을 眼見悉朽壞
그런데 거기에서 즐거움을 좇는구나 而猶樂追逐

나는 이제 고달프고 힘이 빠졌다 今我至憊劣
마음도 또한 옹졸하고 비좁나니 其心亦狹小
늙음·병·죽음을 가만히 생각하년 思惟老病死
갑자기 들이닥침 기약할 수가 없어 卒至不預期
밤에도 낮에도 잠자기를 잊었거니 晝夜忘睡眠
무슨 경황에 오욕을 익힐 건가 何由習五欲

늙음·병·죽음은 불꽃같아라 老病死熾然
결정코 이를 것은 의심 없거니 決定至無疑

오히려 걱정할 줄 모르는 것은 　　　猶不知憂慼

참으로 목석의 마음이라 하겠구나"　　眞爲木石心

태자는 그 우다이를 위해 　　　　太子爲優陀

여러 가지 교묘한 방편으로 　　　種種巧方便

애욕의 큰 근심을 설명하면서 　　　說欲爲深患

어느새 해 저문 줄 깨닫지 못하였네 　不覺至日暮

그때에 모든 채녀들은 　　　　時諸婇女衆

풍류며 가지가지 장엄거리들 　　伎樂莊嚴具

그 모두 아무 데도 쓸 데가 없어 　　一切悉無用

부끄러워 돌아가 성으로 들어갔다 　慚愧還入城

태자는 그 동산수풀을 보매 　　　太子見園林

갖가지 장엄들은 못 쓰게 되고 　　莊嚴悉休廢

기녀들은 모두 다 흩어져 돌아가 　　伎女盡還歸

그 장소는 텅 비어 쓸쓸하였다 　　其處盡虛寂

덧없다는 생각을 더욱 느끼며 　　倍增非常想

머리를 숙인 채 본궁으로 돌아갔다 　俛仰還本宮

아버지 왕은 그 태자의 　　　父王聞太子

오욕에 마음이 끊어졌단 말 듣고 　心絶於五欲

못내 걱정하고 괴로워하기 　　　極生大憂苦

날카로운 바늘이 심장을 찌르는 듯 　如利刺貫心

곧 모든 신하를 불러 　　　卽召諸群臣

무슨 방법을 써야 할까 물을 때 問欲設何方

모두들 말하기를 오욕의 즐거움은 咸言非五欲

그 마음을 붙들 수 없다 하였네 所能留其心

5. 성을 나가다(出城品 第五)

왕은 다시 가지가지의	王復增種種
묘하고 훌륭한 오욕거리 더하여	勝妙五欲具
낮이나 밤이나 오락으로써	晝夜以娛樂
태자 마음 즐겁게 하려 하였네	冀悅太子心
그럴수록 태자는 더욱 싫어해	太子深厭離
끝끝내 사랑하고 즐길 뜻 없이	了無愛樂情
다만 나고 죽는 괴로움 생각하기	但思生死苦
마치 화살을 맞은 사자 같았네	如被箭獅子
왕은 모든 대신과	王使諸大臣
귀족의 자제로서	貴族名子弟
나이는 젊고 얼굴은 훌륭하며	年少勝姿顏
총명하고 슬기로워 예의를 아는 자로	聰慧執禮儀
낮이나 밤이나 같이 놀면서	晝夜同遊止

태자의 마음을 잡게 하였다　　　　　　　以取太子心

이렇게 하기를 오래지 않아　　　　　　　如是未幾時
왕에게 다시 나가 놀기 청하였다　　　　啓王復出遊

잘 달리는 훌륭한 말을 타고　　　　　　服乘駿足馬
여러 가지 보배로 장엄 갖추고　　　　　衆寶具莊嚴
모든 귀족 자제들에 둘러싸이어　　　　與諸貴族子
다 같이 함께 성을 나가네　　　　　　　圍遶俱出城
그것은 마치 네 가지 꽃이　　　　　　　譬如四種華
해가 비추어져 피는 것처럼　　　　　　日照悉開敷
태자는 싱그러운 풍경에 빛나고　　　　太子耀神景
따르는 행렬들은 그 광명 입었어라　　羽從悉蒙光

성을 나가 동산으로 행차할 때에　　　出城遊園林
새로 닦은 길은 또 편편하며　　　　　修路廣且平
나무들마다 꽃과 열매 우거져　　　　樹木花果茂
즐거운 마음에 돌아가기 잊었었네　　心樂遂忘歸

길가에서 밭 가는 농부를 보매　　　　路傍見耕人
흙을 뒤칠 때 온갖 벌레 죽이네　　　墾壤殺諸蟲
태자는 마음에 가엾은 생각 들어　　其心生悲惻
바늘로 찌르는 듯 가슴 아팠네　　　痛躃刺貫心

또 그 밭 가는 농부를 보매　　　　　又見彼農夫
일에 시달려 몸은 여위고　　　　　　勤苦形枯悴

88

흩트러진 머리에 땀을 흘리며　　　蓬髮而流汗

온몸은 흙먼지를 뒤집어썼네　　　塵土坌其身

밭 가는 소도 또한 지쳐서　　　耕牛亦疲困

혀를 빼물고 헐떡거리네　　　吐舌而急喘

태자는 자비스러운 성미이라　　　太子性慈悲

가엾이 여기는 마음 지극하여서　　　極生憐愍心

개연(慨然)히 길이 탄식하며　　　慨然興長歎

말에서 내려 땅에 앉으시었다　　　降身委地坐

그 온갖 괴로움 관찰하시고　　　觀察此衆苦

나고 멸하는 법을 생각할 때에　　　思惟生滅法

"슬프다, 모든 세상 사람들　　　嗚呼諸世間

어리석고 미련하여 깨닫지 못하는구나"　　　愚癡莫能覺

여러 사람들을 위로하면서　　　安慰諸人衆

제각기 마음대로 앉게 하시고　　　各令隨處坐

스스로는 염부나무(閻浮樹)¹⁾ 그늘에　　　自蔭閻浮樹

단정히 앉아 바르게 생각하고　　　端坐正思惟

모든 나고 죽음과 일고 멸하여　　　觀察諸生死

---

1) 염부나무(Jambu) : 수미산의 남쪽 바다 가운데 있는 염부제(閻浮提)의 북쪽에 있다고
전하는 상상의 큰 나무. 그 가지와 잎이 50유순(由旬, Yojana)을 덮는다고 함. 유순은 이수
(里數)의 단위. 성왕(聖王)의 하룻동안의 행정. 40리(혹은 30리)에 해당. 대유순은 80리,
중유순은 60리, 소유순은 40리. 1리도 시대에 따라 장단이 같지 않음. 1리를 360보, 1,800
척이라 하면 1유순은 6마일의 22분의 3에 해당.

덧없이 변하는 것 관찰할 때에 　起滅無常變
마음은 안정하여 움직이지 않으며 　心定安不動
오욕은 구름인 듯 사라져버리었네 　五欲廓雲消

머트러운 생각 있고 자세한 생각 있는 　有覺亦有觀
첫째의 번뇌 없는 선에 들어가 　入初無漏禪
욕심을 떠나 기쁨·즐거움 생겨 　離欲生喜樂
삼마디(三摩提)[2]를 바로 받았도다 　正受三摩提

늙음·병·죽음으로 무너지는 것 　世間甚辛苦
이 세간은 참으로 수고롭고 괴롭다 　老病死所壞
몸이 마치도록 큰 괴로움 받건마는 　終身受大苦
사람들은 스스로 깨닫지 못하면서 　而不自覺知
남의 늙음·앓음·죽음 싫어하나니 　厭他老病死
이야말로 큰 근심거리 아닌가 　此則爲大患

나는 이제 훌륭한 법 찾고 있거니 　我今求勝法
마땅히 세상사람 같지 않아서 　不應同世間
스스로 늙음·앓음·죽음에 얽매이면서 　自嬰老病死
도리어 다른 사람 미워하지 않으리라 　而反惡他人

이것은 진실한 관찰이니라 　如是眞實觀
젊음의 빛과 힘과 또 목숨은 　少壯色力壽
자꾸 변해 잠깐도 머물지 않고 　新新不暫停

---

2) 삼매(三昧).

마침내 멸망으로 돌아가나니	終歸磨滅法
기뻐하거나 근심하지도 않고	不喜亦不憂
의심하거나 어지럽지도 않고	不疑亦不亂
잠자거나 욕심에 집착하지 않으며	不眠不著欲
무너지거나 그것을 싫어하지 않으며	不壞不嫌彼
고요하여 편안해 모든 번뇌를 떠나	寂靜離諸蓋
슬기의 광명은 갈수록 밝아졌네	慧光轉增明
그때에 저 정거천 왕은	爾時淨居天
비구 모양으로 다시 화하여	化爲比丘形
태자 앞으로 내려와 나아갔다	來詣太子所
태자는 일어나 공손히 맞이하며	太子敬起迎
"너는 누구냐"	問言汝何人
그는 대답하되 "나는 출가한 사문(沙門)	答言是沙門
늙음·병·죽음을 두려워하고 싫어하여	畏厭老病死
집을 떠나와 해탈을 구하나니	出家求解脫
중생은 늙고 앓고 또 죽으며	衆生老病死
변하고 무너져 잠깐도 쉬지 않네	變壞無暫停
그러므로 나는 항상 즐겁고	故我求常樂
남(生)도 멸(滅)도 없는 경지 구하고 있네	無滅亦無生
원수나 친한 이나 평등한 마음	怨親平等心
재물이나 색을 구하려 힘쓰지 않고	不務於財色

편안해하는 곳은 오직 산림으로서	所安唯山林
텅 비고 고요하여 경영할 것 없나니	空寂無所營
티끌 생각은 이미 쉬었고	塵想旣已息
다만 쓸쓸히 한가함을 의지하며	蕭條倚空閑
곱거나 더러움은 가릴 것 없이	精麤無所擇
구걸하는 그것으로 이 몸을 지탱하네"	乞求以支身

그는 곧 태자 앞에서 가벼이 날아	卽於太子前
허공에 올라 멀리 사라졌다	輕擧騰虛逝
태자는 못내 마음으로 기뻐하여	太子心歡喜
오직 과거의 부처를 생각하고	惟念過去佛
저런 위의(威儀)를 이루어 마쳤더니	建立此威儀
그 끼친 모습을 지금 보았다	遺像見於今

단정히 앉아 깊이 생각하다가	端坐正思惟
곧 바른 법에 대한 생각을 얻었나니	卽得正法念
마땅히 어떠한 방편을 지어	當作何方便
소원대로 길이 집을 나갈 수 있었을까	遂心長出家

정을 거두고 모든 근을 억제하고	歛情抑諸根
천천히 일어나 성으로 들어갈 때	徐起還入城
모든 권속들은 뒤를 따르며	眷屬悉隨從
"부디 머물러 멀리 가지 말라" 하네	謂止不遠逝

가만히 마음속에 가엾은 생각 들어	內密興愍念
장차 세상 밖에 뛰어나려 하였나니	方欲超世表

몸은 비록 길을 따라 돌아가지만	形雖隨路歸
마음은 실로 산림에 머물렀네	心實留山林
마치 매여 있는 미친 코끼리	猶如繫狂象
언제나 넓은 들을 생각하듯이	常念遊曠野

그때에 태자 성으로 들어갈 때	太子時入城
남자와 여자들은 길가에서 맞이하며	士女挾路迎
늙은이들은 아들 삼기 희망하고	老者願爲子
젊은 여자들 남편 삼기 희망하며	少願爲夫妻
혹은 형이나 아우 되기와	或願爲兄弟
모든 친척이나 권속 되기 희망하네	諸親內眷屬
'만일 그 소원대로 따라주려면	若當從所願
모든 모임이란 애착을 끊으리라' 고	諸集悕望斷

태자는 마음으로 아주 기뻐해	太子心歡喜
문득 모임 끊는다는 소리를 들었나니	忽聞斷集聲
'만일 소원대로 따라준다면	若當從所願
이 원은 반드시 이루어지리라'	斯願要當成
모임을 끊는 즐거움 깊이 생각하면서	深思斷集樂
열반에의 마음 더욱 더했네	增長涅槃心

몸은 진금산(眞金山) 봉우리 같고	身如金山峰
통통한 팔은 코끼리 코 같으며	脯臂如象手
그 음성은 봄하늘의 우레 소리	其音若春雷
검푸른 눈은 큰 소 눈에 비길레라	紺眼譬牛王

다함이 없는 법을 마음으로 해	無盡法爲心
얼굴은 보름달 빛과 같네	面如滿月光
큰 사자의 걸음걸이로	獅子王遊步
천천히 걸어 본궁으로 들어갔네	徐入於本宮

마치 사크라의 아들과 같이	猶如帝釋子
마음으로 공경하고 몸도 공손히	心敬形亦恭
그 아버지 왕의 앞에 나아가	往詣父王所
머리를 조아려 문안드리고	稽首問和安
다시 나고 죽음의 두려움 아뢰어	幷啓生死畏
간절히 원하여 집 나기를 청하였다	哀請求出家

"이 모든 세간은	一切諸世間
한번 만나면 반드시 갈리나니	合會要別離
그러므로 원하건대 이 집을 떠나	是故願出家
진정한 해탈을 구하려 하나이다"	欲求眞解脫

아버지 왕은 출가한다는 말을 듣고	父王聞出家
두려워서 벌벌 떨었다	心卽大戰懼
마치 큰 미친 코끼리	猶如大狂象
작은 나뭇가지를 흔드는 것 같았네	動搖小樹枝
앞으로 나아가 태자 손 잡고	前執太子手
눈물을 흘리면서 타일러 말하였다	流淚而告言

| "부디 그런 말 그만 그쳐라 | 且止此所說 |
| 아직 법에 귀의할 때가 아니다 | 未是依法時 |

젊은이는 마음이 항상 흔들려　　　　　　　少壯心動搖

행하는 일에 잘못 많나니　　　　　　　　　行法多生過

저 달콤한 오욕 경계에　　　　　　　　　　奇特五欲境

아직 마음이 떠나지 못했거니　　　　　　　心尙未厭離

비록 집을 나가 고행을 닦더라도　　　　　出家修苦行

능히 마음을 안정하지 못하리라　　　　　未能決定心

텅 비고 고요한 넓은 들에서　　　　　　　空閑曠野中

마음이 아직 적멸(寂滅)³⁾하지 못했으면　其心未寂滅

비록 네 마음 법을 즐겨하더라도　　　　汝心雖樂法

나의 지금 이때만은 같지 못하리　　　　未若我是時

너는 마땅히 나랏일 맡고　　　　　　　　汝應領國事

나로 하여금 먼저 출가케 하라　　　　　令我先出家

아비를 버리고 대를 끊는 것　　　　　　棄父絶宗嗣

그것은 곧 마땅한 법이 아니다　　　　　此則爲非法

부디 집을 떠나갈 마음을 쉬고　　　　　當息出家心

이 세간 법을 받아 익히어　　　　　　　受習世間法

안락하고 좋은 이름 널리 퍼지고　　　安樂善名聞

그런 뒤에 집 나감이 마땅하리라"　　然後可出家

태자는 다시 공손한 말로　　　　　　　太子恭遜辭

---

3) 생멸(生滅)이 함께 없어져 무위적정(無爲寂靜)함. 번뇌의 경계를 떠남. 곧 열반.

그 아버지 왕에게 사뢰었나니　　　　　　　　復啓於父王
"오직 네 가지 일만 보전할 수 있다면　　　惟爲保四事
마땅히 출가할 마음 그치리이다　　　　　　當息出家心

저의 목숨 보전하여 영원히 살고　　　　　　保子命常存
병 없고 또 늙지 않으며　　　　　　　　　　　無病不衰老
모든 살림살이 모자라지 않는다면　　　　　　衆具不損減
명령대로 집 떠나기 그치리이다"　　　　　　奉命停出家

아버지 왕은 태자에게 타일렀다　　　　　　　父王告太子
"너는 부디 그런 말 말라　　　　　　　　　　汝勿說此言
그와 같은 네 가지 일을　　　　　　　　　　　如此四事者
누가 능히 보전해 없게 할 수 있겠는가　　　誰能保令無

네가 만일 진실로 그 네 가지 원 구한다면　汝求此四願
그것은 바로 남의 웃음거리 될 것이니　　　　正爲人所笑
우선 집을 떠날 마음 그치고　　　　　　　　　且停出家心
다섯 가지 욕락을 받아 즐기라"　　　　　　　服習於五欲

태자는 다시 왕에게 여쭈었다　　　　　　　　太子復啓王
"네 가지 원을 보전할 수 없다면　　　　　　　四願不可保
아들의 집 나가기 허락하시고　　　　　　　　應聽子出家
부디 만류하여 걱정하지 마소서　　　　　　　願不爲留難

아들은 지금 불난 집에 있거니　　　　　　　　子在被燒舍
어찌하여 나가기를 허락하지 않나이까　　　如何不聽出

96

나누어 갈라짐은 떳떳한 이치거니   分析爲常理
누가 능히 허락을 구하지 않겠나이까 執能不聽求

만일 스스로 닳아 없어질 것이라면 脫當自磨滅
법으로써 그것을 떠남만 못하나니 不如以法離
법으로써 떠나지 않는다면   若不以法離
죽음이 닥쳐올 때 누가 능히 보전하리" 死至執能持

아버지 왕은 그 아들 마음이   父王知子心
결정코 움직일 수 없는 것 알고   決定不可轉
힘을 다해 만류해야 할 뿐   但當盡力留
다시 여러 말을 하지 않았다   何須復多言

다시 모든 채녀들의   更增諸婇女
묘한 오욕(五欲)의 즐거움을 더하고 上妙五欲樂
낮이나 밤이나 힘써 막아   晝夜苦防衛
기어이 집을 나가지 못하게 하였다 要不令出家

온 나라의 모든 신하들   國中諸群臣
태자 있는 곳에 모여 나아가   來詣太子所
널리 모든 예법을 본보기로 들어 廣引諸禮律
왕의 명령 따르기를 권하였다   勸令順王命

태자는 그 아버지 왕의   太子見父王
눈물 흘리며 슬피 우는 것 보고   悲感泣流淚
본궁 안으로 우선 돌아가   且還本宮中

단정히 앉아 고요히 생각하네 端坐默思惟

궁중의 모든 채녀들 宮中諸婇女
가까이하여 둘러싸 모시고 親近圍遶侍
기색을 살피면서 얼굴 우러러 바라보며 伺候瞻顔色
잠깐도 깜박이지 않았나니 矚目不暫瞬
가을 숲속의 사슴 猶若秋林鹿
사냥꾼을 지켜보는 것 같네 端視彼獵師

그 태자 단정한 얼굴은 太子正容貌
마치 더 진금산 같은데 猶若眞金山
기녀들은 함께 우러러 살피면서 伎女共瞻察
말과 얼굴의 가르침을 받들고 聽教候音顔
공경하고 두려워하며 그 마음 살피는 것 敬畏察其心
마치 더 숲속의 사슴 같았네 猶彼林中鹿

그리하여 차츰차츰 해가 저물어 漸已至日暮
태자는 그윽한 어둠 속에 있을 때 太子處幽夜
그 광경은 매우 빛나고 환하여 光明甚輝耀
해가 수미산을 비추는 것 같았네 如日照須彌

일곱 가지 보배 자리에 앉아 坐於七寶座
향기로운 전단향을 피우고 薰以妙栴檀
채녀 무리들은 그를 둘러싸 婇女衆圍遶
간다르바 음악을 아뢰었나니 奏犍撻婆音
마치 저 바이스라마나의 아들 如毘沙門子

온갖 묘한 하늘 음악 소리 같았네　　　　　　　　衆妙天樂聲

그러나 태자의 마음으로 생각는 것　　　　　　　太子心所念
제일가는 멀리 떠남의 즐거움에 있었나니　　　第一遠離樂
아무리 묘한 음악을 아뢰어도　　　　　　　　　雖作衆妙音
또한 그 마음에는 있지 않았네　　　　　　　　亦不在其懷

그때에 저 정거천 왕은　　　　　　　　　　　　時淨居天子
마침내 그 때가 이르러 태자가　　　　　　　　知太子時至
결정코 집을 떠날 줄 알고　　　　　　　　　　決定應出家
갑자기 사람으로 변해 내려와　　　　　　　　　忽然化來下

그 모든 기녀들을 눌러　　　　　　　　　　　　厭諸伎女衆
다 깊은 잠에 빠지게 하였나니　　　　　　　　悉皆令睡眠
온몸을 거두어잡지 못하여　　　　　　　　　　容儀不歛攝
낱낱이 추한 꼴을 되는대로 드러내다　　　　　委縱露醜形
정신없이 잠들어 엎어지고 자빠졌고　　　　　憒睡互低仰
악기는 가로 세로 어지러이 흩어졌네　　　　　樂器亂縱橫
혹은 곁에 기대고 혹은 뒤척거리며　　　　　傍倚或反側
혹은 또 못물에 던져진 것 같았다　　　　　或復似投深

영락은 목의 사슬을 끄는 것 같고　　　　　　纓絡如曳鎖
치마저고리는 온몸을 얽어 묶고　　　　　　　衣裳絞縛身
거문고 안고 땅에 쓰러진 것은　　　　　　　抱琴而偃地
마치 형벌을 받는 사람 같았네　　　　　　　猶若受苦人

누르고 푸른 옷이 흘러 흩어진 것은 　黃綠衣流散
마치 카르니카라(迦尼華)[4]가 꺾인 것 같고 　如摧迦尼華
벽에 기대 몸을 세워 잠자는 모양 　縱體倚壁眠
마치 각궁(角弓)[5]을 걸어놓은 듯 　狀若懸角弓
혹은 손으로 바라지창 짚은 모습 　或手攀窓牖
그것은 목 졸려 죽은 송장 같았네 　如似絞死尸

자주 끙끙 앓고 길게 하품도 하며 　頻呻長欠呿
가위눌려 소리치고 침과 눈물 흘리며 　魘呼涕流涎
흩트러진 머리털로 추한 꼴 드러낸 것 　蓬頭露醜形
마치 미치광이 보는 듯하였다 　見若顚狂人

화만(華鬘)[6]은 드리워져 얼굴을 덮고 　華鬘垂覆面
혹은 얼굴을 땅이 묻으며 　或以面掩地
몸을 들어 흔드는 것은 　或擧身戰掉
마치 저 독요조(獨搖鳥)와 같았네 　猶若獨搖鳥

몸을 맡겨 서로 베는가 하면 　委身更相枕
또 손발을 서로 포개고 　手足互相加
얼굴 찡그리고 눈썹을 찌푸리며 　或顰蹙皺眉
눈은 감았으나 입을 벌리며 　或合眼開口
갖가지로 몸이 흩어져 어지러운 것 　種種身散亂
그것은 마치 쓰러져 있는 송장 같았네 　狼籍猶橫屍

---

4) 카르니카라(Karṇkāra) : 금색(金色)의 꽃.
5) 쇠붙이나 양뿔로 만든 활.
6) 꽃다발. 몸을 장식하기 위해 실로 많은 꽃을 꿰거나 묶은 것. 주로 향기가 많은 것으로 함.

때에 태자는 단정히 앉아   時太子端坐

모든 채녀를 관찰하였네   觀察諸婇女

"아까는 그렇게 단정하고 엄숙하며   先皆極端嚴

지껄이고 웃으며 마음으로 아첨하고   言笑心諂黠

아리따운 자태로 아양 떨더니   妖豔巧姿媚

지금은 모두 추하고 더러워라   而今悉醜穢

여자의 본성품 이러하거니   女人性如是

어떻게 친하고 가까이하리   云何可親近

목욕하고 거짓으로 꾸미고 단장하여   沐浴假緣飾

남자 마음을 속여 미혹하게 하는 것   誑惑男子心

나는 이제 이미 깨달아 알겠거니   我今已覺了

결정코 출가할 일 망설일 것 없다"   決定出無疑

그때에 정거천 왕은   爾時淨居天

내려와 그를 위해 문을 열었고   來下爲開門

태자는 그때에 천천히 일어나   太子時徐起

모든 채녀 사이를 빠져나갔다   出諸婇女間

안 궁전에서 주저주저하다가   踟躕於內閤

찬다카(車匿)[7]에게 말하였나니   而告車匿言

"지금 내 마음은 못내 목말라   吾今心渴仰

단 이슬 우물을 마시려 하노니   欲飮甘露泉

---

7) 찬다카(Chandaka) : 석가가 성문을 떠날 때에 말을 몰고 간 마부의 이름.

말에 안장 끼어 빨리 끌고 오라	被馬速牽來
죽지 않는 고장으로 가려 하노라	欲至不死鄉
스스로 알고 마음 결정하였나니	自知心決定
튼튼하고 굳은 맹세 장엄하여라	堅固誓莊嚴
채녀들은 본래는 단아하고 바르더니	婇女本端正
이제는 그 추한 꼴 모두 보았네	今悉見醜形
대문이 아까는 잠기었으나	門戶先關閉
이제는 이미 활짝 열렸네	今已悉自開
이러한 모든 상서로운 모양 보배	觀此諸瑞相
그것은 제일의(第一義)의 통발(筌)[8]이어라"	第一義之筌
찬다카는 속으로 생각하기를	車匿內思惟
'마땅히 태자 명령 받들어야 하리	應奉太子教
그러나 만일 부왕이 알게 되면	脫令父王知
응당 다시 큰 죄책 받을 것이다'	復應深罪責
모든 하늘들 신력 부리어	諸天加神力
모르는 새에 말을 끌고 왔네	不覺牽馬來
평평한 멍에에 뛰어난 좋은 말	平乘駿良馬
온갖 보배로 새긴 안장을 갖추었네	衆寶鏤乘具

---

8) '제일의'는 최고의 법 또는 가장 훌륭한 도리(道理), 최고의 진리를 가리키는 말. '통발'은 고기를 잡는 그물. 논파(論破)하는 이론을 그물에 비유한 말. 즉 경론(經論)은 수행자를 부처의 경지로 이끌기 위한 도구란 뜻. 그러므로 제일의 통발이란 최고의 진리에 도달하기 위한 수단이란 뜻.

푸르고 긴 갈기와 꼬리	高翠長髦尾
굽은 등덜미에 짧은 털과 귀	局背短毛耳
사슴 복장에 거위 모가지	鹿腹鵝王頸
넓고 둥근 이마에 표주박 코	額廣圓瓠鼻
용 목구멍에 가슴은 네모 나	龍咽膺臆方
인기(驎驥)⁹⁾의 모양을 죄다 갖추었네	具足驎驥相
태자는 말 목을 어루만지고	太子撫馬頸
몸을 문지르면서 타이르기를	摩身而告言
"아버지 왕은 언제나 너를 타고	父王常乘汝
도적한테 나아가면 곧 원수 이겼나니	臨敵輒勝怨
나는 이제 너와 서로 의지하여	吾今欲相依
멀리 감로(甘露)¹⁰⁾ 나루를 건너고자 하노라	遠涉甘露津
싸움 마당에는 수많은 군사 있고	戰鬪多衆旅
영화와 즐거움에는 짝하는 이 많으며	榮樂多伴遊
장사들이 보배를 구할 때에는	商人求珍寶
즐거이 따르는 이 또한 많지만	樂從者亦衆
괴로움을 만나서는 좋은 벗 어렵고	遭苦良友難
법을 구할 때는 친한 벗 적나니	求法必寡朋
만일 이 두 벗으로 견디는 이는	堪此二友者

---

9) 기린(騏驎). 하루에 천리(千里)를 달린다는 상상의 말.
10) 불사(不死)를 말함.

마침내 이로움과 안락을 얻으리라　　　　　終獲於吉安

괴로워하는 중생 건지기 위해　　　　　　吾今欲出遊
나는 이제 나가 노닐고자 하노라　　　　　爲度苦衆生
너도 이제 스스로 이익이 되고　　　　　　汝今欲自利
아울러 모든 싹들 건지고자 하거니　　　　兼濟諸群萌
마땅히 있는 힘 모두 다하여　　　　　　　宜當竭其力
길이 달려 지치거나 게을리 하지 말라"　　長驅勿疲惓

이렇게 타이른 뒤 천천히 말에 올라　　　勸已徐跨馬
고삐를 걷어잡고 이른 새벽 길 떠났네　　　理轡俟晨征

사람 모양은 햇빛이 흐르는 듯　　　　　　人狀日殿流
말은 흰 구름 뜬 것 같았네　　　　　　　馬如白雲浮
몸을 잡아묶어 떨쳐 흔들지 않고　　　　　束身不奮迅
기운을 덮어두고 부르짖지 않았네　　　　　屛氣不噴鳴

신 넷이 달려와 발을 받치니　　　　　　　四神來捧足
가만가만히 걸어 고요해 소리 없고　　　　潛密寂無聲
거듭 문을 튼튼히 잠갔으나　　　　　　　重門固關鑰
하늘 신이 스스로 열리게 하였었네　　　　天神令自開

공경하고 중히 여김 아버지에 지남 없고　　敬重無過父
사랑이 깊기로는 자식에 넘음 없네　　　　愛深莫踰子
안이나 밖이나 모든 권속들　　　　　　　內外諸眷屬
은혜와 애정 또한 얽히었으나　　　　　　恩愛亦纏綿

정을 버리고 남겨둔 생각 없이	遣情無遺念
모든 것 떨쳐버리고 성을 뛰어나가네	飄然超出城
더러운 진흙 속에 나서 피어난	淸淨蓮花目
맑고 깨끗한 연꽃 같은 눈으로	從淤泥中生
아버지 왕이 계신 궁전을 바라보며	顧瞻父王宮
하직을 아뢰는 글을 읊었네	而說告離篇
"남·늙음·죽음을 건너지 못하면	不度生老死
영원히 여기서 놀 인연 없으리"	永無遊此緣
모든 하늘의 무리들과	一切諸天衆
허공의 용들과 귀신까지도	虛空龍鬼神
따라서 기뻐하며 "참으로 장하구나	隨喜稱善哉
오직 이것만이 참말이라" 칭찬하네	唯此眞諦言
모든 하늘과 용과 귀신 무리들	諸天龍神衆
얻기 어려운 마음 얻은 것 기뻐하며	慶得難得心
제각기 자기 힘의 광명으로써	各以自力光
앞에서 인도해 그 밝음 도와주네	引導助其明
사람이나 말의 마음이 다 함께 날카로워	人馬心俱銳
달려가기 흐르는 별 같았나니	奔逝若流星
동녘이 아직 밝기도 전에	東方猶未曉
이미 삼유순(三由旬)을 나아갔더라	已進三由旬

6. 찬다카 돌아오다(車匿還品 第六)

조금 있다가 밤은 이미 지나고	須臾夜已過
중생의 눈빛이 나와	衆生眼光出
수풀나무 사이를 돌아보노니	顧見林樹間
바르가바(跋伽)¹⁾ 선인의 거처였네	跋伽仙人處
숲속의 물은 흘러 지극히 맑고	林流極淸曠
짐승들은 사람을 가까이 따르나니	禽獸親附人
태자는 그것 보고 마음으로 기뻐하여	太子見心喜
몸의 고달픔은 저절로 풀리었네	形勞自然息
"이것이야말로 상서로운 일이리니	此則爲祥瑞
반드시 일찍 없던 이익을 얻으리라"	必獲未曾利

---

1) 바르가바(Bhārgava) 선인 : 비사리국(毗舍離國) 고행림(苦行林)의 선인. 석존이 출가 후 처음으로 도(道)를 물음.

다시 또 그 선인을 보매   又見彼仙人
그는 마땅히 공양할 만한 사람   是所應供養
그리고 스스로 위의를 지키면서   幷自護其儀
잘난 체 교만스런 자취조차 없었네   滅除高慢跡

말을 내려 손으로 머리를 쓰다듬으면서   下馬手摩頭
"너는 이제 이미 나를 건져주었다"   汝今已度我
자비스런 눈으로 찬다카 바라보니   慈目視車匿
마치 청량한 물로 씻은 듯했네   猶淸涼水洗

"나는 듯이 말이 달릴 때   駿足馳若飛
너는 언제나 말 뒤에 달렸었다   汝常係馬後
너의 깊은 공경과 부지런함과   感汝深敬勤
게으름이 없음을 느꺼워하노니   精勤無懈惓

다른 일이야 다시 헤아릴 것 없고   餘事不足計
너의 참마음만을 취할 뿐이다   唯取汝眞心
마음으로 공경하고 몸으로 힘썼으니   心敬形堪勤
이 두 가지를 이제 처음 보았노라   此二今始見

사람은 마음에 지극한 정성 있더라도   人有心至誠
몸의 힘이 그것을 견뎌내지 못하고   身力無所堪
힘이 견디어도 마음 따르지 못하나니   力堪心不至
너는 이제 그것 모두 갖추었는데   汝今二俱備
세간의 영화·이익 던져버리고   捐棄世榮利
걸음 멈추지 않고 나를 따라왔구나   進步隨我來

어느 누가 이익을 바라보지 않으랴　　　　何人不向利
이익이 없으면 친척도 떠나나니　　　　　無利親戚離
너는 이제 속절없이 나를 따르느라　　　　汝今空隨我
이 세상의 갚음을 구하지 않았구나　　　不求現世報

대개 사람이 자식 낳아 기르는 것　　　　夫人生育子
조상의 대를 잇게 하기 위해서이네　　　爲以紹宗嗣
왕을 받들어 공경하는 까닭은　　　　　所以奉敬王
그로써 기른 은혜 갚으려 함이니라　　　爲以報恩養

이 세상 모두들 이익을 구하는데　　　　一切皆求利
너는 홀로 이익을 등지고 노는구나　　　汝獨背利遊
지극한 말은 번거롭지 않나니　　　　　至言不煩多
나는 간추려 너에게 말하리라　　　　　今當略告汝

너는 나를 섬기는 일 이미 끝났다　　　汝事我已畢
우선 이 말을 타고 돌아가려무나　　　今且乘馬還
나는 지금까지 오랫동안을　　　　　自我長夜來
구하던 것 이제야 얻었느니라"　　　所求處今得

이내 보배영락을 풀어　　　　　　卽脫寶瓔珞
찬다카에게 주면서 말하였다　　以授於車匿
"이것을 가지라, 너에게 주노니　　具持是賜汝
이것으로써 너의 슬픔 달래라"　　以慰汝憂悲

보배관 꼭대기의 마니(摩尼)²⁾보석　　寶冠頂摩尼

그 빛나는 광명은 온몸을 비추었네	光明照其身
곧 그것을 벗어 손바닥에 둘 때에	卽脫置掌中
마치 해가 수미를 비추는 것 같았네	如日曜須彌

"찬다카여, 너는 이 구슬 가지고	車匿持此珠
곧 우리 아버지 왕에게로 돌아가	還歸父王所
이 구슬로 왕의 발에 예배를 올려	持珠禮王足
나의 정성된 마음 나타내어라	以表我慶心

그리고 나를 위해 왕에게 아뢰어라	爲我啓請王
원컨대 사랑하고 그리는 정 버리시라	願捨愛戀情
남·늙음·죽음을 벗어나기 위하여	爲脫生老死
나는 이 고행림에 들어왔으나	故入苦行林
하늘에 태어나기 구하는 것 아니니라	亦不求生天

우러러 그리는 정 없는 것 아니지만	非無仰戀心
또한 어떤 원한을 품은 것도 아니거니	亦不懷結恨
오직 근심·슬픔을 버리고자 할 뿐이네	唯欲捨憂悲

오랜 세월에 은혜와 사랑 모였어도	長夜集恩愛
반드시 장차는 갈라져야 하나니	要當有別離
장차의 갈라짐이 있기 때문에	以有當離故
해탈할 그 인(因)을 구하는 것이니라	故求解脫因

---

2) 악을 제거하고 흐린 물을 맑게 하여 염화(炎禍)를 없애는 공덕이 있다는 보주(寶珠). 여의주(如意珠).

만일 한번 해탈을 얻은 사람이라면   若得解脫者
영원히 그 어버이를 떠나지 않으리라   永無離親期
근심을 끊기 위해 집 나왔거니   爲斷憂出家
도리어 아들 위해 근심을 하랴   勿爲子生憂
오욕이란 근심의 근본 되나니   五欲爲憂根
마땅히 오욕에 집착함을 근심하라   應憂著欲者

우리 조상으로서 모든 훌륭한 왕은   乃祖諸勝王
뜻이 굳고 튼튼하여 흔들리지 않았네   堅固志不移
이제 나는 그 재산 물려받았지마는   今我襲餘財
오직 법뿐이요 법 아님 버리었네   唯法捨非宜

대개 사람은 목숨이 끝날 때   夫人命終時
그 재산을 모조리 아들에게 넘기는데   財産悉遺子
아들들은 세속 이익 많이 탐하지만   子多貪俗利
나는 그보다 법재물을 즐겨하네   而我樂法財

만일 젊었을 때는   若言年少壯
공부할 때가 아니라고 말한다면   非是遊學時
마땅히 알라, 바른 법 구함에는   當知求正法
때든 때 아니든 가릴 것 없느니라   無時非爲時

덧없음에는 정해놓은 기약 없어   無常無定期
죽음의 원수는 항상 따라 엿보나니   死怨常隨伺
그러므로 나는 오늘 이때야말로   是故我今日
결정코 법을 구할 때라 하느니라   決定求法時

위와 같이 내가 아뢰는 바를　　　　　如上諸所啓
너는 나를 위해 모조리 여쭈어라　　　汝悉爲我宣
오직 원하노니 부왕으로 하여금　　　唯願今父王
다시는 나를 생각하게 하지 말라　　　不復我顧戀

짐짓 나를 헐뜯어 비방함으로써　　　若以形毀我
왕에게 애정을 끊게 할 수 있다면　　　令王割愛者
너는 얼마든지 내 말을 하여　　　　　汝愼勿惜言
왕의 생각을 돌리게 하라"　　　　　使王念不絶

찬다카는 태자의 분부를 받고　　　　車匿奉敎勅
슬픔에 막혀 정신이 아득하여　　　　悲塞情惛迷
손바닥을 합하고 무릎 꿇고 앉아　　　合掌而跼跪
태자에게 도로 대답하였다　　　　　還答太子言

"분부대로 갖추어 말씀드리면　　　　如勅具宣言
대왕의 근심·슬픔 더하리이다　　　　恐更增憂悲
만일 근심·슬픔이 더욱 더하면　　　憂悲增轉深
코끼리가 진흙탕에 빠지는 것 같으리이다　如象溺深泥

결정코 은혜와 사랑을 등진다면　　　決定恩愛乖
마음 있는 이 누가 슬퍼 아니하리오　　有心孰不哀
금석도 오히려 꺾이겠거늘　　　　　金石尙摧碎
하물며 슬픈 정에 빠진 이리오　　　何況溺哀情

태자는 깊은 궁중에서 자라나　　　　太子長深宮

112

젊고 호강하여 몸이 부드럽거니 少樂身細軟
저 가시덤불에 몸을 던져 投身刺棘林
그 고행을 어떻게 견딜 수 있으랴 苦行安可堪

처음에 분부하여 차비하라 하였을 때 初命我索馬
내 마음은 매우 불안하였지마는 下情甚不安
하늘 신이 나를 못 견디게 재촉해 天神見驅逼
나로 하여금 장엄하게 하였네 命我速莊嚴

내 무슨 뜻으로 태자로 하여금 何意令太子
결정코 깊은 궁전 버리게 하였으랴 決定捨深宮
이 카필라 나라의 迦毘羅衛國
만백성 모두 슬픔에 빠질 것을 合境生悲痛

대왕은 이미 나이 늙으시었고 父王年已老
아들 생각하는 사랑 또한 깊거니 念子愛亦深
결정코 집 버리고 나간다는 것 決定捨出家
그것은 도리에 맞지 않는 일이네 此則非所應
사특한 소견으로 부모도 없다 하면 邪見無父母
그것이야 다시 말할 것 없지마는 此則無復論

고타미는 오랫동안 기르면서 瞿曇彌長養
젖 먹이느라 몸은 쇠약하였네 乳哺形枯乾
그 자비와 사랑 잊기 어려웁거니 慈愛難可忘
부디 은혜를 등지는 이 되지 마오 莫作背恩人
어린 아기 기르는 어머니의 공덕은 嬰兒功德母

뛰어난 종족들의 받들어 섬기는 일　勝族能奉事
뛰어난 그를 얻어 다시 버리면　得勝而復棄
그것은 곧 뛰어난 이 아니니이다　此則非勝人

야소다라(耶輸陀羅)의 훌륭한 아들은　耶輸陀羅子
나라를 이어받고 바른 법 맡았으나　嗣國掌正法
그 나이가 아직 어리었으니　厥年尙幼少
그도 또한 버릴 수 없는 것이네　是亦不應捨

이미 아버지 왕을 버리고　已違捨父王
종친과 권속들을 버리었으나　及宗親眷屬
부디 다시 나만은 버리지 마오　勿復遺棄我
나는 결코 그 앞을 떠나지 않으리라　要不離尊足

내 마음은 뜨거운 불 품은 듯하여　我心懷湯火
혼자서는 궁중으로 돌아갈 수 없나니　不堪獨還國
이제 이 빈 들판 한복판에서　今於空野中
태자를 버려두고 돌아간다는 것은　棄捐太子歸
마치 저 수미트라(須曼提)[3]가　則同須曼提
라마(羅摩)[4]를 버리는 것과 다름이 없네　棄捨於羅摩

지금 만일 나 혼자 궁으로 돌아가면　今若獨還宮
왕에게는 무엇이라 사뢰야 하며　白王當何言

---

3) 수미트라(Sumitra) : 좋은 친구란 뜻. 신의 이름. 리그베다 저자 중 한 사람. 라마야나에
서는 자야데바(Jaya-deva : 기타고빈다, 이샤트 탄트라의 저자)의 어머니.
4) 라마(Rāma) : 서사시 「라마야나」의 주인공.

온 궁중 사람에게 꾸중 들을 때   合宮同見責

또 무슨 말로써 대답하리까   復以何辭答

태자는 나에게 말씀하시되   太子向告我

"방편을 따라 거짓으로 비방하라"고   隨方便形毁

그러나 무니(牟尼)[5)]의 공덕 앞에서   牟尼功德所

어떻게 거짓으로 여쭈오리까   云何而虛說

나는 몹시 부끄러워하므로   我深慚愧故

혀가 있어도 말하지 못하리니   舌亦不能言

설사 무슨 하는 말이 있다고 한들   設使有所說

천하에 누가 그 말을 믿으리   天下誰復信

만일 달빛이 뜨겁다 하여   若言月光熱

세상에서 그 말을 믿는 이 있으면   世間有信者

그는 혹 태자의 행하는 바가   脫有信太子

법다운 행 아니라고 믿을 것이네   所行非法行

태자의 마음은 부드럽고 연하여   太子心柔軟

인제나 모든 것을 가엾이 여기거니   常慈悲一切

깊이 사랑하면서 버린다는 것   深愛而棄捨

그것은 본마음에 어긋나는 것이리   此則違宿心

원컨대 태자는 궁으로 돌아가   願可思還宮

---

5) 무니(Muni) : 깨달은 자 또는 성자란 뜻. 석가무니는 석가족의 성자란 말.

어리석은 내 정성을 위로하시라" 　　　　　　　　以慰我愚誠

태자는 찬다카의 　　　　　　　　　　　　　　太子聞車匿
슬프고 간절하며 괴로운 말 들었으나 　　　　　悲切苦諫言
마음은 편안하고 더욱 굳고 튼튼하여 　　　　　心安轉堅固
다시 그에게 말하였네 　　　　　　　　　　　而復告之曰

"찬다카여, 너는 이제 나 때문에 　　　　　　　汝今爲我故
이별의 고통이 생기었구나 　　　　　　　　　而生別離苦
그러나 그 슬퍼하는 생각 버리고 　　　　　　當捨此悲念
스스로 그 마음 달래야 하느니라 　　　　　　且自慰其心

중생들은 제각기 다른 갈래로 　　　　　　　衆生各異趣
어그러져 떠나는 것 떳떳한 이치거니 　　　乖離理自常
내 비록 오늘에 있어 　　　　　　　　　　縱令我今日
모든 친족 버리지 않더라도 　　　　　　　不捨諸親族
죽음이 와서 몸과 정신 갈라짐을 　　　　死至形神乖
다시 어떻게 막을 수 있으랴 　　　　　　當復云何留

자비스런 어머니 나를 배었을 때 　　　　慈母懷妊我
못내 사랑하였으나 언제나 괴로웠고 　　深愛常抱苦
나를 낳은 뒤에는 곧 목숨이 끝나 　　　生已卽命終
마침내 나의 섬김 받아보지 못하였네 　竟不蒙子養
그러나 살고 죽음 각각 길이 다르거니 　存亡各異路
지금에 어디 가서 다시 만나리 　　　　今爲何處求

116

넓은 들의 우거진 높은 나무에 　　　　　曠野茂高樹
뭇 새들 떼 지어 깃들일 적에 　　　　　衆鳥群聚栖
저녁에는 모였다 새벽에는 흩어지네 　　暮集晨必散
이 세간의 이별도 또한 그러하니라 　　世間離亦然

떠도는 구름 높은 산에 일어나 　　　　　浮雲興高山
사방에서 모여들어 허공에 차지마는 　　四集盈虛空
어느새 다시 사라지고 흩어지네 　　　　俄而復消散
사람 사는 이치도 또한 그러하니라 　　人理亦復然

세간은 본래 스스로 어그러져 　　　　　世間本自乖
잠깐 만나 은혜·사랑 얽히지마는 　　　暫會恩愛纏
꿈속에서 만나고 흩어지는 것 같아 　　如夢中聚散
나의 친한 사람을 헤아릴 수 없나니 　　不應計我親

비유컨대 봄에 난 나무 　　　　　　　　譬如春生樹
점점 자라 가지와 잎 우거졌다가 　　　漸長柯葉茂
가을 서리에 말라 떨어지는 것처럼 　　秋霜遂零落
한몸으로도 오히려 나뉘나니 　　　　　同體尚分離

하물며 사람 잠깐 모이어 　　　　　　　況人暫合會
그 친척 어찌 언제나 함께하랴 　　　　親戚豈常俱
너는 우선 근심과 고통을 쉬고 　　　　汝且息憂苦
내 말대로 그대로 돌아가라 　　　　　　順我教而歸
내게 돌아올 뜻이 아직 있거든 　　　　歸意猶存我
우선은 돌아갔다 뒤에 다시 오라 　　　且歸後更還

저 카필라 사람들	迦毘羅衛人
내 마음의 결정을 듣고도	聞我心決定
돌아보아 나를 생각하는 자 있거든	顧遺念我者
너는 마땅히 내 말을 일러주라	汝當宣我言

'나고 죽는 바다를 뛰어건너고	越度生死海
그 뒤에 마땅히 돌아오리라	然後當來還
만일 이 소원이 이뤄지지 않으면	情願若不果
이 몸은 산림에서 없어지리라' 고"	身滅山林間

그때에 흰 말은 이 태자의	白馬聞太子
이런 진실한 말을 듣고는	發斯眞實言
무릎을 꿇고 태자 발을 핥으며	屈膝而砥足
길이 한숨 쉬며 눈물을 흘리었네	長息淚流連

윤(輪) 있는 손바닥과 막(膜)이 있는 손으로	輪掌網縵手
흰 말 정수리를 어루만지며	順摩白馬頂
"너는 근심하거나 슬퍼하지도 말라	汝莫生憂悲
나는 이제 너에게 감사하노라	我今懺謝汝

훌륭한 말로서의 수고로움과	良馬之勤勞
그 공은 이제 이미 끝이 났나니	其功今已畢
나쁜 세상 괴로움 길이 그치고	惡道苦長息
묘한 결과 이제는 나타나리라"	妙果現於今

온갖 보배로 장엄한 칼은	衆寶莊嚴劍

언제나 찬다카가 가지고 따랐나니 　車匿常執隨
태자가 날카로운 그 칼을 뽑을 때 　太子拔利劍
마치 용의 빛나는 광명 같았네 　如龍曜光明

보배관으로 딴 검은 머리를 　寶冠籠玄髮
모아쥐고 끊어 공중에 던지니 　合剃置空中
가만 허공의 경계에 올라 　上昇凝虛境
나부끼기 난새[6]가 나는 것 같았네 　飄若鸞鳥翔

도리(忉利)의 모든 하늘[7] 사람들 　忉利諸天下
그 머리털 잡고 천궁(天宮)으로 돌아갔네 　執髮還天宮
언제나 그 발을 섬기고자 하였거니 　常欲奉事足
하물며 이제는 머리털을 얻었음에랴 　況今得頂髮
올바른 법이 다할 때까지 　盡心加供養
정성을 다해 공양을 드렸었네 　至於正法盡

그때에 태자는 스스로 생각했다 　太子時自念
'모든 장엄거리는 이제 다 없어지고 　莊嚴具悉除
흰 비단옷만이 남아 있지만 　唯有素繒衣
오히려 집 띠닌 자의 행색 아니다' 　猶非出家儀

---

6) 중국 전설에 나오는 상상의 새. 모양은 닭과 비슷한데, 깃은 붉은빛에 오채(五采)가 섞여 있고, 그 울음소리는 5음에 해당한다고 함.

7) 도리천(忉利天) : 욕계육천(慾界六天)의 둘째 하늘. 수미산 꼭대기에 있는데 그 중앙에 제석천(帝釋天)이 사는 선견성(善見城)이 있으며, 그 사방에 팔천(八天)씩이 있어 모두 삼십삼천(三十三天)임.

그때에 저 정거천자는	時淨居天子
태자의 마음으로 생각하는 것 알고	知太子心念
마치 사냥꾼 모양으로 변하여	化爲獵師像
활을 가지고 날랜 화살을 차고	持弓佩利箭
몸에는 카샤(袈裟)[8]를 걸치고	身被袈裟衣
곧 태자 앞으로 나아갔었다	徑至太子前
태자는 생각하되 '이 옷은	太子念此衣
물을 들인 청정한 옷이거니	染色淸淨服
선인의 훌륭한 꾸밈새로서	仙人上標飾
사냥꾼에게는 어울리지 않는다'	獵者非所應
곧 사냥꾼을 부르면서 나아가	卽呼獵師前
부드러운 말씨로 말하였나니	軟語而告曰
"그대는 그 옷에 대하여	汝於此衣服
사랑하는 욕심이 깊지 않은 것 같구나	貪愛似不深
내가 입은 이 옷으로	以我身上服
그대 옷과 서로 바꾸면 어떠리"	與汝相貿易
그 사냥꾼은 태자에게 말하였다	獵師白太子
"이 옷을 아끼지 않는 바 아니니	非不惜此衣
이것으로 사슴 떼를 속이어	用謀諸群鹿
그들을 끌어와 잡기 때문이니라	誘之令見趣

---

8) 카샤(Kaṣāya) : 승려가 입는 법의(法衣).

120

그러나 그대에게 소용된다면   苟是汝所須
이제 그대 입은 옷과 바꿔주리라"   今當與交易

사냥꾼은 그 옷을 바꾸어 입자   獵者旣貿衣
스스로 하늘 몸으로 되돌아갔다   還自復天身

때에 태자와 찬다카는   太子及車匿
그것을 보고 이상하다 생각하고   見生奇特想
'이것은 반드시 선인의 옷으로서   此必無事衣
확실히 이 세상 옷은 아니리'   定非世人服

태자는 마음으로 크게 기뻐해   內心大歡喜
그 옷에 대하여 배나 더 공경하고   於衣倍增敬
곧 찬다카와 이별한 뒤에   卽與車匿別
그 가사로 갈아입었다   被著袈裟衣

그것은 마치 푸른 비단구름이   猶若靑絳雲
해나 달을 에워싼 것 같았나니   圍繞日月輪
편안하고 조용하며 자상히 걸어   安詳而諦步
선인의 굴 속으로 들어갔었네   入於仙人窟

찬다카는 물끄러미 바라보았네   車匿自隨矚
가물가물 멀리 사라져가는 것을   漸隱不復見
"태자는 그 아버지 왕을 버리고   太子捨父王
그 권속들과 또 이 몸 버리고   眷屬及我身
물들인 가사를 반가이 입고   愛著袈裟衣

드디어 고행림으로 들어갔구나"   入於苦行林

머리를 들고 하늘에 울부짖다   擧首仰呼天
정신이 아득하여 땅바닥에 넘어지다   迷悶而倒地
다시 일어나 그 흰 말 목을 안고   起抱白馬頸
속절없이 길을 따라 돌아올 때에   望絶隨路歸
어정어정거리며 자꾸만 돌아보며   徘徊屢反顧
몸은 가나 마음은 뒤로 달리네   形往心反馳

혹은 생각에 잠겨 정신을 잃고   或沈思失魂
혹은 머리 들었다 숙여 몸을 드리우며   或俯仰垂身
혹은 넘어졌다가 다시 일어나   或倒而復起
슬피 울며 길을 따라 돌아오노니   悲泣隨路還

7. 고행림에 들다(入苦行林品 第七)

태자가 찬다카를 보내고 난 뒤에	太子遺車匿
선인의 사는 굴로 들어갈 때에	將入仙人處
단정하고 엄숙한 그 몸은 빛나	端嚴身光曜
두루 고행림을 비추었나니	普照苦行林
일체 이치를 두루 갖춘 사람은	具足一切義
그 이치를 따라 거기 갔었네	隨義而之彼
마치 비유하건대 큰 사자왕이	譬如獅子王
뭇 짐승 무리 속에 들어가는 것처럼	入于群獸中
속된 모습은 모두 다 버리고	俗容悉已捨
오직 도의 참모양만 보이었었네	唯見道眞形
저 모든 선인들의 공부하는 사람들	彼諸學仙士
일찍 보지 못한 것 갑자기 보고	忽覩未曾見
두려운 듯 마음은 놀랍고 기뻐하여	懍然心驚喜

합장하고 똑똑히 바라보나니	合掌端目矚
제각기 일하는 남자나 여자들도	男女隨執事
바로 바라보면서 한눈팔지 않네	卽視不改儀

마치 하늘 사람들 사크라 관찰할 때	如天觀帝釋
물끄러미 보면서 눈 깜박이지 않듯	瞪視目不瞬
모든 선인들 발을 옮기지 않고	諸仙不移足
물끄러미 바라보는 것 또한 그러하였네	瞪視亦復然

짐이 무거워 손으로 받치어도	任重手執作
우러러 공경하며 일을 놓지 않는 것	瞻敬不釋事
마치 소가 멍에를 메고 있는 것 같아	如牛在轅軛
몸은 묶이었으나 마음은 와서 의지하네	形來而心依

함께 공부하는 모든 선인들	俱學神仙者
일찍 보지 못하였다 모두 말하고	咸說未曾見
공작 따위의 온갖 새들은	孔雀等衆鳥
어지러운 소리로 외치고 울어예며	亂聲而翔鳴
사슴의 계(戒) 가지는 바라문들은	持鹿戒梵志
사슴과 어울려 숲에서 노닐었네	隨鹿遊山林

힐끗힐끗 눈질하는 거친 사슴들도	麤性鹿睒賜
태자를 한번 보자 단정히 바라보나니	見太子端視
사슴을 따라 노는 모든 바라문들	隨鹿諸梵志
단정히 보는 것 또한 그러하였네	端視亦復然

감자족(甘蔗族)[1]의 등불이 거듭 밝기는	甘蔗燈重明
솟아오르는 햇빛과 같아	猶如初日光
능히 많은 젖소에게 감동을 주어	能感群乳牛
달고 향기로운 젖 더 많이 내네	增出甜香乳
저 모든 바라문들	彼諸梵志等
놀라고 기뻐하여 서로 전해 말하나니	驚喜傳相告
"여덟 신의 바수(婆藪)[2]인가	爲八婆藪天
두 신이 아스빈(阿濕波)[3]인가	爲二阿濕波
여섯째 하늘의 마왕인가	爲第六魔王
브라흐마카이카(梵迦夷)인가	爲梵迦夷天
해와 달의 천자(天子)인가	爲日月天子
그리하여 그들이 여기 내려왔는가"	而來下此耶
이이는 마땅히 공경해야 한다고	要是所應敬
다투어 달려와서 공양하였네	奔競來供養
태자는 또한 겸손하고 낮추어	太子亦謙下
공손한 말씨로 인사하였다	敬辭以問訊
보살은 두루 숲속에 있는	菩薩遍觀察

---

1) 감자왕의 후손. 곧 석가 종족.
2) 바수(Vasu) : 신격이고 8인. 인드라의 시자로서 알려짐. Aditi(태양신)의 아들이라고도 함.
3) 아스빈(Aśvin) : 승마자(乘馬者)의 뜻. 이자신(二子神). 해(日) 또는 공(空)의 쌍둥이. 그들은 늘 젊고 아름답고 빛나며 빨라서, 많은 모습을 갖고 있다. 아침의 신(Uṣas)의 선구로서 말 또는 새가 끄는 금마차에 탄다.

모든 바라문을 관찰하였네   林中諸梵志

가지가지로 복업(福業)을 닦는 것   種種修福業

모두 하늘에 나는 즐거움을 구하였네   悉求生天樂

그중에서 나이 많은 바라문에게   問長宿梵志

행할 바의 진실한 도를 물었다   所行眞實道

"나는 이제 처음으로 여기 왔나니   今我初至此

어떤 법을 행할지 알지 못하네   未知行何法

필요한 일을 따라 청해 묻노니   隨事而請問

원컨대 나를 위해 풀어 말하라"   願爲我解說

그때에 그 바라문은   爾時彼二生

모든 고행과   具以諸苦行

그 고행의 결과를   及與苦行果

차례로 일을 따라 갖추어 답하였다   次第隨事答

"사람 사는 마을에서 나는 것 아닌   非聚落所出

깨끗하고 맑은 찬물 마시고   淸淨水生物

혹은 나무뿌리와 줄기와 잎을 먹고   或食根莖葉

또 꽃과 열매 먹으며   或復食華果

갖가지로 그 도를 달리하므로   種種各異道

먹는 음식도 또한 같지 않나니   服食亦不同

혹은 날짐승의 성질을 배워   或習於鳥生

두 발로 움키어 먹이 취하고   兩足鉗取食

혹은 사슴을 따라 풀을 먹으며   有隨鹿食草

혹은 바람 마시는 망타(蟒陀) 선인들   吸風蟒陀仙
나무나 돌로 찧어서 먹지는 않고   木石舂不食
두 이빨로 물어 자국을 내며   兩齒嚙爲痕
밥을 빌어 남에게 돌려주거나   或乞食施人
거기서 남은 것 제가 먹는다   取殘而自食

언제나 물에 머리를 감고   或常水沐頭
혹은 불을 받들어 섬기며   或復奉事火
물에 살면서 고기를 본받나니   水居習魚仙
이와 같은 온갖 일로   如是等種種
바라문들 고행 닦아   梵志修苦行
목숨을 마치면 하늘에 나게 되며   壽終得生天
또 그러한 고행으로 말미암아   以因苦行故
반드시 안락한 결과를 얻느니라"   當得安樂果

사람 중에서 높고 어진 선비는   兩足尊賢士
이 가지가지 고행을 듣고   聞此諸苦行
거기서는 참된 이치 보지 못하여   不見眞實義
속마음으로 기뻐하지 않았네   內心不欣悅

생각하다 그들을 가엾이 여겨   思惟哀念彼
마음과 입은 스스로 말하였나니   心口自相告

"가엾다, 큰 고행으로서   哀哉大苦行

인간·천상의 갚음만을 구하네   唯求人天報

그러나 바퀴 돌아 나고 죽음 향하나니   輪廻向生死

괴로움만 많아서 결과 적구나   苦多而果少

어버이를 등지고 좋은 경계 버리고   違親捨勝境

결정코 하늘의 즐거움을 구하나니   決定求天樂

비록 작은 괴로움은 면한다 하나   雖免於小苦

마침내 큰 괴로움에 결박되리라   終爲大苦縛

스스로 그 몸을 빼빼 마르게 하면서   自枯槁其形

모든 고행을 닦아 행하여   修行諸苦行

다시 태어나길 구하지마는   而求於受生

오욕의 종자만 자라게 하나니   增長五欲因

그는 나고 죽음을 보지 못하므로   不觀生死故

괴로움으로써 괴로움을 구하네   以苦而求苦

일체 중생의 무리들은   一切衆生類

마음으로 항상 죽음을 두려워하여   心常畏於死

꾸준히 힘써 태어나기 구하지만   精勤求受生

이미 나면 반드시 죽어야 하네   生已會當死

비록 괴로움을 두려워하나   雖復畏於苦

괴로움의 바다에 영원히 빠지나니   而長沒苦海

이 삶이란 지극히 피로한 것으로   此生極疲勞

장차 또다시 나서 쉬지 않는구나   將生復不息

괴로움에 맡겨 현재 즐거움 구하지만   任苦求現樂

하늘에 나기 구함 또한 괴로우니라   求生天亦勞

즐거움을 구하는 마음 하천하고 더럽나니   求樂心下劣

그것들은 다 함께 의 아님에 떨어지네   俱墮於非義

매우 더러운 속세에 비교하면   方於極鄙劣

꾸준히 힘쓰는 것 훌륭하다 하나니   精勤則爲勝

지혜를 닦는 것만 같지 못하네   未若修智慧

둘을 함께 버리면 길이 하염없으리   兩捨永無爲

몸을 괴롭히는 것 법이라 하면   苦身是法者

안락한 것은 법이 아니요   安樂爲非法

법을 행한 뒤에 즐거웁다면   行法而後樂

그 인(因)은 법이요 과(果)는 법 아니니라   因法果非法

몸의 행하는 바 일고 멸하는 것은   身所行起滅

모두 마음의 힘을 말미암나니   皆由心意力

만일 사람이 마음을 여의면   若離心意者

이 몸은 마른나무 같느니라   此身如枯木

그러므로 마땅히 마음 골라야 하네   是故當調心

마음이 고르면 몸은 절로 바르리   心調形自正

깨끗한 것 먹음이 복 된다 하면   食淨爲福者

새나 짐승이나 거지들은   禽獸貧窮子

항상 나무 열매나 잎을 먹나니   常食於果葉

그들은 응당 복이 있어야 하리   斯等應有福

만일 착한 마음이 일어나기 때문에 若言善心起
고행이 복의 원인 된다고 하면 苦行爲福因
저 모든 편하고 즐거운 행에는 彼諸安樂行
어찌하여 착한 마음 일어나지 않는가 何不善心起

즐거움은 착한 마음 일으키는 것 아니요 樂非善心起
착함도 또한 괴로움의 원인 아니네 善亦非苦因

만일 저 모든 외도들 若彼諸外道
물로써 깨끗해진다 한다면 以水爲淨者
물에 살기 즐기는 저 중생들의 樂水居衆生
그 나쁜 업도 능히 깨끗해지리 惡業能常淨

저 원래 공덕 있는 선인이 彼本功德仙
거기 머물러 살았던 곳은 所可住止處
공덕 있는 선인이 살았으므로 功德仙住故
온 세상이 모두 존중하나니 普世之所重
마땅히 공덕을 존경해야 할 것이요 應尊彼功德
그곳을 존중해야 할 것이 아니니라" 不應重其處

이와 같이 널리 법을 설하자 如是廣說法
어느새 해 저물어 황혼 되었네 遂至日云暮
불을 섬기는 사람들 보매 見有事火者
혹은 문지르고 혹은 불 불며 或鑽或吹然
어떤 이는 소유(酥油)[4]를 뿌리고 或有酥油灑
혹은 소리를 내어 주문 외었다 或擧聲呪願

이렇게 하여 밤이 새도록   如是竟日夜
그들의 행하는 일 관찰하여도   觀察彼所行
그 진실한 이치 보지 못하고   不見眞實義
곧 그를 버리고 떠나려고 하였다   則便欲捨去

때에 그 모든 바라문들은   時彼諸梵志
모두 와서 머무르기 청하였나니   悉來請留住
보살의 덕을 사모하고 우러러   眷仰菩薩德
권하고 청하지 않는 사람 없었네   無不勤勸請

"너는 본래 법 아닌 곳으로부터   汝從非法處
이 바른 법숲에 나왔거니   來至正法林
이제 다시 버리고 가려는구나   而復欲棄捨
그러므로 머무르기 권하고 청하노라" 是故勸請留

여러 나이 많은 바라문들   諸長宿梵志
흩트러진 머리에 풀옷을 입고   蓬髮服草衣
보살의 뒤를 따라오면서   追隨菩薩後
잠깐 마음 돌리기 청원하였네   願請小留神

보살은 그 여러 늙은이들 보매   菩薩見諸老
뒤를 따라오느라 몸이 피로하였었네 隨逐身疲勞
어떤 한 나무 밑에 머물러 서서   止住一樹下
그들을 위로하며 돌려보내려 했네   安慰遣令還

---

4) 우유로 만든 기름. 식용·약용 외에 몸에 바르기도 함.

바라문의 어른이나 어린이들   梵志諸長幼
보살을 에워싸고 합장하고 청하였네   圍繞合掌請

"네가 갑자기 여기 왔을 때   汝忽來至此
이 동산숲은 아름다움 가득했네   園林妙充滿
그런데 이제 버리고 가면   而今棄捨去
드디어 거친 빈 들판 되리   遂成丘曠野

마치 사람이 제 목숨 사랑하여   如人愛壽命
그 몸을 버리려고 하지 않는 것처럼   不欲捨其身
우리도 또한 그와 같아서   我等亦如是
원컨대 조금만 더 머물라   唯願小留住

이곳에 있는 모든 바라문과   此處諸梵志
왕족의 선인과 또 하늘 선인은   王仙及天仙
모두 다 이곳을 의지하였네   皆依於此處

이곳은 히말라야 이웃에 있어   又隣雪山側
사람의 고행을 성취케 하는 곳   增長人苦行
이곳보다 나은 곳 다시없거니   其處莫過此
그러므로 공부하는 많은 선비들   衆多諸學士
모두 이 길로 가 하늘에 났네   由此路生天

복을 구해 신선을 공부하는 사람은   求福學仙者
모두 여기서 북쪽에 있어   皆從此已北
올바른 법을 거두어받나니   攝受於正法

슬기로운 사람은 남쪽에 놀지 않네   慧者不遊南

만일 네가 우리네들이   若汝見我等
게을러서 정진하지 않으며   懈怠不精進
모든 깨끗하지 못한 법 행하는 것 보고   行諸不淨法
여기서 머무르기 즐겨하지 않는다면   而不樂住者
마땅히 우리들이 떠나야 할 것이요   我等悉應去
네가 여기 머물러 있어야 하네   汝可留止此

이 모든 바라문들   此諸梵志等
항상 고행동무 구하였는데   常求苦行伴
너는 고행자들의 어른이 되었거니   汝爲苦行長
어떻게 서로 버릴 수 있겠는가   云何相棄捨

만일 네가 여기 머무른다면   若能止住此
받들어 섬기기 사크라처럼 하리   奉事如帝釋
또한 하늘의 브리하스파티를   亦如天奉事
받들어 섬기는 것처럼 하리라"   毘梨訶鉢低

보살은 모든 바라문들 보고   菩薩向梵志
자기 마음의 원하는 바 말하였다   說己心所期
"나는 이제 바른 방편을 닦아   我修正方便
다만 모든 '유(有)'를 멸하고자 하노라   唯欲滅諸有

너희들은 마음이 순박하고 곧으며   汝等心質直
행하는 법도 또한 고요하고 잠잠하다   行法亦寂默

오는 나그네에게 친하게 맞아주매   親念於來賓

내 마음 진실로 기쁘고 즐거웠네   我心實愛樂

아름다운 말씨는 남의 마음 감동시켜   美說感人懷

듣는 사람은 모두 씻은 듯 유쾌했네   聞者皆沐浴

나는 너희들의 하는 말 듣고   聞汝等所說

법을 즐기는 정을 더욱 더하였다   增我樂法情

너희들은 모두 내게 돌아와   汝等悉歸我

서로 법에서 좋은 벗 되었거니   以爲法良朋

그런데 이제 너희들을 버리매   而今棄捨汝

내 마음 진실로 아파하여라   其心甚恨然

나는 먼저는 친척을 떠나고   先違本親屬

이제는 또 너희들과 등지네   今與汝等乖

한번 만났다 떠나는 괴로움   合會別離苦

그 괴로움 서로 같아 다름없나니   其苦等無異

내 마음 즐겁지 않은 것도 아니요   非我心不樂

또한 남의 잘못을 본 것도 아니네   亦不見他過

다만 너희들의 괴로운 수행은   但汝等苦行

모두 하늘에 나는 즐거움을 구하네   悉求生天樂

나는 세 가지 '유' 멸하기를 구하나니   我求滅三有

얼굴도 다르지만 마음도 어긋나네   形背而心乖

지금 너희들의 행하는 법은   汝等所行法

스승의 업을 스스로 익히지만　　　　　自習先師業
나는 모든 모임(集)을 멸함으로써　　　我爲滅諸集
모임이 없는 법을 구하려 하나니　　　　以求無集法
그러므로 나는 이 숲에서　　　　　　　是故於此林
오래 머물 이유가 없느니라"　　　　　永無久停理

그때에 모든 바라문들은　　　　　　　爾時諸梵志
보살의 하는 말　　　　　　　　　　聞菩薩所說
진실하여 뜻이 있고　　　　　　　　眞實有義言
그 이치 또한 높고 훌륭함을 듣고　　辭辯理高勝
그 마음 매우 즐겁고 기뻐서　　　　其心大歡喜
몇 배나 깊이 존경을 더하였다　　　倍深加宗敬

그때에 어떤 바라문은　　　　　　　時有一梵志
언제나 티끌 속에 누워 있는데　　　常臥塵土中
얽어맨 머리에 나무껍질 옷 입고　　縈髮衣樹皮
누른 눈에 우뚝하게 코는 높았다　　黃眼脩高鼻

그는 보살께 여쭈어 말하였다　　　而白菩薩言
"뜻은 굳세고 지혜는 밝아　　　　志固智慧明
결정코 남의 잘못을 알고　　　　決定了生過
남을 떠난 편안함을 잘 알았구나　　善知離生安

제사 지내고 하늘 신에게 빌며　　　祠祀祈天神
가지가지 괴로이 수행하는 것　　　及種種苦行
모두 하늘에 나는 즐거움을 구하나니　悉求生天樂

아직 탐욕 경계를 떠나지 못하니라 　　　　　　未離貪欲境

너는 능히 탐욕과 더불어 싸우면서 　　　　　　能與貪欲爭
참된 해탈을 뜻하고 구하나니 　　　　　　　　志求眞解脫
이야말로 곧 대장부로서 　　　　　　　　　　此則爲丈夫
결정코 바르게 깨친 선비 되리라 　　　　　　決定正覺士

여기는 족히 머무를 곳 못 되네 　　　　　　斯處不足留
마땅히 빈디야(頻陀) 산[5]으로 가라 　　　　當至頻陀山
거기에 큰 무니(牟尼) 있나니 　　　　　　　彼有大牟尼
그 이름은 아라다(阿羅藍)[6]라 하네 　　　　名曰阿羅藍

오직 그만이 가장 마지막 되고 　　　　　　唯彼得究竟
제일가고 뛰어난 눈 얻었나니 　　　　　　第一增勝眼
너는 마땅히 그에게 가라 　　　　　　　　汝當往詣彼
진실한 도를 들을 수 있으리라 　　　　　得聞眞實道

만일 능히 네 마음을 기쁘게 하거든 　　　能使心悅者
반드시 그 법을 따라 행하라 　　　　　　必當行其法
내 너의 뜻 즐겨하는 것 보매 　　　　　我觀汝志樂

---

5) 빈디야(Vindhya) 산 : 인도를 가로지르는 광활한 산맥. 이 산에 의해 인도 본토를 남북, 즉 힌즈스탄과 닷킨으로 나눈다. 옛날 이 산과 설산이 높이를 경쟁했다고 하는 얘기가 있다. 이 산은 설산 다음으로 존경받고 인도 문명이 남쪽으로 옮겨감에 따라 문화사상 중요한 위치를 차지하게 되고 붓다가야 라자그리하(王舍城)가 이 산 북쪽 기슭에 있고 대승불교는 이 산에서 일어났다고 전해진다. 자좌흑(自左黑)은 이 산에 있고 라마도 유죄(流罪) 중에 이곳에서 살았다.

6) 아라다(Arāḍa) : 수론사(數論師). 석존이 출가 후 그의 가르침을 들음.

아마 거기서도 편안해하지 않으리니   恐亦非所安

마땅히 또 그도 버리고 놀아   當復捨彼遊

다시 다른 많은 아는 이 찾아 구하라   更求餘多聞

너는 우뚝한 코에 넓고 긴 눈이요   隆鼻廣長目

빨간 입술에 날카로운 흰 이빨   丹脣素利齒

얇은 살갗에 얼굴은 빛나고   薄膚面光澤

붉은 혀는 길고 연하고 엷나니   朱舌長軟薄

이와 같은 가지가지 묘한 모양은   如是衆妙相

즈네야(爾炎)[7] 물을 죄다 마시리   悉飲爾炎水

헤아릴 수 없는 깊이도 건널 것이요   當度不測深

이 세간에 짝할 이도 없을 것이니   世間無有比

저 늙어 빠진 모든 선인들   耆舊諸仙人

그들 얻지 못한 것 반드시 얻으리라" 不得者當得

보살은 그이의 하는 말 깨닫고   菩薩領其言

모든 선인들과 이별할 때에   與諸仙人別

저 모든 선인의 무리들은   彼諸仙人衆

오른쪽으로 돌고 제각기 놀아가더라   右繞各辭還

---

7) 즈네야(Jñeya) : 알아야 할 것(所知)이라는 뜻.

8. 궁중의 슬픔(合宮憂悲品 第八)

찬다카 말을 끌고 돌아올 때에   車匿牽馬還
소망 끊인 마음은 슬픔에 막혀   望絶心悲塞
길을 따라 울부짖고 걸어오나니   隨路號泣行
스스로 능히 눈을 뜰 수 없었네   不能自開割

먼저는 태자를 모시고 함께하여   先與太子俱
하룻밤 새운 길이었더니   一宿之徑路
이제 태자 버리고 돌아오나니   今捨太子還

살아서 하늘 그늘 빼앗겼기에   生奪天蔭故
어정어정거리며 마음은 잊지 못해   徘徊心顧戀
여드레 만에야 성문에 다다랐네   八日乃至城

좋은 말은 원래 몸이 뛰어나   良馬素體駿
기운을 떨쳐 억센 모양 있었으나   奮迅有威相

| 어름어름거리며 돌아보고 우러러 | 躑躅顧瞻仰 |
| 그 태자의 모습은 보지 못하였네 | 不覩太子形 |

눈물을 흘리고 온몸은 늘어지고	流淚四體垂
여윈 모양은 광택을 잃었으며	憔悴失光澤
빙빙 돌면서 한숨 쉬고 슬피 울어	旋轉慟悲鳴
밤낮으로 물이나 풀 먹기도 잊었었네	日夜忘水草

세상 구제할 주인 잃어버리고	遺失救世主
카필라 성으로 돌아오노니	還歸迦毘羅
나라는 모두 텅 비어서	國土悉廓然
마치 빈 마을로 들어가는 것 같네	如入空聚落
또 해가 수미에 숨어	如日隱須彌
온 세상이 모두 어두운 것 같았네	擧世悉曛冥

샘이나 못물은 맑음을 잃고	泉池不澄淸
꽃과 열매는 우거지지 못하는데	華果不榮茂
거리거리마다 모든 남녀들	巷路諸士女
근심하고 슬퍼해 웃음들을 잃었네	憂慼失歡容

찬다카는 흰 말과 더불어	車匿與白馬
한스럽고 근심스러워 걸음 더디고	悵怏行不前
무슨 말을 물어도 대답하지 못하며	問事不能答
느릿느릿 걸음은 상여꾼 걸음일세	遲遲若尸行

| 많은 사람들, 찬다카는 돌아오나 | 衆見車匿還 |

태자 모습은 보이지 않았을 때 　　不見釋王子
소리를 내어 크게 울부짖는 것 　　舉聲大號泣
마치 라마(羅摩) 버리고 돌아올 때 같았네 　如棄羅摩還
어떤 사람은 길가에 와서 　　有人來路傍
몸을 기울여 찬다카에게 물었나니 　　傾身問車匿

"왕자는 온 세상의 사랑하는 이 　　王子世所愛
온 나라 백성들의 목숨이어니 　　舉國人之命
너는 혼자 남몰래 데려갔구나 　　汝輒盜將去
지금은 어느 곳에 가 계신가" 　　今爲何所在

찬다카는 슬픈 마음 억누르고 　　車匿抑悲心
많은 사람들에게 대답하였네 　　而答衆人言

"간절히 생각하고 뒤쫓으면서 　　我眷戀追逐
나는 왕자를 버리지 않았으나 　　不捨於王子
왕자는 도리어 나를 버리고 　　王子捐棄我
또 세속 위의마저 집어치운 뒤 　　幷捨俗威儀
머리를 깎고 법복을 입고 　　剃頭被法服
드디어 고행림으로 들어가셨네" 　　遂入苦行林

많은 사람들 태자의 출가 소식 듣고 　衆人聞出家
뜻하지 않은 일에 너무 놀라워 　　驚起奇特想
모두 흐느끼며 슬피 울 때에 　　嗚咽而啼泣
콧물 눈물 흘러내려 걷잡을 수 없었네 　涕淚交流下

| 그들은 저마다 서로 물었네 | 各各相告語 |
| "우리는 장차 어찌하면 좋으랴" | 我等作何計 |

여러 사람들 의논 한결같았네	衆人咸議言
"우리들 모두 뒤쫓아야 하느니라	悉當追隨去
마치 사람의 명줄 끊어지면	如人命根壞
몸과 정신이 갈라짐과 같나니	身死形神離
저 왕자는 우리의 목숨	王子是我命
목숨을 잃고 우리 어찌 살아가리	失命我豈生

그 없으면 이 도시는 쓸쓸한 언덕	此邑成丘林
그 있으면 저 수풀도 도시 이루리	彼林城郭邑
이 성은 이제 위엄과 덕 잃었나니	此城失威德
마치 브리트라(毘梨多)[1]를 죽인 것 같네"	如殺毘梨多

성 안에 사는 모든 남녀들	城內諸士女
왕자가 돌아온다 헛소문 듣고	虛傳王子還
서로 다투어 바깥 길로 나왔으나	奔馳出路上
빈 말만이 속절없이 돌아왔나니	唯見馬空歸

| 그의 살고 죽음은 알 길이 없어 | 莫知其存亡 |
| 슬피 우는 그 소리 갖가지였네 | 悲泣種種聲 |

| 찬다카는 말을 끌고 돌아왔나니 | 車匿步牽馬 |

---

1) 브리트라(Vṛtra) : 한발과 나쁜 날씨의 악마이고, 인드라와 싸워 늘 패하고 그 결과 비가
내린다.

흐느껴 슬피 울며 눈물짓네   歔欷垂淚還
태자를 놓쳐버린 슬픔과 걱정에다   失太子憂悲
다시 두려운 마음 그 위에 더했나니   加增怖懼心
마치 군사가 적군에게 패했을 때   如戰士破敵
붙잡혀 왕의 앞에 끌려가듯이   執怨送王前

성문에 들어서자 눈물은 비 오듯   入門淚雨下
눈에는 아무것도 보이는 것 없었나니   滿目無所見
하늘을 우러러 크게 통곡할 때에   仰天大啼哭
흰 말도 또한 슬피 울부짖었네   白馬亦悲鳴

궁중에 있는 온갖 새와 짐승들   宮中雜鳥獸
안 마구간에 있는 여러 말들도   內廐諸群馬
흰 말의 슬피 우는 소리를 듣고   聞白馬悲鳴
길게 울어 그 소리에 응답하나니   長鳴而應之
"태자가 돌아왔다" 부르짖었지만   謂呼太子還
그를 보지 못하자 소리 그쳤네   不見而絶聲

후궁에 있는 모든 채녀들   後宮諸婇女
말·새·짐승의 우는 소리 들었나니   聞馬鳥獸鳴

흩어진 머리에 낯빛은 시들었고   亂髮面萎黃
얼굴은 여윈데다 입술은 메마르고   形瘦脣口乾
옷이 더러웠으니 빨 줄 모르며   弊衣不浣濯
몸에는 때 흐르나 목욕할 줄 몰랐네   垢穢不浴身

단장하는 기구는 모두 버리고 　　　悉捨莊嚴具

헐고 여위어, 곱고 밝지 않으며 　　　毁悴不鮮明

온몸에는 아주 빛남이 없이 　　　舉體無光耀

마치 스러져가는 별과 같았고 　　　猶如細小星

치마나 저고리 헐어 누더기 되어 　　　衣裳壞襤褸

도적을 맞은 사람 꼴과 같았네 　　　狀如被賊形

찬다카와 흰 말이 눈물 흘리며 　　　見車匿白馬

소망 끊어져 돌아오는 것 보고 　　　涕泣絶望歸

느낌이 맺혀 울부짖는 것 　　　感結而號咷

금방 어버이 잃은 듯하고 　　　猶如新喪親

미쳐 날뛰어 어지러이 덤비어 　　　狂亂而搔擾

소가 그 길을 잃은 것 같았네 　　　如牛失其道

대애(大愛) 고타미(瞿曇彌)는 　　　大愛瞿曇彌

태자가 돌아오지 않는단 말 듣고 　　　聞太子不還

몸을 솟구어 스스로 땅에 던져 　　　竦身自投地

온몸 온통 다치고 부서졌나니 　　　四體悉傷壞

그것은 마치 미친 바람이 　　　猶如狂風摧

황금빛 파초를 찢는 것 같았네 　　　金色芭蕉樹

그는 또 태자의 출가 소식 듣고 　　　又聞子出家

길이 탄식하여 슬픈 정 더하였네 　　　長歎增悲感

"오른쪽으로 감아돈 가늘고 연한 털은 　　　右旋細軟髮

한 털구멍에 한 털씩 났나니 　　　一孔一髮生

검고 깨끗하며 곱게 빛나며   黑淨鮮光澤
바르게 서 있어도 땅에 치렁거렸거니   平住而灑地
무슨 뜻으로 하늘 관(天冠)[2]과 함께   何意合天冠
풀 우거진 땅바닥에 베어 던졌나   剃著草土中

통통한 팔과 사자 걸음걸이에   腸臂獅子步
눈은 소 눈처럼 길고 넓으며   脩廣牛王目
황금 불꽃인 듯 빛나는 몸에   身光黃金炎
방정한 가슴이요 범천(梵天)의 소리였네   方臆梵音聲

이렇게 훌륭하고 묘한 모양 가지고   持是上妙相
저 고행림으로 들어갔거니   入於苦行林
이 세간은 얼마나 복이 엷기에   世間何薄福
이런 거룩한 왕을 잃어버렸나   失斯聖地主

묘한 망(網) 있는 부드럽고 연한 발은   妙網柔軟足
청정한 연꽃빛을 가지었거니   清淨蓮花色
흙이나 돌이나 가시덤불을   土石刺棘林
어떻게 그 발로 밟을 것인가   云何而可蹈

깊은 궁중에서 자라날 때에   生長於深宮
곱고 따뜻하고 부드러운 옷 입고   溫衣細軟服
향기로운 더운물에 목욕하고는   沐浴以香湯
가루향을 온몸에 발랐었느니   末香以塗身

---

2) 주옥 등으로 꾸민 가장 좋은 관.

이제는 바람 이슬 무릅쓰면서　　　　　　今則置風露
그 추위 더위는 어떻게 견디는가　　　　　寒暑安可堪

꽃다운 종족에서 태어난 대장부로　　　　華族大丈夫
훌륭하고 뛰어나 앎이 많으며　　　　　　標挺勝多聞
덕을 갖추고 이름은 높고　　　　　　　　德備名稱高
항상 베풀면서 구하는 것 없었거니　　　　常施無所求
어떻게 갑자기 하루아침에　　　　　　　云何忽一朝
거지 몸으로서 살아가는가　　　　　　　乞食以活身

맑고 깨끗한 보배침대에 누워　　　　　　清淨寶床臥
아뢰는 음악 소리 든 잠을 깨웠거니　　　奏樂以覺悟
어떻게 거친 산숲 사이에서　　　　　　　豈能山樹間
풀이나 흙을 몸에 까는가"　　　　　　　草土以籍身

아들 생각하는 마음 슬프고 가슴 아파　　念子心悲痛
괴로움에 기운 막혀 땅바닥에 쓰러지네　悶絕而躄地
모시는 사람들 붙들어 일으키어　　　　　侍人扶令起
그의 눈의 눈물을 닦아주었네　　　　　　爲拭其目淚

그 밖에 다른 여러 부인들　　　　　　　其餘諸夫人
근심과 괴로움에 온몸은 늘어지며　　　　憂苦四體垂
치미는 슬픈 정에 마음이 맺혀　　　　　內感心慘結
움직이지 않는 것 그림 속 사람 같네　　不動如畫人

그때에 부인 야소다라는　　　　　　　　時耶輸陀羅

찬다카를 못내 꾸짖으면서 　　　　　深責車匿言
"내 사랑하는 이 살아서 잃었구나 　　　生亡我所欽
지금 그이는 어디 있는가 　　　　　　今爲在何所

사람과 말과 셋이 함께 가더니 　　　　人馬三共行
이제는 다만 둘이 돌아왔구나 　　　　今唯二來歸
내 마음은 지극히 놀랍고 두려워 　　　我心極惶怖
벌벌벌 떨리어 걷잡을 수 없어라 　　　戰慄不自安

너는 마침내 바르지 못한 사람 　　　　終是不正人
가깝지도 않으며 착한 벗도 아니다 　　不昵非善友
흉악하게 사나움을 함부로 부렸으니 　不吉縱強暴
마땅히 웃을 것을 울음으로 대하는가 　應笑用啼爲

웃고 데려갔다가 울면서 돌아오네 　　將去而啼還
엎치락뒤치락 서로 맞지 않구나 　　　反覆不相應
사랑하는 생각은 스스로 짝하더니 　　愛念自在伴
욕심이 일어나자 방자한 맘 생겼구나 　隨欲恣心作

그러므로 성스러운 왕자로 하여금 　　故使聖王子
한번 가서 돌아오지 못하게 하였으니 　一去不復歸
너는 이제 응당 매우 기뻐하리라 　　　汝今應大喜
나쁜 일 꾀해 그 결과 맺었거니 　　　作惡已果成

차라리 지혜로운 원수 친할지언정 　　寧近智慧怨
어리석은 벗과는 사귀지 말 것을 　　　不習愚癡友

거짓으로 착한 벗이라 이름하면서 　假名爲良朋
속으로는 원한을 품었었구나 　內實懷怨結
이제 이 훌륭한 왕의 집안은 　今此勝王家
하루아침에 모두 결단이 났네 　一旦悉破壞

그리고 저 모든 귀부인들은 　此諸貴夫人
근심에 시달리어 좋은 얼굴 헐리었고 　憂悴毀形好
슬피 울다가 정신 잃을 때 　涕泣氣息絶
얼굴의 눈물은 가로 흘러내리네 　雨淚橫流下

지아비 세상에 있을 때에는 　夫主尙在世
히말라야 산처럼 의지하였고 　依止如雪山
마음 편하기 대지와 같았거니 　安意如大地
이제 근심 슬픔에 거의 죽게 되었구나 　憂悲殆至死
더구나 이 우리 같은 방 속에서 　況此窓牖中
슬피 울고 부르짖는 이 사람이랴 　悲泣長叫者
살아서 지아비 잃어버렸네 　生亡其所天
이 고통을 어떻게 견디어가랴 　是苦何可堪

흰 말아, 너는 의리 없구나 　告馬汝無義
알뜰한 그이를 빼앗았거니 　奪人心所重
마치 깜깜한 어둠 속에서 　猶如闇冥中
도적이 보물을 겁탈하듯이 　怨賊劫珍寶

그이가 너를 타고 싸움할 때에 　乘汝戰鬪時
칼이나 창이나 또 날랜 화살이나 　刀刃鋒利箭

너는 그 모두를 능히 참았었거니   一切悉能堪
지금은 어찌하여 참지 못했나   今有何不忍

이 온 겨레의 훌륭한 그이   一族之殊勝
내 마음을 억지로 빼앗아갔네   强奪我心去
너는 더럽고 나쁜 짐승   汝是弊惡蟲
바르지 못한 짓 다 지었구나   造諸不正業

지금에 그처럼 슬피 울어서   今日大嗚呼
그 소리 이 궁중에 가득 차거니   聲滿於王宮
알뜰한 그이를 빼앗아갈 때   先劫我所念
그때는 어찌하여 벙어리 되었던가   爾時何以啞

만일 그때에 소리 질렀더라면   若爾時有聲
온 궁중이 모두 다 깨었을 것을   擧宮悉應覺
그때에 만일 깨었더라면   爾時若覺者
지금에 이 고통 없었으리라"   不生今苦惱

찬다카는 이 괴로운 말을 듣고   車匿聞苦言
어이가 없어 숨이 막혔네   飮氣而息結

눈물을 거두고 합장하고 대답하네   收淚合掌答
"원컨대 내 설명을 들으시오   願聽我自陳
저 흰 말을 나무라지 마시오   莫嫌責白馬
또 이 나를 꾸짖지도 마시오   亦莫恚於我

우리들에게는 아무 잘못도 없고　　　　我等悉無過
그것은 모두 다 하늘 신의 짓이었고　　天神之所爲
나는 지금 왕의 법을 두려워했으나　　我極畏王法
하늘 신에게 휘몰림 되었나니　　　　天神所驅逼

어느새 말을 끌어다 내게 잡히어　　速牽馬與之
날아가는 것처럼 함께 달릴 때　　　俱去疾如飛
기운을 눌러 소리 못 치게 하고　　厭氣令無聲
그 발도 또한 땅에 닿지 않았으며　足亦不觸地
잠가둔 성문은 저절로 열리었고　　城門自然開
어둡던 허공은 저절로 밝아졌네　　虛空自然明

이것은 모두 하늘 신의 힘이어니　斯皆天神力
어찌 이것이 우리의 한 짓이랴"　　豈是我所爲

야소다라는 이 말을 듣고　　　耶輸陀聞說
마음에 이상하다 생각들었네　心生奇特想
'그것이 다 하늘 신의 한 짓이라면　天神之所爲
이것은 저들의 허물이 아니라' 고　非是斯等咎

꾸짖던 마음은 어느새 사라지고　嫌責心消除
불길 같은 괴로움은 이내 그치어　熾然大苦息
땅바닥에 쓰러져 원망 섞어 탄식할 때　躄地稱怨歎
한 쌍 원앙새가 갈라진 듯하였네　雙輪鳥分乖

"나는 이제 의지할 곳이 없구나　我今失依怙

함께 법을 행하다 살아서 이별했네	同法行生離
그는 법만 즐기어 동행을 버렸거니	樂法捨同行
나는 어디서 다시 법을 구하랴	何處更求法

옛날의 모든 훌륭한 이들 중에	古昔諸先勝
마하수다르사나(大快見王)³⁾ 같은 사람들	大快見王等
그들은 다 부부가 함께하여	斯皆夫妻俱
도를 배우면서 숲속에 놀았거니	學道遊林野

그런데 이제 그이 나를 버리고	而今捨於我
어떠한 법을 구하려 하나이까	爲求何等法
바라문들의 제사하는 법에는	梵志祠祀典
부부가 반드시 같이 가게 되어 있네	夫妻必同行

함께 법을 행하여 그 인(因)을 짓고	同行法爲因
죽으면 다 같이 갚음 받나니	終則同受報
그대는 어찌 혼자 법을 아끼어	汝何獨法慳
나를 버리고 외짝으로 노니는가	棄我而隻遊

혹은 나의 시세우는 것 보고	或見我嫉惡
다시 시샘 없는 여자 구해서인가	更求無嫉者
혹은 또 나를 싫어하기 때문에	或當嫌薄我
깨끗한 하늘 아씨 구하려 함인가	更求淨天女
어떤 훌륭하고 덕 있는 여자 위해	爲何勝德色

---

3) 마하수다르사나(Mahāsudarśana) : 인도 태고(太古)의 왕으로 석존의 전신(前身).

그런 고행을 닦고 익히는 것인가	修習於苦行

나는 기박한 팔자이기에	以我薄命故
부부로서 살아서 갈렸지마는	夫妻生別離
라훌라는 무슨 까닭으로써	羅睺羅何故
아버지 무릎 아래 사랑받지 못하는가	不蒙於膝下

아아, 이 원망스런 사람이여	嗚呼不吉士
얼굴은 부드럽고 마음은 굳세어라	貌柔而心剛
훌륭한 이 겨레의 영광으로서	勝族盛光榮
원수들도 오히려 높여 우러렀거니	怨憎猶宗仰

그 아기 나서 아직 걸음마도 못 하는데	又子生未孩
그것마저 영원히 버릴 수 있었는가	而能永棄捨

나도 또한 쓸개도 창자도 없는 사람	我亦無心腸
낭군은 날 버리고 숲에서 노닐거니	夫棄遊山林
스스로 목숨을 차마 끊지 못하나니	不能自泯沒
이는 곧 나무나 돌로 된 사람인가"	此則木石人

이런 넋두리 끝에 그만 정신 어지러워	言已心迷亂
혹은 통곡하며 혹은 미친 말 하고	或哭或狂言
혹은 물끄러미 바라보고 생각에 잠기며	或瞪視沈思
흐느껴 울면서 어쩔 줄 모르다가	哽咽不自勝
거의 숨기운이 끊어지는 듯	惙惙氣殆盡
그만 땅바닥에 쓰러져 누워 있네	臥於塵土中

그 밖에 다른 모든 채녀들	諸餘婇女衆
그것을 보자 슬프고 아픈 마음	見生悲痛心
마치 한창 피어나는 고운 연꽃이	猶如盛蓮花
바람이나 우박에 쓰러지는 것 같네	風雹摧令萎

그 부왕은 태자를 잃은 뒤에	父王失太子
밤이나 낮이나 슬프고 아쉰 마음	晝夜心悲戀
목욕재계하고 하늘 신께 빌었나니	齋戒求天神
"원컨대 내 아들 빨리 돌려주소서"	願令子速還

| 이렇게 발원하고 기도한 뒤에 | 發願祈請已 |
| 하늘 신을 모신 사당 문을 나오네 | 出於天祠門 |

나오다 여러 사람 울부짖는 소리 듣고	聞諸啼哭聲
놀라고 두려운 맘 어쩔 줄 모르나니	驚怖心迷亂
마치 하늘에서 천둥 칠 때	如天大雷震
뭇 코끼리 어지러이 달리듯이	群象亂奔馳

찬다카와 또 흰 말을 보고	見車匿白馬
두루 물어 태자의 집 떠난 줄 알자	廣問知出家
온몸을 땅에 던져 쓰러졌나니	擧身投於地
마치 사크라 깃대가 무너지는 것 같았네	如崩帝釋幢

여러 신하들 부축해 일으키고	諸臣徐扶起
법으로써 권하여 위로하였네	以法勸令安
오랜 뒤에 정신이 조금 깨어나	久而心小醒

먼저 흰 말을 보고 하소연하네   而告白馬言

"나는 자주 너를 타고 나가 싸울 때   我數乘汝戰
언제나 너의 공을 잊지 않았다   每念汝有功
그러나 지금에 너를 미워하는 것   今者憎惡汝
사랑할 그때보다 배나 더하다   倍於愛念時

내 사랑하는 공덕이 있는 아들   所念功德子
너는 태우고 멀리 달려가   汝輒運令去
깊은 숲속에 던져버린 뒤   擲著山林中
그를 두고 너 혼자 돌아왔구나   猶自空來歸

너는 빨리 나를 데리고 가라   汝速持我往
그렇지 않으면 가서 데리고 오라   不爾往將還
이 두 가지 중에서 하나 하지 않으면   不爲此二者
내 목숨은 장차 살아 있지 못하리니   我命將不存
이 병은 다시 다른 고칠 길 없나니   更無餘方治
오직 아들 돌아오는 것 약이 될 뿐이니라   唯待子爲藥

마치 저 스린자야(珊闍) 바라문   如珊闍梵志
그 아들 죽음으로 제 몸 죽이듯이   爲子死殺身
나도 행과 법이 있는 아들을 잃었으매   我失行法子
스스로 내 몸 죽여 없이 하리라   自殺令無身

저 중생의 조상 마누도 또한   魔㝹衆生主
그 아들을 위해 항상 근심하였거니   亦當爲子憂

154

하물며 내 보통 사람으로서 　　　　　況復我常人

아들을 잃고 어찌 능히 편안하리 　　　失子能自安

또 옛날의 저 아자(阿闍)[4] 왕은 　　　古昔阿闍王

사랑하는 아들이 산에 들어 노닐 때에 　愛子遊山林

너무 슬퍼하다가 목숨을 마친 뒤에 　感思而命終

저 하늘에 올라 태어나게 되었다 　　卽時得生天

그런데 내가 지금 죽지 못하면 　　　吾今不能死

긴긴 밤을 근심하고 괴로워하리니 　　長夜住憂苦

온 궁중이 모두 아들 생각하는 것 　　合宮念吾子

마치 굶주려 목마른 아귀 같나니 　　虛渴如餓鬼

사람이 목이 말라 물을 얻어서 　　　如人渴探水

그것을 마시려다 빼앗긴 것처럼 　　欲飮而奪之

목마른 그대로 목숨 마치면 　　　守渴而命終

반드시 아귀 세계에 태어나리라 　　必生餓鬼趣

나는 지금 몹시 목말라 있어 　　　今我至虛渴

아들의 물 얻었다 다시 잃어버렸네 　得子水復失

또 나는 아직 살아 있거니 　　　及我未命終

내 아들 있는 곳 빨리 말하라 　　速語我子處

---

4) 아자(Aja) : 아자 왕의 아들은 다사라타(Daśaratha) 왕, 그 아들은 라마(Rāma) 왕자이
다. 아들 라마 왕자가 유배되어 숲에 있을 때 부왕 다사라타는 죽었다.

그리하여 나로 하여금 목마른 채 죽어 　　勿令我渴死

저 아귀 세계에 떨어지게 하지 말라 　　墮於餓鬼中

나는 본래부터 뜻과 힘이 굳세어 　　我素志力强

움직이기 어렵기 대지 같거니 　　難動如大地

아들 잃은 마음 급하고 어지러워 　　失子心躁亂

마치 저 옛날의 십차왕(十車王)[5] 같다" 　　如昔十車王

많이 아는 왕의 스승과 　　王師多聞士

또 지혜롭고 총명한 대신 　　大臣智聰達

그 두 사람은 왕에게 간했나니 　　二人勸諫王

느리지도 않았고 급하지도 않았네 　　不緩亦不切

"원컨대 스스로 너그럽게 마음 가져 　　願自寬情念

근심함으로써 몸을 상치 마소서 　　勿以憂自傷

옛날의 모든 훌륭한 왕들은 　　古昔諸勝王

나라 버리기 떨어진 꽃과 같이 했네 　　棄國如散花

이제 아들은 학문과 도 행하거니 　　子今行學道

어찌하여 괴로이 근심하고 슬퍼하랴 　　何足苦憂悲

마땅히 저 아시타의 예언 생각하시라 　　當憶阿私記

이치와 분수 스스로 그러했나니 　　理數自應然

하늘 음악도 저 전륜성왕도 　　天樂轉輪聖

---

5) 다사라타 왕을 말함.

그 싸늘한 마음 더럽히지 못했거니 　　　　　　蕭然不累淸
어떻게 저 세계의 왕인들 　　　　　　　　　　豈曰世界王
금옥 같은 그 마음 움직일 수 있으랴 　　　　　能移金王心
그러나 이제 우리들로 하여금 　　　　　　　　今當使我等
그가 계신 곳으로 뒤쫓아가 찾게 하라 　　　　推求到其所

방편으로써 괴로이 바로 간해 　　　　　　　　方便苦諫諍
우리들의 붉은 정성 나타냄으로 　　　　　　　以表我丹誠
반드시 그 뜻을 굽히게 하여 　　　　　　　　　要望降其志
대왕의 근심·슬픔 위로하리다" 　　　　　　　　以慰王憂悲

왕은 기뻐해 곧 대답하였다 　　　　　　　　　王喜卽答言
"바라노니 너희들 어서 빨리 가라 　　　　　　唯汝等速行

마치 저 사쿠니(舍君陀) 새가 　　　　　　　　如舍君陀鳥
새끼를 위해 공중을 돌듯 　　　　　　　　　　爲子空中旋
이제 내 태자를 생각하여 　　　　　　　　　　我今念太子
걱정하는 마음도 또한 그러하니라" 　　　　　便惕心亦然

두 사람은 명령받고 떠나갔나니 　　　　　　　二人旣受命
왕과 또 그 모든 권속들 　　　　　　　　　　王與諸眷屬
그 마음은 조금 시원해지고 　　　　　　　　　其心小淸涼
기운이 피어 음식이 내리었다 　　　　　　　　氣宣飡飮通

9. 태자를 찾아가다(推求太子品 第九)

왕은 근심과 슬픔으로써	王正以憂悲
왕사(王師)와 대신을 감동시키어	感切師大臣
마치 좋은 말에 채찍질한 것처럼	如鞭策良馬
빨리 달리기 빠른 강물 같았나니	馳驟若迅流
몸이 피로했으나 괴로움 마다 않고	身疲不辭勞
어느새 고행림에 당도하였다	逕詣苦行林
세속의 다섯 가지 의장(五儀飾)¹⁾ 버리고	捨俗五儀飾
모든 마음과 근(根)을 잘 거두어	善攝諸情根
바라문들의 깨끗한 집에 들어	入梵志精廬
그 모든 선인들께 경례하였다	敬禮彼諸仙

---

1) 의식에 쓰는 무기 또는 물건으로 보검(寶劍)·일산(日傘)·월부(月斧)·현악기·고자기
(鼓字旗)를 말함.

모든 선인들은 자리에 앉기 청하여 　諸仙請就座
법을 설명하여 그들을 위로했다 　　說法安慰之

그들은 곧 선인들께 말하기를 　　卽白仙人言
"우리는 의논하여 물을 일 있다 　　意有所諮問

깨끗하고 이름 있는 정반왕이라는 이는 　淨稱淨飯王
감자 종족의 훌륭한 후손인데 　　甘蔗名勝胄
우리는 그의 스승이요 신하로서 　　我等爲師臣
법을 가르치고 제사의식 맡아보네 　法敎典要事

그 왕은 저 사크라 왕과 같고 　　王如天帝釋
그 아들은 저 자얀타(闍延多)[2] 같은데 　子如闍延多
그는 늙음·병·죽음을 벗어나기 위하여 　爲度老病死
집을 나와 이곳에 몸을 던졌네 　出家或投此

우리들은 그를 위해 여기 왔나니 　我等爲彼來
아마 그대들은 그를 알리라" 　　惟尊應當知

그들은 대답하되 "그런 사람 있는데 　答言有此人
긴 팔에 큰 사람의 모양을 갖추었네 　長臂大人相
그는 우리들의 행하는 일에 　　擇我等所行
나고 죽는 법을 따른다고 버리고 　隨順生死法
저 아라다에 나아가 　　往詣阿羅藍

---

2) 자얀타(Jayanta) : 인드라의 아들. 자야(Jaya)라고도 한다.

훌륭한 해탈을 구하고 있네"　　　　　　　　　　以求勝解脫

그들은 이미 확실한 사실 알고　　　　　　　　　既得定實已
왕의 빨리 가라는 명령을 따라 지켜　　　　　　遵崇王速命
감히 피로함을 헤아리지 않고　　　　　　　　　不敢計疲勞
길을 찾아 빨리 달려 나아갔었네　　　　　　　尋路而馳進

숲속에 있는 태자를 보매　　　　　　　　　　　見太子處林
세속의 차림새 모두 버리고　　　　　　　　　　悉捨俗儀飾
진실한 몸의 광명 빛나는 것은　　　　　　　　眞體猶光耀
해가 검은 구름 벗어난 것 같았네　　　　　　如日出烏雲

나라가 하늘 신이라 받드는 스승과　　　　　　國奉天神師
바른 법을 맡아보는 그 대신은　　　　　　　　執正法大臣
세속의 차림새 모두 버리고　　　　　　　　　　捨除俗威儀
말에서 내려 나아갔나니　　　　　　　　　　　下乘而步進

마치 바마데바(婆摩疊)[3] 왕과　　　　　　　猶王婆摩疊
바시시타(婆私吒) 선인이　　　　　　　　　　仙人婆私吒
숲속으로 니이기　　　　　　　　　　　　　　往詣山林中
왕자 라마(羅摩)를 보는 것과 같았네　　　　見王子羅摩

제각기 그 본래의 예의 따라　　　　　　　　各隨其本儀
공경하고 예배하며 인사하는 것　　　　　　恭敬禮問訊

---

3) 바마데바(Vāmadeva) : 십차왕(Daśaratha)의 대신(大臣).

마치 저 슈크라와 　　　　　　　　　猶如儵迦羅

앙기라스의 　　　　　　　　　　　　及與央耆羅

정성을 다하고 공경을 더하여 　　　　盡心加恭敬

사크라 천왕을 받드는 것 같았네 　　奉事天帝釋

왕자도 또한 그들을 따라 　　　　　　王子亦隨敬

왕사와 대신을 공경하는 것 　　　　　王師及大臣

마치 저 사크라 천왕이 　　　　　　　如帝釋安慰

슈크라·앙기라스를 위로하듯 하였네 　儵迦央耆羅

왕자는 곧 그들에게 명령하여 　　　　卽命彼二人

그들을 자기 앞에 앉게 했나니 　　　　坐於王子前

마치 저 푸나르바수(富那婆藪)⁴⁾의 두 별이 　如富那婆藪

달 곁에서 모시고 있는 것 같았네 　　兩星侍月傍

그들 왕사와 또 대신은 　　　　　　　王師及大臣

왕자에게 여쭈었나니 　　　　　　　　啓請於王子

저 자얀타에게 말하는 　　　　　　　如毘利波低

브리하스파티(毘利波低)처럼 　　　　語彼闍延多

"부왕께서 태자를 생각하시는 마음 　　父王念太子

날카로운 바늘로 심장을 찌르는 듯하여 　如利刺貫心

정신을 잃고 미친 증세 일으켜 　　　　荒迷發狂亂

---

4) 푸나르바수(Punarvasu) : 제5 또는 제7의 월수(月宿) 이름. 현재 쌍자좌(雙子座)의 A
및 B성.

하염없이 먼지 속에 누워 계시네   臥於塵土中

낮이나 밤이나 슬픈 생각 더하여   日夜增悲思
언제나 흐르는 눈물 비 오듯 하네   流淚常如雨
우리에게 신칙하여 명령한 바 있나니   勅我有所命
원컨대 마음으로 들어주시라   唯願留心聽

'나는 너의 법을 즐겨하는 뜻 알기   知汝樂法情
결정코 의심할 바 다시없노라   決定無所疑
그러나 때 아닌 때 숲으로 들었기에   非時入林藪
슬픔과 그리움은 내 마음 어지럽힌다   悲戀嬈我心

너 만일 법을 생각하거든   汝若念法者
마땅히 나를 가엾게 생각하라   應當哀愍我
바라건대 멀리 노는 정을 늦추어   望寬遠遊情
내 마음에 걸려 있는 이 근심 위로하여   以慰我懸心
근심과 슬픔의 물로 하여금   勿令憂悲水
내 마음 기슭을 무너뜨리게 하지 말라   崩壞我心岸

구름·몰·풀·신에   如雲水草山
바람·해·불·우박의 재앙과 같이   風日火雹災
근심과 슬픔은 네 가지 재앙 되어   憂悲爲四患
마음을 날리고 말리며 태우고 깨뜨린다   飄乾燒壞心

우선은 돌아와 나라 살림 살다가   且還食土邑
그 때가 이르거든 다시 숲에 노닐라   時至更遊仙

모든 친척들을 돌보지 않고	不顧於親戚
부모도 또한 버리었나니	父母亦棄捐
그것을 어떻게 자비로써	此豈名慈悲
일체를 덮어 보호한다 하겠는가	覆護一切耶

법은 반드시 산림에 있지 않다	法不必山林
집에 있더라도 한가함 닦고	在家亦脩閑
이치를 깨닫고 힘써 방편 구하면	覺悟勤方便
그것을 곧 출가라 하느니라	是則名出家

머리를 깎고 물들인 옷을 입고	剃髮服染衣
스스로 산과 숲에 노닐더라도	自放山藪間
이것은 곧 두려움을 품게 되나니	此則懷畏怖
어떻게 신선을 배운다 이름하리	何足名學仙

원컨대 한번 너를 안고서	願得一抱汝
물을 그 정수리에 쏟고	以水雨其頂
하늘 관으로 너에게 씌워	冠汝以天冠
일산을 받쳐 그 밑에 두고	置於傘蓋下
물끄러미 너를 바라본 뒤에	矚目一觀汝
비로소 나는 출가하리라	然後我出家

드루바(頭留摩) 선왕(先王)	頭留摩先王
아자사(阿㝹闍阿涉)	阿㝹闍阿涉
바즈라바후(跋闍羅婆休)	跋闍羅婆休
바이부라자(毘跋羅安提)	毘跋羅安提

비데하자나카(毘提訶闍那)   毘提訶闍那

나라사바라(那羅濕波羅)   那羅濕波羅

이러한 모든 왕들은   如是等諸王

모두 다 하늘 관 쓰고   悉皆著天冠

영락으로써 얼굴 꾸미고   瓔珞以嚴容

손과 발에는 구슬 고리를 꿰고   手足貫珠環

채녀 무리들과 즐겨하였지마는   婇女衆娛樂

해탈의 인(因)에는 어기지 않았거니   不違解脫因

너도 이제 집에 돌아와   汝今可還家

두 가지 일 숭상하고 친하여야 하나니   崇習於二事

마음으로는 증상법(增上法)[5] 닦는 것과   心修增上法

이 땅의 증상주(增上主) 되는 것이다'   爲地增上主

눈물을 흘리면서 우리에게 신칙하여   垂淚約勅我

이러한 말을 전하게 하였었네   令宣如是言

이미 이러한 왕의 명령 있었나니   旣有此勅旨

그대는 그 명령 받들어 돌아가라   汝應奉教還

아버지 왕께서는 그대로 말미암아   父王因汝故

근심·슬픔 바다에 빠져 있어서   沒溺憂悲海

구원할 이도 없고 의지할 곳도 없고   無救無所依

스스로 헤어날 길 또한 없나니   無由自開釋

---

5) 가장 훌륭한 것. 니르바나(Nirvana)를 말함.

그대는 마땅히 뱃사공 되어 　　　　汝當爲船師
안온한 곳에 건너 닿게 하라 　　　　渡著安隱處

비시마(毘林摩)[6] 왕자와 　　　　毘林摩王子
라마·바르가바(跋祇)는 　　　　二羅彌跋祇
그 아버지 칙명을 공손히 들었나니 　　　　聞父勅恭命
그대도 이제 그러해야 하네 　　　　汝今亦應然

자비스런 어머니 기른 은혜는 　　　　慈母鞠養恩
한평생 갚더라도 끝이 없거니 　　　　盡壽報罔極
마치 소가 송아지 잃은 듯하여 　　　　如牛失其犢
슬피 불러 잠자고 밥 먹기도 잊었나니 　　　　悲呼忘眠食
그대는 마땅히 빨리 돌아가 　　　　汝今應速還
그 생명을 구해드려야 하네 　　　　以救我生命

외로운 새의 무리를 여읜 슬픔 　　　　孤鳥離群哀
큰 코끼리 홀로 노는 괴로움 　　　　龍象獨遊苦
기대고 의지할 자 그 그늘 잃었거니 　　　　憑依者失蔭
마땅히 구호할 이 되기를 생각하라 　　　　當思爲救護

오직 하나 둔 아들 어리고 외로워 　　　　一子孩幼孤
고통을 당하여도 알릴 줄을 모르네 　　　　遭苦莫知告
그 가엾은 괴로움에 애쓰는 것은 　　　　勉彼梵梵苦
사람이 월식을 구하는 것과 같네 　　　　如人救月蝕

---

6) 비시마(Bhíṣma) : 산타누(Śantanu) 왕과 여신 강가(Gaṅgā) 사이에 태어난 아들.

온 나라의 모든 남자 여자들	擧國諸士女
이별의 괴로움은 불꽃처럼 성하거니	別離苦熾然
한숨의 연기는 하늘을 찔러	歎息煙衝天
슬기의 눈을 가려 어둡게 하네	熏慧眼令闇
다만 그대의 물이 불을 꺼버려서	唯求見汝水
눈이 열려 밝게 보기를 구하나니"	滅火目開明

보살은 아버지의 간절한 분부의	菩薩聞父王
괴로움이 낱낱이 지극한 것을 듣고	切教苦備至
단정히 앉아 바로 생각하다가	端坐正思惟
이치를 따라 공손히 대답하다	隨宜遜順答

"나도 또한 아버지 왕의	我亦知父王
자비스런 생각과 후한 마음 알지마는	慈念心過厚
남·늙음·병·죽음 두려워하여	畏生老病死
그 때문에 다함없는 은혜를 어기었네	故違罔極恩

그 누가 낳은 아들 중히 알지 않으랴	誰不重所生
그러나 마침내는 이별하고 마나니	以終別離故
그러므로 아무리 살아서 서로 지킬지라도	正使生相守
죽음에 이르면 붙들지 못하나니	死至莫能留
그러므로 나는 중한 줄 뻔히 알면서도	是故知所重
영원히 하직하고 집을 나왔느니라	長辭而出家

아버지의 근심하고 슬퍼하심 들으매	聞父王憂悲
더욱 그리움에 내 마음 간절하네	增戀切我心

그러나 꿈속에서 잠깐 만난 것 같아　　　　　但如夢暫會
속절없이 어느새 무상으로 돌아가네　　　　　倏忽歸無常

너희들은 결정코 알아야 하네　　　　　　　　汝當決定知
중생들은 그 성질 같지 않나니　　　　　　　　衆生性不同
근심과 괴로움이 생기는 것은　　　　　　　　憂苦之所生
반드시 아들과 어버이에만 있지 않나니　　　　不必子與親

살아서 떠나는 것 괴로워하는 까닭　　　　　　所以生離苦
다 어리석은 미혹에서 생기는 것이니라　　　　皆從癡惑生

마치 사람이 길을 따라 갈 때에　　　　　　　如人隨路行
도중에서 잠깐 서로 만나더라도　　　　　　　中道暫相逢
얼마 안 가 제각기 갈라지는 것처럼　　　　　須臾各分析
어긋나는 이치는 원래 자연이니라　　　　　　乖理本自然

서로 모여 잠깐 동안 친하게 되더라도　　　　合會暫成親
인연을 따르는 이치 스스로 갈라지네　　　　　隨緣理自分
그러므로 친한 것의 거짓 모임 깊이 알아　　　深達親假合
근심하고 슬퍼하지 않아야 하느니라　　　　　不應生憂悲

이 세상에서 친함·사랑 어기어도　　　　　　此世違親愛
저 세상에서 다시 친함 구하나니　　　　　　他世更求親
잠깐 동안 친하다가 다시 여의는 것을　　　　暫親復乖離
간 곳마다 친하지 않은 사람이 없느니라　　　處處無非親

항상 모였다가 흩어지거니   常合而常散
흩어지고 헤어짐 무엇을 슬퍼하리   散散何足哀
어머니 태에서도 차츰 변하고   處胎漸漸變
시시각각으로 죽음에 나아가네   分分死更生

일체 '때'에는 죽음 있거니   一切時有死
산림에 들어가기 때 아닌 때 있으랴   山林何非時
때마다 때마다 오욕을 누리고   侍時受五欲
재물 구하는 때도 또한 그러하나니   求財時亦然

일체 때에는 죽음 있기 때문에   一切時死故
죽는 법 제하고는 '때' 없느니라   除死法無時

나를 왕으로 만들고자 하는 것   欲使我爲王
그 사랑하는 법을 어기기 어려워라   慈愛法難違
그러나 그것은 병 앓을 때에   如病服非藥
약 아닌 것을 먹는 것과 같거니
그러므로 나는 차마 높은 자리의   是故我不堪
어리석은 곳에서 방일(放逸)⁷⁾하면서   高位愚癡處
사랑하고 미워함을 따를 수 없느니라   放逸隨愛憎

몸을 마치도록 언제나 두려워하고   終身常畏怖
여러 가지 생각에 몸과 정신 피로하며   思慮形神疲
대중의 마음 따라 법을 어김은   順衆心違法

---

7) 마음대로 꺼림 없이 노는 일. 방탕한 짓이나 하면서 함부로 노는 일.

지혜로운 사람은 하지 않는 일이니라　智者所不爲

일곱 가지 보배로 된 묘한 궁전　七寶妙宮殿
그 속에도 이글이글 불꽃이 타네　於中盛火然
하늘 부엌의 백 가지 맛있는 음식도　天廚百味飯
그 속에는 갖가지 독이 있으며　於中有雜毒

연꽃이 피어 있는 맑고 시원한 못도　蓮華淸涼池
그 속에는 수많은 독한 벌레 있나니　於中多毒蟲
자리 높아도 재앙 있는 집이라면　位高爲災宅
슬기로운 사람은 거기 살지 않느니라　慧者所不居

옛날 조상부터 훌륭한 왕들은　古昔先勝王
임금 자리에 있어 허물이 많고　見居國多愆
중생에게 괴로움 주는 것 보고　楚毒加衆生
싫어하고 근심하여 집을 나왔네　厭患而出家

그러므로 왕이란 진정 괴로운 것으로서　故知王正苦
법을 행하는 편안함만 못한 줄 알았나니　不如行法安
산림 속에서 편안히 살면서　寧處於山林
짐승들처럼 풀을 먹을지언정　食草同禽獸
검은 뱀과 구멍을 함께하는　不堪處深宮
깊은 궁에 살기는 견딜 수 없네　黑蛇同其穴

왕 자리의 다섯 가지 향락 버리고　捨王位五欲
괴로운 그대로 산림 속에 노나니　任苦遊山林

이것은 곧 이치를 그대로 따름이라　　　　　　此則爲隨順
즐거운 법은 차츰 밝음을 더하리라　　　　　　樂法漸增明

이제 이 한적한 숲을 버리고　　　　　　　　　今棄閑靜林
집에 돌아가 오욕을 받아 누리면　　　　　　　還家受五欲
낮과 밤으로 괴로운 법 더하리니　　　　　　　日夜苦法增
그것은 곧 이치에 맞지 않는 것이니라　　　　　此則非所應

이름 있는 겨레의 이 대장부　　　　　　　　　名族大丈夫
법을 즐겨해 집을 떠나서　　　　　　　　　　樂法而出家
영원히 이름 있는 종족 등지고　　　　　　　　永背名稱族
대장부의 그 뜻을 꿋꿋이 세워　　　　　　　　建大丈夫志
형상을 헐어뜨려 법옷을 입고　　　　　　　　毀形被法服
법을 즐겨해 산림에 노니나니　　　　　　　　樂法遊山林

이제 다시 이 법옷 버리고　　　　　　　　　今復棄法服
부끄러워하는 마음에 어김 있으면　　　　　　有違慚愧心
천왕의 궁전도 오히려 안 될 것을　　　　　　天王尙不可
하물며 뜻 세운 사람 집에 돌아가랴　　　　　況歸人勝宅

탐욕·성냄·어리석음 이미 뱉었거니　　　　　已吐貪恚癡
그런데 가시 도로 그것을 먹는다면　　　　　而復還服食
토한 것을 도로 먹는 사람 같거니　　　　　　如人反食吐
그 괴로움 어떻게 견뎌낼 수 있으랴　　　　　此苦安可堪

또 마치 사람이 집이 불탈 때　　　　　　　　如世舍被燒

방편으로 그곳을 달려나왔다 方便馳走出
이내 도로 그곳으로 들어가는 것 같나니 須臾還復入
그를 어찌 슬기로운 사내라 하랴 此豈爲黠夫

남·늙음·죽음의 허물을 보고 見生老死過
싫어하고 근심하여 집을 나왔거니 厭患而出家
이제 다시 도로 들어간다면 今當還復入
그 어리석음은 저와 다름없으리 愚癡與彼同

궁중에 있으면서 해탈을 닦는 것 處宮修解脫
그것은 도저히 그리 될 수 없나니 則無有是處
해탈은 정적에서 생기는 것이며 解脫寂靜生
왕이란 괴로움을 더하는 것이니라 王者如楚罰

정적은 왕의 위엄 떨어지게 하는 것 寂靜廢王威
왕이란 진정 해탈과 어긋나네 王正解脫乖
움직이고 고요함은 물과 불 같거니 動靜猶水火
두 이치를 어떻게 함께할 수 있으랴 二理何得俱

결정코 해탈을 닦으려 하면 決定修解脫
왕의 자리에 있지 않아야 하네 亦不居王位

만일 왕의 자리에 그대로 있으면서 若言居王位
아울러 해탈을 닦는다고 말한다면 兼修解脫者
그것은 곧 결정이 아니요 此則非決定
결정의 해탈도 또한 그러하거니 決定解亦然

이미 결정한 마음이 아니라면　　　　　　　既非決定心
집을 나왔다 다시 도로 들어가리　　　　　或出還復入

그러나 나는 이제 이미 결정한지라　　　　我今已決定
친족들의 갈고리와 미끼를 끊고　　　　　斷親屬鉤餌
바른 방편으로서 집을 나왔거니　　　　　正方便出家
어떻게 다시 들어간다 하랴"　　　　　　云何還復入

대신은 가만히 생각하였네　　　　　　　大臣內思惟
'태자는 참으로 대장부로서　　　　　　　太子大丈夫
깊이 알고 덕 있으며 이치를 따라　　　　深識德隨順
그가 하는 말에는 이유 있다' 고　　　　所說有因緣

그런데도 다시 태자에게 말하기를　　　　而告太子言
"만일 왕자의 말한 바와 같다면　　　　　如王子所說
법을 구하는 법도 응당 그렇겠지만　　　　求法法應爾
그러나 다만 때가 맞지 않나니　　　　　但今非是時

부왕은 늙고 쇠한 나이이시라　　　　　　父王衰暮年
아들을 생각하고 근심·슬픔 너하나니　　念子增憂悲
아무리 해탈을 즐겨한다 하더라도　　　　雖日樂解脫
그것은 도리어 법 아님이 되리라　　　　反更爲非法

즐겨 집을 난다 해도 슬기 없으며　　　　雖樂出無慧
깊고 자세한 이치 생각하지 않으며　　　　不思深細理
그 원인은 보지 않고 결과만 구하여　　　不見因求果

한갓 현재 즐거움만 버리게 되는 것을	徒捨現法歡

어떤 이는 '뒷세상이 있다' 고 하고	有言有後世
어떤 이는 '뒷세상이 없다' 고 하나	又復有言無
있고 없음을 이미 판단하지 못하거니	有無旣不判
어찌하여 현세의 즐거움만 버리랴	何爲捨現樂

만일 뒷세상이 있다고 하면	若當有後世
응당 그 얻는 바에 맡겨야 할 것이요	應任其所得
만일 뒷세상이 없다고 하면	若言後世無
'없음' 그것은 곧 해탈이 되네	無卽爲解脫

어떤 이는 '뒷세상이 있다' 고 하지마는	有言有後世
그 해탈의 인은 말하지 않나니	不說解脫因
마치 땅은 단단하고 불은 더우며	如地堅火暖
물은 젖고 바람은 움직임과 같아서	水濕風飄動
뒷세상도 또한 그러하나니	後世亦復然
이것은 곧 자성(自性)[8]이 그러할 뿐이니라	此則性自爾

어떤 이는 '깨끗함과 깨끗하지 않음' 은	有說淨不淨
제각기 자성에서 일어나므로	各從自性起

---

8) 자성(Prakṛiti) : 물질의 근원. 상키야(Sānkhyā) 설에서는 푸루사(Puruṣa)와 프라크리티(Prakṛiti)의 이원론으로 신아(神我)는 신성(神聖)으로 변하지 않는다. 자성이란 삿트바(Sattva)·라자스(rajas)·타마스(tamas)의 평균 상태로이며 물질의 근원으로서 상주(常住)·편만(遍滿)·무활동(無活動)·유일(唯一)·불분할(不分割)·자립독립(自立獨立)의 실제 자성에서 각(覺 : 大), 대(大)에서 아만(我慢), 아만에서 십일근(十一根), 또 오유(五唯)·오대(五大)로 발전하여 이 현상계가 생긴다.

방편으로 변하게 할 수 있다 말하지만   言可方便移
이것은 곧 어리석은 말이니라   此則愚癡說

모든 근(根)과 행(行)의 경계는   諸根行境界
모두 그 자성이 결정된 것을   自性皆決定
사랑해 생각하고 생각하지 않는 것   愛念與不念
자성의 결정됨도 또한 그러하니라   自性定亦然
늙음·병·죽음의 그 괴로움은   老病死等苦
뉘라서 방편으로 그렇게 시켰는가   誰方便使然

이른바 물은 능히 불을 멸하고   謂水能滅火
불은 물을 끓이고 잦아지게 하나니   火令水煎消
자성이 더하면 서로서로 무너지고   自性增相壞
자성이 화하여 중생을 만드네   性和成衆生

사람이 어머니 태 안에 있을 때   如人處胎中
손발과 모든 몸이 나누어지고   手足諸體分
신식(神識)이 저절로 이루어지는 것   神識自然成
누가 그렇게 만드는 것인가   誰有爲之者

가시는 그 누가 날카롭게 하였는가   蕀刺誰令利
그것도 그 성(性)의 자연이니라   此則性自然
또 가지가지 새나 짐승들   及種種禽獸
하고자 함이 없이 그렇게 된 것이네   無欲使爾者

모든 '유(有)'로서 하늘에 나는 것은   諸有生天者

자재천(自在天)⁹⁾이 그렇게 만든 것이요   自在天所爲

그 밖의 다른 조화 부리는 이에게는   及餘造化者

자기 힘으로서의 방편이 없느니라   無自力方便

만일 그것 의지하여 생긴 것 있으면   若有所由生

그는 또한 그것을 멸하게 하리니   彼亦能令滅

어떻게 자기 힘의 방편으로써   何須自方便

해탈을 구할 수 있다 하는가   而求於解脫

어떤 이는 말하기를 " '나' 가 있어 생기게 하고   有言我令生

또한 '나' 가 있어 멸하게 한다"고   亦復我令滅

어떤 이는 말하기를 "말미암아 생기지 않았다면   有言無由生

반드시 방편으로 멸할 수 있다"고   要方便而滅

마치 사람이 아들 낳아 기를 때   如人生育子

조상에게도 빚지지 않고   不負於祖宗

선인의 남긴 법을 배운다거나   學仙人遺典

하늘을 받들어 제사하는 것   奉天大祠祀

이 세 가지에 빚진 것 없으면   此三無所負

그것을 곧 해탈이라 하느니라   則名爲解脫

예나 지금이나 전하는 바는   古今之所傳

이 세 가지에 해탈을 구하나니   此三求解脫

---

9) 색계(色界)의 정상에 있는 천신(天神) 이름. 눈은 셋, 팔은 여덟 개로 흰 소를 타고 흰 불자(拂子)를 들고 있음.

만일 달리 방편을 쓰려 한다면　　　若以餘方便
한갓 괴롭고 실제 효험 없으리라　　徒勞而無實

그대 만일 해탈을 구하고자 하거든　汝欲求解脫
오직 위에서 말한 방편을 공부하라　唯習上方便
그때에는 부왕의 근심·슬픔 쉬게 되고　父王憂悲息
해탈의 도가 또한 이뤄지리니　　　解脫道得申

집을 버리고 산림에서 놀다가　　　捨家遊山林
도로 돌아가는 것도 허물 아니네　　還歸亦非過

옛날의 암바리샤(奄婆梨)[10] 왕은　　昔奄婆梨王
오랫동안 고행림에 머무르다가　　　久處苦行林
그 제자들과 권속들 버리고　　　　捨徒衆眷屬
집에 돌아가 왕 자리에 있었네　　　還家居王位

국왕의 아들 라마(羅摩)는　　　　國王子羅摩
나라를 버리고 산림에 살다가　　　去國處山林
나라의 풍속이 어지럽단 말을 듣고　聞國風俗離
다시 돌아가 바른 교화 붙들었네　　還歸維正化

살르바(娑樓婆)의 국왕　　　　　娑樓婆國王
이름을 드루마크샤(頭樓摩)라 하는데　名曰頭樓摩
부자가 함께 산림에서 놀다가　　　父子遊山林

---

10) 암바리샤(Ambariṣa) : 익시바쿠(Ikṣvāku) 족 제28번째의 아요디야(Ayodhyā) 왕.

마침내 함께 나라로 돌아갔네   終亦俱還國

바시슈타(婆私畫) 무니와   婆私畫牟尼
암티데바(安低疊)는   及與安低疊
산림에 들어가 범행 닦다가   山林修梵行
오랜만에 또한 본국으로 돌아갔네   父亦歸本國

이러한 여러 조상 훌륭한 이들   如是等先勝
바른 법으로 좋은 이름 있었고   正法善名稱
모두 왕의 나라로 돌아갔나니   悉還王領國
등불이 세상을 비추는 것 같았네   如燈照世間

그러므로 마땅히 이 산림을 버리고   是故捨山林
바른 법으로 교화함은 허물이 아니니라"   正法化非過

그때에 태자는 그 대신의   太子聞大臣
다정한 말과 유익한 말을 듣고   愛語饒益說
떳떳한 이치로써 어지럽지 않게   以常理不亂
걸림이 없고 조용하며 질서 있고   無礙而庠序
굳건한 뜻과 안온한 말씨로써   固志安隱說
그 대신에게 대답하였다   而答於大臣

"뒷세상의 '있음·없음' 에 망설이는 것   有無等猶豫
두 가지 마음은 의혹만 더하거니   二心疑惑增
그런데 "있다, 없다" 말하지마는   而作有無說
나는 이미 결정하여 취하지 않노라   我不決定取

깨끗한 지혜로 고행을 닦아 　　　　　　　　淨智修苦行

결정코 나는 스스로 아느니라 　　　　　　　決定我自知

세간의 이런가 저런가 하는 주장 　　　　　　世間猶豫論

자꾸 퍼져나가 서로 전해 배우지만 　　　　　展轉相傳習

거기에는 진실한 이치 없거니 　　　　　　　無有眞實義

그러므로 나는 거기 편안해하지 않네 　　　此則我不安

밝은 사람은 참과 거짓 가르나니 　　　　　　明人別眞僞

믿음이 어찌 남에 의해 생길 건가 　　　　　信豈由他生

마치 나면서 장님 된 사람 　　　　　　　　猶如生盲人

장님으로 사람을 인도하는 것 같네 　　　　以盲人爲導

큰 어둠 깜깜한 밤에 　　　　　　　　　　於夜大闇中

무엇으로 그 사람 따라야 하리 　　　　　　當復何所從

깨끗하고 깨끗하지 않은 법에 대하여 　　　於淨不淨法

세상사람들은 의혹을 내네 　　　　　　　　世間生疑惑

만일 그 진실을 보지 못하고 　　　　　　　設不見眞實

청정한 도를 행하려 한다면 　　　　　　　應行淸淨道

차라리 괴로움에서 깨끗한 법 행하고 　　寧苦行淨法

즐거움에서 깨끗하지 않은 법 행하지 않으리라 　非樂行不淨

저 서로 전하는 주장을 관찰하매 　　　　　觀彼相承說

어느 하나도 결정한 주장 없네 　　　　　　無一決定相

진실한 말을 빈 마음으로 받으면	眞言虛心受
모든 근심을 길이 떠나리	永離諸過患
잘못된 거짓말을 말하는 것은	語過虛僞說
지혜로운 사람의 말하지 않는 바네	智者所不言

그 이야기처럼 저 라마 등이	如說羅摩等
집을 버리고 나와 범행 닦다가	捨家修梵行
마침내 본국으로 도로 돌아가	終歸還本國
다섯 가지 즐거움을 누리었다면	服習五欲者
그것들은 곧 더러운 행이거니	此等爲陋行
지혜로운 사람의 의지하지 않는 바네	智者所不依

나는 이제 마땅히 너희를 위해	我今當爲汝
그 요긴한 뜻을 간략히 말하리라	略說其要義

'저 해와 달이 땅바닥에 떨어지고	日月墜於地
수미와 히말라야(雪山)가 구르더라도	須彌雪山轉
나는 몸이 마치도록 고치지 않으리니	我身終不易
물러나 그른 곳에 들어가기보다는	退入於非處
차라리 불구덩에 몸을 던지리	寧身投盛火

그것은 끝내 의(義) 아니기 때문에	不以義不畢
내 본국으로 도로 돌아가	還歸於本國
오욕의 불구덩에 들어가지 않으리라'"	入於五欲火

이렇게 요긴한 맹세를 표한 뒤에	表斯要誓已

천천히 일어나 아주 하직하셨나니　　　　除起而長辭
태자 변론의 칼날 같은 불꽃은　　　　　太子辯鋒炎
마치 한낮의 햇빛과 같아　　　　　　　猶如盛日光
왕사나 대신의 언론으로는　　　　　　　王師及大臣
도저히 그것을 감당할 수 없었네　　　　言論莫能勝

그들은 서로 "계획 이미 끝났다　　　　相謂計已盡
하직하고 물러나 돌아가자"고　　　　　唯當辭退還
태자를 깊이 공경하고 찬탄하며　　　　深敬嘆太子
감히 억지로 만류하지 못하였다　　　　不敢强逼留

그러나 왕의 명령 받들었기에　　　　　敬奉王命故
감히 급속히 돌아오지 못하고　　　　　不敢速疾還
길 가운데서 어정거리며　　　　　　　徘徊於中路
돌아보며 돌아보며 발걸음 더디었네　　行邁顧遲遲

총명하고도 슬기로우며　　　　　　　選擇黠慧人
자상하고 민첩한 사람을 뽑아　　　　　審諦機悟士
몸을 숨겨 가만히 안부를 살핀 뒤에　　隱身密伺候
그제야 그를 두고 돌아왔었네　　　　　然後捨而還

10. 빈비사라 왕[1]이 태자에게 나아가다
(瓶沙王詣太子品 第十)

태자는 왕의 스승과	太子辭王師
정법(正法) 대신을 하직하고	及正法大臣
물결을 무릅쓰고 강가(恒河)[2]를 건너	冒浪濟恒河
길은 영추암으로 돌게 되었다	路由靈鷲巖
영추암은 그 뿌리 다섯 산에 감추었고	藏根於五山
빼어나 우뚝 솟아 중간은 편편하며	特秀峙中亭
수풀과 꽃과 열매 우거져 있고	林木花果茂
더운물 찬물은 갈라져 흐르는데	流泉溫涼分
한번 그 다섯 산 성안에 들어가면	入彼五山城
고요하기 하늘 위에 오른 것 같네	寂靜猶昇天

---

1) 빈비사라(Bimbisāra) 왕 : 죽림정사를 지어 석존께 공양한 중인도 마가다 국 왕의 이름.
2) 강가(Gaṅgā) : 갠지스 강의 범어 이름.

그 나라 사람들 태자를 보매　　　　　　國人見太子

고요한 모양은 깊고 또 밝으며　　　　容德深且明

젊은 몸은 환하게 빛이 있어　　　　少年身光澤

견줄 데 없는 장부 얼굴이었네　　　　無比丈夫形

그들은 모두 기특하다 생각하며　　　悉起奇特想

자재천의 깃대를 보는 듯하였나니　　如見自在幢

앞에서 오는 이는 발길 멈추고　　　横行爲止足

뒤에서 오는 사람 빨리 걸으며　　　隨後者速馳

앞서 가는 이들은 돌아보고　　　先進悉廻顧

멀거니 보면서 싫증을 내지 않네　　瞻目視無厭

온몸의 그 특별한 모양　　　四體諸相好

하나하나 자세히 모아 눈을 옮기지 않고　隨見目不移

공경하고 나아와 맞이하면서　　　恭敬來奉迎

합장하고 예배하며 인사드리네　　合掌禮問訊

그들은 모두 못내 기뻐하면서　　　咸皆大歡喜

법에 알맞게 공양드리고　　　隨宜而供養

귀하고 훌륭한 얼굴을 우러르다　　瞻仰尊勝顔

다시 머리 숙여 제 꼴들을 부끄러워하네　俯愧種種形

본래부터 가볍고 급한 거동도　　　政素輕躁儀

잠자코 엄숙하며 공경 더하고　　　寂默加肅敬

원한 품은 마음 아주 풀리며　　　結恨心永解

자비롭고 화한 정은 더욱 더하다 　　　　　　　　　慈和情頓增

사내나 여자들은 공이나 사의 일을 　　　　　　　　士女公私業
한꺼번에 모두 다 내던지고 　　　　　　　　　　　一時悉休廢
공손한 얼굴로 그 덕을 존경하며 　　　　　　　　敬形宗其德
보고 또 보고 돌아가기 잊었었네 　　　　　　　　隨觀盡忘歸

두 눈썹 사이의 흰 털 모양 　　　　　　　　　　　眉間白毫相
길고도 넓은 검푸른 눈 　　　　　　　　　　　　　脩廣紺靑目
온몸은 황금빛으로 빛나는데 　　　　　　　　　　擧體金光曜
엷은 망이 있는 청정한 손 　　　　　　　　　　　淸淨網縵手
비록 출가한 이의 모양은 하였으나 　　　　　　雖爲出家形
성왕에 어울리는 상이 있었네 　　　　　　　　　有應聖王相

라자그리하(王舍城)3)의 모든 남녀들 　　　　　王舍城士女
어른이나 어린이나 모두 불안하였나니 　　　長幼悉不安
"이런 사람 오히려 출가했거니 　　　　　　　　此人尙出家
우리들은 어떻게 세상 욕심 즐기랴" 　　　　我等何俗歡

그때에 빈비사라 왕은 　　　　　　　　　　　　爾時瓶沙王
높다란 궁전 위에 있다가 　　　　　　　　　　處於高觀上

그 모든 사내나 여자들의 　　　　　　　　　　　見彼諸士女

---

3) 라자그리하(Rāja-gṛha) : 붓다 시대 마가다 국의 수도. 붓다 교화의 중심지로 현재의 퍼
트나(Patna) 시 남쪽 비하르 지방의 라즈기르(Rajgir)가 그 옛 터라 함. 석존 일대의 설법은
여기서 행해졌으며 불교에 관한 유적이 많음.

어쩔 줄 모르는 이상한 거동 보고　　　　　　　惶惶異常儀

곧 신칙하여 바깥 사람을 불러　　　　　　　　勅召一外人

무슨 까닭인가를 자세히 물을 때　　　　　　　備問何因緣

그는 왕의 다락 밑에 공손히 꿇어앉아　　　　　恭跪王樓下

그가 듣고 본 바를 갖추어 사뢰었네　　　　　　具白所見聞

"내 일찍 들으매 사캬 종족에　　　　　　　　昔聞釋氏種

기특하고 훌륭한 아들이 있어　　　　　　　殊特殊勝子

싱그러운 슬기는 세상 밖에 뛰어나　　　　　神慧超世表

왕으로 팔방을 거느릴 만하였는데　　　　　應王領八方

지금에 집을 나와 이곳에 와서　　　　　　今出家在此

뭇 사람들 모두 받들어 맞이한다오"　　　　衆人悉奉迎

왕은 듣고 마음으로 놀라고 기뻐하여　　　　　王聞心驚喜

몸은 거기 있었으나 정신은 이미 달리었네　　形留神已馳

사자를 시켜 빨리 나아가　　　　　　　　勅使者速還

그의 기후(氣候) 편안한가 살펴보게 하였네　　伺候進趣宜

사자는 분부받고 가만히 그를 따라　　　　　奉教密隨從

그의 하는 거동 우러러 살피었다　　　　　　瞻察所施爲

맑고 고요하며 단정한 눈길　　　　　　　　澄靜端目視

편안한 걸음걸이 참된 위의(威儀) 나타내며　庠步顯眞儀

마을에 들어가서 밥을 빌 때는　　　　　　入里行乞食

모든 걸사(乞士)[4]들의 광명이 되네　　　　爲諸乞士光

얼굴을 거두어 마음 어지럽지 않고 　　　　斂形心不亂

좋아하거나 미워하거나 두루 다 편안하며 　好惡靡不安

맛나고 추한 음식 얻는 그대로 　　　　　精麤隨所得

바루(鉢)[5]에 받아가져 숲으로 돌아오네 　　持鉢歸閑林

밥 먹기 마친 뒤에 맑은 물에 양치질하고 　食訖漱淸流

백산에 안주하여 고요함을 즐기나니 　　樂靜安白山

푸른 숲은 높은 언덕 위에 벌여져 있고 　　靑林別高崖

붉은 꽃은 그 사이에 군데군데 피었는데 　丹華殖其間

공작 등 모든 새들 　　　　　　　　　孔雀等衆鳥

가벼이 날며 어지러이 울어예네 　　　　翻飛而亂鳴

그 속에서 법옷은 더욱 선명해 　　　　法服助鮮明

마치 해가 부상(扶桑)[6]에서 오르는 듯하였네 　如日照扶桑

사자는 그의 편안한 삶을 보고 　　　　使見安住彼

그 경위를 갖추어 왕에게 아뢰었다 　　　次第具上聞

왕은 듣고 마음이 조급하고 공경하여 　　王聞心馳敬

곧 수레 신칙하여 길을 떠났네 　　　　卽勅嚴駕行

---

4) 승려를 일컫는 말. 위로는 제불(諸佛)에게 법을 구하고, 아래로는 시주에게 밥을 구한다
는 데서 나옴.
5) 비구의 밥그릇. 바룻대·바리때라고도 함.
6) 옛날 중국에서 해가 뜨는 동쪽 바다 속에 있다고 한 상상의 신성한 나무. 또는 그 나무가
있는 곳.

하늘 관 쓰고 꽃옷을 입고　　　　　　　　天冠佩花服

걸음은 사자왕의 걸음이어라　　　　　　　獅子王遊步

모든 나이 많고 벼슬 높으며　　　　　　　簡擇諸宿重

고요하고 자상한 선비를 뽑아　　　　　　安靜審諦士

백천 무리를 앞뒤에 거느리니　　　　　　導從百千衆

구름이 흰 뫼에 오르는 듯하여라　　　　　雲騰昇白山

보살의 위엄 있는 모습을 보매　　　　　　見菩薩嚴儀

마음과 모든 근은 지극히 고요한데　　　　寂靜諸情根

산바위 집 안에 단정히 앉았나니　　　　　端坐山巖室

달이 푸른 하늘에 빛나는 것 같으며　　　　如月麗靑天

묘한 빛깔 깨끗하고 단정하며 위엄 있어　　妙色淨端嚴

그것은 마치 법의 화한 몸 같았네　　　　　猶若法化身

경건한 마음으로 엄숙히 떠나　　　　　　虔心肅然發

공손하게 걸어 점점 나아갔나니　　　　　恭步漸親近

그것은 마치 저 사크라 천왕이　　　　　　猶如天帝釋

마헤스바라(摩醯首羅) 왕에게 나아가는 것 같네　詣摩醯首羅

얼굴을 고치고 예의를 바로잡아　　　　　斂容執禮儀

공손히 그의 안부 사뢰올 때에　　　　　　敬問彼和安

보살은 고요히 몸을 움직여　　　　　　　菩薩詳而動

왕이 하는 짓을 따라 답례하였네　　　　　隨順反相酬

때에 왕은 위로하며 문안한 뒤에　　　　　時王勞問畢

188

맑고 깨끗한 돌에 단정히 앉아   端坐淸淨石
싱그러운 모습을 우러러볼 때   瞪矚瞻神儀
얼굴은 화해지고 마음은 기뻤었네   顔和情交悅

"엎드려 들었노니 이름 높은 종족으로   伏聞名高族
장하고 큰 덕을 서로 이어 물려받고   盛德相承襲
흠모하는 정은 오래 쌓여왔나니   欽情久蘊積
나는 이제 품은 의심 풀고자 하네   今欲決所疑

햇빛의 근원이요, 처음으로서   日光之元宗
왕의 운수 홍성하기 이미 만 년에   祚隆已萬世
큰 덕을 후손으로 이어받게 해   令德紹遺嗣
널리 퍼져 내려와 지금에 모였구나   弘廣萃於今

어질고 총명하며 아직 젊은 나이로   賢明年幼少
무슨 까닭 있어서 집 나왔는가   何故而出家
세상에서 뛰어난 거룩한 왕자로서   超世聖王子
밥을 빌어먹으며 영화를 버리었네   乞食不存榮

그 묘한 몸에는 의딩 향을 바를 깃을   妙體應塗香
무슨 까닭 있어서 가사를 입었는가   何故服袈裟
그 손은 마땅히 온 천하를 쥐올 것을   手宜握天下
도리어 그 손으로 박한 음식 받는구나   反以受薄飡

만일 그대 부왕의 물림을 이어   若不代父王
그 나라를 받지 않겠다 하면   受禪享其土

나는 이제 내 나라 반을 주리니　　　　吾今分半國

바라건대 조금만 마음 돌려라　　　　庶望少留情

이미 친척의 핍박 받을 혐의 없고　　　　旣免逼親嫌

때 지나면 마음에 하고 싶은 대로 되리　　　　時過隨所從

마땅히 정성된 내 말을 따르라　　　　當體我誠言

그대의 덕을 탐해 좋은 이웃 삼고 싶네　　　　貪德爲良隣

혹은 이름난 훌륭한 종족으로　　　　或恃名勝族

슬기와 덕과 용모를 두루 믿고　　　　才德容貌兼

높은 절개 굽히고 머리 숙이어　　　　不欲降高節

남의 은혜 받으려 하지 않으면　　　　屈下受人恩

마땅히 건장하고 용맹스러운 군사와　　　　當給勇健士

무기와 그에 따른 군자(軍資) 주리니　　　　器仗隨軍資

자기 힘으로 널리 거둬 얽으면　　　　自力廣收羅

천하에 그 누가 치받들지 않으리　　　　天下孰不推

현명한 사람은 때를 알아 취하여　　　　明人知時取

법과 재물과 오욕이 더하나니　　　　法財五欲增

만일 이 세 가지 이익 얻지 못하면　　　　若不獲三利

마침내 한갓되이 괴로워할 뿐이니라　　　　終始徒勞勤

법을 높이어 재물과 색(色)[7] 버리면　　　　崇法捨財色

---

7) 색(Rūpa) : 심법(心法)에 대하여 물질을 색법이라 함. 변괴(變壞)·질애(質礙)의 두 뜻
이 있는 물질의 총칭.

재물에는 일세(一世)의 사람이 되고 財爲一分人
많은 재물을 위해 법을 버리면 富財捨法欲
이것은 곧 재물만 보전하게 되며 此則保財資

가난하고 궁하면서 법마저 잊으면 貧?而忘法
다섯 가지 욕심을 어떻게 즐기리 五欲孰能歡
그러므로 이 세 가지 일[8] 갖추어야 是故三事俱
덕은 흘러 퍼지고 도는 펴나리라 德流而道宣

재물과 법과 오욕을 갖추면 法財五欲備
그를 일러 세상의 대장부라 하나니 名世大丈夫
그 원만한 상(相)이 있는 몸으로 하여금 無令圓相身
한갓 괴롭혀 공이 없게 하지 말라 徒勞而無功

만다트리(曼陀) 전륜성왕은 曼陀轉輪王
온 천하를 모두 거느려 王領四天下
사크라 천의 반 자리를 받았지마는 帝釋分半坐
그 힘은 하늘의 왕이 될 수 없었네 力不能王天

이제 그대의 통통하고 긴 팔은 今汝備長臂
인간과 천상 경계 잡기에 넉넉하네 足攬人天境
그러므로 나는 이제 왕이란 힘을 믿어 我不恃王力
억지로 만류하려 하지 않노라 而欲强相留

---

8) 세 가지 일(Trivarga) : 바라문교(婆羅門敎)에서 말하는 인생의 궁극적 세 가지 목적. 법
(法)·재(財)·애(愛).

그러나 그대 좋은 형상을 고쳐 　見汝改形好
출가한 이의 옷을 입은 것 보고 　愛著出家衣
이미 그 덕을 존경하지만 　既以敬其德
괴로워하는 그 사람을 아끼나니 　矜苦惜其人

그러므로 그대 행걸(行乞)하는 것 보고 　今見行乞求
내가 가진 모든 땅을 바치기 원하노라 　我願奉其土

젊어서는 오욕의 즐거움 받고 　少壯受五欲
중년에는 재물 쓰기 익히며 　中年習用財
나이 늙어 모든 근 성숙해지면 　年耆諸根熟
그때는 바로 법을 따를 때니라 　是乃順法時

젊어서는 법과 재물 지키려 해도 　壯年守法財
반드시 오욕에 넘어지게 될 것이오 　必爲欲所壞
늙으면 그 기운 허하고 약하리니 　老則氣虛微
그런 형편을 따라 적묵 구하라 　隨順求寂默

늙어서는 재물 욕심 부끄러워하나니 　耆年愧財欲
행하는 법 온 세상에 귀히 여기네 　行法擧世宗

젊어서는 마음이 가볍고 급해 　壯年心輕躁
오욕의 경계를 휘돌아다니면서 　馳騁五欲境
부부의 인연은 얽히고 감기어 　儔侶契纏綿
애정의 사귐에서 느낌은 더욱 깊네 　情交相感深

나이 늙으면 얽매임이 적나니   年宿寡綢繆

법을 따르는 자의 귀히 여기는 바로서   順法者所宗

오욕은 모두 쉬고 그치어   五欲悉休廢

법을 즐기는 마음 더하고 자라나네   增長樂法心

왕자의 법을 갖추어 숭상하고   具崇王者法

큰 모임을 행해 하늘 신을 받들다가   大會奉天神

마땅히 싱그러운 용 등을 타고   當乘神龍背

즐거움을 받으면서 하늘에 올라가라   受樂上昇天

과거 조상의 그 거룩한 왕들은   先勝諸聖王

보배영락으로써 몸을 꾸미고   嚴身寶瓔珞

큰 모임을 열어 제사를 행하다가   祠祀設大會

마침내 죽어서는 하늘 복 받았었네"   終歸受天福

이와 같이 빈비사라 왕은   如是瓶沙王

가지가지 방편으로 달래었으나   種種方便說

태자의 뜻은 굳고 튼튼하거니   太子志堅固

움직이지 않는 것 수미산과 같았네   不動如須彌

11. 빈비사라 왕에게 대답하다
(答甁沙王品 第十一)

빈비사라 왕은 이치를 따라	甁沙王隨順
위로하고 원하며 청하기를 마치자	安慰勸請已
태자는 공손하게 대답하였다	太子敬答謝
"위로해주시는 말 매우 느껍네	深感於來言
세상일에는 마땅함을 잘 얻었고	善得世間宜
하는 말은 이치에 어그러지지 않네	所說不乖理
하리(訶梨)의 이름 있는 종족의 후손으로	訶梨名族冑
모든 사람의 좋은 벗 되고	爲人善知識
의를 품은 마음이 비고 지극하거든	義懷心虛盡
마땅히 이와 같이 법을 말해야 하네	法應如是說
이 세상의 온갖 범상한 품수로서	世間說凡品
능히 인과 의에 처할 수 없네	不能處仁義

엷은 덕으로써 얕은 정에 알맞거니　　　　　　薄德遇近情
어떻게 뛰어난 일 알 수 있으리　　　　　　　　豈達名勝事

조상들의 훌륭한 근본을 이어받고　　　　　　　承習先勝宗
예를 높이고 공경·겸양 닦으며　　　　　　　　崇禮修敬讓
괴롭고 어려운 가운데서　　　　　　　　　　　能於苦難中
두루 구제하여 버리지 않는 것　　　　　　　　周濟不相棄

이것은 곧 이 세상의　　　　　　　　　　　　是則爲世間
참된 좋은 친구의 모양이라 하나니라　　　　　眞善知識相
착한 벗이 재물로 구제해주면　　　　　　　　善友財通濟
이것은 든든한 곳집이라 일컫지만　　　　　　是名牢固藏
지키고 아껴 자기 이익 꾀하면　　　　　　　守惜封己利
이것은 반드시 빨리 잃어버리리　　　　　　　是必速亡失

나라 재물은 보통 아닌 보배로서　　　　　　　國財非常寶
은혜로이 베풀면 복된 업 되고　　　　　　　　惠施爲福業
아울러 착한 벗에 베풀어주면　　　　　　　　兼施善知識
비록 흩었으나 뒤에는 후회 없네　　　　　　　雖散後無悔

이미 너의 돈독한 심정을 알았거니　　　　　　既知汝厚懷
구태여 거슬리는 말은 하지 않으리　　　　　　不爲違逆論
그러나 잠깐 나의 보는 바로서　　　　　　　　且今以所見
솔직한 마음으로 말해보리라　　　　　　　　率心而相告

나는 남·늙음·병·죽음을 두려워하여　　　　　畏生老病死

참다운 해탈을 구하기 위해 　　　　　　　　　　欲求眞解脫

어버이를 버리고 은혜·사랑 떠났거니 　　　　　捨親離恩愛

어떻게 돌아가 오욕을 친근히 하리오 　　　　　豈還習五欲

사나운 독사나 겨울 번개나 　　　　　　　　　不畏盛毒蛇

맹렬한 불꽃은 두려워하지 않지마는 　　　　　凍電猛盛火

오직 오욕 경계에 흘러 굴러서 　　　　　　　唯畏五欲境

내 마음 괴롭힘을 두려워할 뿐이네 　　　　　流轉勞我心

다섯 욕심은 보통 아닌 도적으로 　　　　　　五欲非常賊

사람의 좋은 보배 겁탈해 뺏고 　　　　　　　劫人善珍寶

간사하고 거짓되어 진실하지 않아서 　　　　　詐僞虛非實

마치 꼭두각시로 화한 사람 같나니 　　　　　猶若幻化人

잠깐 생각해도 사람을 홀리거니 　　　　　　暫思令人惑

하물며 항상 그 가운데 있으랴 　　　　　　　況常處其中

다섯 가지 욕심은 큰 걸림이 되어 　　　　　五欲爲大礙

영원히 적멸법을 가리우나니 　　　　　　　　永障寂滅法

하늘의 즐거움도 오히려 싫다거늘 　　　　　大樂尚不可

하물며 인간 욕심 그 속에 살랴 　　　　　　況處人間欲

오욕은 간절한 애욕 일으켜 　　　　　　　　五欲生渴愛

마침내 만족할 때가 없나니 　　　　　　　　終無滿足時

큰 바람 부는 사나운 불길 속에 　　　　　　猶盛風猛火

섶을 던져 족함이 없는 것 같네 　　　　　　投薪亦無足

세상의 모든 옳지 않은 것으로   世間諸非義

오욕 경계에 지나는 것 없건만   莫過五欲境

중생들은 어리석어 탐함으로써   衆生愚貪故

즐겨 집착하면서 깨닫지 못하느니   樂著而不覺

지혜로운 사람은 오욕을 두려워해   智者畏五欲

옳지 않은 거기에 떨어지지 않느니라   不墮於非義

왕은 사해(四海)¹⁾ 안을 차지해 있으면서   王領四海內

다시 그 바깥을 바라고 구하나니   猶外更希求

애정과 욕심은 큰 바다 같아   愛欲如大海

마침내 그치어 만족할 때 없어라   終無止足時

만다트리 전륜성왕은   曼陀轉輪王

온 하늘에서 황금비 내리었고   普天雨黃金

사천하를 왕으로 거느렸지만   王領四天下

다시 트라야스트림사(忉利天)를 구하여   復希忉利天

사크라의 반 자리를 차지한 뒤에   帝釋分半座

다시 도모(圖謀)하려다 목숨을 마치었네   欲圖致命終

나후샤(農沙)²⁾ 왕은 고행을 닦아   農沙修苦行

---

1) 사방의 바다. 곧 세계나 온 천하.
2) 나후샤(Nahuṣa) : 아유스(Āyus)의 아들이고 아야티(Yayāti)의 아버지이다. 고행학습,
자제력 등으로 삼계(三界)의 왕이 되었지만 바라문과 다툰 부덕(不德) 때문에 파멸했다고
한다.

삼십삼천의 왕이 되어서 王三十三天
방자한 욕심에 마음은 교만하여 縱欲心高慢
선인에게 수레를 끌게 하다가 仙人挽步車
이러한 방일한 행의 인연으로써 緣斯放逸行
곧 구렁이 세계에 떨어졌었네 卽墮蟒蛇中

푸루라바스(罜羅) 전륜성왕은 罜羅轉輪王
트라야스트림사에 노닐면서 遊於忉利天
하늘 아가씨를 아내로 삼아 取天女爲后
선인들의 금을 새로 받다가 賦斂仙人金
선인의 노여움은 주술 같아서 仙人忿如呪
나라는 망하고 목숨은 끝났었네 國滅而命終

발리(波羅)에서 온 사크라 波羅大帝釋
큰 사크라에서 나후샤 大帝釋農沙
나후샤에서 사크라로 돌아갔거니 農沙歸帝釋
하늘 주인 어떻게 항상됨이 있으랴 天主豈有常
나라도 튼튼하고 굳지 못한 것 國土非堅固
오직 힘센 사람의 사는 곳이네 唯大力所居

풀잎으로써 옷을 만들어 입고 被服於草衣
나무 열매 먹으며 흐르는 샘 마시고 食果飲流泉
긴 머리털은 땅에 닿을 듯 長髮如垂地
고요하고 잠잠하여 구하는 것 없나니 寂默無所求
이와 같이 고행을 닦는다 해도 如是修苦行
마침내 탐욕으로 무너지고 말았네 終爲欲所壞

마땅히 알라, 다섯 욕심 경계는	當知五欲境
도를 행하는 이의 원수의 집으로서	行道者怨家
일천 팔 가진 큰 역왕(力王)의	千臂大力王
그 용맹으로도 당적할 수 없나니	勇健難爲敵
저 라마 선인이 사람을 죽인 것도	羅摩仙人殺
또한 탐욕으로 말미암은 바니	亦由貪欲故
하물며 우리 크샤트리아(刹帝利)[3] 종족	況我刹利種
탐욕에 이끌리지 않을 수 있으랴	不爲欲所牽
맛이 적은 경계의 욕심조차도	少味境界欲
자식이 자라나면 더욱 더하네	子息長彌增
슬기로운 사람의 미워하는 바니	慧者之所惡
탐욕의 독을 누가 즐겨 먹으리	欲毒誰服食
갖가지 괴로이 이익을 구하는 것	種種苦求利
그 모두 탐욕의 시킴이니라	悉爲貪所使
만일 거기에 탐욕 없으면	若無貪欲者
애씀과 괴로움은 생기지 않느니라	勤苦則不生
슬기로운 사람은 괴로움의 허물 보고	慧者見苦過
그 탐하는 욕심을 없애버리나니	滅除於貪欲
세상이 일러 좋다 하는 것들	世間謂爲善
그것은 곧 다 나쁜 법이네	卽皆是惡法

3) 크샤트리아(Kṣatriya) : 인도 4성(姓) 가운데서 둘째 계급. 왕·왕족(王族).

중생들의 탐하고 즐거워하는 것은　　　衆生所貪樂

모든 방일을 내기 때문에　　　生諸放逸故

방일은 도리어 스스로 해쳐　　　放逸反自傷

죽어서는 나쁜 세계에 떨어지리라　　　死當墮惡趣

부지런히 방편으로 얻어지는 것　　　勤方便所得

그리고 방편으로 지켜지는 것　　　而方便所護

힘쓰지 않으면 절로 잃어지나니　　　不勤自亡失

그것은 방편으로도 붙들 수 없느니라　　　非方便能留

그것은 마치 빌려온 물건 같아서　　　猶若假借物

지혜로운 사람은 탐착하지 않느니라　　　智者不貪著

탐하는 욕심으로 애쓰고 힘써 구해　　　貪欲勤苦求

얻은 뒤에는 애착을 더하다가　　　得以增愛著

어느새 떠나고 흩어질 때는　　　非常離散時

다시 더욱 고통과 번민만 더하나니　　　益復增苦惱

횃불 잡아 스스로 데이는 것 같아서　　　執炬還自燒

지혜로운 사람은 집착하지 않느니라　　　智者所不著

어리석고 미련하며 천한 사람은　　　愚癡卑賤人

간탐(慳貪)[4]하는 독으로 마음을 태우면서　　　慳貪毒燒心

몸을 마치도록 길이 고통받으며　　　終身長受苦

---

4) 몹시 탐하고 인색함.

일찍 한번 안락을 얻지 못하네   未曾得安樂

탐욕과 성냄은 뱀의 독과 같거니   貪恚如蛇毒
지혜로운 사람으로 어찌 가까이하랴   智者何由近

힘쓰고 애쓰면서 마른 뼈를 씹어도   勤苦嚙枯骨
그것은 맛도 없고 배부르지 않아서   無味不充飽
한갓되이 스스로 이빨만 시달리네   徒自困牙齒
지혜로운 사람은 맛보지 않느니라   智者所不嘗

왕과 도적과 물과 불에 나눠지고   王賊水火分
나쁜 자식들은 재물을 몫 다투기   惡子等共財
마치 한 조각 비린 고기를 두고   亦如臭段肉
뭇 새들이 모이어 다투는 것 같아라   一聚群鳥爭

재물을 탐하는 것 이와 같아서   貪財亦如是
지혜로운 사람은 기뻐하지 않느니라   智者所不欣

재물이 있어 모이는 곳에는   有財所集處
원망과 미움을 많이 일으켜   多起於怨憎
밤낮으로 스스로 지키고 먹는 것   晝夜自守衛
사람이 큰 원수를 두려워하는 것 같네   如人畏重怨

동쪽 저자 형틀 밑에 사람 죽이는 것은   東市殺標下
사람의 정으로서 미워할 바이어니   人情所憎惡
탐욕·성냄·어리석음은 긴 형벌의 기구   貪恚癡長標

지혜로운 사람은 언제나 멀리하네	智者常遠離
산림이나 강이나 바다에 들어가나	入山林河海
실패는 많고 안락은 적나니	多敗而少安
마치 높은 가지에 달린 과일을	如樹高條果
탐내어 따려다가 떨어져 죽음 같네	貪取多墮死
탐욕의 경계도 이와 같아서	貪欲境如是
비록 보기는 하지만 갖기는 어렵나니	雖見難可取
방편으로 괴로이 재물 구하나	苦方便求財
모으기는 어렵고 흩기는 쉽네	難集而易散
마치 꿈속에서 얻은 물건 같거니	猶如夢所得
지혜로운 사람은 늘 가지려 하지 않네	智者豈保持
거짓으로 불구덩이 덮어둔 것 같아서	如僞覆火坑
밟는 사람 반드시 타 죽으리니	蹈者必燒死
탐욕의 불길도 또한 이와 같거니	貪欲火如是
지혜로운 사람은 거기 놀지 않느니라	智者所不遊
마치 저 쿠라바(鳩羅步)⁵⁾와	如彼鳩羅步
브리시니(弼瑟膩)⁶⁾ 안다카(難陀)와	弼瑟膩難陀

---

5) 쿠라바(Kurava) : 쿠르(Kuru)의 자손. 쿠르는 월종족(月種族)이고 해(日)의 딸 타파티 (Tapati)에 의해 태어난 삼바라나(Samvaraṇa)의 아들. 인도 북서부를 다스리며, 그 땅을 쿠르의 땅(Kuru-Kṣetrou)이라고 부른다. 드리타라슈트라(Diṛitarāṣtra)와 판두(Pāṇḍu)의 선조.

마이틸라(彌郗利)와 단다카(檀茶) 같으며   彌郗利檀茶

백정 집의 칼궤 같나니   如屠家刀机

애욕의 꼴도 또한 그러해   愛欲形亦然

지혜로운 사람은 하지 않는 바이네   智者所不爲

몸을 묶어 물이나 불에 던지고   束身投水火

혹은 높은 벼랑에서 몸을 던지어   或投於高巖

하늘의 즐거움을 구하더라도   而求於天樂

한갓 괴로워할 뿐 이익 얻지 못하네   徒苦不獲利

순다(孫陶)와 우파순다(鉢孫陶)[7]   孫陶鉢孫陶

아슈라(阿修輪)의 형제는   阿修輪兄弟

같이 나서 서로 사랑했으나   同生相愛念

욕심으로 말미암아 서로 죽였네   爲欲相殘殺

몸이 죽자 이름도 함께 멸하였나니   身死名俱滅

모두 다 탐욕을 말미암기 때문이었네   皆由貪欲故

탐애는 사람을 천하게 만들어   貪愛令人賤

채찍이나 막대기로 휘몰아치는 고통 있고   鞭杖驅策苦

애욕은 야비한 희망이기에   愛欲卑希望

긴긴 밤 몸과 정신 시달리어라   長夜形神疲

---

6) 브리시니(Vṛṣni) : 야두(Yadu)의 자손.

7) 순다·우파순다(Sunda·Upasunda) : 아수라(阿修羅)이며, 니순다(Nisunda)의 아들. 두 사람을 파멸시키기 위해서 천녀(天女) 틸로타마(Tilottamā)가 하늘에서 와 두 사람과 싸워 서로 죽였음.

크고 작은 사슴은 소리를 탐해 죽고 　　　　麋鹿貪聲死

날아 노는 새들은 색탐 따르며 　　　　飛鳥隨色貪

못에 사는 고기는 낚싯밥을 탐하나니 　　淵魚貪鉤餌

모두 다 탐욕으로 곤함을 받느니라 　　　悉爲欲所困

그러므로 생활거리 관찰해보면 　　　　　觀察資生具

그것들은 모두 다 자재한 법 아니니라 　　非爲自在法

음식으로 굶주리는 걱정 그치고 　　　　食以療飢患

목마름을 덜기 위해 물을 마시며 　　　　除渴故飲水

입는 옷은 바람과 추위를 막고 　　　　　衣被却風寒

누움으로 졸음을 다스리네 　　　　　　　臥以治睡眠

다니기 피곤하여 탈것을 찾고 　　　　　行疲故求乘

서 있기에 고달파 앉는 자리 구하며 　　立惓求床座

때를 씻기 위해 목욕하나니 　　　　　　除垢故沐浴

이 모두 괴로움을 쉬기 위해서네 　　　　皆爲息苦故

그러므로 마땅히 알아야 하나니 　　　　是故應當知

다섯 가지 욕심은 자재가 아니니라 　　　五欲非自在

마치 사람이 열병을 앓을 때에 　　　　　如人得熱病

차게 다스리는 약을 구하는 것 같나니 　求諸冷治藥

탐해서 구하여 괴로움이 그치면 　　　　貪求止苦患

어리석은 사람은 자재라고 부르네 　　　愚夫謂自在

그리고 저 모든 생활거리도 　　　　　　而彼資生具

꼭 이 고통 그치게 하는 것 아니네	亦非定止苦
그것은 다시 괴로움을 더하나니	又令苦法增
자재한 법이 아니기 때문이네	故非自在法

따뜻한 옷이라 늘 즐거운 것 아니어서	溫衣非常樂
때가 지나면 다시 고통 생기네	時過亦生苦
달빛은 여름에는 서늘하지만	月光夏則涼
겨울이면 추운 고통 더해주나니	冬則增寒苦
이렇게 이 세상 여덟 가지 법[8]	乃至世八法
그 어느 하나도 일정한 것 아니니라	悉非決定相

괴롭고 즐거운 것도 일정한 것 아니거니	苦樂相不定
노예와 임금 사이에 무슨 간격 있으랴	奴王豈有間
모든 사람 교령(敎令)[9]을 받들어 쓸 때에는	敎令衆奉用
임금을 훌륭한 사람 되게 하지만	以王爲勝者
그 교령은 곧 고통으로서	敎令卽是苦
마치 무거운 짐을 견디는 것과 같네	猶擔能任重

세상의 가볍고 무거운 것 재어보면	普銓世輕重
온갖 고통 그 몸에 모이어드네	衆苦集其身
왕이 되면 사람에게 원망과 미움 많고	爲王多怨憎
비록 친한 이라도 되레 근심 되거니	雖親或成患
친함이 없이 혼자 살아가는 것	無親而獨立
거기에 또 무슨 즐거움 있으랴	此復有何歡

---

8) 지(地)·수(水)·화(火)·풍(風) 사대(四大)와 색(色)·향(香)·미(味)·촉(觸) 사미(四微).
9) 임금의 명령.

사천하의 왕이 된다 하더라도　　　　　　　雖王四天下
그 씀(用)은 하나에 지나지 않네　　　　　　用皆不過一
만 가지 일을 경영해 구한다 한들　　　　　營求於萬事
한갓 괴로움이라 무엇이 몸에 이로우랴　　唐苦何益身

탐하여 구하기를 그치기만 못하나니　　　未若止貪求
일을 쉬어버림 큰 편안함 되네　　　　　　息事爲大安
왕위에는 오욕의 즐거움 있지마는　　　　居王五欲樂
왕이 되지 않으면 한적한 기쁨 있네　　　不王閑寂歡

기쁨과 즐거움이 이미 동등이거니　　　　歡樂旣同等
구태여 왕위에 무엇 하러 앉으랴　　　　　何用王位爲
너는 그러한 방편으로써　　　　　　　　　汝勿作方便
오욕으로 나를 인도하지 말라　　　　　　導我於五欲

내 마음이 원하는 바는　　　　　　　　　我情之所期
맑고 시원하며 비고 통한 도이니　　　　　淸涼虛通道
만일 나를 이익되게 하려 하면　　　　　　汝欲相饒益
내 구하는 것 도와 이루게 하라　　　　　助成我所求

나는 원수의 집도 두려워하지 않고　　　　我不畏怨家
하늘에 나는 즐거움도 구하지 않네　　　　不求生天樂
마음에 속된 이익 가지지 않아　　　　　　心不懷俗利
그래서 하늘 관(天冠)도 버렸느니라　　　而捨於天冠

그러므로 간절한 그대 정을 어기어　　　　是故違汝情

그대 여기 온 뜻을 따르지 못하네 不從於來旨

독사의 아가리를 벗어난 것 같거니 如免毒蛇口
어찌 다시 그것을 도로 잡으리 豈復還執持
횃불을 잡아 스스로 타거니 執炬而自燒
어찌 그것을 빨리 버리지 않으랴 何能不速捨

눈 있는 사람 장님을 선망하고 有目羨盲人
이미 풀리었는데 다시 결박 구하며 已解復求縛
부자로서 가난하고 궁한 것 원하고 富者願貧窮
지혜로운 사람 어리석음 배우는 것 智者習愚癡
만일 세상에 이런 사람 있다면 世有如此人
나도 응당 나라를 즐겨하리라 則我應樂國

나는 남·늙음·죽음을 건너려고 欲度生老死
몸을 절제하여 밥 빌어먹고 節身行乞食
욕심을 적게 하여 한적함을 지키나니 寡欲守空閑
뒷세상에 가서는 나쁜 길 면하리라 後世免惡道

이것은 곧 두 세상의 편함이니 是則二世安
너는 이제 나를 가엾어하지 말라 汝今勿哀我

참으로 슬퍼할 건 저 왕 된 이거니 當哀爲王者
그 마음 언제나 허갈증 느껴 其心常虛渴
이 세상에서는 편안하지 못하고 今世不獲安
뒷세상에서는 괴로운 갚음 받네 後世受苦報

208

너는 이름난 훌륭한 종족으로 　　　　汝以名勝族

대장부의 예절과 의리 있어서 　　　　大丈夫禮義

나를 두터이 생각하고 대접하여 　　　　厚懷處於我

이 세상의 즐거움을 함께하려 하나니 　　樂同世歡娛

나도 또한 마땅히 그 덕을 갚기 위해 　　我亦應報德

나의 이익 같이하기 너에게 권하리라 　　勸汝同我利

세 가지 즐거움 친하는 것을 　　　　若習三品樂

세상의 장부라고 만일 네가 말한다면 　　是名世丈夫

그것도 또한 옳지 않은 일이거니 　　　此亦爲非義

만족이 없는 것은 늘 구함으로써이니라 　常求無足故

만일 남·늙음·죽음 없으면 　　　　若無生老死

그야말로 대장부라 할 수 있느니라 　　乃名大丈夫

'젊어서는 경솔하고 조급하므로 　　　汝言少輕躁

늙어서 집 떠나라' 그대 말하지마는 　　老則應出家

나 보기에는 나이 늙은 사람은 　　　我見年耆者

힘이 모자라 일을 견딜 수 없어 　　　力劣無所堪

한창 젊은 때의 뜻이 굳세고 　　　　不如盛壯時

마음 결정된 것만 같지 못하네 　　　志猛心決定

죽음의 적은 칼 잡고 따르면서 　　　死賊執劍隨

언제나 그 틈을 엿보아 구하거니 　　　常伺求其便

어떻게 늙어서야 뜻을 이루어 　　　豈聽至年老

비로소 집을 나갈 겨를 있으랴 　　　遂志而出家

저 '덧없음'은 사냥꾼 되어   無常爲獵師
'늙음'의 활과 '병'의 날랜 화살로   老弓病利箭
'남'과 '죽음'의 넓은 들에서   於生死曠野
언제나 중생의 '사슴'을 엿보다가   常伺衆生鹿
틈만 얻으면 곧 목숨 빼앗거니   得便斷其命
어떻게 타고난 수(壽) 마치기를 바라랴   孰聽終年壽

대개 사람의 하는 짓에는   夫人之所爲
생기거나 혹은 멸하는 일이 있네   若生若滅事
젊어서나 또 중년일 때에   少長及中年
마땅히 힘써 준비하여야 하네   悉應勤方便

제사 행하여 큰 모임을 닦는 것   祠祀修大會
이것은 다 어리석기 때문이네   是皆愚癡故
마땅히 바른 법을 높여야 하겠거니   應當崇正法
도리어 살행하여 하늘에 제사하네   反殺以祠天

산목숨을 죽이면서 복을 구하는 것   害生而求福
이것은 자비 없는 사람이니라   此則無慈人

산목숨을 죽이어 결과 항상 있다 해도   害生果有常
오히려 죽이지 않아야 하겠거든   猶尙不應殺
하물며 다시 덧없음을 구하여   況復求無常
산목숨을 해치어 제사하랴   而害生祠祀

혹 계(戒)와 들음(聞)과 슬기도 없고   若無戒聞慧

선(禪)의 고요함을 닦음이 없더라도　　　　修禪寂靜者

마땅히 세상사람 풍습을 따라　　　　　　不應從世間

제사 행하여 큰 모임 열지 말라　　　　　祠祀設大會

산목숨 죽이어 현재 즐거움 얻더라도　　　殺生得現樂

슬기로운 사람은 죽이지 않겠거니　　　　慧者不應殺

하물며 다시 중생을 죽여　　　　　　　　況復殺衆生

뒷세상 복을 구하려 하랴　　　　　　　　而求後世福

이 삼계(三界)[10] 유위(有爲)[11]의 결과는　　三界有爲果

그 모두 다 나의 즐기는 것 아니어니　　　悉非我所樂

모든 갈래는 유동하는 법으로서　　　　　諸趣流動法

바람이나 물이 풀을 떠흘리는 것 같네　　如風水漂草

그러므로 내 여기 멀리 온 것은　　　　　是故我遠來

진정한 해탈을 구하기 위함이네　　　　　爲求眞解脫

들으매 저기 아라다(阿羅藍) 있어　　　　聞有阿羅藍

해탈의 길을 잘 말한다 하니　　　　　　善說解脫道

나는 이제 저 큰 선인　　　　　　　　　今當往詣彼

무니(牟尼) 있는 곳으로 나아가리라　　　大仙牟尼所

---

10) 삼계(Trayo-dhātavaḥ) : 생사 유전이 쉴새없는 미계(迷界)를 욕계·색계·무색계로 나눈 것. ①욕계(欲界) : 욕은 탐욕, 특히 식욕·음욕·수면욕의 세계. ②색계(色界) : 욕계와 같은 탐욕은 없으나 미묘한 형체가 있는 세계. ③무색계(無色界) : 색계와 같은 미묘한 형체도 없는 순정신적 존재의 세계.

11) 인연으로 조작되는 모든 현상. 생멸하는 온갖 법의 총칭.

정성스러운 말을 괴로이 끊었나니   誠言苦抑斷
나는 이제 너에게 감사하노라   我今誨謝汝

원하노니 너의 나라 안온하여라   願汝國安隱
잘 보호하기 사크라와 같이 하라   善護如帝釋
슬기의 밝음은 천하를 비추기   慧明照天下
마치 한낮의 햇빛과 같으리라   猶如盛日光

특별하고 뛰어난 큰 지주로서   殊勝大地主
단정한 마음으로 그 목숨 보호하고   端心護其命
바른 교화로 그 아들 보호하며   正化護其子
법으로써 천하의 왕 노릇 하라   以法王天下

얼음과 눈은 불을 원수로 하지만   氷雪火爲怨
불로 인연하여 연기 짐대 일어나고   緣火煙幢起
연기 짐대는 뜬구름 되며   煙幢成浮雲
뜬구름은 큰 비를 일으킬 때에   浮雲興大雨
어떤 새는 공중에서 비를 맞으나   有鳥於空中
그 몸은 비를 따라 떨어지지 않나니   飮雨不雨身

큰 원수를 죽여 집을 삼으며   殺重怨爲宅
집의 큰 원수를 다시 죽이고   居宅怨重殺
큰 원수를 죽이는 사람 있으면   有殺重怨者
너는 마땅히 그를 항복받아라   汝今應伏彼

그래서 그를 해탈 얻게 하는 것   令其得解脫

마시지만 떨어지지 않는 것처럼 하라"	如飮不雨身
때에 그 왕은 합장을 하고	時王卽叉手
그 덕을 존경하고 마음으로 기뻐하여	敬德心歡喜
"원컨대 그대의 구하는 바와 같이	如汝之所求
그 결과 빨리 이루게 하라	願令果速成
그대는 그 결과 빨리 이룬 뒤에는	汝速成果已
돌아와 나를 거두어 받아가지라"	當還攝受我
보살은 마음으로 그것을 허락하고	菩薩心內許
"반드시 너의 소원 이루게 하리라"	要令隨汝願
이렇게 대답한 뒤 그 길을 따라	交辭而隨路
아라다 있는 곳으로 떠나갔네	往詣阿羅藍
왕과 그 모든 권속들	王與諸群屬
합장하고 전송한 뒤에	合掌自隨送
모두 기특하게 생각하면서	咸起奇特想
라자그리하로 돌아왔었다	而還王舍城

12. 두 선인을 찾다(阿羅藍鬱頭藍品 第十二)

감자(甘蔗)·월광족(月光族)의 후손은   甘蔗月光胄

저 고요한 숲에 이르러   到彼寂靜林

무니(牟尼)의 큰 선인   敬詣於牟尼

아라다(阿羅藍)에게 공손히 나아갔다   大仙阿羅藍

칼라마(迦藍)[1]의 현족(玄族)의 아들은   迦藍玄族子

멀리서 보살이 오는 것 보고   遠見菩薩來

높은 소리로 널리 찬탄하면서   高聲遙讚歎

위로하여 말하기를 "잘 오시오" 하였다   安慰言善來

합장해 공경하고   合掌交恭敬

서로 안부 물으며   相問安吉不

서로 위로한 뒤에   相勞問畢已

---

1) 여러 스님네가 한데 모여 불도를 수행하는 곳. 절의 통칭.

| 태자는 천천히 자리에 나아갔었다 | 庠序而就坐 |

범지(梵志)[2]는 태자의 얼굴과	梵志見太子
자상한 그 태도 보고	容貌審諦儀
목욕하고 그 덕에 항복하여	沐浴伏其德
목마른 이 단 이슬을 마시는 듯하였네	如渴飮甘露

| 그는 손을 들어 태자에게 말하였네 | 擧手告太子 |
| "너 집 떠남 안 지 오래되었다 | 久知汝出家 |

친함과 사랑의 묶은 사슬을 끊음	斷親愛纏鎖
코끼리가 굴레를 벗어난 것 같구나	猶如象脫羈
깊은 지혜와 깨달은 슬기 밝아	深智覺慧明
능히 그 독한 과실 면하였어라	能免斯毒果

옛날의 밝고 훌륭한 왕들	古昔明勝王
왕위를 버리고 아들에게 부촉했으니	捨位付其子
마치 사람이 걸고 있는 꽃다발이	如人佩花鬘
시들었기 때문에 버리는 듯하였네	朽故而棄捨

| 그러나 그것은 네가 아직 젊은이로 | 未若汝盛年 |
| 왕위를 받지 않은 그것만큼은 못하나니 | 不受聖王位 |

| 너의 깊고 튼튼한 그 뜻을 관찰하매 | 觀汝深固志 |

---

2) 바라문(婆羅門)의 별칭. 또는 그 계급 출신의 승려.

능히 바른 법그릇 될 수 있구나 　　　　　　堪爲正法器

너는 마땅히 지혜의 배를 타고 　　　　　　當乘智慧舟
나고 죽는 바다를 뛰어건너라 　　　　　　超度生死海

나는 지금까지 배우려는 사람 오면 　　　　凡人誘來學
그 재질을 자세히 살펴 그리고 가르쳤네 　　審才而後教
그러나 내 이제 이미 너를 알았거니 　　　　我今已知汝
굳세고 튼튼하게 결정한 뜻이었네 　　　　　堅固決定志

다만 바라보니 마음껏 공부하라 　　　　　　但當任意學
나는 끝내 그대에게 숨길 것 없으리라" 　　終無隱於子

태자는 그의 가르치는 말을 듣고 　　　　　太子聞其教
매우 기뻐하여 곧 대답하였나니 　　　　　　歡喜而報言

"너는 평등한 마음으로써 　　　　　　　　　汝以平等心
잘 가르쳐 곱고 미움이 없이 　　　　　　　善誨無愛憎
다만 빈 마음으로 받아준다면 　　　　　　　但當虛心受
내 소원은 곧 이루어지리 　　　　　　　　　所願便已獲

밤길을 가는 사람 횃불을 얻고 　　　　　　夜行得炬火
방위를 잃은 사람 길잡이 만나며 　　　　　迷方者蒙導
바다를 건널 때 배를 얻은 것처럼 　　　　　度海得輕舟
지금 나도 또한 그와 같아라 　　　　　　　我今亦如是

이제 가엾이 여기는 허락을 얻었거니　　　　今已蒙哀許
감히 내 마음속의 의심을 물으리라"　　　　敢問心所疑

"어떻게 하면 남·늙음과　　　　生老病死患
병·죽음의 근심 면할 수 있는가"　　　　云何而可免

그때에 아라다는　　　　爾時阿羅藍
태자의 물음 듣고　　　　聞太子所問
스스로 모든 경론(經論)으로써　　　　自以諸經論
간략히 그를 위해 해설하였다　　　　略爲其解說

"너는 기틀이 날카로운 선비로서　　　　汝是機悟士
총명한 사람 중의 제일이거니　　　　聰中之第一
이제 내가 말하는 나고 죽음과　　　　今當聽我說
일어나고 멸하는 이치를 들으라　　　　生死起滅義

성과 변(變)과 남·늙음·죽음　　　　性變生老死
이 다섯을 중생이라 하느니라　　　　此五爲衆生

성(性)이란 순수하고 깨끗한 것이요　　　　性者爲純淨
전변(轉變)³⁾이란 다섯 가지 요소⁴⁾와　　　　轉變者五大
나(我)와 깨달음(覺)과 나타남(見)과　　　　我覺及與見
모든 근(根)⁵⁾과 경(境)⁶⁾을 이름이니라　　　　隨境根名變

---

3) 자성(Prakṛti)에 대해 변화하는 현상계를 말함.
4) 만물의 구성요소인 지(地)·수(水)·화(火)·풍(風)·공(空)의 오대(五大).

빛깔·소리·냄새·맛·부딪침	色聲香味觸
이것들을 경계라 이름하며	是等名境界
손과 발과 입과 또 두 가지 길	手足語二道
이 다섯 가지를 업근(業根)이라 이름하네	是五名業根

눈·귀·코·혀·몸	眼耳鼻舌身
이것을 이름하여 각근(覺根)이라 부르고	是名爲覺根
의근(意根)은 두 뜻을 겸하였으니	意根兼二義
업이라고도 하며 또 각이라고도 하네	亦業亦名覺

성의 전변은 인(因)이라 하고	性轉變爲因
인을 아는 것을 나(我)라 하나니	知因者爲我

저 카필라(迦毘羅) 선인과	迦毘羅仙人
그 제자 권속들은	及弟子眷屬
나의 이 요긴한 이치를	於此我要義
닦고 공부하여 해탈을 얻었나니	修學得解脫
저 카필라란	彼迦毘羅者
지금의 프라자파티(波闍波提)[7]니라	今波闍波提

남·늙음·죽음을 깨달아 아는 것	覺知生老死
이것을 이름하여 '나타남'이라고 하고	是說名爲見

---

5) 근(Indriya) : 감각을 일으키는 기관인 눈·귀·코·혀·몸(眼耳鼻舌身)의 오근(五根)을 일
컬음.

6) 경(Viṣaya) : 인식작용의 대상 혹은 대경(對境).

7) 프라자파티(Prajāpati) : 금태신(金胎神)을 인격화한 선인(仙人).

이 나타남과 서로 어기는 것을 　　　與上相違者
이름하여 '나타나지 않음(不見)'이라 하느니라 　　說名爲不見

어리석음과 업과 또 애욕은 　　　　愚癡業愛欲
이것을 말하여 전륜(轉輪)이라 하나니 　是說爲轉輪
만일 이 세 가지에 머무르게 되면 　　若住此三種
그 중생은 해탈하지 못하리라 　　　是衆生不離

믿지 않음·나·의심·실없음 　　　　不信我疑濫
분별하지 못함과 방편 없음과 　　　不別無方便
경계에 깊이 집착하는 것 　　　　境界深計著
이것은 '내 것'에 얽매이기 때문이다 　纏綿於我所

'믿지 않음'은 뒤바뀌고 뒹굴어 　　不信顚倒轉
다르게 행동하고 다르게 이해하여 　異作亦異解
'나는 말한다, 나는 깨달아 안다, 　　我說我知覺
나는 가고 온다, 나는 머무른다'고 　我去來我住
이와 같은 따위의 '나'를 헤아리는 것 　如是等計我
이것을 이름하여 아작전(我作轉)이라 한다 是名我作轉

모든 성(性)[8]에 대하여 망설이면서 　於諸性猶豫
옳다 그르다 하여 참을 얻지 못하나니 是非不得實
이와 같이 하나로 결정하지 못하는 것 如是不決定
이것을 이름하여 의심이라 하느니라 　是說名爲疑

---

8) 만유(萬有)의 본체.

혹은 법은 곧 나(我)라 말하고	若說法是我
그 나는 곧 뜻이라고 말하며	說彼卽是意
또한 깨달음과 업(業)이라고 말하고	亦說覺與業
다시 모든 수(數)[9]는 나라고 말하나니	諸數復說我
이와 같이 하나로 분별하지 못하는 것	如是不分別
이것을 이름하여 총람(總攬)이라 하느니라	是說名總攬

| 어리석음·영리함·성과 변을 모르는 것 | 愚黠性變等 |
| 이것을 '분별 못하지 못함' 이라 하느니라 | 不了名不別 |

모든 경전을 예배하고 외며	禮拜誦諸典
생물을 죽여 하늘에 제사하며	殺生祀天祠
물과 불 따위를 깨끗하다고 하여	水火等爲淨
그것으로 해탈한다 생각하나니	而作解脫想
이와 같은 갖가지 소견을 가지는 것	如是種種見
이것을 이름하여 '방편 없음' 이라고 하네	是名無方便

어리석게 헤아리고 집착하는바	愚癡所計著
뜻·말·깨달음·업	意言語覺業
또 모든 경계에 집착하는 것	及境界計著
이것을 이름하여 애착이라 하느니라	是說名爲著

| 세상 모든 물건을 내 것이라 하는 것 | 諸物悉我所 |
| 이것을 이름하여 섭수(攝受)[10]라 하느니라 | 是名爲攝受 |

---

9) 수(Saṁkhya) : 24불상응행의 하나. 물(物)·심(心)의 온갖 법을 헤아려 세는 수.

이와 같은 여덟 가지 미혹으로   如此八種惑
나고 죽음에 길이 잠기느니라   彌淪於生死

이 세상의 모든 어리석은 사람들   諸世間愚夫
다섯 가지 마디를 거두어받나니   攝受於五節
어둠·어리석음·큰 어리석음   闇癡與大癡
그리고 성냄과 두려움이니라   瞋恚與恐怖

게으름을 일러 어둠이라 하고   嬾惰名爲闇
나고 죽음 이름하여 어리석음이라 하며   生死名爲癡
애욕을 이름하여 큰 어리석음이라 하나니   愛欲名大癡
대인도 거기에 미혹하기 때문이네   大人生惑故
원한을 품는 것을 성냄이라 이름하고   懷恨名瞋恚
마음이 겁내는 것 두려움이라 하네   心懼名恐怖

이와 같이 저 어리석은 범부들은   此愚癡凡夫
다섯 가지 욕심을 헤아려 집착하네   計著於五欲

남과 죽음은 큰 고통의 근본   生死大苦本
다섯 길에 태어나기 바퀴를 도네   輪轉五道生
거기서 다시 '나는 보고 듣는다,   轉生我見聞
나는 안다, 내가 지은 것이다'   我知我所作

이렇게 '나'를 헤아림을 인연하여   緣斯計我故

---

10) 중생의 사정을 받아들여 진실교에 들어가게 함. 곧 중생 교화의 순적(順的) 방법.

나고 죽는 흐름을 그대로 따르나니　　　　　隨順生死流
이 인(因)은 원래 성(性)이 아니매　　　　　此因非性者
그 과(果)도 또한 성이 있음 아니니라　　　　果亦非有性

이른바 바르게 생각하는 사람은　　　　　　謂彼正思惟
이 사법(四法) 벗어나 해탈로 나아가네　　　四法向解脫

지혜로움과 어리석음과　　　　　　　　　　黠慧與愚闇
또 나타남과 나타나지 않음　　　　　　　　顯現不顯現
만일 이 네 가지 법을 안다면　　　　　　　若知此四法
남·늙음·죽음을 떠날 수 있으리니　　　　　能離生老死
남·늙음·죽음이 이미 다하면　　　　　　　生老死旣盡
다함이 없는 곳을 얻게 되리라　　　　　　　逮得無盡處

이 세간의 바라문들은　　　　　　　　　　世間婆羅門
모두 다 이 이치를 의지하여서　　　　　　皆悉依此義
깨끗한 행을 닦아 행하고　　　　　　　　　修行於梵行
또한 남을 위하여 널리 설명하느니라"　　　亦爲人廣說

때에 태자는 이 말을 듣고　　　　　　　　太子聞斯說
아라다에게 다시 물었다　　　　　　　　　復問阿羅藍

"어떠한 방편을 써서　　　　　　　　　　云何爲方便
마지막에는 어디에 이르며　　　　　　　　究竟至何所
어떠한 범행을 행하여　　　　　　　　　　行何等梵行
또 얼마 동안이나 지내야 하는가　　　　　復應齊幾時

무엇 때문에 범행을 닦으며   何故修梵行
법은 장차 어디까지 이르는가   法應至何所
이러한 모든 요긴한 이치를   如是諸要義
나를 위해 자세히 설명하여라"   爲我具足說

때에 그 아라다는   時彼阿羅藍
그 경론에 말한 것처럼   如其經論說
스스로 슬기의 방편으로써   自以慧方便
다시 그를 위해 간략히 분별했다   更爲略分別

"처음으로 세속 떠나 집을 나오거든   初離俗出家
밥을 빌어먹는 데에 생활 붙이고   依倚於乞食
모든 위의를 두루 갖추며   廣集諸威儀
바른 계율을 받들어 가진다   奉持於正戒

욕심이 적어 족한 줄 알아   少欲知足止
맛나고 추한 음식 얻는 대로 맡기고   精麤任所得
즐거이 혼자 한가함을 닦으며   樂獨修閑居
모든 경론을 부지런히 익힌다   勤習諸經論

탐욕은 두려워해야 할 것인 것과   見貪欲怖畏
탐욕을 떠나는 것, 맑고 시원함 보고   及離欲淸涼
모든 근(根)의 무더기를 거두어   攝諸根聚落
마음을 적묵에서 편안히 한다   安心於寂默

탐욕과 악하고 착하지 않은 법과   離欲惡不善

욕계의 모든 번뇌를 여의고	欲界諸煩惱
멀리 떠남에서 기쁨·즐거움 내어	遠離生喜樂
첫 각관(覺觀)[11]의 선(禪)을 얻는다	得初覺觀禪

이미 초선(初禪)의 그 즐거움과	旣得初禪樂
또 각과 관의 마음을 얻고	及與覺觀心

그래서 기특하다는 생각을 내어	而生奇特想
어리석게 마음이 즐거워 집착하면	愚癡心樂著
마음은 멀리 여의는 즐거움을 의지하여	心依遠離樂
목숨이 끝나면 범천에 나느니라	命終生梵天

슬기로운 사람은 능히 스스로 알아	慧者能自知
방편으로써 각과 관을 그치고	方便止覺觀
꾸준히 힘써 위로 더 나아가	精勤求上進
제이선(第二禪)에 알맞게 되나니	第二禪相應
그 기쁨·즐거움에 맛을 붙이면	味著彼喜樂
저 광음천(光音天)[12]에 태어나게 되느니라	得生光音天

방편으로 기쁨과 즐거움 여의고	方便離喜樂
더 나아가 제삼선(第三禪)을 닦아	增修第三禪
안락해 더 나음 구하지 않으면	安樂不求勝

---

11) 총체적으로 사고하는 추사(麤思)를 각(覺)이라 하고 분석적으로 상세히 관찰하는 세사(細思)를 관(觀)이라 한다.

12) 광음천(Ābhāvara Deva) : 색계(色界) 제이선천(第二禪天) 중 제3천. 이 천(天)의 중생은 음성이 없고 말할 때는 입으로 광명을 내어 말의 작용을 하므로 광음천이라 한다.

| 저 변정천(遍淨天)[13]에 태어나느니라 | 生於遍淨天 |

그 마음의 즐거움 버린 사람은	捨彼意樂者
제사선(第四禪)을 얻게 되나니	逮得第四禪
괴로움과 즐거움 함께 그치어	苦樂已俱息
혹은 해탈하였다는 생각을 낸다	或生解脫想

그 사선의 깊음에 머무르면	任彼四禪報
그는 광과천(廣果天)[14]에 태어나게 되나니	得生廣果天
그는 오랫동안 수(壽)함으로써	以彼久壽故
이것을 이름하여 광과라 하느니라	名之爲廣果

그는 그 선정(禪定)에서 일어나	於彼禪定起
있는 몸뚱이는 허물 되는 것 보고	見有身爲過
더욱더 나아가 지혜를 닦아	增進修智慧
제사선을 싫어해 떠나나니	厭離第四禪

결정코 더욱더 나아가기 구하고	決定增進求
방편으로써 색욕을 없애면	方便除色欲
비로소 자기 몸의 모든 구멍은	始自身諸竅
차츰 빈 알음알이(虛解) 그것 닦나니	漸次修虛解
닦기를 마치면 단단한 분(分)이 되어	終則堅固分

---

13) 변정천(Śubhakṛtsna) : 색계 제삼선천 중 제삼천. 이 천(天)은 맑고 깨끗하여 쾌락이 가득 찼다는 뜻.

14) 색계(色界) 십팔천(十八天)의 하나. 이 경지에 이르면 마음이 한없이 맑아지고 복덕이 둥글고 밝으며 또는 정복(定福)이 더욱 넓어지는 까닭으로 이렇게 일컬음.

그 모두는 다 공관(空觀)이 된다　　　　　　　　悉成於空觀

그는 다시 공관의 경계를 없애고　　　　　　　　略空觀境界
나아가 한량없는 식(識)[15]을 관찰하나니　　　　進觀無量識

안으로 지극히 고요함을 간직해　　　　　　　　善於內寂靜
'나'를 떠나고 또 '내 것'을 떠나　　　　　　　離我及我所
아무것도 없음을 관찰하나니　　　　　　　　　　觀察無所有
이것이 '아무것도 없는 곳'이다　　　　　　　　是無所有處

문사초(文闍草)[16]의 껍질 뼈가 풀리고　　　　文闍皮骨離
들새가 새통을 벗어난 것처럼　　　　　　　　　野鳥離樊籠
모든 경계를 멀리 여의나니　　　　　　　　　　遠離於境界
해탈하는 것 또한 그러하니라　　　　　　　　　解脫亦復然

이 최상의 바라문은　　　　　　　　　　　　　是上婆羅門
몸 떠나기를 항상 다하지 않나니　　　　　　　離形常不盡
슬기로운 사람은 마땅히 알라　　　　　　　　　慧者應當知
이것을 진정한 해탈이라 하느니라　　　　　　　是爲眞解脫

너의 물은바 그 방편과　　　　　　　　　　　　汝所問方便
또 해탈을 구한다는 것과는　　　　　　　　　　及求解脫者
내가 위에서 말한 바와 같나니　　　　　　　　如我上所說

---

15) 식(Vijnñāna) : 인식·식별 작용. 경계에 대하여 인식하는 마음의 작용.
16) 문사초(Muñja) : 등심초(燈心草) 비슷한 풀.

| 깊이 믿는 사람은 마땅히 배워라 | 深信者當學 |

자이기샤비야(林祇沙) 선인과	林祇沙仙人
또 자나카(闍那伽)와	及與闍那伽
브릿다(毘陀)와 파라사라(波羅沙)[17]와	毘陀波羅沙
그 밖의 도를 구하는 사람	及餘求道者

| 그들은 모두 다 이 길을 따라 | 悉從於此道 |
| 진정한 해탈을 얻었느니라" | 而得眞解脫 |

태자는 그의 하는 말 듣고	太子聞彼說
그 이치의 뜻을 생각하다가	思惟其義趣
그 이전의 묵은 인연 생각해	發其先宿緣
그에게 다시 청해 물었네	而復重請問

"너의 그 훌륭한 지혜와	聞汝勝智慧
미묘하고 자세하며 깊은 이치 들으매	微妙深細義
지인(知因)에 대해서 버리지 않는 것	於知因不捨
그것은 곧 완전한 도 아니다	則非究竟道

성(性)과 전변(轉變)과 또 지인을	性轉變知因
해탈이라고 주장해 말하지만	說言解脫者
네가 그 나는(生) 법을 관찰할 때에	我觀是生法
그것도 또한 종자법(種子法)이네	亦爲種子法

---

17) 자이기샤비야(Jaigiṣavya), 자나카(Janaka), 파라사라(Parāśara) : 수론사(數論師).

'너는 말하기를 "나"는 청정하므로   汝謂我淸淨
그것은 곧 참해탈이라'고 했네   則是眞解脫
그러나 만일 인연 모임 만나면   若遇因緣會
곧 다시 도로 묶이어야 하나니   則應還復縛

그것은 마치 저 종자 같아서   猶如彼種子
때로는 땅·물·불·바람으로   時地水火風
각각 흩어져 삶의 이치에 어긋나도   離散生理乖
그 인연을 만나면 종자는 다시 나네   遇緣種復生

무지(無知)의 업과 인과 또 사랑을   無知業因愛
버리면 곧 해탈이라 이름하지만   捨則名解者
'나'를 두면 언제나 모든 중생은   存我諸衆生
마지막 해탈은 끝내 없나니   無畢竟解脫
곳곳에서 세 가지를 버리면서도   處處捨三種
다시 세 가지 더한 것 얻네   而復得三勝

'나'가 언제나 있기 때문에   以我常有故
그것은 곧 미세하게 따라다니네   彼則微細隨
미세한 허물이 따르기 때문에   微細過隨故
마음은 곧 방편을 떠나느니라   心則離方便

수명이 길어 오래 사는 것   壽命得長久
너는 그걸 일러 참해탈이라 한다   汝謂眞解脫
너는 '내 것'을 떠난다 하지마는   汝言離我所
떠난다는 그것도 곧 없는 것이니라   離者則無有

많은 수(數)를 이미 떠나지 않았거니	衆數旣不離
어떻게 구나(求那)[18]를 떠날 것인가	云何離求那
그러므로 만일 '구나' 있으면	是故有求那
해탈이 아닌 줄을 알아야 한다	當知非解脫

'구닌(求尼)'[19]과 '구나'는 뜻은 다르나	求尼與求那
그 몸은 하나이거니	義異而體一
만일 서로 떠난다 말하더라도	若言相離者
마침내 그리 될 수 없는 것이네	終無有是處

따뜻함과 빛깔의 불을 떠나서	暖色離於火
따로 다른 불 얻을 수 없나니	別火不可得
비유하면 그 몸이 있기 전에는	譬如身之前
곧 몸이 없는 것과 같은 것이다	則無有身者

이와 같이 '구나'가 있기 전에는	如是求那前
'구닌'도 또한 있을 수 없나니	亦無有求尼
그러므로 먼저 해탈했다 하더라도	是故先解脫
그 뒤에 다시 몸의 결박 되느니라	然後爲身縛

또 지인(知因)이 몸을 떠나면	又知因離身
혹은 앎이거나 앎이 없는 것	或知或無知
만일 거기에 앎이 있다 말한다면	若言有知者

---

18) 구나(Guṇa) : 성질. 특성. 속성.
19) 구닌(Gunin) : 성질을 갖추는 것. 물체의 뜻. 번역문의 의미는 '물체와 성질을 갈라놓을 수 없다'는 뜻.

마땅히 알아져야 할 것이 있어야 하네　　　則應有所知

만일 알아져야 할 것이 있다면　　　若有所知者
그것은 곧 해탈한 것 아니다　　　則非爲解脫
만일 알음이 없다고 말한다면　　　若言無知者
'나' 란 곧 쓸데없나니　　　我則無所用
'나' 를 떠나서 알음이 있다면　　　離我而有知
'나' 란 곧 목석과 같느니라　　　我卽同木石

세밀하고 거친 것 낱낱이 알아　　　具知其精麤
거친 것 등지고 세밀한 것 높이나니　　　背麤而崇微
만일에 능히 그 모두 버린다면　　　若能一切捨
할 일은 곧 마쳐질 것이니라"　　　所作則畢竟

태자는 그 아라다의 말에　　　於阿羅藍說
그 마음을 기쁘게 할 수 없어서　　　不能悅其心
일체를 아는 지혜 아닌 줄 알고　　　知非一切智
달리 가서 훌륭한 것 구하려고 하였네　　　應行更求勝

태자는 우드라카(鬱陀)[20] 신인에게 나아갔다　　　往詣鬱陀仙
그러나 그도 또한 '나' 가 있다 헤아렸네　　　彼亦計有我

그는 비록 미세한 경계를 보았으나　　　雖觀細微境
상(想)과 상 아닌 것의 허물을 보고　　　見想不想過

---

20) 우드라카(Udraka) : 라마의 아들.

상과 상 아님 떠나 거기 머물러 離想非想住

다시는 헤어나올 길 없었나니 更無有出塗

그러나 중생들은 그에게 감으로써 以衆生至彼

반드시 도로 물러날 것이었다 必當還退轉

보살은 참해탈을 구하기 위하므로 菩薩求出故

다시 그 우드라카 선인을 버리고 復捨鬱陀仙

보다 더 훌륭하고 묘한 도를 구하여 更求勝妙道

앞으로 나아가 가야(伽耶)[21] 산에 올라갔다 進登伽耶山

성이 있어 이름은 고행림인데 城名苦行林

거기에 다섯 비구 먼저 살고 있었다 五比丘先住

그 다섯 비구를 보면 見彼五比丘

그들은 모든 정의 근을 잘 거두어잡고 善攝諸情根

계를 지키고 고행을 닦으면서 持戒修苦行

그 고행림에 살고 있었네 居彼苦行林

나이란자나(尼連禪) 강[22] 기슭은 尼連禪河側

지극히 고요하여 즐길 만하였으니 寂靜甚可樂

보살은 곧 거기 나아가 菩薩卽於彼

한 곳에서 고요히 생각에 잠겼었다 一處靜思惟

저 다섯 비구는 그 보살이 五比丘知彼

---

21) 가야(Gayā) : 석존이 성도한 후 이곳을 붓다가야(Buddhagayā)라 함.

22) 나이란자나(Nairañjana) 강 : 가야 산 기슭으로 흐르는 강.

알뜰한 마음으로 해탈 구함을 알고   精心求解脫
마음을 향하여 공경하기를   盡心加供養
저 자재천을 공경하듯 하였네   如敬自在天

겸손하고 낮추어 스승으로 섬기고   謙卑而師事
언제나 그를 따라 떠나지 않았나니   進止常不離
마치 수행하는 사람의 모든 근이   猶如修行者
그 마음을 따라 움직이는 듯하였네   諸根隨心轉

보살은 부지런히 방편으로써   菩薩勤方便
'늙음·병·죽음을 건너리라' 고   當度老病死
알뜰한 마음은 고행을 닦았나니   專心修苦行
몸을 절제하여 먹기도 잊었었네   節身而忘餐

깨끗한 마음으로 재계 지킬 때   淨心守齋戒
보통 사람의 견딜 바 아니었네   行人所不堪
고요하고 잠잠히 선사(禪思)하다가   寂默而禪思
어느새 육 년을 지내었었네   遂經歷六年

하루에 먹는 것 깨알 하나   口食　麻米
형체는 지극히 파리하였네   形體極消羸
건너지 못한 것을 건너려 하였으나   欲求度未度
갈수록 미혹하고 더욱 아득하여졌네   重惑逾更沈

도는 슬기·이해로 이뤄지는 것이어서   道由慧解成
먹지 않는 것이 그 인(因)이 아니었네   不食非其因

온몸은 비록 약하고 파리하나	四體雖微劣
슬기로운 마음은 갈수록 밝아지리	慧心轉增明
정신은 허하고 몸은 가벼워지고	神虛體輕微
그 이름과 덕은 널리 흘러 퍼지리니	名德普流聞
마치 달이 처음으로 떠오르는 듯	猶如月初生
쿠무다(鳩牟頭) 꽃이 피어나는 듯	鳩牟頭華敷
훌륭한 이름 온 나라에 넘칠 때	溢國勝名流
남녀들은 다투어 와서 뵈오리	士女競來觀
괴로운 형체는 마른나무 같았다	苦形如枯木
어느새 육 년이 거의 차려 하였나니	垂滿於六年
나고 죽는 괴로움을 두려워하여	怖畏生死苦
바른 깨침의 인을 오로지 구하였네	專求正覺因
스스로 생각하되 '이것으로 말미암아	自惟非由此
욕을 떠난 고요한 관(觀) 생기는 것 아니다	離欲寂觀生
내 옛날	未若我先時
잠부나무(閻浮樹) 밑에서 얻은	於閻浮樹下
일찍 없는 그것만 같지 못하거니	所得未曾有
그것이 곧 도이었음 알아야 하네	當知彼是道
도는 약한 몸으로 얻어지는 것 아니거니	道非羸身得
모름지기 몸의 힘으로 구해야 하네	要須身力求
음식이란 모든 근을 충실히 하고	飮食充諸根

근이 즐거우면 마음을 편케 하네   根悅令心安
마음이 편안하면 고요함을 따르나니   心安順寂靜
고요함은 선정(禪定)의 통발 되느니라   靜爲禪定筌

선(禪)으로 말미암아 성스러운 법 알고   由禪知聖法
법의 힘은 얻기도 어려운 것 얻나니   法力得難得
그러므로 고요함은 늙음·죽음 떠나고   寂靜離老死
무엇보다 제일로 모든 번뇌 떠나네   第一離諸垢

이와 같은 따위의 묘한 법들은   如是等妙法
모두 다 음식으로 말미암아 생기네'   悉由飲食生

이렇게 이 이치를 생각한 뒤에   思惟斯義已
나이란자나 하수에 목욕하였다   澡浴尼連濱
목욕하고 못에서 나오려 하였으나   浴已欲出池
몸이 너무 쇠약해 일어날 수 없을 때 羸劣莫能起

하늘 신은 나뭇가지 늘어뜨리어   天神按樹枝
손을 들어 그것을 휘어잡고 나오다   擧手攀而出

그때에 그 산림 곁에는   時彼山林側
어떤 소 먹이는 어른이 있었다   有一牧牛長
그 맏딸 이름은 난다(難陀)라 하였는데 長女名難陀
정거천은 그에게 와서 말했네   淨居天來告

"지금 보살이 숲속에 있다   菩薩在林中

너는 마땅히 가서 공양 올려라"　　　　　　　　汝應往供養

때에 난다발라(難陀婆羅闍)[23]는　　　　　　　難陀婆羅闍
기뻐하면서 그곳에 나아갔네　　　　　　　　　歡喜到其所

손목에는 흰 구슬팔찌 끼고　　　　　　　　　手貫白珂釧
몸에는 푸른 물감 옷 입었나니　　　　　　　身服青染衣
푸르고 흰 빛은 서로 얼려 번지어　　　　　　青白相映發
맑은 물에 꽃다발을 담근 것 같네　　　　　如水淨沈漫

믿는 마음은 더욱 기뻐 뛰놀며　　　　　　　信心增踊躍
그 보살 발에 머리를 조아리고　　　　　　稽首菩薩足
공손히 향기로운 소젖죽을 바치면서　　　敬奉香乳糜
"오직 가엾이 여겨 받아주소서"　　　　　　惟垂哀愍受

보살은 그것을 받아 먹고는　　　　　　　　菩薩受而食
곧 그 자리에서 효험 얻었네　　　　　　　彼得現法果
그것을 먹자 모든 근(根)은 즐거워져　　　食已諸根悅
넉넉히 보리(菩提)[24]를 받을 수 있었네　　堪受於菩提

온몸은 환히 빛으로 빛나고　　　　　　　　身體蒙光澤
덕스러운 모습은 더욱 숭고하였나니　　　德問轉崇高
마치 모든 시냇물이 바다를 불리듯　　　如百川增海

---

23) 난다발라(Nandabala) : 촌장(村長) 또는 지주(地主)의 딸.
24) 보리(Bodhi) : 도(道)·지(智)·각(覺)이라 번역. 불교 최고의 이상인 불타 정각의 지혜. 곧 불과(佛果).

처음 나는 달과 해가 더욱 빛나는 듯하네 　　　　　初月日增明

다섯 비구는 태자를 보자 　　　　　　　　　　　五比丘見已
놀라면서 괴상하다 생각하고 말하였네 　　　　　驚起嫌怪想
"저이는 도의 마음 타락하였다 　　　　　　　　謂其道心退
버려두고 달리 좋은 곳으로 가자" 　　　　　　捨而擇善居

마치 사람이 해탈을 얻어 　　　　　　　　　　如人得解脫
다섯 가지 요소가 멀리 떠난 것처럼 　　　　　五大悉遠離
보살은 다만 혼자 노닐어 　　　　　　　　　　菩薩獨遊行
저 길상수(吉祥樹)[25] 밑으로 나아갔나니 　　　詣彼吉祥樹

장차 반드시 그 나무 밑에 　　　　　　　　　當於彼樹下
등정각(等正覺)[26] 도를 성취하려니 　　　　成等正覺道
그 땅은 넓고 또 편편하여라 　　　　　　　　其地廣平正
부드럽고 빛나며 고운 풀 나 있었네 　　　　柔澤軟草生

보살은 사자 걸음 조용히 걸어가네 　　　　　安祥獅子步
걸음 걸음마다 땅은 울렸네 　　　　　　　　　步步地震動
땅 울림은 눈먼 용을 느끼게 하여 　　　　　地動感盲龍
기뻐하는 바람에 눈뜨며 말하였네 　　　　　歡喜目開明

"우리는 일찍 과거 부처님 보매 　　　　　　言曾見先佛

---

25) 길상수(Aśvattha) : 보리수(菩提樹).
26) 등정각(Samyaksaṃbuddha) : 부처님의 다른 이름. 부처님은 평등한 정리(正理)를 깨
달았음을 뜻함.

땅 움직이는 모양 지금 같았네	地動相如今
무니의 덕은 높고 또 길거니	牟尼德尊長
대지도 그것을 견뎌내지 못했네	大地所不勝

발걸음 걸음마다 땅을 밟으면	步步足履地
우릉우릉 진동하는 소리 있으며	轟轟震動聲
묘한 광명은 온 천하를 비추어	妙光照天下
마치 아침 햇빛의 밝음 같구나	猶若朝日明

오백 마리 떼 지어 푸른 새들은	五百群青雀
오른쪽으로 돌아 공중에서 우짖고	右遶空中旋
부드럽고 연하며 맑고 시원한	柔軟清涼風
바람도 그 따라 감돌아드네	隨順而迴轉

이와 같은 모든 상서로운 모양은	如斯諸瑞相
모두 다 과거의 부처님 같거니	悉同過去佛
그러므로 장차 이 보살님	以是知菩薩
바른 깨침의 도를 성취하리라"	當成正覺道

보살은 어떤 풀 베는 이에게서	從彼穫草人
깨끗하고 부드럽고 연한 풀 얻어	得淨柔軟草
나무 밑에다 그 풀을 깔고	布施於樹下
몸을 바로 하여 편안히 앉았네	正身而安坐

가부(跏趺)²⁷⁾를 맺고 앉아 움직이지 않는 것	跏趺不傾動
마치 용이 그 몸을 묶은 것 같네	如龍絞縛身

"맹세코 이 자리 뜨지 않으리   要不起斯坐
내 하여야 할 일을 마칠 때까지"   究竟其所作

이렇게 참된 서원(誓願)을 말할 때에   發斯眞誓言
하늘과 용은 모두 기뻐하였네   天龍悉歡喜
맑고 시원한 실바람 일어나며   淸涼微風起
초목도 그 가지를 울리지 않고   草木不鳴條
모든 날짐승 길짐승 들도   一切諸禽獸
모두 고요하여 소리내지 않았나니   寂靜悉無聲

이것은 다 보살의   斯皆是菩薩
반드시 도를 이룰 징조이었네   必成覺道相

---

27) 결가부좌(結跏趺坐)의 준말.

13. 악마들을 깨뜨리다(破魔品 第十三)

왕족의 큰 선인은	仙王族大仙
보리수 밑에서	於菩提樹下
굳고 튼튼한 서원을 세워	建立堅固誓
반드시 해탈의 도 이루려 하였었네	要成解脫道
귀신과 용과 모든 하늘들	鬼龍諸天衆
모두 다 매우 기뻐했으나	悉皆大歡喜
법의 원수인 악마 천왕은	法怨魔天王
홀로 근심하면서 기뻐하지 않았네	獨憂而不悅
오욕의 자재천왕은	五欲自在王
갖가지 전투하는 기술을 갖추고	具諸戰鬪藝
해탈하는 사람을 미워하므로	憎嫉解脫者
그를 이름하여 파피야스(波旬)[1]라 하네	故名爲波旬

그 악마 왕에게는 세 딸이 있어	魔王有三女
아름다운 얼굴에 맵시 있는 태도로	美貌善儀容
갖가지로 사람을 호리는 기술은	種種惑人術
하늘 아가씨 중에서 제일이었네	天女中第一

그 첫째는 이름이 욕염(欲染)	第一名欲染
다음의 이름은 능열인(能悅人)	次名能悅人
셋째는 이름이 가애락(可愛樂)	三名可愛樂
이 세 딸은 함께 나아가	三女俱時進
아비 파피야스에게 아뢰었나니	白父波旬言
"무슨 근심이나 걱정이 있나이까"	不審何憂慼

| 아비는 자세히 그 일로써 | 父具以其事 |
| 여러 딸에게 하소하였다 | 寫情告諸女 |

"저 세간에 큰 무니 있어	世有大牟尼
몸에는 큰 서원의 갑옷 입고	身被大誓鎧
손에는 큰 나(大我)라는 활과	執持大我弓
굳세고 날카로운 슬기의 화살 쥐고	智慧剛利箭
싸워서 중생을 항복받으며	欲戰伏衆生
내 경계를 부수려 하고 있다	破壞我境界

| 그러나 나는 우선 저보다 못해 | 我一旦不如 |

---

1) 파피야스(Pāpiyas) : 욕계 제6천의 임금인 마왕의 이름. 항상 악한 뜻을 품고 나쁜 법을
만들어, 수도자를 교란하고 사람의 혜명(慧明)을 끊는다고 한다.

중생들은 모두 그를 믿으며   衆生信於彼

해탈의 도로 돌아가려 하나니   悉歸解脫道

내 나라는 곧 비게 되리라   我土則空虛

비유컨대 사람이 계를 범하면   譬如人犯戒

그 몸이 곧 비게 되는 것처럼   其身則空虛

또 슬기눈(慧眼)이 아직 열리지 않으면   及慧眼未開

내 나라는 오히려 편할 것이다   我國猶得安

나는 이제 가서 그 뜻을 부수고   當往壞其志

그 다리를 끊어버려야 하리"   斷截其橋梁

이에 활을 잡아 다섯 화살 가지고   執弓持五箭

사내 계집들 권속을 거느리고   男女眷屬俱

그의 길안림으로 나아갔나니   詣彼吉安林

중생들이 편안하지 않기를 빌었다   願衆生不安

거기서 무니가 고요하고 잠잠히   見牟尼靜默

삼유(三有)2) 바다를 건너려는 것 보고   欲度三有海

왼손에는 굳센 활을 잡고   左手執强弓

오른손으로는 날카로운 화살을 튕기면서 右手彈利箭

보살을 향하여 외쳐대었다   而告菩薩言

"너 크샤트리아는 빨리 일어나거라   汝刹利速起

---

2) 삼유(Trayo-bhva) : ①유(有)는 존재한다는 뜻으로 욕유(欲有)·색유(色有)·무색유(無色有). ②생유(生有 : 처음 나는 일찰나)·본유(本有 : 나서부터 죽을 때까지의 존재)·사유(死有 : 죽는 일찰나).

죽음이란 참으로 두려운 것이니   死甚可怖畏

너는 마땅히 스스로의 법을 닦고   當修汝自法

해탈의 법은 버려야 하느니라   捨離解脫法

싸움하기 익히고 복 짓는 모임 열고   習戰施福會

모든 세간을 항복받아 다스리다가   調伏諸世間

마침내 하늘에 나는 즐거움을 받아라   終得生天樂

이 길은 좋은 이름 있는   此道善名稱

훌륭한 조상들의 행한 바이니   先勝之所行

선왕의 높은 조상 후손으로서   仙王高宗冑

걸사는 거기에 알맞지 않네   乞士非所應

만일 너 이제 일어나지 않으면   今若不起者

우선은 네 뜻에 맡겨두리니   且當安汝意

삼가 굳은 맹세를 버리지 않겠는가   愼莫捨要誓

내 쏘는 한 화살 시험하리라   試我一放箭

월광(月光)의 손자 저 아이다하(罜羅)도   罜羅月光孫

또한 나의 이 화살로 말미암아   亦由我此箭

조금 부딪치자 바람에 불리는 듯   小觸如風吹

그 마음 미친 증세 내었느니라   其心發狂亂

고요함을 지키는 고행 선인도   寂靜苦行仙

나의 이 화살 소리를 듣자   聞我此箭聲

마음은 곧 매우 두려워하여   心卽大恐怖

244

정신이 아뜩하여 본성을 잃었거니　　　　　　惛迷失本性

하물며 너는 말세에 나서　　　　　　　　　　況汝末世中
나의 이 화살 벗어나기 바라는가　　　　　　望脫我此箭
만일 네가 이제 빨리 일어난다면　　　　　　汝今速起者
다행히 안전함을 얻게 되리라　　　　　　　幸可得安全

이 화살은 독기운이 왕성하여　　　　　　　此箭毒熾盛
한번 맞으면 슬프고 떨리리니　　　　　　　慷慨而戰掉
비록 그 힘이 화살 견딜 만한 이라도　　　計力堪箭者
오히려 스스로 편안하기 어렵거든　　　　自安猶尙難
하물며 화살에 견디지 못하는 너　　　　況汝不堪箭
어떻게 놀라지 않을 수 있겠는가"　　　云何能不驚

악마는 이러한 사실을 들어　　　　　　　魔說如斯事
보살을 으르고 핍박하였네　　　　　　　迫脇於菩薩
그러나 보살은 마음이 즐거운 듯　　　菩薩心怡然
망설이지도 않고 두려워하지도 않았네　不疑亦不怖

악마는 곧 화살 쏘고　　　　　　　　　魔王卽放箭
아울러 아름다운 세 여자 보내었네　　兼進三玉女
보살은 그 화살 보지도 않고　　　　　菩薩不視箭
또한 세 여자도 돌아보지 않았네　　　亦不顧三女
마왕은 근심하고 또 의심하면서　　　魔王惕然疑
혼자 스스로 중얼거리네　　　　　　　心口自相語

"일찍이 히말라야의 여자를 위해 　　曾爲雪山女

마헤스바라 신을 쏘아 　　　　　　射魔醯首羅

능히 그 마음 변하게 하였거니 　　能令其心變

이제 이 보살을 움직이지 못하는가 　　而不動菩薩

또한 이 화살이나 　　　　　　　　非復以此箭

하늘의 세 처녀도 　　　　　　　　及天三玉女

능히 그 마음 움직이게 함으로써 　　所能移其心

애정이나 성냄을 일으키지 못하누나 　　令起於愛恚

그러면 다시 큰 군사를 모아 　　　當更合軍衆

힘으로써 저를 핍박하리라" 　　　以力强逼迫

마왕이 이렇게 생각할 때에 　　　作此思惟時

마군들은 갑자기 모여들었네 　　魔軍忽然集

갖가지로 제각기 다른 형상에 　　種種各異形

혹은 창을 잡았고 칼을 가졌으며 　　執戟持刀劍

세발창 나무에 금방망이 쥐었으며 　　戟樹捉金杵

가지가지 무기를 갖추었었네 　　種種戰鬪具

돼지·물고기·나귀·말 머리 있고 　　猪魚驢馬頭

낙타·소·들소·호랑이 얼굴도 있으며 　　駝牛兕虎形

사자·용·코끼리 머리도 있고 　　獅子龍象首

그 밖에 다른 짐승 따위였었네 　　及餘禽獸類

혹은 한 몸에 많은 머리요	或一身多頭
혹은 얼굴에 한 눈 있으며	或面各一目
혹은 또 여러 개 눈이 있고	或復衆多眼
혹은 배불뚝이에 키다리였다	或大腹長身
혹은 바짝 여위어 배가 없었고	或羸瘦無腹
혹은 긴 다리에 큰 무릎이며	或長脚大膝
혹은 큰 다리에 살찐 장딴지	或大脚肥蹲
혹은 긴 어금니에 날카로운 손톱	或長牙利爪
혹은 머리와 눈이 없는 낯	或無頭目面
혹은 두 발에 많은 몸 있고	或兩足多身
혹은 커다란 낯과 낯이었네	或大面傍面
혹은 재흙빛 가졌고	或作灰土色
혹은 밝은 별빛 같으며	或似明星光
혹은 몸에 연기와 불을 놓았다	或身放煙火
혹은 코끼리 귀에 산을 졌으며	或象耳負山
혹은 머리털을 쓰고 알몸뚱이며	或被髮裸身
혹은 가죽옷 입있는데	或被服皮革
낯빛은 반은 붉고 반은 희었다	面色半赤白
혹은 호랑이 가죽 옷 입고	或著虎皮衣
혹은 뱀 껍질을 감았으며	或復著蛇皮
혹은 허리에 큰 방울 차고	或腰帶大鈴
혹은 머리를 땋아 상투 틀거나	或縈髮螺髻

혹은 머리를 풀어 몸을 덮었다　　　　　　　　或散髮被身

혹은 사람의 정기를 빨고　　　　　　　　　　或吸人精氣
혹은 사람의 생명을 빼앗으며　　　　　　　　或奪人生命
혹은 높이 뛰면서 크게 부르짖으며　　　　　　或超擲大呼
혹은 달려서 서로 쫓아가면서　　　　　　　　或奔走相逐
번갈아 때리고 해치기도 하였다　　　　　　　迭自相打害

혹은 공중을 빙빙 돌아다니고　　　　　　　　或空中旋轉
혹은 나무 사이를 날아다니며　　　　　　　　或飛騰樹間
혹은 부르짖고 아우성칠 때　　　　　　　　　或呼叫吼喚
모진 소리는 천지를 흔들었다　　　　　　　　惡聲震天地

이와 같이 모든 악한 무리들　　　　　　　　如是諸惡類
보리수를 에워쌌었네　　　　　　　　　　　　圍遶菩提樹
혹은 몸을 찢으려 하고　　　　　　　　　　　或欲擘裂身
혹은 물어 씹으려 하였다　　　　　　　　　　或復欲吞噉
사방에서 놓은 불은 세차게 일어　　　　　　　四面放火然
연기와 불꽃은 하늘을 찔렀었다　　　　　　　煙焰盛衝天

미친 바람은 사방에서 세게 일어　　　　　　　狂風四激起
온 산의 수풀은 모두 다 떨었나니　　　　　　山林普震動
바람과 불, 연기와 티끌 섞여　　　　　　　　風火煙塵合
어둠 속에 아무것도 볼 수 없었네　　　　　　黑闇無所見

법을 사랑하는 모든 하늘 사람과　　　　　　　愛法諸天人

또 모든 용들과 모든 귀신들   及諸龍鬼等
모두 악마 무리들을 분해하면서   悉皆忿魔衆
미워하고 성내어 피눈물 흘리었네   瞋恚血淚流

정거천의 모든 하늘 무리들   淨居諸天衆
욕심을 떠나고 성내는 마음 없는   見魔亂菩薩
보살을 악마들이 못 견디게 굴어   離欲無瞋心
해치려는 것 보고 안타까이 여겨   哀愍而傷彼
모두 내려와 보살을 보매   悉來見菩薩
단정히 앉아 움직이지 않았네   端坐不傾動

한량이 없는 악마들은 둘러싸고   無量魔圍繞
모진 소리 천지를 움직였으나   惡聲動天地
보살은 편안한 채 잠자코 있어   菩薩安靖默
빛나는 얼굴에는 다른 기색 없었네   光顏無異相

그것은 마치 저 사자왕이   猶如獅子王
뭇 짐승 가운데 있는 듯하였나니   處於群獸中
모두들 "아아" 하고 찬탄하면서   皆歎嗚呼呼
기특하고 일찍 없는 일이라 했나   奇特未曾有

악마들은 서로 휘몰고 소리치며   魔衆相驅策
제각기 그 위력을 나타내어서   各進其威力
번갈아 서로 마구 재촉하면서   迭共相催切
한시 바삐 쳐부숴 없애려 하였나니   須臾令摧滅
눈을 부릅뜨고 이를 갈기도 하며   裂目而切齒

어지러이 날면서 던지려고 하였다　　　　　　亂飛而超揣

그러나 보살은 잠자코 바라보기　　　　　　菩薩默然觀
마치 아들의 장난 보듯 하였네　　　　　　如看童兒戲

악마들은 더욱 성내고 분해하여　　　　　　衆魔益忿恚
싸우는 힘을 배나 더하였으나　　　　　　倍增戰鬪力
돌을 안으면 능히 들 수 없었고　　　　　　抱石不能擧
든 사람은 능히 내려놓을 수 없었네　　　　擧者不能下
세발창이나 긴 창을 던지면　　　　　　飛矛戟利
허공에 달라붙어 내려오지 않았다　　　　凝虛而不下

천둥을 울리며 우박을 퍼부어도　　　　　　雷震雨大雹
모두 오색 꽃으로 변해버리고　　　　　　化成五色花
모진 뱀이 독을 뿜어도　　　　　　惡龍蛇?毒
향기로운 바람으로 화해버렸네　　　　　　化成香風氣

이렇게 여러 가지 모든 무리들　　　　　　諸種種形類
보살을 해치려고 하였지마는　　　　　　欲害菩薩者
움직이지도 못하고서　　　　　　不能令傾動
일마다 도리어 스스로 상처입었네　　　　隨事還自傷

그 마왕에게는 자매가 있어　　　　　　魔王有姊妹
메가칼리(彌伽迦利)³⁾라 이름하였다　　　　名彌伽迦利

3) 메가칼리(Meghakāli) : '구름같이 어두운 여자' 라는 뜻. 다른 기록에는 마왕의 누이라
고도 함.

손에는 해골 그릇을 들고　　　　　　　　　　手執髑髏器

보살 앞에 나타나 서서　　　　　　　　　　　在於菩薩前

갖가지 이상한 몸짓 지으며　　　　　　　　　作種種異儀

음탕하게 홀리며 보살을 흔들었네　　　　　姪惑亂菩薩

이러한 여러 악마 무리들　　　　　　　　　　如是等魔衆

가지가지 추한 무리 몸으로　　　　　　　　　種種醜類身

가지가지 모진 소리를 내어　　　　　　　　　作種種惡聲

보살로 하여금 두렵게 하려 했네　　　　　　欲恐怖菩薩

그러나 털 하나도 움직일 수 없었나니　　　不能動一毛

모든 악마들은 근심하고 슬퍼했네　　　　　諸魔悉憂感

때에 공중의 부타(負多) 신은　　　　　　　　空中負多神

몸은 숨기고 소리만 내었었다　　　　　　　　隱身出音聲

"내 큰 무니를 보매　　　　　　　　　　　　　我見大牟尼

마음에는 조금도 원한 없거니　　　　　　　　心無怨恨想

뭇 악마들의 악독한 마음　　　　　　　　　　衆魔惡毒心

원한이 없는 곳에 원한을 내었구나　　　　　無怨處生怨

어리석은 모든 악마 무리들　　　　　　　　　愚癡諸惡魔

아무리 수고해도 보람은 없으리니　　　　　徒勞無所爲

마땅히 해치려는 마음 버리고　　　　　　　　當捨恚害心

그만 고요하게 잠자코 있어라　　　　　　　　寂靜默然住

너희들은 능히 입기운 불어　　　　　　　　　汝不能口氣

수미산을 움직이지 못하리라　　　　　　　　吹動須彌山

불을 차게 하고 물을 뜨겁게 하며　　　　　火冷水熾然

땅을 편편하고 부드럽게 하더라도　　　　　地性平軟濡

저 보살의 여러 겁으로 닦은　　　　　　　　不能壞菩薩

좋은 열매는 부술 수 없으리라　　　　　　　歷劫修善果

보살은 바르게 뜻하여 생각하고　　　　　　菩薩正思惟

꾸준히 나아가고 방편에 힘쓰며　　　　　　精進勤方便

깨끗한 지혜의 광명이 있고　　　　　　　　淨智慧光明

일체를 사랑하고 동정하나니　　　　　　　　慈悲於一切

이 네 가지 묘한 공덕은　　　　　　　　　　此四妙功德

능히 그 중간에서 끊는다거나　　　　　　　無能中斷截

혹은 붙들어 머무르게 하여　　　　　　　　而爲作留難

정각도(正覺道)를 이루지 못하게 할 수 없네　不成正覺道

태양의 일천 광명과 같이　　　　　　　　　如日千光明

반드시 이 세간의 어둠 없애리라　　　　　　必除世間闇

나무를 문질러 불을 얻으며　　　　　　　　鑽木而得火

땅을 파서 물을 얻나니　　　　　　　　　　掘地而得水

알뜰히 힘쓰고 바른 방편으로써　　　　　　精勤正方便

구하여 얻지 못할 것 없네　　　　　　　　　無求而不獲

이 세간은 구호해줄 이 없고　　　　　　　　世間無救護

그 속에는 탐욕·성냄·어리석음의 독이 있네　中貪恚癡毒

중생을 가엾이 여김으로써　　　　　　　　　哀愍衆生故

지혜의 좋은 약을 애써 찾나니　　　　　　　求智慧良藥

세상 위해 괴로움과 근심을 없애리라 　　爲世除苦患
너희들은 어찌하여 괴롭히는가 　　汝云何惱亂

이 세간의 모든 어리석은 미혹은 　　世間諸癡惑
모두 다 사특한 길 집착하는데 　　悉皆著邪徑
보살은 바른 길을 닦아 익히어 　　菩薩習正路
중생들을 바르게 인도하려고 하네 　　欲引導衆生

세상의 높은 스승 괴롭히는 것 　　惱亂世尊師
그것은 아주 큰 잘못이니라 　　是則大不可
마치 큰 벌판 가운데에서 　　如大曠野中
상인들을 속여 인도하는 것 같네 　　欺誑商人導

중생들이 큰 어둠 속에 떨어져 　　衆生墮大冥
어디로 가야 할지 알지 못할 때 　　莫知所至處
지혜의 등불을 켜려 하거니 　　爲燃智慧燈
어찌하여 그 등불을 끄려 하는가 　　云何欲令滅

중생들이 모두 나고 죽음의 　　衆生悉漂沒
큰 바다에 빠져 헤멜 때 　　生死之人海
지혜의 배를 만들고자 하거늘 　　爲脩智慧舟
어찌하여 그것을 빠뜨리려 하는가 　　云何欲令沒

욕을 참음으로써 법의 메아리 삼고 　　忍辱爲法芽
뜻을 굳게 함으로써 법의 뿌리 삼으며 　　固志爲法根
율의계(律儀戒)⁴⁾ 가짐으로써 법의 꽃 삼고 　　律儀戒爲地

바른 깨침으로써 법의 줄기 삼으며　　　　　覺正爲枝幹

지혜의 큰 나무에는　　　　　　　　　　　智慧之大樹

위없는 법을 열매로 삼아　　　　　　　　　無上法爲果

모든 중생 그늘 지어 보호하려 하거니　　　蔭護諸衆生

어찌하여 그것을 치려 하는가　　　　　　　云何而欲伐

탐욕과 성냄과 어리석음의　　　　　　　　貪恚癡枷鎖

차꼬와 사슬은 중생을 결박하네　　　　　　軛縛於衆生

그러므로 오랜 겁에 고행을 닦아　　　　　　長劫修苦行

중생의 결박 풀려는 일　　　　　　　　　　爲解衆生縛

기어코 지금에 이루려 하여　　　　　　　　決定成於今

이 바른 터 위에 앉아 계시네　　　　　　　於此正基坐

과거의 모든 부처와 같이　　　　　　　　　如過去諸佛

굳건히 여기 금강대를 세웠네　　　　　　　堅竪金剛臺

사방팔방이 다 흔들리어도　　　　　　　　諸方悉輕動

오직 이 땅만은 안온하나니　　　　　　　　惟此地安隱

능히 묘한 정(定)을 받을 수 있어　　　　　能堪受妙定

너희들이 무너뜨릴 수 있는 것 아니니라　　非汝所能壞

다만 마땅히 너희들은 마음 낮추어　　　　　但當輕下心

모든 교만한 뜻 버려야 하네　　　　　　　　除諸憍慢意

그리하여 좋은 스승이라는 생각을 가져　　　應修智識想

욕을 참고 받들어 섬겨야 하네”　　　　　　忍辱而奉事

---

4) 섭률의계(攝律儀戒)의 준말. 일체의 계율을 수지(受持)함.

악마는 공중의 소리를 듣고	魔聞空中聲
또 보살의 안정됨 보자	見菩薩安靜
부끄럽고 창피해 교만을 버리고	慚愧離憍慢
다시 길을 돌려 하늘로 돌아갔네	復道還天上
악마들은 모두 근심하고 슬퍼하며	魔衆悉憂慼
한꺼번에 무너져 호반다운 위엄 잃고	崩潰失威武
싸움에 쓰는 모든 무기는	鬪戰諸器仗
가로 세로 산과 들에 흩어져 있었네	縱橫棄林野
마치 사람이 원수 괴수 죽이면	如人殺怨主
그 부하들 모두 부서지는 것처럼	怨黨悉摧碎
뭇 악마들 이미 물러가 흩어지자	衆魔旣退散
보살의 마음은 비고 고요하였네	菩薩心虛靜
햇빛은 더욱 몇 배나 밝고	日光倍增明
티끌 안개는 모두 다 사라지며	塵霧悉除滅
달은 밝고 뭇 별도 또한 산뜻해	月明衆星朗
다시는 모든 어둠 장애가 없었거니	無復諸闇障
공중에서는 하늘 꽃을 내려	空中雨天花
그것으로 보살께 공양하였네	以供養菩薩

14. 부처가 되다(阿惟三菩提品 第十四)

보살은 악마를 항복받은 뒤 　　　　　　　　菩薩降魔已

뜻은 더욱 굳건해지고 마음은 안온하여 　　　志固心安隱

제일의(第一義) 구하기를 다하고 　　　　　求盡第一義

깊고 묘한 선정(禪定)에 들어갔나니 　　　入於深妙禪

자유자재한 모든 삼마디 　　　　　　　　自在諸三昧

차례차례로 나타나 앞에 있네 　　　　　　次第現在前

초저녁에는 바른 정(定)에 들어가 　　　　初夜入正受

과거의 생을 생각했나니 　　　　　　　　憶念過去生

'어느 곳에서 어떤 이름으로 　　　　　　從某處某名

지금 여기에 태어나 있다' 　　　　　　　而來生於此

이와 같이 백천만의 　　　　　　　　　　如是百千萬

나고 죽음을 환히 다 알았네 　　　　　　死生悉了知

남(生)과 죽음 받기를 한량없이 한 　　　受生死無量

저 일체 중생의 무리들은   一切衆生類

일찍이 모두 다 친족이었거니   悉曾爲親屬

그리하여 곧 대비심(大悲心) 일으켰네   而起大悲心

대비심을 일으킨 뒤에는   大悲心念已

다시 저 모든 중생들   又觀彼衆生

여섯 갈래 속에서 바퀴 돌면서   輪迴六趣中

나고 죽음의 끝이 없는 것   生死無窮極

그것은 거짓이요 견고하지 못하여   虛僞無堅固

마치 파초와 꿈과 환 같음을 관찰했네   如芭蕉夢幻

그리하여 곧 한밤중에는   卽於中夜時

깨끗한 하늘 눈(天眼)을 잇따라 얻어   逮得淨天眼

일체 중생을 관찰하기를   見一切衆生

거울 속의 모양을 보는 듯하였나니   如觀鏡中像

중생의 삶과 나고 죽음과   衆生生生死

귀하고 천함과 가난하고 부함과   貴賤與貧富

청정한 업과 청정하지 않은 업   清淨不淨業

그것 따라 괴롭고 즐거운 갚음 받음이며   隨受苦樂報

나쁜 업을 지은 이 관찰할 때에   觀察惡業者

반드시 나쁜 갈래에 태어날 것과   當生惡趣中

좋은 업을 닦아서 익히는 사람   修習善業者

인간이나 천상에 태어날 것이니라   生於人天中

만일 지옥에 떨어지는 사람은　　　　　　　若生地獄者
한량없는 갖가지 고통 받나니　　　　　　　受無量種苦

녹은 구리쇠 물을 마시기도 하고　　　　　　吞飮於洋銅
쇠창이 그 몸을 찔러서 꿰며　　　　　　　　鐵槍貫其體
끓는 큰 가마솥에 던져지기도 하고　　　　　投之沸鑊湯
큰 불더미 속에 몰아넣어질 때　　　　　　　驅入盛火聚

이빨 긴 개들이 먹어대거나　　　　　　　　長牙群犬食
부리 날랜 새들이 골을 쪼았네　　　　　　　利嘴鳥啄腦
불을 두려워해 숲덤불로 달리면　　　　　　畏火赴叢林
칼 잎사귀는 그 몸을 찢고 잘랐네　　　　　劍葉截其體

잘 드는 칼이 그 몸을 가르고　　　　　　　利刀解其身
혹은 날랜 도끼가 쪼개기도 하였네　　　　　或利斧斫剉

이런 지극한 고초를 받지마는　　　　　　　受斯極苦毒
업행(業行)은 그를 죽게 하지 않거니　　　　業行不令死
깨끗하지 못한 업을 즐겨 짓다가　　　　　　樂修不淨業
지극한 고통으로 그 갚음 받았네　　　　　　極苦受其報

맛붙여 즐기는 것 잠깐이지만　　　　　　　味著須臾頃
괴로움의 갚음은 못내 길어라　　　　　　　苦報甚久長
기뻐 웃으면서 고통 씨앗 뿌렸다가　　　　　戱笑種禍因
울고 부르짖으며 그 죄를 받네　　　　　　　號泣而受罪

악한 업 지은 모든 중생이 惡業諸衆生

만일 스스로의 그 갚음 보면 若見自報者

기운과 맥은 곧 끊어질 것이요 氣脈則應斷

두려움에 피가 터져 죽을 것이다 恐怖崩血死

가지가지 축생의 업을 지어 造諸畜生業

그 업은 가지가지 제각기 다르나니 業種種各異

죽어서 축생 길에 떨어질 때는 死墮畜生道

갖가지로 제각기 다른 몸 받네 種種各異身

혹은 가죽과 살 때문에 죽고 或爲皮肉死

털·뿔·뼈·꼬리·깃 때문에 죽거니 毛角骨尾羽

혹은 다시 서로서로 잡아죽이고 更互相殘殺

친척끼리 서로 잡아먹기도 하네 親戚還相噉

무거운 짐을 지고 굴레를 안고 負重而抱軛

채찍에 맞고 갈고리에 찔리고 鞭策鉤錐刺

몸을 다쳐 고름이나 피 흘리며 傷體膿血流

굶주리고 목마름을 풀지 못하네 飢渴莫能解

언제나 끊임없이 서로 죽이지만 展轉相殘殺

저들에겐 자재로운 힘이 없거니 無有自在力

허공이나 물이나 육지 중에는 虛空水陸中

죽음 벗어나려 해도 갈 곳이 없네 逃死亦無處

아낌과 탐욕이 왕성한 사람 慳貪增上者

아귀(餓鬼)¹⁾ 갈래에서 태어나나니   生於餓鬼趣

태산과 같은 커다란 몸에   巨身如大山

목구멍은 마치 바늘귀 같아   咽孔猶針鼻

굶주리고 목마름의 불꽃이 일어   飢渴火毒然

도리어 그 몸을 스스로 태우네   還自燒其身

구하는 이에게 아끼어 주지 않고   求者慳不與

혹은 남이 주는 것을 방해하는 이   或遮人惠施

그는 저 아귀 속에 태어나서도   生彼餓鬼中

음식을 구하나 얻지 못하고   求食不能得

사람이 버리는 더러운 음식을   不淨人所棄

먹으려 하면 변하여 없어지네   欲食而變失

만일 사람으로서 아낌과 탐욕의   若人聞慳貪

그 괴로운 갚음 이러함을 들으면   苦報如是者

제 몸의 살을 베어 남에게 주기   割肉以施人

저 시비왕(尸毘王)²⁾ 같이 하리라   如彼尸毘王

혹은 사람으로 태어나더라도   或生人道中

그 몸이 태중에 있을 때에는   身處於行厠

엎치락뒤치락 못내 고통하다가   動轉極大苦

태에서 나올 때 두려움이 생기네   出胎生恐怖

---

1) 악업을 저질러 아귀도(餓鬼道)에 떨어진 귀신. 목구멍이 바늘구멍 같아서 음식을 먹을 수 없으므로 늘 굶주린다고 함.

2) 시비왕(Sivi) : 인도 고대의 성왕(聖王). 매에게 쫓기는 비둘기를 구하기 위하여 자기의 살을 매에게 준 임금.

부드런 몸이라 무엇에 부딪히면	軟身觸外物
마치 칼날에 베이는 것 같네	猶如刀劍截
그의 과거 업의 분수에 맡겨져 있어	任彼宿業分
어느 때고 죽음이 없지 않거니	無時不有死
애쓰고 고통하며 살기를 구하다가	勤苦而求生
살게 되면 언제나 고통을 받네	得生長受苦
어쩌다 복을 타서 하늘에 나는 사람	乘福生天者
'목마른 애욕(渴愛)'에 항상 몸을 태우다	渴愛常燒身
복이 다하고 목숨이 끝날 때는	福盡命終時
죽을 징조의 다섯 모양 나타나네	衰死五相至
마치 나무의 꽃이 시드는 것처럼	猶如樹華萎
마르고 여위어 빛을 잃네	枯悴失光澤
권속들과 살고 죽음 갈릴 적에는	眷屬存亡分
슬퍼하고 고통해도 붙들 수 없네	悲苦莫能留
궁전은 쓴 듯이 텅 비어 있고	宮殿廓然空
아름다운 여자는 모두 멀리 떠나네	玉女悉遠離
티끌과 먼지 속에 앉고 누워서	坐臥塵土中
슬피 울며 서로들 그려 사모하나니	悲泣相戀慕
살아 있는 사람은 타락을 슬퍼하고	生者哀墮落
죽는 사람은 삶을 그려 슬퍼하네	死者戀生悲
꾸준히 힘써 고행을 닦아	精勤修苦行

천상의 즐거움을 탐하여 구하지만　　　　　貪求生天樂
이미 이러한 고통 있거니　　　　　　　　　旣有如此苦
더럽다 무엇을 족히 탐하랴　　　　　　　　鄙哉何可貪

큰 방편으로써 겨우 얻은 것　　　　　　　大方便所得
마침내 이별의 고통은 못 면하네　　　　　不免別離苦

아아, 모든 하늘 사람들　　　　　　　　　嗚呼諸天人
그 수명 길고 짧기 차별 없나니　　　　　脩短無差別

여러 겁을 지나며 고행을 닦고　　　　　積劫修苦行
애정의 욕심을 길이 떠나서　　　　　　永離於愛欲
결정코 오래 살리라 말하지마는　　　　謂決定長存
지금에 와서 모두 다 타락하네　　　　而今悉墮落

지옥에서는 갖가지 고통 받고　　　　地獄受衆苦
축생으로서는 서로 죽이며　　　　　畜生相殘殺
아귀로서는 기갈에 핍박받고　　　　餓鬼飢渴逼
인간으로서는 애욕에 피로하네　　　人間疲渴愛

비록 천상은 즐겁다 하나　　　　　雖云諸天樂
이별은 가장 큰 고통이어니　　　別離最大苦
한번 미혹해 세간에 나면　　　　迷惑生世間
어느 한 곳에 쉴 곳 없구나　　無一蘇息處

아아, 슬프다, 나고 죽는 바다에　　嗚呼生死海

여기저기 맴돌아 끝이 없거니　　　　　輪轉無窮已
중생은 끝이 없는 물결에 빠져　　　　　衆生沒長流
이리저리 떠돌며 의지할 곳이 없네　　　漂泊無所依

이와 같이 깨끗한 하늘 눈으로　　　　　如是淨天眼
다섯 갈래 세계를 관찰할 때에　　　　　觀察於五道
그것은 거짓이요 단단하지 않아서　　　虛僞不堅固
마치 저 파초와 물거품 같았었네　　　　如芭蕉泡沫

그는 곧 셋째 밤에　　　　　　　　　　卽彼第三夜
깊은 정수(正受)로 더욱 들어가　　　　入於深正受
모든 세간을 관찰할 때에　　　　　　　觀察諸世間
바퀴 도는 괴로움은 스스로의 성(性)이었네　輪轉苦自性

가지가지 남·늙음·죽음은　　　　　　　數數生老死
그 수가 한량이 없는데　　　　　　　　其數無有量
탐심·욕심·어리석음의 어둠의 장애　　貪欲癡闇障
그것들로 말미암아 나는 곳 알 수 없네　莫知所由出

바른 생각으로써 가만히 생각하네　　　正念內思惟
'남과 죽음은 무엇에서 생기는가'　　　生死何從起
그리하여 결정코 늙음·죽음은　　　　　決定知老死
남으로 말미암아 있는 줄 알았나니　　必由生所致
마치 사람이 몸이 있기 때문에　　　　如人有身故
몸의 병이 따라서 있는 것처럼　　　　則有身痛隨

또 '남은 무슨 인(因)으로 있는가' 고 관찰하여　　又觀生何因
'모든 "유(有)"의 업에서부터 있다' 고 보았나니　見從諸有業

하늘 눈으로 '유'의 업을 관찰하매　　　　天眼觀有業
그것은 자재천에서 생긴 것도 아니요　　非自在天生
자성(自性)도 아니며 '나'도 아니요　　　非自性非我
또한 그 인이 없는 것도 아니었네　　　亦復非無因
마치 대나무의 천 마디 쪼개면　　　　如破竹初節
남은 마디 어려움 없는 것처럼　　　　餘節則無難
이미 남과 죽음의 그 인을 보았으매　　旣見生死因
차츰차츰 진실을 보게 되었네　　　　漸次見眞實

'유'의 업은 '취(取)'에서 생기는 것이니　有業從取生
마치 불이 섶나무를 만난 것 같네　　猶如火得薪
'취'는 '애(愛)'로써 인을 삼나니　　　取以愛爲因
마치 조그만 불씨가 산을 태우는 것 같네　如小火焚山

'애'는 '수(受)'에서 생기는 줄 알았나니　知愛從受生
고와 낙을 깨달아 편안하기 구하고　　覺苦樂求安
굶주리고 목마르면 음식을 구하나니　飢渴求飮食
'수'가 '애'를 내는 것도 또한 그러하였네　受生愛亦然

모든 '수'는 '촉(觸)'으로 인을 삼나니　諸受觸爲因
세 가지가 합하여 고와 낙이 생기네　三等苦樂生
마치 찬(鑽)과 수(燧)에 사람 힘을 더하면　鑽燧加人功
곧 불을 얻어 쓰는 것 같네　　　　則得火爲用

'촉' 은 '육입(六入)' 에서 나나니　　　　　觸從六入生
장님은 밝은 감각이 없기 때문이니라　　　盲無明覺故
'육입' 은 '명색(名色)' 에서 일어나나니　　六入名色起
싹에서 줄기·잎이 자라는 것 같았네　　　如芽長莖葉

'명색' 은 '식(識)' 으로 말미암아 생기나니　名色由識生
종자에서 싹과 잎이 생기는 것 같으며　　如種芽葉生
'식' 은 다시 도로 '명색' 을 따라　　　　識還從名色
잇따라 번져나가 다시 남음 없었네　　　展轉更無餘

'식' 을 인연하여 '명색' 생기고　　　　　緣識生名色
'명색' 을 인연하여 '식' 생기나니　　　　緣名色生識
마치 사람과 배가 함께 나아가는 듯　　　猶人船俱進
물과 육지가 서로 당기는 것과 같네　　　水陸更相運

'식' 이 '명색' 을 내는 것처럼　　　　　如識生名色
'명색' 은 다시 모든 '근(根)' 을 내나니　　名色生諸根
모든 '근' 은 '촉' 을 내고　　　　　　諸根生於觸
'촉' 은 다시 '수' 를 내며　　　　　　觸復生於受
'수' 는 '애욕' 을 내고　　　　　　　受生於愛欲
'애욕' 은 '취' 를 내네　　　　　　　愛欲生於取

'취' 는 업의 '유' 를 내고　　　　　　取生於業有
'유' 는 곧 '생(生)' 을 내며　　　　　有則生於生
'생' 은 늙음·죽음을 내어　　　　　　生生於老死
두루 바퀴 돌아 다함이 없네　　　　　輪迴周無窮

266

중생은 인연으로부터 있나니　　　　　　　衆生因緣起

바르게 깨친 이는 깨달아 알아　　　　　　正覺悉覺知

결정코 바르게 깨달아 마쳤나니　　　　　　決定正覺已

'생'이 다하면 늙음·죽음 멸하며　　　　　生盡老死滅

'유'가 멸하면 '생'이 멸하고　　　　　　有滅則生滅

'취'가 멸하면 '유'가 멸하고　　　　　　取滅則有滅

'애'가 멸하면 '취'가 멸하고　　　　　　愛滅則取滅

'수'가 멸하면 '애'가 멸하며　　　　　　受滅則愛滅

'촉'이 멸하면 '수'가 멸하고　　　　　　觸滅則受滅

'육입'이 멸하면 '촉'이 멸하나니　　　　六入滅觸滅

일체 '입(入)'이 멸해 다함은　　　　　　一切入滅盡

'명색'의 멸함을 말미암았네　　　　　　由於名色滅

'식'이 멸하면 '명색' 멸하고　　　　　　識滅名色滅

'행'이 멸하면 '식'이 멸하고　　　　　　行滅則識滅

'치(癡)'가 멸하면 '행'이 멸하였나니　　癡滅則行滅

이리하여 큰 선인은 정각을 이루었네　　大仙正覺成

이와 같이 정각을 이루신 뒤에　　　　　如是正覺成

부처님은 세간에 나오셨나니　　　　　　佛則興世間

'다른 소견' 등의 여덟 가지 길[3]은　　正見等八道

---

3) 팔정도(八正道). 불교의 중요한 실천수행법을 여덟 가지로 나눈 것. 정견(正見)·정사유 (正思惟)·정어(正語)·정업(正業)·정명(正命)·정정진(正精進)·정념(正念)·정정(正定)의 8종.

넓고 크며 편편하고 곧은 길이네   坦然平直路

필경 가서는 아소(我所)[4]가 없었나니   畢竟無我所
마치 섶이 다하면 불이 멸하듯   如薪盡火滅
하여야 할 일을 이미 마치고   所作者已作
먼저 바른 깨침의 길을 얻었네   得先正覺道

위없는 묘한 이치 끝까지 본 뒤   究竟第一義
큰 선인의 방으로 들어갔네   入大仙人室
어둠은 물러가고 밝음 생기며   闇謝明相生
그의 하는 짓은 모두 조용하거니   動靜悉寂默

다함이 없는 법을 끝까지 얻어   逮得無盡法
일체지는 밝고 산뜻하여라   一切智明朗

큰 선인은 그 덕이 순후하여   大仙德淳厚
땅은 그 때문에 두루 울려 흔들리고   地爲普震動
우주는 모두 맑고 밝은데   宇宙悉淸明
하늘과 용과 귀신 구름처럼 모여들고   天龍神雲集
공중에서는 하늘 풍류 아뢰어   空中奏天樂
그로써 이 법을 공양하였다   以供養於法

맑고 시원한 실바람 일어나고   微風淸涼起
구름도 없이 향기로운 비 내리며   無雲雨香雨

---

4) 나의 것. 나의 것이라는 집착.

268

| 묘한 꽃들은 때 아닌데 한창 피고 | 妙華非時敷 |
| 맛난 과일들은 철을 어겨 다 익었네 | 甘菓違節熟 |

저 하늘의 마하만다라(摩訶曼陀羅) 꽃[5]과	摩訶曼陀羅
가지가지의 하늘 보배 꽃들은	種種天寶花
허공에서 나부끼며 어지러이 내려와	從空而亂下
저 무니 높은 이를 공양하였네	供養牟尼尊

다른 무리들의 모든 중생은	異類諸衆生
사랑하는 마음으로 서로 따라 놀거니	各慈心相向
두려움은 모두 다 사라져 없어지고	恐怖悉消除
성내고 교만한 맘 아주 없었네	無諸恚慢心

이 세상의 모든 사람들	一切諸世間
모두 다 번뇌가 다한 사람 같으며	皆同漏盡人
모든 하늘은 해탈 즐기고	諸天樂解脫
나쁜 세계 무리들도 우선 편안해지고	惡道暫安寧
온갖 번뇌는 잠깐 동안 그치어	煩惱暫休息
지혜의 달은 점점 밝음 더하였네	智月漸增明

감자(甘蔗) 종족의 선인들로서	甘蔗族仙人
하늘에 태어난 모든 사람들	諸有生天者
부처님 세상에 나오심 보고	見佛出興世

---

5) 빛깔 좋고 방향(芳香)을 내며 고결하여, 이것을 보는 자의 마음을 즐겁게 한다는 하늘 꽃.

기쁨이 온몸에 충만했나니　　　　　　　歡喜充滿身

그들은 곧 하늘 궁전에서　　　　　　　　即於天宮殿

비처럼 꽃을 내려 공양하였네　　　　　　雨花以供養

모든 하늘과 용과 귀신들　　　　　　　　諸天神鬼龍

같은 소리로 부처님 덕 찬탄했네　　　　同聲嘆佛德

세간 사람들은 그 꽃비 공양과　　　　　世人見供養

부처님 덕 찬탄하는 소리를 듣고　　　　及聞讚嘆聲

모두 다 기뻐하면서 따라　　　　　　　　一切皆隨喜

춤추듯 뛰며 어쩔 줄을 모르는데　　　　踊躍不自勝

오직 저 악마 천왕은　　　　　　　　　　唯有魔天王

마음으로 근심하고 고통하였네　　　　　心生大憂苦

부처님은 다시 이레 동안을　　　　　　　佛於彼七日

깊이 생각하는 마음이 청정하여　　　　禪思心淸淨

보리수를 관찰할 때에　　　　　　　　　觀察菩提樹

물끄러미 바라보며 눈을 깜짝 않았나니　瞪視目不瞬

"나는 이 보리수 의지하여　　　　　　　我依於此處

오랫동안의 소원 이루었거니　　　　　　得逐宿心願

'나' 없는 법에 편안히 머무르리"　　　　安住無我法

그러나 부처눈(佛眼)으로 중생을 관찰하고　佛眼觀衆生

가엾이 여기는 지극한 마음 내어　　　　發上哀愍心

그들을 청정하게 하려고 하였거니　　　欲令得淸淨

탐욕·성냄·어리석음·삿된 소견에　　　　　貪恚癡邪見

떠돌아다니면서 그 마음 빠져 있네　　　　飄流沒其心

해탈이란 참으로 깊고 묘한 법이어니　　　　解脫甚深妙

어떻게 이 법을 능히 펼 수 있으랴　　　　何由能得宣

차라리 부지런한 방편 버리고　　　　　　　捨離勤方便

잠자코 편안히 있고자 하였으나　　　　　　安住於默然

돌아보아 본래의 서원을 생각하고　　　　　顧惟本誓願

설법할 마음 다시 생기었나니　　　　　　　復生說法心

모든 중생을 두루 관찰하였네　　　　　　　觀察諸衆生

"그 누가 번뇌가 가장 적은가"　　　　　　煩惱孰增微

때에 범천은 그 생각 알고　　　　　　　　梵天知其念

마땅히 법을 청해 굴리게 하려 하여　　　　法應請而轉

범천의 광명을 널리 비추며　　　　　　　　普放梵光明

괴로워하는 중생 제도하려 하였네　　　　　爲度苦衆生

내려와 무니의 높은 이 보매　　　　　　　來見牟尼尊

법을 연설할 수 있는 대인의 상으로서　　　說法大人相

묘한 이치를 완전히 나타내어　　　　　　　妙義悉顯現

진실한 지혜 안에 편안히 머무르며　　　　安住實智中

망설이는 잘못을 멀리 떠났고　　　　　　　離於留難過

모든 거짓된 마음 전혀 없었네　　　　　　　無諸虛僞心

마음으로 공경하고 기뻐하면서　　　　　　恭敬心歡喜

부처님께 합장하고 청하여 권하였네   合掌勸請言

"세상은 얼마나 경사롭고 복되는가   世間何福慶
이제 큰 세존님을 만났나니   遭遇大世尊
이 세간의 일체 중생들   一切衆生類
더럽고 찌꺼기요 잡된 티끌 마음에   塵穢滓雜心
혹은 그 번뇌 무거운 이 있지만   或有重煩惱
혹은 그 번뇌 가벼운 이도 있네   或煩惱輕微

세존은 이미 나고 죽음의   世尊已免度
큰 괴로움 바다 건넜었거니   生死大苦海
원하노니 저 바다에 빠져 있는   願當濟度彼
모든 중생들 건져야 하네   沈溺諸衆生

마치 이 세상의 의로운 선비   如世間義士
얻은 이익 남에게 주어 고르게 하는 것처럼   得利與物同
세존께서는 이제 법의 이익 얻었거니   世尊得法利
마땅히 모든 중생 건져야 하네   唯應濟衆生

세상 범부들 자기 이익 꾀하면서   凡人多自利
남과 나의 이익 겸하기는 어렵나니   彼我兼利難
원하노니 사랑하고 가엾이 여기시어   唯願垂慈悲
세상에서 어렵고도 어려운 일 행하소서"   爲世難中難

이와 같이 청하여 권하기를 마치고   如是勸請已
하직을 사뢴 뒤에 범천으로 돌아갔네   奉辭還梵天

부처님은 범천의 청함을 받고　　佛以梵天請
마음으로 기뻐하며 그 정성 더하고　　心悅嘉其誠
가엾이 여기는 맘 더욱 자라나　　長養大悲心
설법하려는 마음 더하여졌네　　增其說法情

'이제 걸식하자'고 생각하실 때에　　念當行乞食
네 천왕은 모두 바루(鉢)를 올렸지만　　四王咸奉鉢
여래는 법을 위하기 때문에　　如來爲法故
그 넷을 합하여 하나로 만들었네　　受四合成一

그때에 장사꾼 일행이 있어　　時有商人行
'착한 벗 하늘 신'은 그들에게 말하였다　　善友天神告

"큰 선인(仙人)으로서 무니 높은 이　　大仙牟尼尊
그이는 지금 저 숲속에 있다　　在彼山林中
이 세상의 좋은 복밭이거니　　世間良福田
너희들은 거기 가서 공양드려라"　　汝應往供養

그들은 명령받고 크게 기뻐하면서　　聞命大歡喜
제일 먼저 첫 공양 받들어 올렸나니　　奉施於初飯
부처님은 공양한 뒤 생각하셨네　　食已顧思惟

"누가 마땅히 먼저 법을 들을까　　誰應先聞法
오직 저 아라다(阿羅藍)와　　唯有阿羅藍
웃드라라마풋트라(鬱頭羅摩子) 있어　　鬱頭羅摩子
그들은 바른 법 받을 만하였는데　　彼堪受正法

이미 이 세상 목숨을 마치었네   而今已命終
다음에는 저 다섯 비구들   次有五比丘
마땅히 첫 설법 들어야 하리"   應聞初說法

적멸의 법을 연설하려 할 때에   欲說寂滅法
햇빛이 어둠을 없애는 것 같았네   如日光除冥
저 바라나시(波羅㮈)의   行詣波羅㮈
옛날 선인의 살던 곳으로 갈 때   古仙人住處
소 눈 같은 눈으로 바르게 보며   牛王目平視
편안하고 조용한 사자 걸음걸이였네   安庠獅子步

다시 모든 중생들 건지기 위해   爲度衆生故
카시성(迦尸城)으로 나아갔나니   往詣迦尸城
걸음 걸음마다 사자 걸음걸이로   步步獸王顧
보리수 숲을 돌아보았네   顧瞻菩提林

15. 법바퀴를 굴리다(轉法輪品 第十五)

여래는 지극히 조용하고 고요해   如來善寂靜

광명은 나타나 비춰 빛나며   光明顯照曜

엄숙한 모습은 혼자서 거닐어도   嚴儀獨遊步

마치 많은 무리들 따르는 것 같았네 猶若大衆隨

길에서 어떤 범지(梵志)[1] 만났네   道逢一梵志

그 이름은 우파카(憂波迦)   其名憂波迦

비구 모습을 온전히 지니고   執持比丘儀

길 옆에 공손히 서 있었네   恭立於路傍

그는 일찍 없던 만남 기뻐하여   欣遇未曾有

두 손을 모아 여쭈었나니   合掌而啓問

---

1) 범지(Brahma-cārin) : 범행(梵行)을 닦는 수행자.

"중생들 모두 물들어 집착커니 　　　　群生皆染著

그런데 집착하는 모습 없으며 　　　　而有無著容

세상은 모두 마음 흔들리거니 　　　　世間心動搖

그런데 홀로 모든 근(根) 고요하네 　　　而獨靜諸根

빛나는 얼굴은 보름달 같고 　　　　　光顔如滿月

단 이슬 젖국을 맛본 듯하네 　　　　似味甘露津

그 용모는 대인의 모양이요 　　　　　容貌大人相

슬기의 힘은 자재왕(自在王)²⁾인 듯 　慧力自在王

반드시 할 일은 이미 마쳤을 것을 　　所作必已辦

어떤 종품(宗稟) 가진 이를 스승으로 하는가" 　爲宗稟何師

"내게는 어떤 스승 없거니 　　　　　答言我無師

높일 이도 없으며 나은 이도 없노라 　無宗無所勝

스스로 매우 깊은 법을 깨달아 　　　自悟甚深法

남의 얻지 못한 것 나는 얻었네 　　得人所不得

사람으로 마땅히 깨달아야 할 것은 　人之所應覺

세상을 통틀어 깨달은 이 없거늘 　擧世無覺者

나는 이제 그것을 스스로 깨달았네 　我今悉自覺

그러므로 '정각(正覺)'이라 부르느니라 　是故名正覺

번뇌란 원수의 집과 같거늘 　　　　　煩惱如怨家

지혜의 칼로써 항복받았네 　　　　伏以智慧劍

---

2) 비시누(Viṣṇu) 신(神)을 말함.

276

그러므로 세상에서 칭찬하나니
'가장 훌륭하다'고 부르느니라

是故世所稱
名之爲最勝

나는 이제 저 바라나시로 가서
단 이슬의 법북을 치려 하나니
교만도 없거니와 이름도 생각 않고
이익이나 즐거움을 구함도 아니거니
다만 그들 위하여 바른 법 펴
괴로워하는 중생 건지려 함이니라

當詣波羅㮈
擊甘露法鼓
無慢不存名
亦不求利樂
唯爲宣正法
拔濟苦衆生

옛날에 큰 서원을 세워서
'건지지 못한 이를 건지고자' 하였었네
그 서원의 결과 이제 이루었거니
내 본래의 원을 성취하리라

以昔發弘誓
度諸未度者
誓果成於今
當遂其本願

재물을 만나 자기 이익 꾀하면
의로운 선비라고 일컫지 않네
천하와 이익을 함께하여야
비로소 대장부라 일컫느니라

當財自供己
不稱名義士
兼利於天下
乃名大丈夫

위험에 빠진 사람 건져주지 않으면
어떻게 용기 있는 선비라 하며
병에 앓는 이 보고 고쳐주지 않으면
어떻게 훌륭한 의사라 이름하며
헤매는 사람에게 길 보이지 않으면
착한 도사라 그 누가 일컬으리

臨危不濟溺
豈云勇健士
疾病不救療
何名爲良醫
見迷不示路
孰云善導師

마치 등불이 어둠을 비춘 때에	如燈照幽冥
마음 없이 스스로 밝은 것처럼	無心而自明
여래는 슬기 등불 태우지만	如來然慧燈
구하고 욕망하는 마음이 없느니라	無諸求欲情

부싯돌을 치면 반드시 불을 얻고	鑽燧必得火
공중에는 바람이 스스로 일어나며	穴中風自然
땅을 파면 반드시 물을 얻는 것	穿地必得水
이것은 다 이치의 자연이니라	此皆理自然

저 과거의 모든 무니들	一切諸牟尼
반드시 가야(伽耶)에서 도(道) 이루었고	成道必伽耶
또한 다 같이 카시 나라에서	亦同迦尸國
바른 법의 바퀴를 굴렸느니라"	而轉正法輪

범지 우파카는 이 말을 듣고	梵志憂波迦
"아아 기특하다"고 찬탄하면서	嗚呼嘆奇特
달리 먼저 목적한 일이 있어서	隨心先所期
길을 따라 제각기 헤어져 갔네	從路各分乖

| 일찍 없는 일이라 생각하므로 | 計念未曾有 |
| 걸음걸음 돌아보며 주척거렸네 | 步步顧跙躕 |

여래는 점점 걸어 앞으로 나아가	如來漸前行
드디어 카시 성에 이르렀나니	至於迦尸城
그 땅은 훌륭하고 또 장엄하기	其地勝莊嚴

마치 사크라 천왕의 궁전 같았네　　　　　　　　　如天帝釋宮

강가(恒河)와 바라나시의　　　　　　　　　　　恒河波羅㮈
두 강이 쌍으로 흐르는 사이　　　　　　　　　二水雙流間
수풀과 꽃과 열매는 우거지고　　　　　　　　林木花果茂
새들은 떼를 지어 서로 따라 노니는데　　　　禽獸同群遊

한가하고 고요하여 세속 시끄럼 없는　　　　閑寂無喧俗
옛날 선인들의 살던 곳이었나니　　　　　　　古仙人所居
거기에 여래의 광명 비추어　　　　　　　　　如來光照耀
그 밝고 고움은 배나 더했네　　　　　　　　倍增其鮮明

카운디냐(憍鄰如) 종족의 아들　　　　　　　憍鄰如族子
다음은 다사발라 카샤파(十力迦葉)　　　　次十力迦葉
셋째는 바시파(婆澁波)　　　　　　　　　　三名婆澁波
넷째는 아스바지트(阿濕波誓)　　　　　　　四阿濕波誓
다섯째는 바드라(跋陀羅)　　　　　　　　　五名跋陀羅
이들 고행자는 숲을 즐겨 살았다　　　　　習苦樂山林

그들은 멀리서 여래 오는 것 보고　　　　　遠見如來至
모여 앉아 서로서로 의논하기를　　　　　　集坐共議言

"저 고타마는 세상 낙에 물들어　　　　　　瞿曇染世樂
모든 고행을 던져버리고　　　　　　　　　放捨諸苦行
지금 이곳으로 돌아오나니　　　　　　　　今復還至此

부디 일어나 맞이하지도 말고　　　　　　　　　愼勿起奉迎

또한 예로써 인사하지도 말며　　　　　　　　　亦莫禮問訊

그의 쓸 것을 대어주지도 말자　　　　　　　　　供給其所須

이미 본래 서원을 깨뜨렸거니　　　　　　　　　已壞本誓故

응당 공양도 받지 않아야 한다"　　　　　　　　不應受供養

무릇 사람이 오는 손님을 보면　　　　　　　　　凡人見來賓

마땅히 선후(先後)의 차례를 닦고　　　　　　　應修先後宜

또한 그를 위해 자리를 깔아　　　　　　　　　　且爲設床座

그의 편할 대로 맡기는 것이지만　　　　　　　任彼之所安

그들은 이렇게 서로 맹세한 뒤에　　　　　　　作此要言已

제각기 자세를 바로 하고 앉았었네　　　　　　各各正基坐

그러나 여래께서 차츰 가까이 가자　　　　　　如來漸次至

약속한 말 어기는 것 미처 모르고　　　　　　　不覺違要言

어떤 이는 청하여 자리를 사양하고　　　　　　有請讓其坐

어떤 이는 가사와 바루 받으며　　　　　　　　有爲攝衣鉢

어떤 이는 그 발을 씻고 만지고　　　　　　　　有爲洗摩足

어떤 이는 무엇이 필요한가를 묻네　　　　　　有請問所須

이와 같이 갖가지로 스승을 위해　　　　　　　如是等種種

존경하고 받들어 섬겼지마는　　　　　　　　　尊敬師奉事

다만 그 종족을 버리지 못해　　　　　　　　　唯不捨其族

'고타마'라는 이름 그대로 불렀네　　　　　　猶稱瞿曇名

세존은 그들에게 말씀하시다　　　　　　　　　世尊告彼言

"나의 본래의 성을 일컬어　　　　　　　　莫稱我本性
이 아라한(阿羅漢)[3]에 대하여　　　　　　　於阿羅呵所
방자하고 거만한 말 쓰지 말아라　　　　　而生藝慢言

존경하거나 존경하지 않는 자에 대하여　　　於敬不敬者
내 마음은 다 같이 평등하지만　　　　　　　我心悉平等
너희들은 마음으로 존경하지 않으므로　　　汝等心不恭
마땅히 그 죄를 스스로 부르리라　　　　　　當自招其罪

부처는 능히 세상을 건지나니　　　　　　　佛能度世間
그러므로 '부처' 라 일컫느니라　　　　　　是故稱爲佛
저 일체의 중생들에 대하여　　　　　　　　於一切衆生
똑같은 마음으로 아들이라 생각하네　　　　等心如子想
그런데 본성명을 부르는 것은　　　　　　　而稱本名字
아비 업신여기는 죄 짓는 것 같느니라"　　如得慢父罪

부처님은 큰 자비스런 마음으로　　　　　　佛以大悲心
그들을 가엾이 여겨 말씀하셨지마는　　　　哀愍而告彼
그들은 어리석은 마음 그대로　　　　　　　彼率愚騃心
'바르고 참 깨친 이' 믿지 않았네　　　　　不信正眞覺

"이전부터 고행을 닦는다 말했지만　　　　言先修苦行
그래도 아직 얻은 것 없었는데　　　　　　猶尙無所得

---

3) 아라한(Arhan) : 존경할 만한 수행자. 소승불교에서 최고의 성자(聖者). 불제자가 도달
하는 최고의 계위(階位). 번뇌를 끊고 열반에 든 성자.

지금에 몸과 입의 즐거움을 누리거니　　　　今恣身口樂
무슨 인연으로 부처 될 수 있으랴"　　　　　何因得成佛

이와 같은 의혹은　　　　　　　　　　　　如是等疑惑
부처의 도 이룸과　　　　　　　　　　　　不信得佛道
진실한 이치 완전한 깨우침　　　　　　　　究竟眞實義
일체 지혜 구족한 것 믿지 않았네　　　　　一切智具足

여래는 곧 그들을 위해　　　　　　　　　　如來卽爲彼
요긴한 도를 간략히 말씀하셨네　　　　　　略說其要道

"어리석은 사람은 고행을 익히고　　　　　愚夫習苦行
낙행자(樂行者)는 모든 근(根)을 기쁘게 한다　樂行悅諸根
그 두 가지 차별을 보매　　　　　　　　　見彼二差別
그것은 곧 큰 허물이거니　　　　　　　　　斯則爲大過
그러므로 바르고 참된 도 아니어서　　　　非是正眞道
해탈에 어긋나기 때문이니라　　　　　　　以違解脫故

몸을 시달려 고행을 닦지마는　　　　　　　疲身修苦行
그 마음 오히려 달리고 어지러워　　　　　其心猶馳亂
이 세상 지혜마저 얻지 못하거니　　　　　尙不生世智
하물며 모든 근을 초월할 수 있으랴　　　　況能超諸根

불을 가지고 등불을 켜도　　　　　　　　　如以水燃燈
어둠을 깨뜨릴 길 없는 것처럼　　　　　　終無破闇期
몸을 시달리어 슬기 등불 닦아도　　　　　疲身修慧燈

능히 어리석음 깨뜨릴 수 없느니라 　　　　　　　不能壞愚癡

썩은 나무로는 불을 구해도 　　　　　　　　　朽木而求火
한갓 괴로울 뿐 얻지 못하나니 　　　　　　　　徒勞而弗獲
찬(鑽)과 수(燧)에 사람의 힘이 더해야 　　　　鑽燧人方便
비로소 불을 얻어 쓸 수 있나니 　　　　　　　卽得火爲用
도를 구한다는 것은 몸을 괴롭힘으로 　　　　求道非苦身
단 이슬 법을 얻는 것 아니니라 　　　　　　　而得甘露法

욕심에 집착함은 도리 아니요 　　　　　　　　著欲爲非義
어리석고 미련하여 슬기의 밝음 막아 　　　　愚癡障慧明
오히려 경론(經論)도 밝게 알지 못하거니 　　尙不了經論
하물며 욕심 여의는 도를 얻으랴 　　　　　　況得離欲道

마치 사람이 중한 병에 걸렸을 때 　　　　　　如人得重病
병에 해로운 음식을 먹지 않음 같거니 　　　　食不隨病食
알음 없음의 그 중한 병을 　　　　　　　　　無知之重病
욕심에 집착하여 어이 고치랴 　　　　　　　著欲豈能除

넓은 벌판 불을 놓을 때 　　　　　　　　　　放火於曠野
마른풀에다 사나운 바람 더하면 　　　　　　乾草增猛風
그 성한 불을 누가 끌 수 있으리 　　　　　　火盛孰能滅
탐욕과 애정의 불 또한 그러하니라 　　　　　貪愛火亦然

나는 이제 이미 두 극단을 떠나 　　　　　　我已離二邊
마음에 중도(中道)를 가지었나니 　　　　　　心存於中道

온갖 괴로움 끝까지 쉬고　　　　　　　　　　衆苦畢竟息
편하고 고요하여 모든 허물 떠났네　　　　　　安靜離諸過

바른 소견은 햇빛보다 더 밝아　　　　　　　　正見踰日光
평등한 각(覺)과 관(觀)은 수레가 되고　　　　　平等覺觀佛
바른 말은 우리의 사택이 되며　　　　　　　　正語爲舍宅
바른 업의 숲에서 유희하나니라　　　　　　　　遊戲正業林

바른 명(命)은 풍부한 모습이 되고　　　　　　正命爲豐姿
바른 방편은 바르게 닦는 길로　　　　　　　　方便正修塗
바른 생각은 성곽이 되며　　　　　　　　　　正念爲城郭
바른 선정은 자리 되나니　　　　　　　　　　正定爲床座

이 여덟 가지 길은 바르고 평탄하여　　　　　　八道坦平正
나고 죽는 괴로움 벗어나나니　　　　　　　　　免脫生死苦
이 길에서 나오는 사람　　　　　　　　　　　從此塗出者
할 일을 이미 완전히 마쳐　　　　　　　　　　所作已究竟
'이것' '저것'에 떨어지지 않느니라　　　　　　不墮於此彼

이 세상 저 세상의 괴로운 분수 속에　　　　　二世苦數中
삼계는 순수한 괴로움의 덩어리　　　　　　　三界純苦聚
오직 이 길만이 능히 그것 멸하네　　　　　　唯此道能滅

원래 일찍부터 듣지 못한 것이어니　　　　　本所未曾聞
바른 법의 깨끗하고 맑은 이 눈이　　　　　　正法淸淨眼
평등하게 보아낸 해탈의 길이니라　　　　　　等見解脫道

그러므로 오직 나만 이제 비로소　　　　唯我今始超
남·늙음·병·죽음의 괴로움 뛰어났네　　生老病死苦
사랑과의 이별과 원수 만남과　　　　　愛離怨憎會
구하는 일 이루지 못하는 괴로움과　　所求事不果
그 밖의 가지가지 괴로움 있나니　　　及餘種種苦

욕심을 떠난 것과 떠나지 못한 것과　離欲未離欲
몸이 있다는 것과 또 없다는 것과　　有身及無身
깨끗한 공덕을 떠나는 것들　　　　　離淨功德者
간략히 말하여 이는 다 고통이네　　略說斯皆苦

마치 왕성한 불이 꺼졌을 때에　　　猶如盛火息
비록 작으나마 열(熱) 버리지 않은 듯　雖微不捨熱
고요하고 지극히 작은 '나'에도　　　寂靜微細我
큰 고통의 성질은 아직도 남았나니　大苦性猶存

탐욕 따위의 모든 번뇌와　　　　　貪等諸煩惱
가지가지 업의 허물들　　　　　　及種種業過
그것은 곧 괴로움의 인(因) 되나니　是則爲苦因
'나'를 버리면 곧 괴로움 없어지리　捨離則苦滅

그것은 마치 저 모든 종자들　　　　猶如諸種子
땅이나 또 물 따위 떠나고　　　　　離於地水等
여러 가지 인연이 화합하지 않으면　衆緣不和合
싹이나 잎이 나지 않는 것 같네　　芽葉則不生

‘유(有)’의 성질의 상속 있으면　　　　　　有有性相續
하늘에서 나쁜 세계에 이르기까지　　　　從天至惡趣
수레바퀴인 듯 돌아 쉬지 않나니　　　　輪迴而不息
이것은 다 탐욕에서 생기는 것이니라　　斯由貪欲生

하·중·상의 모든 차별은　　　　　　　軟中上差降
가지가지 업의 인이 되나니　　　　　　種種業爲因
만일 저 탐욕 따위 멸하면　　　　　　若滅於貪等
곧 서로 이어감이 없을 것이요　　　　則無有相續
가지가지 업이 다하면　　　　　　　　種種業盡者
차별의 괴로움은 길이 쉬리라　　　　差別苦長息

이것이 있으면 저것이 있고　　　　　此有則彼有
이것이 멸하면 저것이 멸하나니　　　此滅則彼滅

남·늙음·병·죽음도 없고　　　　　　無生老病死
땅·물·불·바람도 없으며　　　　　　無地水火風
또한 처음·중간·끝도 없으며　　　　亦無初中邊
또한 그것은 속이는 법 아니네　　　亦非欺誑法

그것은 성현의 머무르는 곳으로서　　　賢聖之所住
다함이 없는 적멸 있나니　　　　　　無盡之寂滅
이른바 저 여덟 가지 바른 길은　　　所說八正道
곧 방편으로서 다른 것 아니어니　　　是方便非餘
그것은 세상사람 보지 못하는 것으로서　世間所不見
모든 중생들 영원히 미혹하네　　　　彼彼長迷惑

286

나는 괴로움 알고 그 모임 끊고　　　　　　　　　我知苦斷集

그 멸함 증득하고 바른 길 닦았나니　　　　　　　證滅修正道

이 네 가지 참진리 관찰하여　　　　　　　　　　觀此四眞諦

드디어 등정각을 성취하느니라　　　　　　　　　遂成等正覺

이른바 나는 이미 괴로움 알고　　　　　　　　　謂我已知苦

이미 유루(有漏)4)의 인을 끊었고　　　　　　　　已斷有漏因

이미 멸해 다함을 증득하였고　　　　　　　　　已滅盡作證

이미 여덟 가지 바른 길 닦았거니　　　　　　　已修八正道

이미 이 네 가지 참진리 알아　　　　　　　　　已知四眞諦

청정한 법눈(法眼)을 이루었느니라　　　　　　　淸淨法眼成

이 네 가지 참진리에 대하여　　　　　　　　　　於此四眞諦

아직 평등한 눈 생기지 않았으면　　　　　　　未生平等眼

해탈을 얻었다고 말할 수 없고　　　　　　　　不名得解脫

할 일을 다하였다 말할 수 없으며　　　　　　不言作已作

그리고 또한 일체의 진실한　　　　　　　　　亦不言一切

지각을 이루었다 말할 수 없느니라　　　　　眞實知覺成

이미 참된 진리 알기 때문에　　　　　　　　已知眞諦故

해탈을 얻은 줄 스스로 알고　　　　　　　　自知得解脫

할 일을 다한 줄을 스스로 알아　　　　　　自知作已作

등정각한 줄 스스로 아느니라"　　　　　　自知等正覺

---

4) 유루(Sāsrava) : 누(漏)는 번뇌. 번뇌가 있는 존재. 미혹한 세계.

이렇게 진리를 연설하실 때 　　　　　　說是眞實時
저 카운디냐 족성의 아들과 　　　　　　憍憐族姓子
팔만의 모든 하늘 무리들 　　　　　　　八萬諸天衆
진실한 뜻을 끝까지 알아 　　　　　　　究竟眞實義
모든 티끌과 때 멀리 여의어 　　　　　　遠離諸塵垢
청정한 법눈을 이루었었네 　　　　　　　清淨法眼成

천인사(天人師)는 그 카운디냐의 　　　　天人師知彼
할 일을 이미 마친 줄 알고 　　　　　　所作事已作
기뻐하여 사자처럼 외치었나니 　　　　　歡喜獅子吼
"카운디냐여, 왔느냐"고 물으셨네 　　　　問憍憐如來

카운디냐는 곧 부처님께 여쭈었다 　　　　憍憐卽白佛
"이미 스승의 법을 알았나이다" 　　　　　已知大師法
그가 이미 법을 알았다 하여 　　　　　　以彼知法故
아즈냐카 카운디냐(阿若憍憐)[5]라 이름하였네 　名阿若憍憐

그는 부처님의 모든 제자 중에서 　　　　　於佛弟子中
가장 먼저 첫째로 깨달았었네 　　　　　　最先第一悟
그의 "바른 법 알았다"는 소리가 　　　　　彼知正法聲
저 모든 땅 신(地神)에게 들리어 　　　　　聞於諸地神
그들은 모두 소리 높여 외치었네 　　　　　咸共擧聲唱
"장하다 깊은 법을 이미 보았네 　　　　　善哉見深法

---

5) 아즈냐카 카운디냐(Ājñāta Kauṇḍinya) : '지식 있는 카운디냐'라는 뜻. 다섯 비구의 제
일인자.

여래는 이제 오늘에 있어서　　　　　如來於今日

일찍 구르지 못한 법을 굴리어　　　轉未曾所轉

두루 모든 하늘과 사람을 위해　　　普爲諸天人

단 이슬 문을 널리 열었네　　　　　廣開甘露門

깨끗한 계로 바퀴살 삼고　　　　　淨戒爲衆輻

조복(調伏)과 고요함은 고르게 있으며　調伏寂定齊

견고한 지혜로 바퀴테 삼고　　　　堅固智爲輞

부끄러움으로 그 사이를 보죽 치고　慚愧楔其間

바른 생각으로써 바퀴통 삼아　　　正念以爲轂

진실한 법바퀴를 이루었나니　　　成眞實法輪

바르고 참되게 삼계 벗어났거니　　正眞出三界

다시는 물러나 삿된 스승 따르지 않네"　不退從邪師

이렇게 땅 신이 소리 높여 외치자　如是地神唱

허공의 신도 그 따라 일컫고　　　虛空神傳稱

모든 하늘들도 잇따라 찬탄하여　諸天轉讚嘆

저 범천에까지 사무치었네　　　乃至徹梵天

삼계의 모든 하늘 신들은　　　　三界諸天神

비로소 큰 선인이란 그 말을 듣고　始聞大仙說

놀라면서 차례차례 서로 일렀네　展轉驚相告

"두루 들리네, 부처 세상에 나와　普聞佛興世

널리 저 모든 중생들 위해　　　廣爲群生類

적정한 법바퀴 굴리시도다"　　轉寂靜法輪

바람은 맑아지고 안개와 구름 걷히며　　風霽雲霧除

공중에는 하늘꽃이 비처럼 내리며　　　空中雨天華

모든 하늘들은 하늘 풍류 아뢰어　　　諸天奏天樂

일찍이 없었던 일 기뻐하고 찬탄하다　嘉歎未曾有

16. 빈비사라 왕과 모든 제자들
(瓶沙王諸弟子品 第十六)

그때에 그 다섯 비구의	時彼五比丘
아스바지트(阿濕波誓)들은	阿濕波誓等
그 법을 알았다는 소리를 듣고	聞彼知法聲
슬픈 듯 스스로 부끄러워하여	慨然而自愧
합장하고 더욱 공경하면서	合掌而加敬
높은 이의 얼굴을 우러러보았네	仰瞻於尊顔
여래는 좋은 방편으로써	如來善方便
차례로 그들을 바른 법에 들게 했네	次令入正法
앞뒤로 그 다섯 비구들	前後五比丘
도를 얻어 모든 근을 고루었나니	得道調諸根
마치 다섯 개 별이 하늘을 빛내면서	猶五星麗天
밝은 달을 늘어서 모시는 것 같았네	列侍於明月
그때에 그 카시 성[1]에 있는	時彼鳩尸城

장자(長者)의 아들 야샤(耶舍)²⁾는   長者子耶舍

밤에 잠자다 갑자기 깨어   夜睡忽覺悟

그 남자나 여자 권속들   自見其眷屬

모두 알몸으로 누워 있는 것 보고   男女身裸臥

곧 싫어하여 떠날 마음 생기었네   卽生厭離心

'이것은 모든 번뇌의 근본으로   念此煩惱本

범부를 속이고 호린다' 생각하고   誑惑於愚夫

곧 옷을 장식하고 영락을 차고   嚴服佩瓔珞

집을 나와 숲으로 나아갔나니   出家詣山林

길을 따라가면서 높이 외쳤네   尋路而普唱

"아아 괴롭다, 괴로워 미치겠다"   惱亂惱亂亂

여래는 밤에 나와 거니시다   如來夜經行

"괴롭다"고 외치는 소리를 듣고   聞唱惱亂聲

곧 명령하여, "너는 잘 왔다   卽命汝善來

여기에 안온한 곳이 있나니   此有安隱處

열반은 지극히 맑고 시원하니라   涅槃極清涼

적멸은 모든 번뇌 떠나느니라"   寂滅離諸惱

야샤는 부처님의 가르침 듣고   耶舍聞佛教

마음속으로 못내 기뻐하였나니   心中大歡喜

본래부터 싫어하고 떠나려는 마음이라   乘本厭離心

---

1) 항하 유역의 작은 나라.
2) 야샤(Yaśas) : 명문(名聞)·명칭의 뜻. 베나레스 시의 부호의 아들로 방탕아였는데, 붓다의 교화를 듣고 친구 수십 명과 함께 불제자(比丘)가 됨.

거룩한 슬기 활짝 열리었네   聖慧泠然開

마치 맑고 시원한 못에 들어가는 듯   如入淸涼池
엄숙한 마음으로 부처님께 나아갈 때   肅然至佛所
그 몸은 아직 세속 모습 그대로나   其身猶俗容
마음은 이미 번뇌가 다하였네   心已得漏盡

오랫동안 심어온 선근(善根)³⁾의 힘으로써   宿殖善根力
어느새 나한과(羅漢果)를 이루었거니   疾成羅漢果
맑은 지혜의 이치 가만히 밝아   淨智理潛明
법을 듣자 능히 깨달았었네   聞法能卽悟

그것은 마치 고운 흰 비단   猶若鮮素繒
물감에 물들기 쉬운 것 같았네   易爲染其色

그는 이미 스스로 깨달아 알고   彼已自覺知
하여야 할 일은 이미 마치었으매   所應作已作
아직 장엄 그대로인 자기 몸 돌아보고   顧身猶莊嚴
부끄러워하는 마음 생기었었네   而生慚愧心

여래는 그 생각 짐작하시고   如來知彼念
그를 위해 게송으로 말씀하셨네   而爲說偈言

"영락으로 그 몸을 꾸미었으나   嚴飾以瓔珞

---

3) 온갖 선을 내는 근본. 무탐(無貪)·무진(無瞋)·무치(無癡)를 3선근이라 일컬음.

마음은 모든 근을 항복받아서 心調伏諸根

평등하게 중생을 관찰하거니 平等觀衆生

행하는 법은 그 모양 헤아리지 않느니라 行法不計形

몸에는 출가한 이의 옷을 입고도 身被出家服

그 마음은 번뇌를 잊지 못하여 其心累未忘

숲속에 있으면서 세상 영화 탐하면 處林貪世榮

그는 곧 속인이라 일컫느니라 是則爲俗人

모양은 비록 세속 모습 가졌어도 形雖表俗儀

마음이 높고 승(勝)한 경계에 머무르면 心栖高勝境

집에 있으나 숲속과 같아 在家同山林

곧 '내 것(我所)'을 떠나느니라 則離於我所

결박을 푸는 것 마음에 있거니 縛解存於心

모양에 어찌 일정한 상(相) 있으랴 形豈有定相

갑옷을 입고 겹도포 입는 것은 佩鉀衣重袍

강한 적을 능히 누른다 하고 謂能制强敵

형상을 고쳐 물들인 옷 입는 것은 改形著染衣

번뇌 원수를 항복받기 위해서이네" 爲伏煩惱怨

곧 "비구여 오라"고 명령하시자 卽命比丘來

그 소리 따라 세속 모양 없어졌네 應聲俗容廢

출가한 이의 모습을 두루 갖추어 具足出家儀

완전히 사문이 되었느니라 皆成於沙門

일찍 세속에서 함께 놀던 벗 있어　　　　　　先有俗遊朋

그들의 수는 오십사　　　　　　　　　　　其數五十四

다시 착한 벗으로 출가한 이 찾아　　　　　　尋善友出家

차례를 따라 바른 법에 들이었네　　　　　　隨次入正法

그들은 과거의 착한 업 때문에　　　　　　　斯由宿善業

그 묘한 결과 이제 이루었나니　　　　　　　妙果成於今

좋은 잿물에 담가둔 지 오래된　　　　　　　淳灰洽已久

빨래가 물을 거쳐 깨끗해지듯　　　　　　　經水速鮮明

윗항렬의 모든 성문(聲聞)으로서　　　　　　上行諸聲聞

육십 인의 아라한(阿羅漢)에게　　　　　　　六十阿羅漢

모두 그 아라한의 법과 같이　　　　　　　　悉如羅漢法

그대로 따라 가르쳐 분부하다　　　　　　　隨順而教誡

"너희들은 이제 나고 죽는 바다의　　　　　　汝今已濟度

저쪽 언덕으로 이미 건너가　　　　　　　　生死河彼岸

할 일을 벌써 마치었거니　　　　　　　　　所作已畢竟

일체 공양을 받기에 넉넉하다　　　　　　　堪受一切供

너희들은 제각기 모든 나라 노닐어　　　　　各應遊諸國

아직 제도하지 못한 이 마땅히 제도하라　　　度諸未度者

중생의 괴로움은 불꽃 같거니　　　　　　　衆生苦熾然

오랫동안 아무도 구호할 이 없었네　　　　　久無救護者

너희들은 제각기 혼자 노닐어　　　　　　　汝等各獨遊

가엾이 여기어 거두어 받아주라 　哀愍而攝受
나도 또한 지금 나 혼자 몸으로 　吾今亦獨行
저 가야 산으로 돌아가리라 　還彼伽闍山

거기에는 지금 큰 선인이 있고 　彼有大仙人
왕족의 선인과 범지(梵志) 선인들 　王仙及梵仙
그들은 모두 다 거기 있어서 　悉皆在於彼
온 세상의 높이는 바 되느니라 　擧世之所宗

그중에도 카샤파(迦葉)[4] 고행선인은 　迦葉苦行仙
온 나라 사람들 받들어 섬기고 　國人悉奉事
그를 따라 배우는 이 매우 많거니 　受學者甚衆
나는 이제 거기 가 제도하리라" 　我今往度之

그때에 그 육십 비구들 　時六十比丘
분부를 받아 법을 널리 펴려고 　奉敎廣宣法
제각기 그 과거 인연을 좇아 　各從其宿緣
뜻대로 각 방으로 흩어졌었네 　隨意詣諸方

세존은 혼자 걸어 노니시며 　世尊獨遊步
가야 산에 이르러 　往詣伽闍山
비고 고요한 법숲(法林)으로 들어가 　入空靜法林
그 카샤파 선인에게 나아가셨다 　詣迦葉仙人

---

4) 카샤파(Kāśyapa) : 고대 인도의 성씨로 대개 바라문족이며 음광(飮光)이라 번역한다.
불제자 중에 카샤파를 쓰는 사람이 많았음.

그는 불을 섬기는 굴에 있는데	彼有事火窟
거기는 모진 용이 사는 곳	惡龍之所居
숲은 지극히 맑고 밝아서	山林極淸曠
곳곳마다 편안하지 않은 곳 없었네	處處無不安

세존은 그를 교화시키기 위해	世尊爲敎化
그에게 말해 묵고 가기를 청할 때	告彼而請宿
카샤파는 부처님께 여쭈었다	迦葉白佛言

"다른 데는 아무 데도 묵을 곳 없고	無有宿止處
오직 불을 섬기는 굴이 있는데	唯有事火窟
맑고 깨끗하여 있을 만하지만	善淸淨可居
다만 거기는 사나운 용이 있어	而有惡龍止
반드시 사람을 해칠 것이다"	必能傷害人

"그저 빌려주기만 하라	佛言但見與
우선 하룻밤을 묵고 가리라"	且一宿止住
카샤파는 갖가지로 만류하나	迦葉種種難
세존은 청하기를 멈추지 않았네	世尊請不已

카샤파는 다시 부처님께 여쭈었다	迦葉復白佛
"내 마음엔 주고 싶지 않지만	心不欲相與
나를 일러 인색하다 하리니	謂我有吝惜
우선 하고 싶은 대로 하라"	且自隨所樂

| 부처님은 곧 불방에 들어가 | 佛卽入火室 |

단정히 앉아 바르게 생각했네 端坐正思惟

때에 사나운 용은 부처님 보고 時惡龍見佛
곧 성을 내어 독한 불을 내뿜어 瞋恚縱毒火
온 방 안이 시뻘겋게 탔지만 擧室洞熾然
부처님 몸에는 닿지 않았네 而不觸佛身

집이 다 타고 불은 절로 꺼졌으나 舍盡火自滅
세존은 오히려 편안히 앉아 있네 世尊猶安坐
그것은 마치 겁화(劫火) 일어나 猶如劫火起
범천(梵天)의 궁전이 다 타더라도 梵天宮洞然
범천의 왕은 바른 자세로 앉아 梵王正基坐
걱정도 않고 두려워하지 않음 같았네 不恐亦不畏

사나운 용은 빛나는 세존 얼굴 惡龍見世尊
조금도 다른 기색 없는 것 보고 光顏無異相
독을 그치고 착한 마음 내어서 毒息善心生
머리를 조아려 귀의하였네 稽首而歸依

카샤파는 밤에 그 불빛을 보고 迦葉夜見火
탄식하면서 "아아, 괴상하여라 歎嗚呼怪哉
그렇듯 도덕을 지닌 사람으로서 如此道德人
사나운 용 불길에 타 죽는구나" 而爲龍火燒

카샤파와 그 권속들 迦葉及眷屬
이른 아침에 모두 와서 보니 晨朝悉來看

이미 부처님은 사나운 용을 항복받아 　　　佛已降惡龍

바루 안에 담아두고 계시었나니 　　　置在於鉢中

그들은 부처님의 공적을 알고 　　　彼知佛功德

기특하다는 생각 내었지마는 　　　而生奇特想

교만한 습관은 오래 익혔으므로 　　　憍慢久習故

"내 도가 높다"고 여전히 말하였네 　　　猶言我道尊

부처님은 그 적당한 때를 맞춰 　　　佛以隨時宜

가지가지의 신변(神變)을 나타내어 　　　現種種神變

그 마음의 생각하는 바를 살펴 　　　察其心所念

그것을 따라 변화해 응하였네 　　　變化而應之

그로 하여금 그 마음 부드러워 　　　令彼心柔軟

바른 법의 그릇이 되기에 넉넉하여 　　　堪爲正法器

스스로 그 도가 아직 얕아서 　　　自知其道淺

세존에 미치지 못함 알게 하였네 　　　不及於世尊

그리하여 그는 끝까지 겸손하여 　　　決定謙下心

시키는 대로 따라 바른 법을 받았네 　　　隨順受正法

우루빌바 카샤파(鬱毘羅迦葉)와 　　　鬱毘羅迦葉

그 제자 오백 인 　　　弟子五百人

스승님의 잘 다룸을 따라 　　　隨師善調伏

차례차례로 바른 법을 받았네 　　　次第受正法

카샤파와 그 제자들	迦葉幷徒衆
모두 바른 교화를 받은 뒤에는	悉受正化已
선인들은 그들의 살림살이와	仙人資生物
불을 섬기는 모든 기구를	幷諸事火具
모두 물 속에 던져버리매	悉棄於水中
뜰락 잠길락 물결 따라 흘러갔네	漂沒隨流遷

나디(那提)와 가야(伽闍) 등	那提伽闍等
두 아우는 그 밑에 있다가	二弟居下流
그 옷과 모든 기구들	見被服諸物
물을 따라 어지러이 내려오는 것 보자	隨流而亂下
큰 변을 만났다 생각하고는	謂其遭大變
근심하고 두려워해 어쩔 줄을 몰랐었네	憂怖不自安

그들은 그 제자 오백 인과	二衆五百人
강물을 따라올라 형을 찾다가	尋江而求兄
그 형은 이미 집을 나갔고	見兄已出家
그 모든 제자들 또한 그러함 보고	諸弟子亦然
일찍이 없던 법을 얻은 줄 알고	知得未曾法
기특한 일이라 생각하였네	而起奇特想

| '형은 이제 이미 저 도에 항복했네 | 兄今已服道 |
| 우리도 또한 그를 따라야 하리' | 我等亦當隨 |

| 그들 형제 삼 인과 | 彼兄弟三人 |
| 그 제자 권속 위해 | 及弟子眷屬 |

부처님은 곧 설법하시되 世尊爲說法
불을 섬기는 일로 비유하셨네 卽以事火譬

"어리석음의 검은 연기 일어나고 愚癡黑煙起
어지러운 생각의 찬수(鑽燧) 생기어 亂想鑽燧生
탐하는 욕심과 성내는 불은 貪欲瞋恚火
모든 중생을 불사르나니 焚燒於衆生

이와 같이 이 번뇌의 불도 如是煩惱火
언제나 성하여 쉬지 않아서 熾然不休息
나고 죽음에 두루 잠기고 彌淪於生死
고통의 불길도 또한 항상 타거니 苦火亦常然

이 두 가지 불이 성하게 타지만 能見二種火
거기에는 아무것도 의지할 곳 없거니 熾然無依怙
어떻게 마음 있는 사람으로서 云何有心人
싫어하여 떠날 생각 내지 않으랴 而不生厭離

싫어하여 떠나려고 탐욕 버리고 厭離除貪欲
탐욕이 다하면 해탈을 얻나니 貪盡得解脫
만일에 이미 해탈을 얻었으면 若已得解脫
해탈한 지견(知見)이 생기느니라 解脫知見生

그리하여 나고 죽는 흐름을 관찰하여 觀察生死流
모든 범행(梵行)을 닦아 마치고 而擧於梵行
일체의 할 일을 이미 마치어 一切作已作

다시는 뒷세상의 몸을 받지 않느니라"	更不受後有

이와 같이 그 일천 비구들	如是千比丘
세존 설법을 들어 마치자	聞世尊說法
모든 번뇌는 다시는 일지 않고	諸漏永不起
일체 마음은 해탈하였네	一切心解脫

부처님께서는 카샤파 등	佛爲迦葉等
일천 비구 위해 설법하시자	千比丘說法
할 일이 있는 이는 이미 마치어	所作者已作
깨끗한 슬기와 묘한 장엄의	淨慧妙莊嚴
모든 공덕이 있는 권속들에게	諸功德眷屬
계(戒)를 주어 모든 근을 깨끗하게 하였네	施戒淨諸根

이에 큰 덕의 선인 길을 떠나자	大德仙從道
저 고행림은 영화를 잃었나니	苦行林失榮
마치 사람이 계의 덕을 버리고	如人捨戒德
빈 몸으로 헛되이 사는 것 같았네	空身而徒生

세존께서는 많은 권속 거느리시고	世尊大眷屬
라자그리하(王舍城)⁵⁾로 나아가시자	進詣王舍城

일찍이 그 마가다(摩竭陀)⁶⁾ 왕에게	憶念摩竭王

---

5) 라자그리하(Rājagṛha) : 마가다 국의 수도. 중인도에 있고 빈비사라 왕이 수도로 한 곳으로 다섯 산에 둘러져 있고, 그 하나는 영추산(靈鷲山)으로 약간 깊은 곳에 있다. 지금 그 흔적은 밀림이 되어 여기저기 탑의 흔적, 기바(耆婆) 존자의 저택 흔적, 성벽 등이 남아 있다.

약속 맺은 일을 생각하셨네	先所修要誓
세존은 이미 도착하시어	世尊旣至已
장림(杖林)에 머물러 계시었나니	止住於杖林

빈비사라 왕은 그 소문 듣고	瓶沙王聞之
그 많은 권속들과 함께	與大眷屬俱
온 나라 남녀들 거느리고	擧國士女從
세존 계신 곳으로 나아갔었네	往詣世尊所

멀리서 세존의 앉으심 보자	遠見如來坐
마음을 낮추고 모든 근을 단속하고	降心伏諸根
온갖 속된 모습을 떨어버리고	除去諸俗容
수레에서 내려 걸어 나아갔나니	下車而步進

| 그것은 마치 저 사크라 천왕이 | 猶如天帝釋 |
| 범천왕에게 나아가는 것 같았네 | 往詣梵天王 |

앞으로 나아가 부처님 발에 예배하고	前頂禮佛足
공손히 안부를 여쭐 때에	敬問體和安
부처님은 대답으로 위로한 뒤에	佛還慰勞畢
가리켜 한쪽에 앉게 하였네	命令一面坐

| 그때에 왕은 가만히 생각했네 | 時王心默念 |

---

6) 마가다(Magadha) : 중인도에 있던 옛 왕국으로서 불교와 가장 관계가 깊은 나라임. 석
존이 생존 시에는 빈비사라 왕이 라자그리하에 서울을 정하고 이 나라를 다스려 문화가 크
게 발달했다. 석존은 이 나라의 나이란자나 강가에서 성도.

'사캬의 큰 위엄과 힘은 釋迦大威力

훌륭한 덕을 가진 카샤파들을 勝德迦葉等

이제 모두 제자가 되게 하였다' 今皆爲弟子

부처님은 여러 사람 생각을 아시고 佛知衆心念

그 카샤파에게 물으셨나니 而問於迦葉

"너는 어떠한 복과 이익 보았기에 汝見何福利

불 섬기는 법을 버리었는가" 而棄事火法

카샤파는 부처님 명령 받고 迦葉聞佛命

대중 앞에서 놀라 일어나 驚起大衆前

두 무릎 땅에 꿇고 손 모아쥐고 胡跪而合掌

높은 소리로 부처님께 여쭈었다 高聲白佛言

"복을 닦으려고 불 신(火神)[7]을 섬겼으나 修福事火神

그 과보는 모두 果報悉輪廻

생사에 바퀴 돌고 번뇌만 더했나니 生死煩惱增

그러므로 나는 그것을 버리었네 是故我棄捨

꾸준히 힘써 불을 받들어 섬겨 精勤奉事火

오욕(五欲)의 경계를 구하려 하였으나 爲求五欲境

애욕은 더해 끝이 없었네 愛欲增無窮

그러므로 나는 그것을 버리었네 是故我棄捨

---

7) 불 신(Agni) : 신(神)과 인간의 중개자로서 사람을 보호하고 행동을 감시한다고 함.

불을 섬기고 주술을 닦았으나　　　　　事火修呪術
해탈을 떠나고 생을 받았네　　　　　　離解脫受生
생을 받음은 괴로움의 근본이라　　　　受生爲苦本
그러므로 버리고 다시 안락 구하였네　故捨更求安

나는 본래부터 '고행이란 것　　　　　我本謂苦行
제사하고 또 큰 모임을 여는 것으로　祠祀設大會
가장 제일이라'고 생각하였네　　　　爲最第一勝
그러나 바른 도에 더욱 멀었네　　　　而更違正道

그러므로 나는 이제 그것 버리고　　是故今棄捨
보다 훌륭한 적멸을 구하나니　　　　更求勝寂滅
그것은 생로병사 완전히 떠나　　　　離生老病死
다함없는 밝고 시원한 경계이어니　無盡清涼處

나는 이 이치 알았으므로　　　　　　以知此義故
불 섬기는 법을 버렸느니라"　　　　放捨事火法

세존께서는 카샤파의　　　　　　　　世尊聞迦葉
스스로 알고 보았다는 말을 듣고　　說自知見事
모든 세상사람들로 하여금　　　　　欲令諸世間
깨끗한 믿음을 내게 하기 위하여　普生淨信故
카샤파에게 말씀하셨다　　　　　　而告迦葉言

"너 대사(大士)는 여기 잘 왔구나　汝大士善來
가지가지 법을 분별함으로　　　　　分別種種法

| 훌륭한 도를 따랐었나니 | 而從於勝道 |

이제 이 대중 앞에서	今於大衆前
너의 훌륭한 공덕 나타내어보라	顯汝勝功德
마치 저 큰 부자 장자가	如巨富長者
그 보배창고를 열어 보이어	開現於寶藏
가난하고 괴로워하는 중생들로 하여금	令貧苦衆生
그것에 싫증내게 하는 것처럼"	增其厭離心

"좋습니다, 분부를 받드오리다"	善哉奉尊敎
그는 곧 대중 앞에서	卽於大衆前
몸을 여미고 정수(正受)에 들었다가	斂身入正受
나부끼듯 허공으로 올라갔었네	飄然昇虛空

거닐다 섰다 앉았다 누웠다	經行住坐臥
혹은 온몸이 벌겋게 되어	或擧身洞然
왼쪽 오른쪽으로 물과 불을 내어도	左右出水火
타지도 않고 또한 젖지도 않았었네	不燒亦不濡

온몸에서 구름과 비를 내어	從身出雲雨
뇌성벽력이 천지를 진동했네	雷電動天地
온 세상 모두 우러러볼 때	擧世悉瞻仰
눈이 뚫어져라 보아도 싫증 없고	縱目觀無厭
여러 사람들 다 같은 말로	異口而同音
일찍 없던 일이라 찬탄하였다	稱歎未曾有

그리고 그는 신통 거두어   然後攝神通
세존님 발에 경례하면서   敬禮世尊足

"부처님은 나의 큰스승이시요   佛爲我大師
나는 그 어른의 제자 되었네   我爲尊弟子
이런 일을 행하라는 분부를 받아   奉敎聞斯行
이제 내 할 일은 이미 마쳤네"   所作已畢竟

온 세상은 모두 그 카샤파의   擧世普見彼
부처님 제자 된 것 비로소 보고   迦葉爲弟子
결정코 저 세존께서   決定知世尊
진실한 일체지(一切智)임 확실히 알았네   眞實一切智

부처님은 거기 모인 대중들   佛知諸會衆
능히 법 받을 만한 그릇임을 아시고   堪爲受法器
빈비사라 왕에게 말씀하셨네   而告瓶沙王
"그대는 이제 자세히 들으라   汝今善諦聽

마음과 뜻과 또 모든 근   心意及諸根
이것은 모두 다 나고 멸하는 법이니라   斯皆生滅法
나도 멸하는 허물 분명히 알면   了知生滅過
그것은 곧 평등한 관찰이니라   是則平等觀

만일 그와 같이 평등하게 관찰하면   如是平等觀
그것은 곧 몸을 아는 것이요   是則爲知身
몸의 나고 멸하는 그 법을 알면   知身生滅法

취할 것도 없고 받아들일 것도 없네   無取亦無受

만일 이 몸의 모든 근을 깨달으면   如身諸根覺
'나'도 없고 또 '내 것'도 없나니   無我無我所
그것은 순수한 괴로움의 무더기   純一苦積聚
괴로움에 살다가 괴로움에 멸하는 것   苦生而苦滅

이미 이 몸의 모든 상(相)에는   已知諸身相
'나'도 없고 '내 것'도 없는 줄 알면   無我無我所
그것은 곧 제일의   是則之第一
다함이 없는 청량한 곳이니라   無盡淸涼處

'나'가 있다고 보는 따위 번뇌는   我見等煩惱
모든 세상 사람을 결박하나니   繫縛諸世間
이미 '내 것'은 없는 것이라 보면   旣見無我所
모든 결박은 다 풀리느니라   諸縛悉解脫

진실 아닌 소견에 묶인 것은   不實見所縛
진실을 보면 곧 해탈하나니   見實則解脫
세상에서 지녀받는 계   世間攝受戒
그것은 곧 사특한 '지녀받음'이니라   則爲邪攝受

만일 거기 '나'가 있다면   若彼有我者
그것은 상(常)이거나 혹은 무상(無常)이거나   或常或無常
나도 죽는 두 곳에 떨어지나니   生死二邊見
그 허물은 가장 더욱 심한 것이네   其過最尤甚

만일 모든 것 무상이라 한다면   若使無常者
행을 닦아도 과가 없을 것이요   修行則無果
또한 뒷몸도 받지 않을 것이며   亦不受後身
공이 없이도 해탈할 것이니라   無功而解脫

만일 그것을 유상(有常)이라 한다면   若使有常者
죽음과 삶의 가름도 없고   無死生中間
그것은 응당 허공과 같아서   則應同虛空
남(生)도 없고 또한 멸함도 없으리라 無生亦無滅

만일 '나' 가 있다면   若使有我者
응당 일체는 다 같아서   則應一切同
일체에도 다 '나' 가 있을 것이니   一切皆有我
업(業)과 과(果)는 스스로 이뤄지지 않으리라 無業果自成

만일 '나' 를 만드는 것 있다면   若有我作者
괴로이 수행할 것 없을 것이요   不應苦修行
거기에 자재로운 주인 있다면   彼有自在主
무엇을 구태여 만들려 하리   何須造作爲

만일 '나' 가 곧 유상(有常)이라 한다면 若我則有常
변하고 달라짐 용납할 이치 없네   理不容變異
괴롭고 즐거운 모양 있음 보거니   見有苦樂相
어떻게 유상이라 말할 수 있으랴   云何言有常

알음이 생기면 곧 해탈이어서   知生則解脫

티끌과 때를 멀리 떠날 것이나	遠離諸塵垢
일체가 다 유상이라면	一切悉有常
구태여 해탈하려 할 것 없으리	何用解脫爲

'나 없음(無我)'이란 다만 말만 아니라	無我不唯言
이치가 진실로 실성(實性)이 없네	理實無實性
'나'가 하는 일 보지 못하거니	不見我作事
어떻게 '나'가 한다 말하겠는가	云何說我作

'나'는 이미 하는 일 없고	我旣無所作
또한 '나'를 만드는 자 없나니	亦無作我者
이 두 가지 일 없기 때문에	無此二事故
진실로 '나'란 없는 것이니라	眞實無有我

만드는 자도 없고 아는 자도 없으며	無作者知者
주인이 없어 항상 옮겨가나니	無主而常遷
남과 죽음은 밤낮으로 흘러가네	生死日夜流
그대는 이제 내 말 들으라	汝今聽我說

여섯 근(根)과 또 여섯 경계(境界)와	六根六境界
그 인연으로 여섯 식(六識)[8]이 생기네	因緣六識生
이 세 가지 합하여 촉(觸)이 생기어	三事會生觸
마음과 생각의 업 그 따라 굴려지네	心念業隨轉

---

8) 색(色)·성(聲)·향(香)·미(味)·촉(觸)·법(法)의 육경(六境)에 대한 인식작용. 곧 안식 (眼識)·이식(耳識)·비식(鼻識)·설식(舌識)·신식(身識)·의식(意識).

볕구슬(陽珠)이 마른풀 만나면　　　　　　陽珠遇乾草

햇빛을 인연하여 불이 따라 생기네　　　　緣日火隨生

모든 근과 경계와 또 식에서　　　　　　　諸根境界識

사람의 생기는 것 또한 그러하니라　　　　士夫生亦然

싹은 종자로 인해 생기지마는　　　　　　芽因種子生

종자가 곧바로 싹은 아니네　　　　　　　種非卽是芽

바로 그것 아니요 다르지도 않나니　　　　不卽亦不異

중생이 생기는 것 또한 그러하니라　　　　衆生生亦然

세존께서 이렇게 진실하고 평등한　　　　世尊說眞實

위없는 묘한 이치 말씀하시자　　　　　　平等第一義

빈비사라 왕은 못내 기뻐해　　　　　　　瓶沙王歡喜

때(垢)를 여의고 법눈이 생기었네　　　　離垢法眼生

왕의 권속과 많은 백성과　　　　　　　　王眷屬人民

백천의 모든 귀신들까지　　　　　　　　百千諸鬼神

단 이슬 법의 말씀을 듣고　　　　　　　聞說甘露法

또한 따라 모든 티끌 떠났느니라　　　　亦隨離諸塵

17. 큰제자들 집을 나오다(大弟子出家品 第十七)

그때에 빈비사라 왕은	爾時瓶沙王
부처님에게 머리를 조아리고	稽首請世尊
대나무 동산으로 옮기실 것을 청하자	遷住於竹林
가엾이 여겨받아 잠자코 계시었네	哀受故默然

왕은 이미 진실한 이치 본 뒤에	王已見眞諦
받들어 예배하고 궁성으로 돌아가고	奉拜而還宮
세존께서는 대중과 함께	世尊與大衆
대나무 동산에 편안히 계시었네	徙居安竹園

모든 중생을 건지기 위해	爲度衆生故
슬기의 등불을 이룩해 세웠나니	建立慧燈明
범(梵)과 하늘과 또 성현의	以梵住天住
그 머무름으로써 머무르셨네	賢聖住而住

그때에 저 아스바지트는   時阿濕波誓

마음을 고루고 모든 근을 제어하고   調心御諸根

그 때가 되어 밥을 빌려고   時至行乞食

라자그리하로 들어갔었네   入於王舍城

용모는 세상에 뛰어나 특별하고   容貌世挺特

위의는 편안하고 자상하였네   威儀安序庠

성안에 사는 모든 남자 여자들   城中諸士女

보는 이마다 모두 기뻐하였나니   見者莫不歡

가던 사람은 모두 걸음 멈추고   行者爲住步

앞선 이는 맞이하고 뒷선 이는 따라갔네   前迎後風馳

때에 카필라라는 선인이 있어   迦毘羅仙人

많은 제자를 널리 제도하였네   廣度諸弟子

그중에서 훌륭하고 많이 아는 이   第一勝多聞

그 이름은 샤리푸트라(舍利弗)   其名舍利弗

그는 이 비구의 조용하고 한가하며   見比丘庠序

모든 근의 고요해진 것을 보고   閑雅靜諸根

길에서 머뭇거려 그가 오길 기다려   躕路而待至

손을 들어 청하여 물었나니   擧手請問言

"젊은이로서 조용한 그 태도   年少靜儀容

내 일찍 보지 못하였었나니   我所未曾見

어떤 훌륭하고 묘한 법 얻었으며   得何勝妙法

어떤 스승을 높이어 섬기는가   爲宗事何師

그 스승은 어떤 말로 가르치는가   師教何所說
원하노니 말하여 내 의심 풀라"   願告決所疑

비구는 그의 물음 기뻐하면서   比丘欣彼問
화(和)한 얼굴로 공손히 대답하네   和顏遜辭答

"일체를 아는 지혜 두루 갖추고   一切智具足
훌륭한 감자족의 출생으로서   甘蔗勝族生
하늘, 사람 중에서 가장 높은 이   天人中最尊
그는 곧 우리의 큰스승이시네   是則我大師

나는 나이 아직 어리고   我年旣幼稚
또 공부한 지도 얼마 아니 되거니   學日又初淺
어찌 우리 큰스승의   豈能宣大師
깊고 묘한 이치를 펼 수 있으랴   甚深微妙義
그러므로 이제 옅은 지혜로   今當以淺智
스승님의 가르친 법 간략히 말하리라   略說師教法

'일체 "함이 있는 법"의 생기는 것은   一切有法生
다 인연으로부디 일어니는 것이네   皆從因緣起
나고 멸하는 법은 다 멸하나니   生滅法悉滅
도를 말하는 것은 방편이니라'"   說道爲方便

이생(二生)의 우파티샤(憂波提)는   二生憂波提
듣자마자 그 말이 마음속에 스미어   隨聽心內融
모든 티끌과 때를 멀리 여의고   遠離諸塵垢

| 청정한 법눈이 생기었었네 | 淸淨法眼生 |

"내 이전에 닦던 것은 결정코　先所脩決定
'인이 있다' 또 '인이 없다' 를 알고　知因及無因
일체는 아무도 짓는 바 없어　一切無所作
모두 자재천(自在天)[1]을 말미암는다 했네　皆由自在天
그러나 한번 인연의 법을 듣자　令聞因緣法
'나 없음'의 지혜를 열어 밝게 하였네　無我智開明

이 세상 가르침은 모든 번뇌를 더해　增微諸煩惱
능히 끝까지 없앨 수 없었거니　無能究竟除
오직 여래의 가르침 있어　唯有如來敎
길이 번뇌 다하여 남음이 없네　永盡而無遺

'내 것'을 거두어받는 것도 아니요　非攝受我所
그리고 능히 '나'를 떠나네　而能離吾我
밝음은 해와 등불 인해 일어나거니　明因日燈興
누가 능히 그것의 광명을 없게 하리　熟能令無光

혹 연못 줄기를 끊을 때에는　如斷蓮花莖
가는 실은 오히려 이어가지만　微絲猶連綿
부처의 가르침은 번뇌를 끊기　佛敎除煩惱
마치 돌을 끊은 듯 남음이 없네"　猶斷石無餘

---

1) 대자재천(大自在天). 눈은 셋, 팔은 여덟 개로 흰 소를 타고 흰 불자(拂子)를 들고 큰 위덕을 가진 신의 이름.

그는 비구 발에 공손히 예배한 뒤　　　　　　　　敬禮比丘足

물러나 하직하고 집으로 돌아가고　　　　　　　　退辭而還家

비구도 밥 빌기 마친 뒤에는　　　　　　　　　　　比丘乞食已

대나무 동산으로 돌아갔었네　　　　　　　　　　　亦還歸竹園

샤리푸트라는 집에 돌아와　　　　　　　　　　　　舍利弗還家

얼굴빛은 매우 화하고 밝았나니　　　　　　　　　　貌色甚和雅

그의 착한 벗 마우드갈리야야나(目連)[2]는　　　　善友大目連

매우 친한 사이에 앎과 재주 비등했네　　　　　　　同體聞才均

그는 멀리서 샤리푸트라의　　　　　　　　　　　　遙見舍利弗

얼굴과 태도 매우 기뻐하는 것 보고　　　　　　　　顏儀甚熙怡

"내 지금에 자네를 보매　　　　　　　　　　　　　告言今見汝

보통 때의 얼굴과 다름이 있네　　　　　　　　　　而有異常容

본래 성질은 매우 무뚝뚝한데　　　　　　　　　　　素性至沈隱

기뻐하는 모양을 지금에 보겠구나　　　　　　　　　歡相見於今

이런 모양은 까닭이 없지 않겠거니　　　　　　　　　必得甘露法

반드시 단 이슬의 법을 얻었느리라"　　　　　　　　此相非無因

"오늘 여래의 말씀을 듣고　　　　　　　　　　　　答言如來告

실로 일찍 없는 법 얻었느니라"　　　　　　　　　　實獲未曾法

그는 곧 청하여 그를 위해 설명하자　　　　　　　　卽請而爲說

---

2) 마우드갈리야야나(Maudgalyāyana) : 目犍連. 붓다의 10대 제자 중 한 사람. 신통제일.

그는 그것을 듣고 마음 열리고 　　　　　　　聞則心開解
모든 티끌과 때도 또한 없어져 　　　　　　　諸塵垢亦除
이내 바른 법눈이 생기었나니 　　　　　　　隨生正法眼
오랫동안 묘한 인과 심었었기에 　　　　　　久殖妙因果
마치 손바닥의 등불 보듯 하였네 　　　　　　如觀掌中燈

부처님에 대한 움찍 않는 믿음 얻어 　　　　得佛不動信
둘은 함께 부처님께 나아갔나니 　　　　　　俱行詣佛所
그 제자 무리들 　　　　　　　　　　　　　　與徒衆弟子
이백오십 인과 함께하였네 　　　　　　　　　二百五十人
부처님은 멀리서 두 현인 옴을 보고 　　　　佛遙見二賢
모든 대중들에게 말씀하셨네 　　　　　　　　而告諸衆言

"저기 오는 두 사람은 　　　　　　　　　　　彼來者二人
다 내 우두머리 제자이니라 　　　　　　　　　吾上首弟子
한 사람은 그 지혜 짝이 없을 것이요 　　　　一智慧無雙
또 한 사람은 신족(神足) 제일이니라" 　　　二神足第一

깊고 깨끗한 범음성(梵音聲)으로 　　　　　　以深淨梵音
곧 말씀하시기를 "너희들 잘 왔구나 　　　　卽命汝善來
여기는 청량한 법이 있나니 　　　　　　　　　此有淸涼法
집을 나온 이의 마지막 도이니라" 　　　　　出家究竟道

손에는 세 가지 지팡이 짚고 　　　　　　　　手執三揥杖
땋은 머리에 물병 가졌는데 　　　　　　　　　縈髮持澡瓶
"잘 왔구나"라는 부처님 소리 듣자 　　　　　聞佛善來聲

318

곧 변하여 사문으로 되었었네 　　　　　　　即變成沙門

두 스승과 그 제자들은 　　　　　　　　　二師及弟子
모두 다 비구의 모양 갖추어 　　　　　　　悉成比丘儀
세존의 발에 머리를 조아리고 　　　　　　　稽首世尊足
물러나 한쪽에 앉았었나니 　　　　　　　　却坐於一面
부처님 그들 위해 설법하시자 　　　　　　　隨順爲說法
모두 다 아라한 도(阿羅漢道) 얻었느니라 　　皆得羅漢道

그때에 어떤 이생(二生)이 있었는데 　　　　爾時有二生
카샤파 족의 밝은 등불로서 　　　　　　　　迦葉族明燈
아는 것 많고 몸 모양은 원만하며 　　　　　多聞身相具
많은 재물에 아내 어질었으나 　　　　　　　財盈妻極賢
해탈의 도를 뜻하여 구하려고 　　　　　　　厭捨而出家
그 모든 것 버리고 집을 나왔네 　　　　　　志求解脫道

길이 다자탑(多子塔)으로 접어들 때에 　　　路由多子塔
갑자기 저 사캬무니(釋迦文) 만났네 　　　　忽遇釋迦文
빛나는 얼굴 환하게 밝기는 　　　　　　　　光儀顯明耀
마치 하늘 사당의 깃대 같았네 　　　　　　　猶若祠天幢

그는 엄숙하게 온몸으로 공경하고 　　　　　肅然擧身敬
머리 조아려 그 발에 예배하며 　　　　　　　稽首頂禮足
"당신은 나의 큰스승이시며 　　　　　　　　尊爲我大師
나는 곧 당신의 제자입니다 　　　　　　　　我是尊弟子
오랫동안 어둠을 쌓았거니 　　　　　　　　久遠積癡冥

원컨대 나를 위해 등불 되어주소서"　　　　　願爲作燈明

부처님은 그 이생(二生)의 마음으로　　　　　佛知彼二生
즐거이 해탈을 숭상함 아시고　　　　　　　　心樂崇解脫
청정하고 부드럽고 화한 소리로　　　　　　　清淨軟和音
"잘 왔구나" 그에게 말씀하셨네　　　　　　　命之以善來

그는 이 말을 듣자 마음이 느긋하고　　　　　聞命心融泰
몸과 정신의 피로는 확 풀리며　　　　　　　　形神疲勞息
마음은 훌륭한 해탈경(解脫境)에 깃들어　　　心栖勝解脫
지극히 고요하여 모든 티끌 여의었네　　　　寂靜離諸塵

부처님은 그의 청하는 바에 응해　　　　　　大悲隨所應
그를 위해 간략히 설법하시자　　　　　　　　略爲其解說
그는 모든 깊은 법 한꺼번에 이해하고　　　　領解諸深法
네 가지 걸림 없는 변재를 이뤘나니　　　　　成四無礙辯
큰 덕이 사방에 널리 퍼졌으므로　　　　　　大德普流聞
'마하카샤파'라 이름하였네　　　　　　　　　故名大迦葉

"본래는 몸과 '나'와 다르다 보고　　　　　　本見身我異
혹은 '나'는 곧 몸이라 보며　　　　　　　　　或見我卽身
'나'도 있고 '내 것'도 있다고 보았지만　　　有我及我所
지금은 이 소견은 아주 없어졌나니　　　　　斯見已永除
이 몸은 오직 온갖 괴로움 덩이　　　　　　　唯見衆苦聚
괴로움을 떠나면 남음 없다 보았네　　　　　離苦則無餘

320

계(戒)를 가지고 고행을 닦는 것	持戒修苦行
인(因)이 아니면서 인이라 보고	非因而見因
평등하게 그 괴로움의 성질을 보아	平等見苦性
다른 모임의 마음 길이 없었네	永無他聚心

혹은 '있다' 고 보고 혹은 '없다' 고 보면	若有若見無
이 두 소견은 망설임을 내나니	二見生猶豫
평등하게 그 참진리 보아야	平等見眞諦
결정코 다시 의심이 없느니라	決定無復疑

재물과 색에 물들어 집착하고	染著於財色
헤매고 취하여 탐욕이 생기나니	迷醉貪欲生
덧없다 깨끗하지 않다는 생각과	無常不淨想
탐심과 애욕은 길이 어그러지네	貪愛永已乖

사랑하는 마음으로 평등하게 생각하면	慈心平等念
원수와 친함에 다른 생각 없나니	怨親無異想
일체를 슬프게 가엾게 여기면	哀愍於一切
미워하고 성내는 독을 녹이느니라	則消瞋恚毒

색에 의하여 모든 유가 맞서서	依色諸有對
가지가지 잡생각 생기나니	種種雜想生
깊이 생각함으로 색상(色想) 무너뜨리면	思惟壞色想
곧 색에 대한 애욕을 끊을 수 있느니라	則斷色於愛

비록 '색이 없는 하늘(無色天)'³⁾에 태어났어도	雖生無色天

그 목숨 반드시 다할 때 있느니라   命亦要之盡

네 가지 정수(正受)에 어두우면서   愚於四正受
실없이 해탈이라는 생각 내나니   而生解脫想
그저 고요하고 멸하여 모든 생각 여의면   寂滅離諸想
무색에 대한 탐욕 길이 없어지리   無色貪永除

어지러운 마음은 변하고 거스르기   動亂心變逆
물결을 두드리는 미친 바람 같거니   猶狂風鼓浪
튼튼하고 굳은 정(定)에 깊이 들어가   深入堅固定
어지럽고 들뜬 마음 고이 그치게 하라   寂止掉亂心

어떠한 법에도 '내 것'이 없어   觀法無我所
나고 멸해 견고하지 않다고 관찰하라   生滅不堅固
하·중·상을 보지 않으면   不見軟中上
'나'라는 거만한 마음 스스로 잊으리라   我慢心自忘

지혜의 등불을 세차게 일으키면   熾然智慧燈
모든 어리석음과 어둠 떠나   離諸癡冥闇
다하여도 다함이 없는 법 보아   見盡無盡法
무명(無明)4)은 모두 다해 남음 없으리"   無明悉無餘

---

3) 무색천(Arupa-loka) : 무색계의 하늘. 무색계는 삼계의 하나로 색계(色界) 위에 있으며
물질을 여읜 순정신적 존재의 세계.

4) 무명(Avidyā) : 무지(無知), 암둔(闇鈍)의 마음이 제법(諸法)의 사리(事理)를 비추는 밝
음이 없는 것. 치(痴)의 다른 말이다.

열 가지 공덕(十功德)⁵⁾을 깊이 생각해   思惟十功德

열 가지 번뇌를 멸해 없애고   十種煩惱滅

다시 살아나 할 일을 마쳤나니   甦息作已作

깊이 느껴 세존을 우러렀네   深感仰尊顏

셋을 떠나고 셋을 얻어서   離三而得三

세 제자는 셋을 버렸네   三弟子除三

마치 세 별이 죽 벌여 있어   猶三星布列

저 삼십삼천(天)의 사제   三十三司弟

삼오를 모신 것처럼   列侍於三五

셋이 부처님을 모신 것도 그러했네   三侍佛亦然

---

5) 정근(精勤)·소욕지족(少欲知足)·유용맹심(有勇猛心)·많이 듣고 사람들에게 잘 설법함·
무외무공(無畏無恐)·계율구족(戒律具足)·삼매성취(三昧成就)·지혜성취(智慧成就)·해탈
성취(解脫成就)·해탈견혜성취(解脫見慧成就).

18. 급고독 장자를 교화시키다
(化給孤獨品 第十八)

그때에 어떤 큰 장자가 있어	時有大長者
급고독(給孤獨)이라 이름하였네	名曰給孤獨
큰 부자로서 재물은 한량없고	巨富財無量
널리 보시하여 가난한 이 구제했네	廣施濟貧乏
그는 멀리 북방의	遠從於北方
코살라(憍薩羅)[1]에서 오다가	憍薩羅國來
어떤 친구 집에서 묵었었는데	止一知識舍
그 수인 이름은 수라(首羅)이있네	主人名首羅
부처님께서 이 세상에 나와	聞佛興於世
대숲 동산에 계신단 말 듣고	近住於竹園
그 이름 받들고 그 덕을 존경하여	承名重其德

---

1) 코살라(Kośala) : 인도의 옛 왕국 이름. 지금의 오우드 지방.

그 밤으로 곧 그 동산에 나아갔네　　　　　卽夜詣彼林

여래는 이미 그의 근이 익었고　　　　　如來已知彼
깨끗한 믿음이 생긴 줄 아시고　　　　　根熟淨信生
마땅함 따라 그 사실 칭찬하며　　　　　隨宜稱其實
그를 위하여 설법하셨네　　　　　而爲說法言

"너는 이미 바른 법을 즐기어　　　　　汝已樂正法
깨끗한 믿는 마음 간절하기에　　　　　淨信心虛渴
능히 잠자기를 잊어버리고　　　　　能減於睡眠
내게 나와 경례하나니　　　　　而來敬禮我
내 오늘은 너를 위하여　　　　　今日當爲汝
첫 손님에 대한 예의 두루 갖추리　　　　　具設初賓儀

너는 일찍부터 덕의 종자 심었고　　　　　汝宿殖德本
그 희망 견고하고 깨끗하게　　　　　堅固淨其望
부처의 이름 듣자 기뻐하거니　　　　　聞佛名歡喜
바른 법의 그릇이 될 만하여라　　　　　堪爲正法器

빈 마음으로 널리 은혜 행하여　　　　　虛懷廣行惠
가난하고 궁한 이께 두루 베풀매　　　　　周給於貧窮
이름과 덕은 두루 흘러 퍼졌나니　　　　　名德普流聞
오늘의 그 열매는 옛날 인의 힘이니라　　　　　果成由宿因

이제는 마땅히 법보시를 행하되　　　　　今當行法施
지극한 마음과 정성으로 베풀고　　　　　至心精誠施

때로는 고요함의 보시 행하고   時施寂靜施
아울러 깨끗한 계 받아가져라   兼受持淨戒

계는 장엄의 기구가 되고   戒爲莊嚴具
또 능히 나쁜 갈래(趣)를 변화시켜   能轉於惡趣
사람을 하늘에 오르게 하여   令人上昇天
하늘의 오락(五樂)으로 그 갚음 하느니라   報以天五樂

모든 구함이란 큰 괴로움이요   諸求爲大苦
애욕은 모든 허물 모으느니라   愛欲集諸過
그러므로 마땅히 악을 멀리하고   當脩遠離惡
욕심 떠나 고요한 즐거움 닦으라   離欲寂靜樂

늙고 병들고 죽는 괴로움   知老病死苦
세상의 큰 근심인 줄을 알아   世間之大患
세상을 바르게 관찰함으로   正觀察世間
남·늙음·앓음과 죽음 떠나라   離生老病死

늙고 병들고 죽는 괴로움이   旣見於人間
이 인간에 있음을 이미 보았네   有老病死苦
하늘에 나더라도 또한 그러하거니   生天亦復然
'항상 존재함'이란 없기 때문이니라   無有常存者

'항상됨이 없는 것' 곧 괴로움이요   無常則是苦
괴로움은 곧 '나'가 없으며   苦則無有我
덧없음과 괴로움은 '나' 아니거니   無常苦非我

어떻게 거기 '나'와 '내 것' 있으랴   何有我我所

괴로움은 곧 괴로움인 줄 알고   知苦卽是苦
모임은 곧 모임인 줄 알라   集者則爲集
괴로움이 멸하면 곧 고요함이요   苦滅卽寂靜
그 길은 곧 안온한 곳이니라   道卽安隱處

뭇 생이란 유동하는 성질   群生流動性
그것은 곧 괴로움의 근본인 줄을 알라   當知是苦本
그 끝을 싫어해 근원을 막을 뿐   厭末塞其源
있음과 없음을 원하지 않네   不願有非有

남·늙음·죽음은 왕성한 불길로서   生老死盛火
온 세간을 두루 태우네   世間普熾然
남의 죽음과 흔들림을 보거니   見生死動搖
마땅히 '생각 없음(無想)' 익혀야 하네   當習於無想

삼마디는 맨 마지막으로서   三摩提究竟
저기는 '단 이슬'의 고요한 곳이니라   甘露寂靜處

모두는 '공(空)'하여 '나'와 '내 것'이 없고   空無我我所
이 세간은 모두 다 꼭두각시 같거니   世間悉如幻
마땅히 이 몸을 관찰해보라   當觀於此身
사대(四大)와 오온(五蘊)의 모임이니라"   諸大衆行聚

때에 장자는 이 설법 듣고   長者聞說法

그 자리에서 초과(初果) 얻었네   即得於初果

"나고 죽는 바다는 소멸했으나   生死海消滅
오직 한 방울 남은 것 있나니   唯有一滴餘
비고 한가한 데서 욕심 여의려 해도   空閑修離欲
첫째로 유(有)와 무(無)와 신(身)이라는 소견   第一有無身
그것은 지금의 속인 그대의   不如今俗人
진리 보아 참으로 해탈함만 못하네   見諦眞解脫

모든 고행을 떠나지 않고   不離諸苦行
가지가지 다른 소견 그물 있으면   種種異見網
제일의 유(有)에까지 이르렀다 하지마는   雖至第一有
그것은 참된 이치 보지 못한 것이어니   不見眞實義

사특한 생각으로 하늘 복에 집착하면   邪想著天福
유에 대한 애욕 결박 더욱 깊어가느니라" 有愛縛轉深

때에 장자는 이 설법 듣자   長者聞說法
음개(陰蓋)²⁾가 곧 환하게 열리어   陰蓋煥然開
이내 바른 소견을 얻게 되었고   逮得於正見
모든 그릇된 소견 길이 없어졌나니   諸邪見永除
마치 사나운 가을바람이   猶如秋厲風
무거운 구름을 흩는 것 같았네   飄散於重雲

---

2) 개(蓋)는 번뇌의 다른 말. 부개(覆蓋)의 뜻.

"자재천에 인함이라 계교(計較)치 않고   不計自在因
그릇된 인으로 생긴 것도 아니며   亦非邪因生
또한 아무런 인이 없이   亦復非無因
이 세간이 생긴 것도 아니니라   而生於世間

만일 자재천이 낸 것이라면   若自在天生
어른 아이와 먼저와 뒤 없을 것이요   無長幼先後
또한 다섯 갈래의 맴돌음 없을 것이며   亦無五道輪
생긴 것은 응당 멸하지 않을 것이요   生者不應滅

또한 재환이 없을 것이며   亦不應災患
악을 지어도 허물 되지 않으리니   為惡亦非過
깨끗하거나 깨끗하지 않은 것은   淨與不淨業
다 자재천을 말미암기 때문이니라   斯由自在天

만일 자재천이 낸 것이라면   若自在天生
세상은 아무도 의심하지 않으리라   世間不應疑
아들이 아비에게서 난 것 같거니   如子從父生
누가 그 아비를 모를 것인가   孰不識其尊

사람이 궁하고 괴로운 때 만나도   人遭窮苦時
하늘을 원망하지 않을 것이요   不應反怨天
모두 자재천을 높일 것이니   悉應宗自在
응당 다른 신을 받들지 않으리라   不應奉餘神

만일 자재천이 지은이라면   自在是作者

자재천이라 이름할 수 없을 것이니   不應名自在
그는 곧 지은이기 때문에   以其是作故
응당 언제나 지을 것이네   彼則應常作

언제나 지으면 스스로 괴로워할 것이니   常作則自勞
어떻게 '자재'라 이름할 수 있으랴   何名爲自在

만일 마음이 없이 지었다 하면   若無心而作
어린애의 한 짓과 같을 것이요   如嬰兒所爲
만일 마음이 있어서 지었다면   若有心而作
마음이 있어 자재가 아니니라   有心非自在

괴롭고 즐거움이 중생 때문이라면   苦樂由衆生
그것은 자재천의 지은 것 아니요   則非自在作
자재천이 괴로움과 즐거움 내었다면   自在生苦樂
그는 사랑함과 미워함이 있으리니   彼應有愛憎
이미 사랑하고 미워함이 있거니   已有愛憎故
응당 자재천이라 일컫지 못하리라   不應稱自在

만일 다시 자재천의 지음이라면   若復自在作
중생들은 잠자코 있어야 할 것이네   衆生應默然
그의 자재한 힘에 맡겨졌거니   任彼自在力
무엇 하러 구태여 선을 닦으리   何用修善爲

선악을 되풀이 닦아 바르게 하고   正復修善惡
업보가 있어도 응하지 아니하네   不應有業報

만일 자재천이 그 업을 내었다면 自在若業生
일체는 모두 그 업이 같을 것이네 一切則共業
만일 모두가 업이 같다면 若是共業者
모두 자재천이라 일컬을 것이네 皆應稱自在

만일 자재천이 인이 없다면 自在若無因
일체도 또한 인이 없을 것이요 一切亦應無
만일 다른 자재천을 의지한다면 若因餘自在
자재천은 응당 끝이 없을 것이네 自在應無窮

그러므로 저 모든 중생은 是故諸衆生
아무도 그것을 지은 이 없네 悉無有作者
마땅히 알라, 자재천의 이치는 當知自在義
이 이론에서는 곧 깨어지느니라 於此論則壞

일체 이치는 서로 어그러지나니 一切義相違
만일 설명 없으면 곧 허물이 있네 無說則有過
또 만일 자성(自性)에서 생겼다 하면 若復自性生
그 허물도 또한 그러하나니 其過亦如是

저 모든 인명론자(因明論者)[3]들 諸因明論者
일찍 이렇게 말하지 않았네 未曾如是說
의지할 것도 없고 또한 그 인 없이도 無所依無因
능히 지어지는 것 거기 있다고 而能有所作

---

3) 인도 논리학자.

세상 모든 것 다 인을 말미암는 것	彼彼皆由因
마치 종자를 의지하는 것 같네	猶如依種子
그러므로 이 세상의 모든 것들은	是故知一切
자성에서 생긴 것 아닌 줄 아네	則非自性生
이 세상의 모든 지어진 것은	一切諸所作
오직 한 인으로 생긴 것 아니네	非唯一因生
그러면서 여기 한 자성을 말하나니	而說一自性
그러므로 그것은 인이 아니네	是故則非因
혹은 말하기를 그 자성은	若言彼自性
온갖 곳에 두루 찼다고 하네	周滿一切處
만일 온갖 곳에 두루 찼다면	若周滿一切
지은 이도 지어진 이도 없을 것이니	亦無能所作
이미 지은 이도 지어진 이도 없다면	既無能所作
그것은 곧 인이 되지 않느니라	是則非爲因
만일 온갖 곳에 두루 했다면	若遍一切處
그 온갖 곳은 짓는 이 있으리니	一切有作者
그것은 곧 온갖 때에 있어서	是則一切時
응당 언제나 짓는 바 있으리라	常應有所作
만일 언제나 짓는 이 있다 하면	若言常作者
때를 기다려 물건 낼 것 없으리니	無待時生物
그러므로 또한 마땅히 알라	是故應當知
자성이 인이 되는 것 아니니라	非自性爲因

또한 말하기를 그 자성은   又說彼自性
일체의 구나(求那)를 떠났다 하네   離一切求那
그러면 그 일체의 지어진 것도   一切所作事
또한 반드시 '구나'를 떠났으리   亦應離求那

그러나 이 모든 세간은   一切諸世間
다 구나의 있음을 보네   悉見有求那
그러므로 또한 이 자성은   是故知自性
일체의 인이 아님을 아네   亦復非爲因

만일 다시 그 자성은   若說彼自性
구나와 다르다고 말한다면   異於求那者

그것은 상(常)으로써 인을 삼기 때문에   以常爲因故
그 성질은 하지 않을 것이니   其性不應異
그러나 중생은 구나와 다르나니   衆生求那異
그러므로 자성은 그 인이 아니니라   故自性非因
자성이 만일 항상된 것이라면   自性若常者
사물은 응당 무너지지 않으리니   事亦不應壞
만일 자성으로 그 인을 삼는다면   以自性爲因
인과의 이치는 마땅히 같으리라   因果理應同
그러나 세간의 무너짐을 보나니   世間見壞故
그러므로 따로이 인이 있음을 아네   當知別有因

만일 자성이 인이 된다면   若彼自性因
응당 해탈을 구하지 않으리라   不應求解脫

그것은 그 자성 있기 때문에	以有自性故
그것의 나고 멸함에 맡겨야 할 것이요	應任彼生滅
가령 이제 해탈을 얻는다 하더라도	假令得解脫
자성은 도리어 결박되게 될 것이다	自性還生縛

만일 자성을 보지 못함으로써	若自性不見
그 법을 보는 인이라 한다면	爲見法因者
그것도 또한 인이 되지 않나니	此亦非爲因
인과의 이치가 다르기 때문이네	因果理殊故
그러나 세간의 모든 보이는 일은	世間諸見事
인과 과가 다 함께 보이느니라	因果悉俱見

만일 자성에 마음이 없다면	若自性無心
마음의 인은 있을 수 없네	不應有心因
연기를 보고 불을 아는 것처럼	如見煙知火
인과 과는 같기를 서로 구하네	因果類相求

그 인을 보지 못하고는	非彼因不見
그 일을 볼 수 없나니	而生於見事
금으로 그릇이나 옷을 짓는 것처럼	猶金造器服
언제나 금을 떠나지 못하나니	始終不離金

자성을 그 일의 인이라 한다면	自性是事因
처음과 끝이 어찌 다를 수 있으랴	始終豈得殊
만일 때(時)로 하여금 짓는 이 되게 하면	若使時作者
응당 해탈을 구하지 않을 것	不應求解脫

그 '때'는 항상되기 때문에 　　以彼時常故

마땅히 그 시절에 맡겨야 할 것이네 　　應任彼時節

이 세간은 한정이 없는 것처럼 　　世間無有邊

시절도 또한 그와 같나니 　　時節亦復然

그러므로 행을 닦는 사람도 　　是故脩行者

방편으로 구하지 않을 것이네 　　不應方便求

트리푸나(陀羅驃)와 '구나' 　　陀羅驃求那

이 세상에 한 다른 주장이 있네 　　世間一異論

비록 여러 가지 주장이 있기는 하나 　　雖有種種說

한 인(因)이 아닌 줄 알아야 하네 　　當知非一因

만일 나를 지은이라 한다면 　　若說我作者

반드시 욕심대로 만들었을 것이네 　　應隨欲而生

그러나 욕심대로 되지 않거니 　　而今不隨欲

어떻게 '나'가 지었다 하리 　　云何說我作

하려고 하지 않는데 그것을 얻고 　　不欲而更得

하려고 하였는데 도리어 되지 않아 　　欲者反更違

괴로움과 즐거움에 자재(自在)하지 않거니 　　苦樂不

어떻게 '나'가 지었다 하리 　　云何言我作

만일 나로 하여금 짓게 했다면 　　若使我作者

나쁜 갈래의 업은 없었을 것이네 　　應無惡趣業

그런데 가지가지 업의 과는 생기나니 　　種種業果生

336

그러므로 '나'의 지음 아닌 줄 아네   故知非我作

'나'는 때를 따라 짓는다고 한다면   言我隨時作
때를 따라 오직 착한 일만 지었을 것이네   時應唯作善
그러나 선과 악은 인연 따라 생기나니   善惡隨緣生
그러므로 너의 지음 아닌 줄 아네   故知非我作
만일 인이 없이 지어졌다면   若使無因作
응당 방편을 닦을 일 없으리   不應修方便
일체는 저절로 정해져 있거니   一切自然定
무엇 하러 구태여 인을 닦으리   修因何所爲

세간에는 가지가지 업을 지어서   世間種種業
가지가지로 그 결과 거두나니   而獲種種果
그러므로 일체 이 세간에는   是故知一切
'인 없음'이 아닌 줄 아네   非爲無因作

마음이 있고 또 마음 없음은   有心及無心
모두 인연 따라 일어나나니   悉從因緣起
그러므로 이 세간의 일체의 법은   世間一切法
그 인이 없이 생긴 것 아니니라"   非無因生者

장자는 마음이 열리고 트여   長者心開解
훌륭하고 묘한 이치 밝게 통달해   通達勝妙義
한 모양의 진실한 지혜가 생겨   一相實智生
확실히 참된 이치 밝게 알았네   決定了眞諦

세존의 발에 공경히 예배하고   敬禮世尊足

합장하고 부처님께 여쭈었나니   合掌而啓請

"이 스라바스티(舍婆提)[4]에 머무르소서   居在舍婆提

토지는 풍족하고 또 안락하여   土地豐安樂

이 나라 프라세나지트(波斯匿)[5] 대왕은   波斯匿大王

사자원(師子元) 종족의 후손으로서   師子元族胄

복과 덕의 이름은 널리 퍼지어   福德名稱流

멀리나 가까이나 모두 존경하나이다   遠近所宗敬

나는 이제 정사(精舍)를 세우려고 하오니   欲造立精舍

가엾이 여기시어 받아주소서   唯願哀愍受

부처님 마음이야 평등하므로   知佛心平等

거처의 편안함을 구하지 않겠지만   所居不求安

이 중생들을 가엾이 여기셔서   愍彼衆生故

제 소청 어기시지 않을 줄 아네"   不違我所請

부처님께서는 그 장자의 마음   佛知長者心

이제 큰 보시 할 생각 일으키면서   大施發於今

물듦도 없고 집착하는 바도 없이   無染無所著

중생의 마음 잘 보호할 줄 아셨네   善護衆生心

"너는 이미 참된 진리 보았고   汝已見眞諦

---

4) 스라바스티(Śrāvasti) : 중인도 코살라 국(憍薩羅國)의 도성. 사위(舍衛)라고도 함.

5) 프라세나지트(Prasenajit) : 코살라 국의 왕.

본래 마음 보시하기 좋아하나니 　　　　素心好行施
돈과 재물과 보통 아닌 보배를 　　　　錢財非常寶
마땅히 내어 보시를 행하라 　　　　宜應速施爲

마치 창고가 불에 탔을 때 　　　　如藏庫被燒
이미 내온 물건은 보배이듯이 　　　　已出者爲珍
밝은 사람은 덧없음 알아 　　　　明人知無常
재물을 내어 널리 은혜 베푸네 　　　　出財廣行惠

탐욕이 많은 이는 지키고 아껴 　　　　慳貪者守惜
다할까 두려워 쓸 데에 쓰지 않고 　　　　恐盡不受用
또한 덧없음을 두려워할 줄 모르다가 　　　　亦不畏無常
속절없이 잃고는 근심하고 후회하네 　　　　徒失增憂悔

때를 맞추고 그릇 따라 베풀기를 　　　　應時應器施
건장한 사내가 도적을 만나 　　　　如健夫臨敵
능히 베풀고 능히 싸우듯 하면 　　　　能施而能戰
그는 용맹스럽고 슬기로운 선비니라 　　　　是則勇慧士

베푸는 이는 뭇 사람 사랑 받고 　　　　施者衆所愛
좋은 이름은 널리 두루 퍼지며 　　　　善稱廣流聞
어질고 착한 이를 즐거이 벗하나니 　　　　良善樂爲友
그 목숨을 마쳐도 마음 항상 즐거우리 　　　　命終心常歡

뉘우침 없고 두려움도 없으며 　　　　無悔亦無怖
아귀 세계에 태어나지 않나니 　　　　不生餓鬼趣

이것은 곧 꽃의 갚음이 되어 | 此則爲花報
그 열매는 또한 상상할 수 없느니라 | 其果難思議

여섯 갈래(六趣)⁶⁾ 속에서 바퀴 돌 때에 | 輪廻六趣中
좋은 짝은 보시에서 지나는 것 없나니 | 良伴無過施
만일 천상이나 인간에 태어나면 | 若生天人中
뭇 사람이 받드는 섬김을 받느니라 | 爲衆所奉事

비록 축생 세계에 태어났어도 | 生於畜生道
보시 갚음을 따라 즐거움 받고 | 施報隨受樂
지혜로써 고요한 정(定)을 닦으면 | 智慧脩寂定
의지할 것도 없고 분수(分數) 없나니 | 無依無有數
'단 이슬'의 길을 얻는다 해도 | 雖獲甘露道
오히려 보시로써 이루어지느니라 | 猶資施以成

그는 은혜로운 보시로 인연하여 | 緣彼惠施故
여덟 가지 큰 이들의 생각(八大人念)⁷⁾을 닦고 | 脩八大人念
그 생각 따라 기쁜 마음 있으며 | 隨念歡喜心
결정코 삼마디를 얻을 것이네 | 決定三摩提

삼마디는 지혜를 더하여 | 三昧增智慧
능히 나고 멸함을 바로 보나니 | 能正觀生滅
나고 멸함을 본 뒤에는 | 正觀生滅已

---

6) 미혹한 중생이 업(業)에 따라 나아가는 곳. 지옥·아귀·축생·아수라·인간·천(天).
7) 보살·연각·성문 등의 역량 있는 이들이 일으키는 8종의 생각. 소욕(少欲)·지족(知足)·
원리(遠離)·정진(精進)·정념(正念)·정정(正定)·정혜(定慧)·무희론(無戱論).

차례차례 해탈을 얻느니라 　　　　　　　次第得解脫

재물 버려 은혜로이 베푸는 이는 　　　　　捨財惠施者
탐욕의 집착을 없애버리고 　　　　　　　蠲除於貪著
자비롭고 공경하는 마음으로 주어 　　　　慈悲恭敬與
미움·성냄·거만을 아울러 버리나니 　　　兼除嫉恚慢

은혜로이 베푸는 결과를 밝게 보고 　　　明見惠施果
베풂 없는 어리석음 버려지는 것 보아 　　無施癡見除
모든 맺음의 번뇌는 멸하나니 　　　　　諸結煩惱滅
이것은 다 은혜로운 베풂의 결과니라 　　斯由於惠施
그러므로 은혜로이 베푸는 것은 　　　　當知惠施者
해탈의 인(因)인 줄을 알아야 하네 　　　則爲解脫因

마치 사람이 씨 뿌리고 가꾸는 것 　　　猶如人種栽
그늘과 꽃과 열매 얻으려 함과 같이 　　爲蔭花果故
보시도 또한 그와 같아서 　　　　　　布施亦如是
갚음의 즐거움은 큰 '열반' 이어니 　　報樂大涅槃
견고하지 않은 재물의 보시로써 　　　不堅固財施
그 값으로 견고한 결과를 얻느니라 　　獲報堅固果

음식을 보시하면 다만 힘만을 얻고 　　施食唯得力
옷을 보시하면 좋은 몸을 얻나니 　　　施衣得好色
만일 정사를 이룩하여 세우면 　　　　若建立精舍
온갖 결과 두루 갖춰 이루어지리라 　　衆果具足成

혹은 보시로써 다섯 욕망 구하고	或施求五欲
혹은 큰 재물을 탐해 구하며	或貪求大財
혹은 이름을 위해 보시 행하고	或爲名聞施
혹은 천상에 나는 즐거움을 구하고	有求生天樂
혹은 가난의 괴로움 면하기 위하나니	或爲免貧苦

오직 너만의 생각 없는 보시는	唯汝無想施
보시 중에서 최상의 보시로서	施中之最上
이익으로 얻지 못할 이익이 없으리라	無利而不獲

너의 마음은 크고 넓구나	汝心有所弘
마땅히 빨리 이루게 하라	宜令速成就
어리석은 애욕의 마음으로 왔지마는	癡愛心來遊
맑고 깨끗한 눈이 열리어 돌아가라"	清淨眼開還

장자는 부처님의 가르침 받고	長者受佛教
은혜로운 마음은 더욱 밝아졌나니	惠心轉增明
이내 저 우파티샤(優波低舍)[8]를 청해	請優波低舍
어진 벗으로 하여 함께 돌아가니라	賢友而同歸

그들은 저 코살라로 돌아가	還彼憍薩羅
두루 돌아다니며 좋은 터를 찾다가	周行擇良墟
그 태자가 가진 제타 동산(祇園)[9]의	見太子祇園

8) 우파티샤(Upatisya) : 샤리푸트라의 세속 이름.
9) 스라바스티(舍衛城) 남쪽 1마일 지점에 있음. 기원정사가 있는 곳으로 붓다가 설법한
유적지. 이곳은 본디 프라세나지트 왕(波斯匿王)의 태자 제타(Jeta)가 소유한 원림(園林)

숲과 물이 지극히 맑고 고요함을 보았네 　　　　林流極淸閑

그들은 태자의 있는 곳에 나아가 　　　　往詣太子所

그 밭을 사려고 청해보았네 　　　　請求買其田

그러나 태자는 보배로이 아끼어 　　　　太子甚寶惜

아예 팔 생각을 내지 않았네 　　　　元無出賣心

'비록 황금을 가득히 펴더라도 　　　　設布黃金滿

오히려 그 땅은 옮길 수 없으리라' 　　　　猶尙地不遷

장자는 마음으로 매우 기뻐해 　　　　長者心歡喜

곧 황금을 두루 폈네 　　　　卽遍布黃金

제타(祇陀) 태자는 말하였다 　　　　祇言我不與

"나는 주지 않았는데 너는 어찌하여 금을 두루 펴는가" 　　　　汝云何布金

장자는 말하기를 "주지 않을 것이면 　　　　長者言不與

어찌하여 황금으로 채우라 하였는가" 　　　　何言滿黃金

그리하여 두 사람은 서로 다투어 　　　　二人共諍訟

재판관에게까지 뻗치어갔네 　　　　延及斷事官

여러 사람들 모두 기특하다 찬탄하고 　　　　衆皆歎奇特

세타 태자 또한 그 정성을 알았니 　　　　祇亦知其誠

그 이유를 자세히 물었을 때 　　　　廣問其因緣

대답하기를 "정사를 이룩하여 　　　　辭言立精舍

여래와 그 제자 　　　　供養於如來

———————————

이었으나, 급고독 장자가 그 땅을 사서 붓다에게 바치고 태자는 수림(樹林)을 바침.

비구들에게 공양하려 하노라"　　　　　　　　并及比丘僧

태자는 부처라는 이름을 듣고　　　　　　　太子聞佛名
그 마음이 곧 열리고 깨쳤나니　　　　　　　其心卽開悟
다만 그 황금의 반만을 받고　　　　　　　　唯取其半金
화해 구하고 함께하자 하였네　　　　　　　求和同建立

"너는 땅으로, 나는 숲으로　　　　　　　　汝地我樹林
그것으로 함께 부처님께 공양하자"　　　　共以供養佛

장자는 땅으로, 태자는 숲을 바쳐　　　　　長者地祇林
샤리푸트라에게 감독으로 맡기어　　　　　以付舍利弗
경영하기 시작해 정사를 세울 때에　　　　經始立精舍
밤낮을 쉬지 않아 어느새 이루어졌네　　　晝夜勤速成
높이 드러나고 훌륭한 장엄은　　　　　　　高顯勝莊嚴
마치 네 천왕의 궁전 같았네　　　　　　　猶四天王宮

법을 따르고 도에도 마땅하여　　　　　　　隨法順道宜
여래의 쓰임에도 알맞았나니　　　　　　　稱如來所應
세간에 일찍 없던 일로서　　　　　　　　　世間未曾有
스라바스티를 더욱 빛내었어라　　　　　　增暉舍衛城

여래는 싱그러운 공덕을 나타내고　　　　　如來現神蔭
뭇 제자 모여들어 안거할 때에　　　　　　衆聖集安居
시자(侍者) 없는 이에게는 시자를 내려주고　無侍者哀降
시자 있는 이에게는 도의 편의 대어주다　有侍資道宜

344

장자는 이 복으로 말미암아 　　　　　　長者乘斯福

그 목숨 끝나자 하늘에 태어났고 　　　壽盡上昇天

자손들은 그 업을 이어 받들어 　　　　子孫繼其業

대대로 복밭의 씨를 뿌렸네 　　　　　歷世種福田

19. 부자가 서로 만나다(父子相見品 第十九)

부처님께서는 마가다에서	佛於摩竭國
여러 외도들을 교화하시어	化種種異道
모두 한맛의 법을 따르게 하시니	悉從一味法
마치 해가 뭇 별을 비추는 것 같았네	如日映衆星
그 다섯 뫼성(五山城)¹⁾을 나와	出彼五山城
일천 제자와 함께	與千弟子俱
앞뒤로 권속들을 거느리시고	前後眷屬從
이금산(尼金山)으로 나아가셨네	往詣尼金山
카필라 성에 가까워지자	近迦維羅衛
은혜 갚을 마음이 생기었으니	而生報恩心
"마땅히 법의 공양으로써	當修法供養

---

1) 옛 왕사성을 둘러싼 다섯 개의 산.

아버지 왕에게 받들어 올리리라"　　　　　　　以奉於父王

왕의 스승과 또 대신들　　　　　　　　　　　王師及大臣
먼저 사자(使者)를 보내어　　　　　　　　　　先遣伺候人
언제나 부처님을 따라다니며　　　　　　　　　常尋從左右
그의 거동을 살피게 하였었네　　　　　　　　　瞻察其進止

그들은 부처님의 돌아오려는 생각 알고　　　　知佛欲還國
앞서 달려와 왕에게 아뢰었네　　　　　　　　　驅馳而先白
"태자는 멀리 떠나 공부하다가　　　　　　　　太子遠遊學
소원을 성취하고 지금 돌아오나이다"　　　　　願滿今來還

왕은 그 말 듣고 매우 기뻐해　　　　　　　　王聞大歡喜
수레를 타고 나가 맞이할 때에　　　　　　　　嚴駕卽出迎
온 나라의 모든 남녀들　　　　　　　　　　　舉國諸士庶
모두 왕을 따라 나아갔었네　　　　　　　　　悉皆從王行

차츰 가까이 가서 부처 뵈오매　　　　　　　　漸近遙見佛
빛나는 모양 이전보다 배나 더했네　　　　　　光相倍昔容
많은 대중들 가운데 있어　　　　　　　　　　處於大衆中
마치 저 범천의 왕과 같았네　　　　　　　　　猶如梵天王

차에서 내려 천천히 나아갈 때　　　　　　　　下車而徐進
법을 위해 머무르기 어려울 줄 알았으나　　　　恐爲法留難
그 얼굴 우러르자 하도 마음 기뻐 뛰어　　　　瞻顔內欣踊
무어라 입으로써 말할 줄을 몰랐네　　　　　　口莫知所言

자기는 탐욕으로 세속에 얽혀 있고　　　　　　　顧貪居俗累

아들은 훌쩍 뛰어 신선 된 것 돌아보매　　　　　子超然登仙

비록 아들이라 해도 높은 도에 있거니　　　　　雖子居道尊

어떤 이름으로 부를 줄을 몰랐었네　　　　　　未知稱何名

스스로 생각하매 '그처럼 그렸건만　　　　　　自惟久思渴

오늘에 무엇이라 말할 길 없네　　　　　　　　今日無由宣

아들은 이제 잠자코 앉아　　　　　　　　　　子今默然坐

안온하게 얼굴빛 변하지 않고　　　　　　　　安隱不改容

오래 이별하였건만 감정 없거니　　　　　　　久別無感情

내 마음을 외로이 슬프게 하는구나　　　　　　令我心獨悲

마치 오랫동안 목마른 사람　　　　　　　　　如人久虛渴

맑고 시원한 우물을 만나　　　　　　　　　　路逢清冷泉

달려가 그것을 마시려 할 때　　　　　　　　奔馳而欲飲

갑자기 그 우물 마르는 것처럼　　　　　　　臨泉忽枯渴

내 이제 내 아들을 보매　　　　　　　　　　今我見其子

빛나는 얼굴 본래 그대로건만　　　　　　　猶是本光顔

미음온 서먹서먹 기운은 너무 높아　　　　　心踈氣高絶

도무지 따라붙을 마음 없거니　　　　　　　都無蔭流心

정을 억제하고 빈 보람 끊어지기　　　　　　抑情虛望斷

목말라 마른 우물 대한 듯하네　　　　　　如渴對枯泉

보지 못할 때는 생각만 달렸더니　　　　　未見繁想馳

눈앞에 마주 보자 기쁨 없어　　　　　　　對目則無歡
마치 사람이 여읜 부모 그리다가　　　　　如人念離親
갑자기 그 얼굴 그림 본 듯하구나　　　　忽見畫形像

장차 사천하(四天下)의 왕이 되기는　　　應王四天下
마치 만다트리 왕 같거니　　　　　　　　猶若曼陀王
너는 지금 밥을 빌고 다니누나　　　　　　汝今行乞食
이 길이 무엇이 그리 영화로우냐　　　　斯道何足榮

편안하고 고요하기 수미산과 같고　　　　安靜如須彌
빛나는 얼굴은 밝은 해와 같으며　　　　　光相如日明
안정한 걸음걸이 소걸음 같고　　　　　　庠行牛王步
두려움 없기는 사자 외침 같거니　　　　無畏獅子吼

사천하의 물려줌을 누리지 않고　　　　　不受四天封
구걸하여 그 몸을 기르는구나　　　　　　乞求而養身

부처님은 그 부왕의 마음을 아시고　　　　佛知父王心
아직도 아들이란 생각은 있어　　　　　　猶存於子想
그 아버지의 마음을 일깨워주고　　　　　爲開其心故
아울러 일체 중생 가엾이 여겼나니　　　并哀一切衆

신족(神足)²⁾ 신통으로 허공에 올라　　　神足昇虛空
두 손으로 해와 달을 받들고　　　　　　　兩手捧日月

_____
2) 신족(Rddhi) : 신족통(神足通). 마음대로 날아다니는 신통력.

350

공중에서 두루 돌아가니며   遊行於空中
가지가지 이상한 일 나타내었네 種種作異變

혹은 몸을 나누어 한량없다가 或分身無量
도로 다시 합하여 하나가 되며 還復合爲一
혹은 물을 밟기를 땅인 듯하고 或入水如地
땅에 들기를 물인 듯하여   或入地如水
석벽도 그 몸을 막지 못하고 石壁不礙身
몸 왼쪽 오른쪽에 올라 물과 불을 내었네 左右出水火

부왕은 그것 보고 매우 기뻐해 父王大歡喜
부자의 정은 한꺼번에 없어지고 父子情悉除
부처님은 공중의 연꽃에 앉아 空中蓮花座
그 왕을 위하여 설법하였네 而爲王說法

"왕은 자비스러운 마음으로써 知王心慈念
아들을 위해 근심·슬픔 더하며 爲子增憂悲
끊임없이 아들을 사랑하는 줄 아네 纏綿愛念子
그러나 그것 빨리 버려야 하네 宜應速除滅

애정을 쉬고 그 마음 고요히 하여 息愛靜其心
내 아들의 받드는 법 받으시라 受我子養法

아직 아들로서 받들지 못한 것을 人子所未奉
나는 이제 그것으로 부왕께 바치리니 今以奉父王
아비로서 아들에게 얻지 못한 것 父未從子得

이제 그 아들에게 그것 얻나니　　　　　今從子得之
사람의 왕으로도 기특한 일이요　　　　人王之奇特
하늘의 왕으로도 드문 일이네　　　　　天王亦希有

훌륭하고 묘한 '단 이슬'의 도(道)　　　勝妙甘露道
이제 그것으로 대왕께 바치노라　　　　今以奉大王

스스로 짓는 업은 그 전의 업 받아 나고　自業業受生
그 업은 또 전의 업의 갚음에 의하나니　業依業果報
마땅히 알라 그 업의 인과는　　　　　　當知業因果
한량없는 세상의 업을 짓거니　　　　　勤習度世業
그러므로 이 세상 자세히 관찰하면　　　諦觀於世間
오직 업만이 착실한 벗 되느니라　　　　唯業爲良朋

여러 친척들이나 또 그 몸을　　　　　　親戚及與身
못내 사랑하고 서로 그리워하여도　　　深愛相戀慕
목숨 마치고 신(神)이 홀로 갈 때는　　命終神獨往
오직 업이 착실한 벗으로 따르나니　　　唯業良朋隨

다섯 갈래에 바퀴 돌면서　　　　　　　輪廻於五趣
세 가지 업이 세 가지로 날 때에　　　　三業三種生
애욕(愛欲)이 그 원인이 되어　　　　　愛欲爲其因
갖가지 무리의 차별 생기네　　　　　　種種類差別

이제 마땅히 그 힘 다하여　　　　　　　今當竭其力
그 몸과 말의 업을 깨끗이 다스리되　　　淨治身口業

밤낮으로 부지런히 닦아 익히어 畫夜勤修習
어지러운 마음 쉬고 고요하여라 息亂心寂然

오직 이것만이 자기 이익 되나니 唯此爲己利
이것을 버리고는 모두 '나'가 아니니라 離此悉非我

마땅히 알라, 삼계(三界)의 모든 유(有)[3]는 當知三界有
마치 큰 바다의 물결 같아서 猶若海濤波
즐거워할 것 없고 가까이할 것 없네 難樂難習近
마땅히 넷째의 업 닦아야 하네 當修第四業

나고 죽는 다섯 길의 수레바퀴는 生死五道輪
마치 뭇 성좌(星座)가 도는 것 같아서 猶衆星旋轉
모든 하늘도 옮겨서 변하거니 諸天亦遷變
인간 세상이 어찌 항상될 수 있으랴 人中豈得常

니르바나는 가장 편안한 것이요 涅槃爲最安
즐거움 중에는 선적(禪寂)이 제일이네 禪寂樂中勝
인간의 왕의 다섯 가지 즐거움은 人王五欲樂
위험하고 또 두려움 많아 危險多恐怖
마치 독사와 함께 사는 것 같거니 猶毒蛇同居
어떻게 잠깐인들 기뻐할 수 있으랴 何有須臾歡

현명한 사람은 이 세상 볼 때 明人見世間

---

3) 삼계에 있어서의 존재를 말함.

왕성한 불길에 둘러싸임 같아서　　　如盛火圍遶
두려움에 잠깐도 편안해할 수 없어　　恐怖無暫安
나고 늙고 죽는 것 떠나기를 구하나니　求離生老死
그러므로 끝없이 고요하고 고요한 곳　無盡寂靜處
슬기로운 사람의 사는 곳이네　　　　慧者之所居

날카로운 무기나 코끼리나 말이나　　不須利器仗
군사나 수레를 구태여 쓰지 않고　　　象馬以兵車
탐욕·성냄·어리석음 항복 받으면　　　調伏貪恚癡
천하의 어떤 적도 당하지 못하리라　　天下敵無勝

괴로움을 알고 괴로움의 인을 끊고　　知苦斷苦因
멸을 증득하고 방편을 닦아　　　　　證滅修方便
네 가지 참이치를 바르게 깨달으면　　正覺四眞諦
나쁜 세계 두려움은 길이 없어지느니라"　惡趣恐怖除

먼저는 묘한 신통을 나타내어　　　　先現妙神通
왕의 마음을 즐겁게 하였나니　　　　令王心歡喜
믿고 즐거워하는 정이 이미 깊어져　　信樂情已深
바른 법그릇이 될 만하였네　　　　　堪爲正法器

왕은 합장하고 찬탄하였네　　　　　合掌而讚嘆
"기특하여라, 서원(誓願) 이미 이루었네　奇哉誓果成
기특하여라, 큰 괴로움 떠났구나　　　奇哉大苦離
기특하여라, 나를 요익(饒益)하게 하였구나　奇哉饒益我

먼저는 슬픔·근심 더하였으나 雖先增憂悲
그 슬픔 말미암아 이익 얻었네 緣悲故獲利
기특하여라, 나는 오늘에야 奇哉我今日
아들을 낳은 과보 이루었네 生子果報成

훌륭하고 묘한 즐거움 버리고 宜捨勝妙樂
꾸준히 힘써 고행을 익히며 宜精勤習苦
마땅히 친족의 영화 버리고 宜離親族榮
은혜와 애정의 정 끊어야 하리 宜割恩愛情

옛날의 모든 성인의 왕족들은 古昔諸仙王
한갓 괴로워하고 공은 없었지마는 唐苦而無功
맑고 시원하고 안온한 곳을 淸涼安隱處
너는 이제 모두 다 이미 얻었네 汝今悉已獲
스스로도 편안하고 남도 편안케 하며 自安而安彼
크게 가엾이 여겨 중생을 제도하네 大悲濟衆生

처음부터 이 세상에 머무르면서 昔本住世間
만일 전륜왕(轉輪王)이 되었더라면 爲轉輪王者
그 지제로운 신통으로써 無自在神通
내 마음 열어주지 못했을 것이요 令我心開解
또한 이러한 묘한 법으로 亦無此妙法
나를 기쁘게 하지 못했을 것이네 使我今日歡

비록 전륜왕은 되었더라도 設爲轉輪王
나고 죽는 실 끝은 끊지 못했으리라 生死緖不絶

너는 이제 능히 '남'과 '죽음'을 끊고　　　　今已絶生死
바퀴 도는 큰 괴로움 멸하였나니　　　　輪廻大苦滅
능히 중생의 무리를 위해　　　　能爲衆生類
'단 이슬' 법을 널리 연설하는구나　　　　廣說甘露法

그와 같은 묘한 신통이 있고　　　　如此妙神通
지혜는 매우 깊고 넓어서　　　　智慧甚深廣
나고 죽는 괴로움 길이 멸하여　　　　永滅生死苦
천상 인간의 제일이 되었거니　　　　爲天人之上
비록 거룩한 왕의 위(位)에 있어도　　　　雖居聖王位
마침내 이런 이익 얻지 못했으리라"　　　　終不獲斯利

이렇게 찬탄하기 마친 뒤에는　　　　如是讚歎已
법을 사랑하기에 공경 더하여　　　　法愛增恭敬
왕이요 아버지인 높은 위에 있으면서　　　　居王父尊位
겸손하고 낮추어 머리 조아려 예하였네　　　　謙卑稽首禮

온 나라의 모든 백성들　　　　國中諸人民
부처님의 그러한 신통을 보고　　　　覩佛神通力
그 깊고도 묘한 설법을 듣고　　　　聞說深妙法
또한 왕의 공경하고 존중하는 것 보자　　　　兼見王敬重
합장하고 머리를 조아려 절하면서　　　　合掌頭面禮
모두 기특하다는 생각을 내어　　　　悉生奇特想
세속의 얽매임에 있기를 싫어하여　　　　厭患居俗累
모두 다 집을 떠날 마음 내었네　　　　咸生出家心

사캬 종족의 여러 왕자들　　　　　　釋種諸王子

마음으로 깨치고 도의 결과 이루어져　　心悟道果成

모든 세속 영화와 즐거움을 싫어해　　悉厭世榮樂

친족들을 버리고 집을 나왔네　　　　捨親愛出家

아난다(阿難陀)[4] · 난다(難陀)[5]　　　阿難陀難陀

킴빌라(金毘羅)[6] · 아니룻다(阿那律)[7]　金毘阿那律

난다(難圖) · 우파난다(跋難陀)[8]　　　難圖跋難陀

그리고 쿤다다나(軍荼陀那)[9]　　　及軍荼陀那

이러한 모든 우두머리와　　　　　　如是等上首

그 밖의 사캬 족의 아들들　　　　　及餘釋種子

모두 다 부처의 가르침 따라　　　　悉從於佛教

그 법을 받고 제자 되었네　　　　　受法爲弟子

나라를 바루는 대신의 아들　　　　　匡國大臣子

우다이(優陀夷)[10]가 우두머리 되어　　優陀夷爲首

4) 아난다(Ānanda) : 부처님의 10대 제자 중 한 사람. 줄여서 아난이라 함. 환희(歡喜), 경희(慶喜)라 번역. 부처님의 사촌 동생. 다문(多聞) 제일.

5) 난다(Nanda) : 카필라 성의 왕자. 부처님의 배다른 동생.

6) 킴빌라(Kimbila) : 사캬 족 출신의 불제자.

7) 아니룻다(Aniruddha) : 부처님의 10대 제자 중 한 사람. 카필라 성의 서가족. 부처님이 귀국하였을 때 아누림에까지 따라와서, 난다·아난다·데바 등과 함께 출가. 후에 부처님 앞에서 자다가 부처님의 꾸중을 받고 밤새도록 자지 않고 수도에 정진하다가 눈이 먼 다음에 천안통을 얻어 불제자 중 천안 제1이 됨. 경전을 결집할 때 장로로서 원조한 공이 컸다.

8) 난다(Nanda)·우파난다(Upananda) : 나쁜 일을 많이 한 육군비구(六群比丘)들.

9) 쿤다다나(Kundadhāna) : 불제자로서 사대성문(四大聲聞)의 한 사람.

10) 우다이(Udāyin) : 출현(出現)의 뜻. 붓다가 궁에 계실 때 궁정사(宮廷師)의 아들로 학우(學友)였는데, 출가하여 비구가 됨.

여러 왕자와 함께   與諸王子俱

차례차례로 집을 나왔네   隨次而出家

또 아탈리(阿低梨)의 아들   又阿低梨子

우팔리(優波離)[11]는   名曰優波離

그 모든 왕자와   見彼諸王子

대신의 아들들 집 떠나는 것 보고   大臣子出家

마음으로 느꼈고 깨친 바 있어   心感情開解

또한 집을 떠나는 법을 받았네   亦受出家法

부왕도 그 아들의   父王見其子

신통의 힘과 모든 공덕을 보고   神力諸功德

스스로도 또한 맑은 흐름의   自亦入淸流

'단 이슬' 바른 법의 문에 들었네   甘露正法門

왕의 자리와 그 나라 버리고   捨王位國土

선일(禪一)의 단 이슬 밥을 먹으며   禪一甘露飯

한가히 있으며 고요함 닦고   閑居修靜默

궁중에 있으면서 왕선(王仙)을 본받았네   處宮習王仙

여래는 그 겨레의 친구들을   如來悉隨攝

모두 성질 따라 거두어받은 뒤에   本族知識已

도를 펴면서 화하고 기뻐할 때   道中顏和悅

---

11) 우팔리(Upāli) : 부처님의 10대 제자 중 한 사람. 수드라 출신으로 석가족의 이발사. 지
계(持戒) 제일. 제일결집(第一結集) 때 율(律)을 암송.

친척들도 기뻐하며 그를 따랐네   親戚歡喜隨

때가 이르러 밥을 빌려고   時至應乞食
카필라 성으로 들어가시자   入迦維羅衛
성안의 모든 남자 여자들   城中諸士女
놀라고 기뻐하며 큰 소리로 외쳤네   驚喜舉聲唱

"싯다르타(悉達阿羅陀)[12]   悉達阿羅陀
도를 배워 이루고 돌아오셨네"   學道成而歸

안팎에서 서로서로 전해 알리어   內外轉相告
어른이나 아이들 달려와 뵈었네   巨細馳出看
사립을 열고 창문을 열고   門戶窗牖中
어깨를 맞대고 눈을 치뜨며   比肩而側目
부처님 몸의 상호(相好) 뵈올 때   見佛身相好
광명은 빛나고 눈부시었네   光明甚暉曜

겉에는 카샤(袈裟) 입고   外著袈裟衣
몸 광명은 안으로 비추어   身光內徹照
마지 태양의 둥근 바퀴의   猶如日圓輪
안팎이 서로 번지는 것 같았거니   內外相映發

보는 사람 마음으로 슬퍼하고 기뻐하여   觀者心悲喜
모두 합장하면서 눈물을 흘리었네   合掌涕淚流

---

12) 싯다르타(Siddhārtha) : 붓다의 출가 전 이름.

부처님의 고요하고 바른 걸음걸이와　　　　　見佛庠序步

침묵한 얼굴에 모든 근을 단속하고　　　　　斂形攝諸根

묘한 몸에 법다운 위의(威儀) 나타냄 보고　　妙身顯法儀

공경하고 아끼어 더욱 슬퍼하였네　　　　　敬惜增悲歎

머리를 깎아 그 좋은 모습 헐고　　　　　　剃髮毁形好

몸에는 물들인 옷 입었으며　　　　　　　　身被染色衣

의젓한 거동과 고상한 얼굴　　　　　　　　堂堂儀雅容

몸을 단속해 땅을 보고 걸어가네　　　　　　束身視地行

마땅히 깃을 붙인 보배일산 받치고　　　　　應戴羽寶蓋

손에는 나는 용 고삐를 잡을 것을　　　　　　手攬飛龍轡

어떻게 먼지를 뒤집어쓰며　　　　　　　　　如何冒游塵

바루 들고 밥을 빌러 다니는가　　　　　　　執鉢而行乞

그 재주는 원수를 항복받을 만하고　　　　　藝足伏怨敵

얼굴은 채녀들을 기쁘게 할 만하여　　　　　貌足婇女歡

빛나는 옷에 하늘 관(天冠) 쓸 때　　　　　　華服冠天冠

만백성 모두 우러러뵈올 것을　　　　　　　黎民咸首陽

어찌하여 싱그러운 모습 굽히고　　　　　　如何屈茂容

마음을 억누르고 몸을 묶으며　　　　　　　拘心制其形

묘하고 만족할 빛나는 옷 버리고　　　　　　捨妙欲光服

맨몸에 물들인 옷 입었는가　　　　　　　　素身著染衣

어떤 모양을 보고 무엇을 구하기에　　　　　見何相何求

이 세상 다섯 탐욕 원수라 하여　　　　與世五欲怨
어진 아내와 사랑하는 아들 두고　　　捨賢妻愛子
혼자 즐거워하며 외로이 노는가　　　樂獨而孤遊

어려워라, 그 어진 아내　　　　　　難哉彼賢妃
긴긴 밤 동안 근심과 그리움 품고　　長夜抱憂思
이제 집을 나갔다는 말을 듣고도　　而今聞出家
견디어 그 목숨을 보전하였네　　　性命猶能全

또 이상하구나, 그 정반왕　　　　不審淨飯王
마침내 그 아들 보자마자　　　　竟見此子不
그 묘한 상(相)을 가진 몸 보고　　見其妙相身
형상 무너뜨리고 집 나갔나니　　毁形而出家
원수도 오히려 마음 아파하겠거늘　怨家猶痛惜
아비로서 그것 보고 어떻게 편안하리　父見豈能安

사랑하는 그 아들 라훌라는　　　愛子羅睺羅
늘 울며 슬퍼하고 그리워하였네　泣涕常悲戀
그러나 그것 보고 위로할 마음 없었나니　見無撫慰心
이 노를 공부하기 위함이었네　　用學此道爲

상 보는 법에 밝은 여러 사람들　　諸明相法者
모두 말해 "태자는 나면서부터　　咸言太子生
대인(大人)의 상을 두루 갖추었으니　具足大人相
마땅히 온 천하의 공양 받으리라고　應享食四海
그러나 이제 저 하는 꼴 보니　　觀今之所爲

그것은 모두 다 거짓말이었구나"   斯則皆虛談

이와 같이 그 많은 사람들   如是比衆多
서로 시끄러이 지껄였으나   紛紜而亂說
여래는 마음에 집착이 없어   如來心無著
기뻐하거나 슬퍼하지 않았나니   無欣亦無慼
다만 중생들을 사랑하고 가엾어해   慈悲愍衆生
가난과 괴로움에서 벗어나게 하려 했네   欲令脫貧苦

그들의 선근(善根)을 자라게 하고   增長彼善根
아울러 미래의 세상을 위해   并爲當來世
탐욕이 적다는 자취를 나타내고   顯其少欲跡
세속의 잡된 비방 없애려 하였나니   兼除俗塵謗

가난한 마을에 들어가 걸식할 때   入貧里乞食
맛나고 나쁜 것 얻는 대로 맡기고   精麤任所得
큰 집 작은 집 가리지 않고   巨細不擇門
바루를 채우고는 숲으로 돌아갔네   滿鉢歸山林

20. 기원정사를 받다(受祇洹精舍品 第二十)

세존은 교화하기 시작하시어   世尊已開化

카필라 성의 많은 사람을   迦維羅衛人

그 인연 따라 제도해 마치시고   隨緣度已畢

대중과 함께 길을 떠나다   與大衆俱行

먼저 코살라 국의   往憍薩羅國

프라세나지트 왕에게 나아갔나니   詣波斯匿王

기원(祇洹)은 이미 장엄되었고   祇洹已莊嚴

방과 마루는 두루 갖춰졌었네   堂舍悉周備

흐르는 샘물은 대어져 흐르고   流泉相灌注

꽃과 과실은 모두 우거졌으며   花果悉敷榮

물과 육지의 온갖 새들은   水陸衆奇鳥

끼리끼리 서로 어울려 울었나니   隨類群和鳴

그 아름다운 세상에 비할 데 없어   衆美世無比

마치 카일라사(稽羅) 산의 궁전[1] 같았네 若稽羅山宮

급고독 장자는 권속들 데리고 給孤獨長者
길을 찾아서 마중 나올 때 眷屬尋路迎
꽃을 뿌리고 향을 사르며 散花燒名香
받들어 청하여 기원으로 들어갔네 奉請入祇洹

손에는 용 모양의 황금병 들고 手執金龍瓶
몸소 꿇어앉아 길게 물을 쏟으며 躬跪注長水
시방에 있는 스님네에게 以祇洹精舍
그 기원정사를 바쳐 올렸네 奉施十方僧

세존은 주원(呪願)으로 받으셨나니 世尊呪願受
"나라는 영원히 편안하여지이다 鎭國令久安
그리고 또 급고독 장자는 給孤獨長者
행복의 흐름 끝이 없어지이다" 福慶流無窮

때에 프라세나지트 왕은 時波斯匿王
세존이 이미 오셨다는 말 듣고 聞世尊已至
수레를 장식하고 기원으로 나아가 嚴駕出祇洹
세존 발에 공손히 예배한 뒤에 敬禮世尊足
물러나 한쪽에 앉아 却坐於一面
합장하고 부처님께 여쭈었나니 合掌白佛言

---

1) 카일라사(Kailāsa) 산의 궁전 : 히말라야 산정에 있는 부신(富神) 쿠베라(Kuvera)의 주거(住居)이며 시바(Śiva) 신의 극락.

"어찌 알았으리 이 보잘것없는 나라   不圖卑小國

갑자기 큰 행복 받게 될 줄을   忽成大吉祥

나쁘고 거스르고 재앙이 많으면서   惡逆多殃災

어떻게 큰 어른을 감동하게 하였던가   豈能感大人

이제 거룩한 모습 뵈옵게 되매   今得覩聖顔

맑은 교화에 목욕하고 마시었네   沐浴飮淸化

야비하고 평범한 사람으로서   鄙雖處凡品

성인을 힘입어 승류(勝流)²⁾에 들었거니   蒙聖入勝流

마치 바람이 향기숲을 떨치면   如風拂香林

그 기운 합하여 향기바람 이루고   氣合成薰飋

온갖 새들이 수미산에 모이면   衆鳥集須彌

이상한 빛깔 금빛같이 된 것 같네   異色齊金光

밝은 사람과 만나게 되매   得與明人會

그 그늘 힘입어 영광을 함께하고   蒙蔭而同榮

들사람이 선인을 함께했거니   野夫供仙人

살아서 세 발(三足)의 별³⁾이 되었네   生爲三足星

모든 세상 이익은 다함 있으나   世利皆有盡

성인의 이익은 길이 끝이 없으며   聖利永無窮

사람의 왕에는 허물 많으나   人王多愆咎

---

2) 차별 없는 정법(正法)을 뜻함.
3) 의미가 불명확함.

성인 만나면 그 이익 언제나 편안하리"	遇聖利常安
부처님은 그 왕의 마음이 지극하여	佛知王心至
법을 즐기기 사크라 왕 같으나	樂法如帝釋
오직 두 가지 집착 있으니	唯有二種著
능히 재물과 색을 잊지 못함 알았네	不能忘財色
때를 알고 그 마음의 행을 안 뒤에	知時知心行
그 왕을 위하여 설법하였네	而爲王說法
"나쁜 업 가진 천한 사람도	惡業卑下士
착함을 보면 공경할 줄 알거니	見善猶知敬
하물며 그 자재로운 왕으로서	況復自在王
덕을 쌓은 과거의 인으로 말미암아	積德乘宿因
부처를 만나 공경함이겠는가	遇佛加恭敬
그것은 곧 어려운 일 아니니라	此乃非爲難
이 나라와 백성들 본래부터 태평커니	國素靜民安
부처를 만났다고 더해진 것 아니니라	非見佛所增
내 이제 간략히 설법하리니	今當略說法
대왕은 우선 자세히 듣고	大王且諦聽
내가 말하는 바를 받아 지니면	受持我所說
내 공덕의 갚음 이루어진 것 보리	見我功果成
목숨 마치면 몸과 정신 갈리고	命終形神乖

그 친한 친척들도 모두 이별하지마는　　　　　親戚悉別離
오직 좋고 나쁜 업만은 있어　　　　　　　　唯有善惡業
그림자처럼 언제나 따르리라　　　　　　　　始終而影隨

마땅히 법왕의 업을 높이고　　　　　　　　當崇法王業
만백성을 자식처럼 길러야 하네　　　　　　子養於萬民
현세에서는 좋은 이름 퍼지고　　　　　　　現世名稱流
죽은 뒤에는 천상에 오르리라　　　　　　　命終上昇天

하고픈 대로 하여 법 따르지 않으면　　　　縱情不順法
당장에는 괴롭고 뒤엔 즐거움 없네　　　　今苦後無歡

그 옛날의 영마(嬴馬)란 왕은　　　　　　　古昔嬴馬王
법을 따르다가 하늘 복을 받았고　　　　　順法受天福
금보(金步)란 왕은 악을 행하다가　　　　金步王行惡
목숨 마치자 나쁜 곳에 태어났네　　　　壽終生惡道

나는 이제 대왕을 위해　　　　　　　　　我今爲大王
선과 악의 법을 간략히 말하리니　　　　略說善惡法
그 대강령은 사랑히는 미음으로　　　　大要當慈心
백성 보기를 외동아들같이 하라　　　　觀民猶一子
핍박하지도 말고 해치지도 않으며　　　不迫亦不害
모든 근을 잘 거두어가져　　　　　　　善攝持諸根
사특함을 버리고 바른 길로 가게 하라　捨邪就正路

잘난 체 다른 사람 업신여기지 말고　　　不自擧下人

고행하는 데에서 벗을 사귀며 結友於苦行
그릇된 소견 가진 벗을 친하지 말라 勿習邪見朋

왕의 위엄과 세력을 믿지 말고 勿恃王威勢
그릇되고 아첨한 말 듣지 말지며 勿聽邪佞言
모든 고행하는 사람들 괴롭히지 말지니라 勿惱諸苦行

왕의 바른 법전(法典)에서 벗어나지 말고 莫踰王正典
부처를 생각하고 바른 법 보전하여 念佛維正法
법 아닌 사람을 항복받으라 調伏非法者
그러하면 현재에서 사람의 어른 되고 現爲人中上
덕은 장차 높은 도에서 펴나리라 德將隆道中

'덧없다'는 생각을 깊이 생각해 深思無常想
몸과 목숨 시시각각 변한다 생각하고 身命念念遷
높고 나은 경계에 마음을 두어 栖心高勝境
맑고 시원한 나루(津) 목적해 구하여라 志求清涼津

사랑하는 마음 가져 자재로이 즐겨하고 保慈自在樂
오는 세상에는 그 즐거움 더하리 來世增其歡
영원한 세상에 좋은 이름 전하고 傳名於曠劫
반드시 여래 은혜 갚도록 하라 必報如來恩

마치 어떤 사람 단 과실 좋아하면 如人愛恬果
기어이 좋은 종자 심는 것과 같느니라 必種其良栽

밝음에서 어둠으로 들어가는 수 있고	有從明入暗
어둠에서 밝음으로 들어가는 수 있고	有從闇入明
어둠과 어둠 계속하는 수 있고	有闇闇相續
밝음과 밝음 서로 인(因)하는 수 있나니	有明明相因
지혜로운 사람은 세 가지를 버리고	智者捨三品
마땅히 '항상 밝음' 배워야 하네	當學始終明
말이 나쁘면 뭇 소리 응하지만	言惡群響應
잘 노래하면 따르기 어려워라	善唱隨者難
짓지 않은 결과 있을 수 없고	無有不作果
지은 것은 결코 없어지지 않나니	作者不敗亡
처음 업을 부지런히 닦지 않으면	創業不勤習
끝에 가서 아무것도 될 것 없으리	至竟莫能爲
본래 좋은 인을 닦지 않으면	素不修善因
뒤에 올 즐거움 기약 없으며	後致樂無斯
이미 간 것 그치게 할 수 없나니	旣往無息期
그러므로 착한 일 닦아야 하고	是故當修善
돌아보아 악을 짓지 않아야 하네	白省不爲惡
제가 지어 제가 받기 때문이니라	自作自受故
마치 사방의 돌산이 합치면	猶四石山合
중생들 도망할 곳 없는 것처럼	衆生無逃處
남·늙음·병·죽음의 산	生老病死山
중생들은 그것을 벗어날 길 없으나	群生脫無由

오직 바른 법 행함으로써　　　　　　　　　　　唯有行正法
이 괴로움이 겹친 산을 벗어날 수 있느니라　　　出斯苦重山

이 세간은 모두 덧없어　　　　　　　　　　　　世間悉無常
다섯 가지 탐욕 경계 번개 같으며　　　　　　　五欲境如電
늙음·죽음은 송곳 끝과 같거니　　　　　　　　老死錐鋒端
어떻게 법 아님을 익혀야 하리　　　　　　　　何應習非法

옛날의 모든 훌륭한 왕들　　　　　　　　　　　古昔諸勝王
마치 저 자재천과 같아서　　　　　　　　　　　猶若自在天
용맹하고 건장한 뜻 허공에 올랐으나　　　　　勇健志騰虛
잠깐 나타났다 이내 닳아 없어졌네　　　　　　暫顯已磨滅

겁의 불길이 수미산 녹일 때　　　　　　　　　劫火鎔須彌
바닷물도 모두 다 마른다는데　　　　　　　　　海水悉枯竭
하물며 이 몸은 물거품 같거니　　　　　　　　況身如泡沫
어떻게 이 세상에 오래 있기 바라리　　　　　　而望久存世

사나운 바람도 수람(隨藍)에 그치고　　　　　猛風止隨藍
햇빛도 수미산에 가리어지며　　　　　　　　　日光翳須彌
성한 불길도 물에는 꺼지거니　　　　　　　　盛火水所消
어느 하나 없어지지 않는 것 없네　　　　　　有物悉歸滅

이 몸이란 덧없는 그릇인데　　　　　　　　　此身無常器
긴긴 밤 동안을 괴로이 보호하며　　　　　　　長夜苦守護
재물과 색으로 두루 받들며　　　　　　　　　廣資以財色

함부로 놀면서 뽐내지마는   放逸生憍慢
어느새 때가 되어 문득 죽으면   死時忽然至
빳빳하게 굳어지기 마른나무 같네   挺直如枯木

밝은 사람은 이런 변(變)을 보기에   明人見斯變
부지런히 공부해 잠자지 않거니   勤修豈睡眠
나고 죽음은 제 혼자 고동 틀어   生死獨搖機
그치지 않아서 반드시 타락하리   不止會墮落

계속 않는 즐거움 친하지 말고   不習不續樂
괴로운 보(報) 있는 일 짓지 말지며   苦報者不爲
훌륭하지 않은 벗 가까이하지 말고   不近不勝友
끊지 않는 지혜(不斷智)[4]는 배우지 말라   不學不斷智

몸을 받지 않는 그 지혜를 배워   學不受有智
받더라도 다시는 몸 없게 하라   受必令無身
몸이 있더라도 경계에 물들지 말라   有身不染境
경계에 물들면 큰 허물 있으리   染境爲大過

비록 저 무색천(無色天)에 대이니더리도   雖生無色天
'때'의 변천(變遷)은 면하지 못하나니   不免時變遷
변하지 않는 몸을 배워야 하네   當學不變身
변하지 않으면 허물 없으리   不變則無過

---

4) 세속의 속박을 벗어나지 못하는 지혜.

이 몸이 있음으로 　　　　　　　　　　以有此身故

온갖 괴로움의 근본 되나니 　　　　　爲衆苦之本

그러므로 모든 지혜로운 사람은 　　　是故諸智者

몸 없는 데에서 근본을 쉬느니라 　　息本於無身

저 일체 중생의 무리들은 　　　　　　一切衆生類

탐욕으로 말미암아 괴로움 생기나니 　斯由欲生苦

그러므로 탐욕의 유(有)에 대하여 　　是故於欲有

싫어해 떠날 마음 내어야 하네 　　　當生厭離心

탐욕의 '유'를 싫어하여 떠나면 　　　厭離於欲有

곧 온갖 괴로움 받지 않으리 　　　　則不受衆苦

비록 색계(色界)·무색계(無色界)[5]에 태어난다 해도 　雖生色無色

변하고 바뀌는 것 큰 근심 되느니라 　變易爲大患

적정(寂靜)하지 않기 때문이거니 　　以不寂靜故

하물며 욕계를 떠나지 않음이랴 　　況不離於欲

이와 같이 삼계를 관찰해보면 　　　如是觀三界

그것 모두 덧없어 주인이 없느니라 　無常無有主

온갖 고통 언제나 불꽃처럼 성하거니 　衆苦常熾然

지혜로운 이로서 즐겁기를 구하려 　智者豈願樂

마치 나무에 불붙는 것 같거니 　　　如樹盛火然

뭇 새들 어찌하여 떼 지어 모여들랴 　衆鳥豈群集

---

5) 삼계(三界)를 말함.

이것을 깨달으면 밝은 사람이거니 　　覺者爲明士

이것을 떠나면 밝음이 없고 　　離此則無明

이것을 깨달은 사람이라 하거니 　　此則開覺士

이것을 떠나면 깨달음 아니니라 　　離此則非覺

이것을 하는 일이 마땅하지만 　　此則應所作

이것을 떠나면 마땅하지 않고 　　離此則不應

이것은 진리에 가까운 것이어니 　　此則爲近宗

이것을 떠나면 진리와 어긋나네 　　離此與理乖

이 특별하고 훌륭한 법은 　　言此殊勝法

속인에 어울리지 않는다고 말하지만 　　非在家所應

그것은 곧 옳지 않은 말이어니 　　此則爲非說

법은 오직 사람이 펴는 데 있느니라 　　法唯在人弘

더위를 근심하여 찬물에 흘러가면 　　患熱入冷水

모두가 맑고 시원하게 되나니 　　一切得淸涼

어두운 방에 등불 밝으면 　　冥室燈火明

다섯 가지 빛깔을 다 볼 수 있네 　　悉覩於五色

도를 닦는 것도 또한 그와 같아서 　　修道亦如是

집을 나고 집에 있음 다름없나니 　　道俗無異方

혹은 산에 있어서 죄에 떨어지기도 하고 　　或山居墮罪

혹은 집에 있어서 선인이 되느니라 　　或在家昇仙

어리석음·어둠은 큰 바다 되고 　　癡冥爲巨海

그릇된 소견은 물결 되나니 　　　　　　邪見爲濤波
중생들은 애욕의 흐름을 따라 　　　　　群生隨愛流
이리저리 떠돌아 건질 수 없네 　　　　漂轉莫能度

그 지혜로써 가벼운 배를 삼고 　　　　智慧爲輕舟
삼마디(三昧)와 바른 방편의 북(鼓)과 　　堅持三昧正
바른 생각의 노(楫)를 굳게 잡으면 　　方便鼓念楫
능히 무지(無知)의 바다를 건너가리라" 　能濟無知海

때에 왕은 마음을 오롯이 하여 　　　　時王專心聽
일체 지혜 가진 이의 말을 듣고는 　　一切智所說
세상의 속된 영화 꺼려하고 싫어하며 　厭薄於俗榮
왕이란 즐거운 것 없는 줄 알았나니 　知王者無歡
마치 술에 잔뜩 취한 미친 코끼리 　　如逸醉狂象
술 깨어 바른 정신 돌아온 것 같았네 　醉醒純熟還

그때에 여러 외도들 있어 　　　　　　時有諸外道
대왕이 부처님을 믿고 공경하는 것 보고 　見王信敬佛
부처님과 신통을 겨뤄보기를 　　　　咸求於大王
모두 대왕에게 청하였었네 　　　　　與佛決神通

때에 왕은 세존에게 여쭈었나니 　　　時王白世尊
"원하노니 저들의 요구 들어주소서" 　願從彼所求

부처님은 잠자코 허락하시자 　　　　佛卽默然許
갖가지 다른 소견 가진 외도로 　　　種種諸異見

다섯 가지 신통을 가진 선인들 　　　　　　五通神仙士
부처님 계신 곳에 모두 나아갔었네 　　　　悉來詣佛所

부처님은 곧 신력(神力)을 나타내어 　　　　佛卽現神力
바른 자세로 공중에 앉자 　　　　　　　　正基坐空中
큰 광명을 두루 놓으매 　　　　　　　　　普放大光明
마치 아침에 해가 빛나는 것 같았나니 　　如日耀朝陽

외도들은 모두 부처님께 항복하고 　　　　外道悉降伏
백성들은 모두 다 돌아가 받들었네 　　　　國民普歸宗

부처님은 어머니께 설법하기 위하여 　　　爲母說法故
곧 도리천(忉利天)으로 올라가시어 　　　　卽昇忉利天
석 달 동안 천궁(天宮)에 계시면서 　　　　三月處天宮
모든 하늘 사람을 두루 교화하였네 　　　　普化諸天人

어머니를 구제하여 은혜 갚은 뒤 　　　　　度母報恩畢
안거할 때가 지나 돌아올 때에 　　　　　　安居時過還
모든 하늘 대중들 깃처럼 따라 섰네 　　　諸天衆羽從

일곱 가지 보배의 계단을 타고 　　　　　　乘於七寶階
잠부드비파(閻浮提)로 내려왔나니 　　　　下至閻浮提
모든 부처 언제나 내리던 곳이었네 　　　諸佛常下處

한량이 없는 모든 하늘 사람들 　　　　　　無量諸天人
궁전을 타고 따르며 보내었고 　　　　　　乘宮殿隨送

잠부드비파의 임금이나 백성들   閻浮提君民

모두 합장하고 우러러보았었네   合掌而仰瞻

21. 수재 취한 코끼리를 항복받다
(守財醉象調伏品 第二十一)

부처님은 하늘 위에서 그 어머니와	天上教化母
모든 하늘 사람들 교화하시고	及餘諸天衆
돌아와 인간에 노니시면서	還遊於人中
그 인연을 따라 교화를 행하셨네	隨緣而行化
주티카(樹提迦)·지바카(耆婆)	樹提迦耆婆
술라(首羅)·추르나(輸盧那)	首羅輸盧那
장자의 아들 앙가(央伽)와	長者子央伽
또 무외(無畏) 왕자	及無畏王子
냐그로다(尼瞿屢陀)	尼瞿屢陀等
슈리쿠타카(尸利掘多迦)	尸利掘多迦
니그란타(尼揵)인 우팔리(憂波離)들을	尼揵憂波離
모두 다 해탈을 얻게 하였네	悉令得解脫
간다라(乾陀羅) 국의 왕	乾陀羅國王

그 이름은 풋드갈라(弗迦羅)	其名弗迦羅
그는 부처님의 미묘한 법을 듣고	聞說微妙法
나라를 버리고 집을 나갔네	捨國而出家
히미파티(醯茂鉢低)	醯茂鉢低鬼
바타기리(波多耆利) 귀신은	及波多耆利
비바라(毘富羅) 산에서	於毘富羅山
항복하고 교화받다	調伏而受化
푸라얀(波羅延) 범지는	波羅延梵志
바자나(波沙那) 산중에서	波沙那山中
반 구절 게송의 조그만 이치로써	半偈微細義
항복하여 미더워하고 즐겨하였네	調伏令信樂
다나마티(他那摩提) 촌에	他那摩提村
쿠타단타(鳩吒檀耽) 있어	有鳩吒檀耽
이 이생(二生)의 우두머리는	是二生之首
생물을 많이 죽여 제사했나니	廣殺生祠祀
여래는 방편으로 교화하시어	如來方便化
그를 바른 도(道)에 들어가게 하셨네	令其入正道
비데하(毘提訶) 산에	於毘提訶山
큰 위덕이 있는 하늘 신 있어	大威德天神
그 이름은 팡차슈카(般遮尸呿)	名般遮尸呿
그는 법을 받고 결정에 들어갔네	受法入決定

바이뉴스타(毘紐瑟吒) 촌에서는　　　　　　毘紐瑟吒村

저 난다(難陀)의 어머니를 교화하고　　　　化彼難陀母

앙그라타리(央伽富梨) 성에서는　　　　　　央伽富梨城

큰 힘 있는 귀신을 항복받았네　　　　　　降伏大力神

바나바드라(富那跋陀羅)와　　　　　　　　富那跋陀羅

슈로나단타(輸屢那檀陀)라는　　　　　　　輸屢那檀陀

흉악한 힘센 용과　　　　　　　　　　　　兇惡大力龍

그 나라의 왕과 그 후궁들　　　　　　　　國王及後宮

모두 다 바른 법 받았나니　　　　　　　　悉皆受正法

그들을 위해 단 이슬 문 열었었네　　　　　以開甘露門

저 난쟁이들 사는 촌에서　　　　　　　　　於彼侏儒村

키나(稽那)와 실라(尸盧)는　　　　　　　　稽那及尸盧

천상의 즐거움을 뜻하여 구했나니　　　　　志求生天樂

그들을 교화하여 바른 도에 들게 했네　　　化令入正道

저 수모촌(脩侔村)에서는　　　　　　　　　央瞿利摩羅

앙굴리마사카(央瞿利摩羅)를 위해　　　　　於彼脩侔村

신통의 힘을 나다내시어　　　　　　　　　爲現神涌力

교화하여 곧 항복하게 하였네　　　　　　　化令卽調伏

큰 장자의 아들　　　　　　　　　　　　　有大長者子

푸리지바나(浮梨耆婆男)는　　　　　　　　浮梨耆婆男

푸나바티(富那跋陀)만큼　　　　　　　　　大富多錢財

큰 부자로서 재물이 많았는데　　　　　　　如富那跋陀

그는 여래 앞에서 교화를 받고	卽於如來前
널리 보시를 행하였었네	受化廣行施
저 바디(跋提) 촌에서는	於彼跋提村
바다리(跋提梨)와	化彼跋提梨
바다라(跋陀羅)의	及與跋陀羅
두 형제 귀신을 교화하셨네	兄弟二鬼神
비다발리(毘提訶富利)에	毘提訶富利
두 바라문이 있어	有二婆羅門
하나는 대수(大壽)라 이름하였고	一名爲大壽
하나는 범수(梵壽)라 이름하였네	二名曰梵壽
이론(理論)으로 그들을 항복받아서	論議以降伏
바른 법으로 들어오게 하셨네	令入於正法
바이살리(毘舍離) 성에 이르러서는	至毘舍離城
모든 나찰(羅刹) 귀신을 교화하시고	化諸羅刹鬼
또 리차비(離車)의 사자와	幷離車師子
리차비의 대중과	及諸離車衆
살차(薩遮) 니그란타(尼犍子)를	薩遮尼犍子
모두 바른 법에 들어오게 하셨네	悉令入正法
하마킨카바(阿摩勒迦波)에서는	阿摩勒迦波
바다라(跋陀羅)	有鬼跋陀羅
바다라카(跋陀羅迦)	及跋陀羅迦

380

바다라가마(跋陀羅劫摩)라는 귀신을 제도하셨네　　　　跋陀羅劫摩

또 알라 산에 이르러서는　　　　又至阿臘山
귀신 알라바(阿臘婆)와　　　　度鬼阿臘婆
둘째 쿠마라(鳩摩羅)와　　　　二名鳩摩羅
셋째 아시다카(訶悉多迦)를 제도하셨네　　　　三訶悉多迦

돌아와 가야 산에 이르러서는　　　　還至伽闍山
귀신 칸자나(綑迦那)와　　　　度鬼綑迦那
바늘털 가진 야차(夜叉)와　　　　及針毛夜叉
그 자매 아들 들을 제도하셨네　　　　及其姊妹子

또 바라나시(波羅奈)에 이르러서는　　　　又至波羅奈
저 카탸야나(迦旃延)를 제도하셨네　　　　化彼迦旃延

그리고 다음에는 신통을 타고　　　　然後乘神通
추르나바라(輪盧波羅)에 이르러서는　　　　至輪盧波羅
그 모든 상인과　　　　化彼諸商人
다바킨(多波攃尼劍)을 교화하시고　　　　多波攃尼劍
그 잔다나(旃檀) 집을 받으셨나니　　　　受其旃檀堂
묘한 향기는 지금에도 풍기네　　　　妙香流於今

마히바티(摩醯波低)에 이르러서는　　　　至摩醯波低
카필라 선인(仙人)을 제도하셨네　　　　度迦毘羅仙
무니께서 그곳에 계시면서　　　　牟尼住於彼
발로 돌 위를 밟으셨을 때　　　　足蹈於石上

천 폭 쌍바퀴 나타났나니 千輻雙輪現
영원히 닳아 없어지지 않았네 終則不磨滅

푸라나(波羅那)에 이르러서는 至波羅那處
푸라나 귀신을 교화하시고 化婆羅那鬼
마투라(摩偸羅) 국에 이르러서는 至摩偸羅國
고다나(竭曇摩) 귀신을 제도하셨네 度鬼竭曇摩

투라쿠사티(偸羅俱瑟吒)에서는 偸羅俱瑟吒
라슈트라팔라(賴吒波羅)를 제도하시고 度賴吒波羅
바이란자(鞞蘭若) 촌에 이르러서는 至鞞蘭若村
여러 바라문들을 제도하셨네 度諸婆羅門

칼라마사(迦利摩沙) 촌에서는 迦利摩沙村
사바사신(薩毘薩深)을 제도하시고 度薩毘薩深
또 거기서는 저 亦復化於彼
아지리바사(阿耆尼毘舍)를 교화하셨네 阿耆尼毘舍

다시 스라바스티(舍衛)[1]로 돌아와서는 復還舍衛國
저 고타마(瞿曇摩)와 度彼瞿曇摩
자티스루나(闍帝輪盧那)와 闍帝輪盧那
다카틸리(道迦阿低梨)를 제도하셨네 道迦阿低梨

---

1) 스라바스티(Śrāvasti) : 중인도 코살라 국의 도성(都城). 붓다 당시엔 바사닉 왕, 유리왕
이 살았으며, 성 남쪽에는 유명한 기원정사가 있었다.

코살라로 돌아와서는　　　　　　　　　　　還憍薩羅國
외도의 스승　　　　　　　　　　　　　　　　度外道之師
바카라필리(弗迦羅婆梨)와　　　　　　　　　弗迦羅婆梨
모든 범지(梵志)들을 제도하셨네　　　　　　及諸梵志衆

사타바카(施多毘迦)의　　　　　　　　　　　至施多毘迦
고요하고 빈 곳에 이르러서는　　　　　　　寂靜空閑處
모든 외도 선인들을 제도하시어　　　　　　度諸外道仙
부처 선인의 길로 들어오게 하셨네　　　　令入佛仙路

아요댜(阿輸闍) 국에 이르러서는　　　　　　至阿輸闍國
모든 귀신과 용들을 제도하셨네　　　　　　度諸鬼龍衆

쿰빌라(舍毘羅) 국에 이르러서는　　　　　　至舍毘羅國
두 악한 용왕을 제도했으니　　　　　　　　度二惡龍王
하나는 쿰빌라요　　　　　　　　　　　　　一名金毘羅
또 하나는 칼라카(迦羅迦)였네　　　　　　　二名迦羅迦

또 밧지(跋伽) 국에 이르러서는　　　　　　又至跋伽國
야자(夜叉) 귀신을 제도했으니　　　　　　　化度夜叉鬼
그 이름은 피사(毘沙)이었네　　　　　　　　其名曰毘沙

나가라(那鳩羅) 부모와　　　　　　　　　　那鳩羅父母
큰 장자에게는　　　　　　　　　　　　　　幷及大長者
바른 법을 즐겨하게 하셨네　　　　　　　　令信樂正法

코샴비(俱舍彌) 국에 이르러서는	至俱舍彌國
고시라(瞿師羅)와	化度瞿師羅
바주타라(波闍鬱多羅)·반등(伴等)의	及二優婆夷
두 우파시카(優婆夷)를 제도하시고	波闍鬱多羅
많은 무리들	伴等優婆夷
차례로 제도하셨네	衆多次第度

| 간다라(攤陀羅)[2] 국에 이르러서는 | 至攤陀羅國 |
| 아팔랄라(阿婆羅) 용을 제도하셨네 | 度阿婆羅龍 |

이와 같이 차례로	如是等次第
허공을 다니는 것, 물과 뭍에 사는 것들	空行水陸性
모두 다 가서 제도하시니	皆悉往化度
마치 해가 어둠을 비추는 것 같았네	如日照幽冥

그때에 데바닷타(提婆達多)가	爾時提婆達
부처님 특별하고 훌륭한 덕을 보고	見佛德殊勝
마음속에 가만히 질투를 품어	內心懷嫉妒
모든 선정을 잃게 하려 하였나니	退失諸禪定
갖가지 나쁜 방편을 지어	造諸惡方便
바른 법의 승단(僧團)을 부수려 하여	破壞正法僧
저 깃자쿠타(耆闍崛) 산에 올라가	登耆闍崛山
돌을 무너뜨려 부처님을 쳤네	崩石以打佛

---

2) 간다라(Gandhāra) : 인도 서북부 페르시아를 중심으로 한 지역의 옛 이름. 알렉산드로스 대왕의 동정(東征) 이후 헬레니즘 문화의 영향, 서력기원 전후 대월지국의 카니시카 왕의 불교 숭상으로 간다라 미술이 융성함.

그러나 돌은 두 쪽으로 갈라져　　　　　　石分爲二分
부처님 좌우에 떨어졌네　　　　　　　　墮於佛左右

그는 다시 왕의 곧고 편편한 길에　　　　於王平直路
미치고 취한 코끼리를 놓았나니　　　　　放狂醉惡象
떨치고 부르짖기 뇌성벽력 같고　　　　　震吼若雷霆
용맹스런 기운 떨쳐 구름을 이루었네　　勇氣奮成雲

가로 내치고 빨리 달리며　　　　　　　橫泄而奔走
마음대로 뛰어 모진 바람 같거니　　　　逸越如暴風
코와 어금니와 꼬리와 네 발에　　　　　鼻牙尾四足
부딪히어 꺾이지 않는 것 없네　　　　　觸則莫不摧

라자그리하의 거리거리에　　　　　　　王舍城巷路
어지러이 사람을 죽이고 해쳤나니　　　　狼藉殺傷人
쓰러진 송장은 길에 깔렸고　　　　　　橫尸而布路
골수와 피는 이리저리 흘렀네　　　　　髓腦血流離

성안의 모든 남자나 여자　　　　　　　一切諸士女
두려워하여 문을 나지 못하고　　　　　恐怖不出門
온 성안은 모두 두려워 떨며　　　　　　合城悉戰悚
놀라고 부르짖는 소리만 들리었네　　　　但聞驚喚聲
어떤 이는 성 밖으로 빠져달아나고　　　有出城馳走
어떤 이는 구멍으로 들어가 숨네　　　　有窟穴自藏

여래는 오백 대중 거느리시고　　　　　如來衆五百

때가 되어 성안으로 들어오시매 時至而入城

높은 다락이나 창에 있는 사람들 高閣窓牖人

부처님께 여쭈어 못 가시게 하였네 啓佛令勿行

그러나 여래는 마음이 태연하고 如來心安泰

부드러운 얼굴에는 두려운 빛 없었나니 怡然無懼容

탐하고 질투하는 괴로움 생각하여 唯念貪嫉苦

사랑하는 마음으로 편안하게 하려 했네 慈心欲令安

하늘과 용의 무리 에워싸고 따르면서 天龍衆營從

미친 코끼리에게로 점점 나아갔나니 漸至狂象所

모든 비구들은 도망쳐 피해 가고 諸比丘逃避

오직 아난다(阿難)와 함께하셨네 唯與阿難俱

마치 법에는 온갖 모양 있어도 猶法種種相

한 자성(自性)은 흔들리지 않는 것 같아 一自性不移

취한 코끼리 미쳐 성내었으나 醉象奮狂怒

부처님 보자 마음이 곧 깨어났네 見佛心卽醒

그 몸을 던져 발에 절하나니 投身禮佛足

마치 큰 산이 무너지는 듯 猶若太山崩

연꽃 손바닥으로 그 이마를 만지매 蓮花掌摩頂

마치 해가 검은 구름 비추는 것 같았네 如日照烏雲

부처님 발 아래 꿇어엎드리자 跪伏佛足下

부처님은 그를 위해 설법하였네 而爲說法言

"코끼리여, 큰 용을 해치지 말라   象莫害大龍
코끼리는 용과 더불어 싸우기 어렵나니   象與龍戰難
코끼리가 큰 용을 해치려 하면   象欲害大龍
마침내 좋은 곳에 나지 못하리   終不生善處

탐욕·성냄·어리석음의 아득함과 취함은   貪恚癡迷醉
항복받기 어려우나 부처 이미 받았거니   難降佛已降
그러므로 너는 오늘에 있어   是故汝今日
마땅히 탐욕·성냄·어리석음 버리어라   當捨貪恚癡
이미 괴로움의 수렁창에 빠졌거니   已沒苦淤泥
버리지 않으면 더욱 깊어지리라"   不捨轉更深

그 코끼리는 부처님 말씀 듣고   彼象聞佛說
취한 기운 풀리고 마음은 곧 깨어나   醉解心卽悟
몸과 마음이 안락하게 되었나니   身心得安樂
목말라 단 이슬을 마시는 듯하였네   如渴飲甘露

코끼리 이미 부처님 교화 받자   象已受佛化
온 나라 사람들 모두 기뻐하였거니   國人悉歡喜
모두 드문 일이라 찬탄하면서   咸歎唱希有
가지가지 공양을 베풀었었네   設種種供養

아래 착한 사람 중간 착한 이 되고   下善轉成中
중간 착한 이는 위의 착한 이 되며   中善進增上
믿지 않는 사람은 믿음을 내고   不信者生信
이미 믿은 사람은 깊고 튼튼해졌네   已信者深固

때에 아자타사트루(阿闍世) 대왕	阿闍世大王
부처님이 취한 코끼리를 항복받는 것 보고	見佛降醉象
마음에 기특하다는 생각을 내어	心生奇特想
기뻐하고 몇 배나 더욱 공경하였네	歡喜倍增敬

여래께서는 좋은 방편으로써	如來善方便
가지가지의 신력(神力)을 나타내어	現種種神力
모든 중생을 항복받으신 뒤에	調伏諸衆生
힘을 따라 바른 법에 들게 했나니	隨力入正法

| 온 나라는 모두 착한 업 닦아 | 擧國脩善業 |
| 마치 겁초(劫初)의 사람 같았네 | 猶如劫初人 |

그리고 그 데바닷타는	彼提婆達多
악으로 말미암아 스스로 묶이어	爲惡自纏縛
전에는 신력으로 날아다니었으나	先神力飛行
지금은 무택옥(無擇獄)에 빠졌느니라	今墮無擇獄

22. 암마라녀 부처님을 뵈옵다
(菴摩羅女見佛品 第二十二)

세존은 널리 교화해 마치시고	世尊廣化畢
니르바나(涅槃)에 드실 마음 생기시어	而生涅槃心
그 라자그리하 성을 떠나	發於王舍城
파탈리푸트라(巴連弗) 성으로 나아가셨네	詣巴連弗邑
거기에 이미 도착하시자	到已住於彼
파탈리차트야(娑吒利支提)에 머무르셨나니	娑吒利支提
그곳은 저 마가다(摩竭提)의	彼是摩竭提
변방에 있는 속국이었네	邊邑附庸國
그 나라의 왕 바라문은	國主婆羅門
학식이 많고 경전에 밝으며	多聞明經典
나라의 안위를 우러러 상(相) 보는	瞻相土安危
그 나라의 앙관사(仰觀師)였네	國之仰觀師

마가다 왕은 사자(使者) 보내어　摩竭王遣使
그 앙관사에게 명령하기를　敕告彼仰觀
"든든한 성을 쌓아 이룩해　命起於牢城
그 강한 이웃 나라 막으라"고　以備於强鄰

세존은 그 땅을 예언하시되　世尊記彼地
"여기는 하늘 신이 보호하는 곳으로서　天神所保持
그 가운데 안팎 성을 일으키면　於中起城郭
영원히 튼튼하여 위태롭지 않으리라"　永固不危亡

앙관사는 그 말 듣고 마음으로 기뻐해　仰觀心歡喜
부처·법·승단에 공양하였네　共養佛法僧
부처님께서는 그 성문을 나가　佛出彼城門
강가(恒河) 강가로 나아가실 때　往詣恒河濱
앙관사는 부처님을 존경하는 뜻으로　仰觀深敬佛
그것을 '고타마 문'이라 이름했네　名爲瞿曇門

강가 강가의 많은 사람들　恒河側人民
모두 나와 세존을 맞이하고　皆出迎世尊
가지가지의 공양 베풀고　興種種供養
각기 배를 준비해 건너시게 하였네　各嚴船令渡

그 많은 배 중에서 어느 하나만 쓰면　世尊以船多
여러 사람 마음과 어긋난다 생각하고　偏受違衆心
세존은 곧 신통력을 부리시어　卽以神通力
자기와 대중들의 몸을 숨기고　隱身及大衆

390

이쪽 언덕에서 문득 사라져   忽從此岸沒
저쪽 언덕으로 건너가셨네   而出於彼岸

부처님은 지혜의 배를 타시고   以乘智慧船
중생을 널리 제도하셨네   廣濟於衆生
그 공덕의 힘으로 말미암아   緣斯德力故
강을 건너도 배를 의지하지 않으셨네   濟河不憑舟

강가 강가의 많은 사람들   恒河側人民
같은 소리로 기특하다 외치고   同聲唱奇哉
서로서로 말하여 이 나루를   咸言名此津
'고타마 나루'라 이름하였네   名爲瞿曇津

성문 이름은 '고타마 문'   城門瞿曇門
나루 이름은 '고타마 나루'   津名瞿曇津
이 이름은 세상에 널리 퍼져   斯名流於世
여러 대로 일컬어 전하여졌네   歷代共稱傳

여래는 다시 앞으로 나아가   如來復前行
저 쿨리(鳩梨) 촌에 이르시자   至彼鳩梨村
설법하여 많은 사람 교화하셨네   說法多所化

다시 나디카(那提) 촌에 이르렀을 때   復至那提村
사람들은 염병으로 많이 죽었네   人民多疫死
그 친척들은 모두 와서 묻기를   親戚悉來問
"염병으로 죽은 모든 친족들   諸親疫死者

죽은 뒤에 어디서 태어났는가"   命終生何所

부처님은 업보(業報)를 잘 아시어   佛善知業報
그 물음을 따라 모두 예언하셨네   悉隨問記說

다시 바이살리(鞞舍離)¹⁾로 나아가시어   前至鞞舍離
암마라 동산에 머무르셨네   住於菴羅林

저 암마라녀   彼菴摩羅女
부처님이 그 동산에 오셨다는 말을 듣고   承佛詣其園
그 시녀 무리들 거느리고   侍女衆隨從
조용히 나와 맞이했나니   庠序出奉迎

모든 정(情)의 근(根)을 잘 거두어잡고   善執諸情根
몸에는 가벼운 흰옷을 입어   身服輕素衣
갖가지로 장엄한 옷을 버리고   捨離莊嚴服
목욕하고 향기와 꽃으로 꾸미었네   自沐浴香花

마치 세상의 정숙하고 어진 여자   猶世貞賢女
깨끗한 그대로 하늘에 절하는 듯   潔素以祠天
단정하고 아름다운 그 얼굴 모습   端正妙容姿
마치 하늘 아씨의 얼굴 같았네   猶天玉女形

---

1) 바이살리(Vaiśāli) : 중인도에 있던 나라. 갠지스 강을 사이에 두고 남방으로 마가다 국과 상대. 붓다는 자주 이곳에 다니며, 유마힐(維摩詰)·암마라녀(菴摩羅女)·보적장자(寶積長子) 등을 교화했다.

부처님은 멀리서 여인 오는 것 보고　　　佛遙見女來
여러 비구들에게 말씀하셨네　　　　　告諸比丘衆

"저 여자는 지극히 단정하여　　　　　此女極端正
능히 행자(行者)의 마음 붙들 수 있네　能留行者情
너희들은 마땅히 바른 생각과　　　　汝等當正念
슬기로써 그 마음 진정시키라　　　　以慧鎭其心

차라리 사나운 호랑이 입이나　　　　寧在暴虎口
미친 사내 칼 아래 있을지언정　　　　狂夫利劍下
여자를 보고 그것에 대하여　　　　　不於女人所
애욕의 정을 일으키지 말아라　　　　而起愛欲情

여자는 아름다운 그 자태 나타낼 때　　女人顯恣態
다니거나 섰거나 앉았거나 누웠거나　若行住坐臥
더 나아가서는 그림에까지　　　　　乃至畵像形
모두 아리따운 자태를 나타내어　　　悉表妖姿容
사람의 착한 마음 휘몰아 빼앗거니　　劫奪人善心
어떻게 스스로 막지 않으리　　　　　如何不自防

울고 웃으며 기뻐하고 성내며　　　　現啼笑喜怒
함부로 한 몸짓으로 눈썹 떨어뜨리고　縱體而垂肩
혹은 흩은 머리나 기울어진 상투도　或散髮髻傾
오히려 사람 마음 어지럽게 하거니　　猶尙亂人心

하물며 그 몸짓과 태도 꾸미고　　　　況復飾容儀

아름답고 고운 얼굴 나타내면서	以顯妙姿顔
장엄한 꾸밈으로 더러운 꼴 숨기어	莊嚴隱陋形
어리석은 사내를 유혹하고 속이어	誘誑於愚夫
정신을 잃고 나쁜 생각을 내어	迷亂生德想
추한 꼴을 깨닫지 못하게 함이겠나	不覺醜穢形
그러므로 마땅히 '덧없고 괴로우며	當觀無常苦
더럽고 "내 것"이 없다'고 관찰하여	不淨無我所
그 참된 모양을 밝게 봄으로써	諦見其眞實
탐욕의 생각을 없애야 하느니라	減除貪欲想
스스로 경계를 바르게 관찰하면	正觀於自境
하늘 아씨도 즐거울 것 없겠거니	天女尙不樂
하물며 어떻게 인간에의 탐욕이	況復人間欲
능히 사람 마음을 붙들 수 있겠는가	而能留人心
그러므로 마땅히 노력의 활과	當執精進弓
지혜의 칼날과 날카로운 화살 쥐고	智慧鋒利箭
바른 생각의 겹갑옷 입고	被正念重鎧
다섯 가지 탐욕과 결정코 싸워보라	決戰於五欲
차라리 뜨거운 쇠창으로써	寧以熱鐵槍
두 눈을 찔러 뚫을지언정	貫徹於雙目
애욕을 가진 마음으로써	不以愛欲心
여자의 색을 보지 않아야 하네	而觀於女色
애욕은 그 마음 미혹시키어	愛欲迷其心

여색(女色)에 홀리어 빠지게 하나니　　　　　炫惑於女色
어지러운 생각으로 목숨 마치면　　　　　　　亂想而命終
반드시 세 가지 나쁜 길에 떨어지리　　　　　必墮三惡道

그러므로 나쁜 길의 괴로움을 두려워해　　　畏彼惡道苦
여자들의 속임을 받지 않아야 하네　　　　　不受女人欺

근(根)을 경계에 매지도 말고　　　　　　　　根不繫境界
경계를 근에 매지도 말라　　　　　　　　　　境界不繫根
그 가운데서 생기는 탐욕은　　　　　　　　　於中貪欲想
근이 경계를 매기 때문이니라　　　　　　　　由根繫境界

마치 두 마리 밭 가는 소는　　　　　　　　　猶如二耕牛
한 멍에 한 굴레에 매인 것 같아서　　　　　同一軛一鞅
소가 서로서로 매지 않나니　　　　　　　　　牛不轉相縛
근과 경계도 또한 그러하니라　　　　　　　　根境界亦然

그러므로 마땅히 마음을 억눌러　　　　　　　是故當制心
함부로 제 뜻대로 놀게 하지 말지니라"　　　勿令其放逸

부처님께서 비구들 위하여　　　　　　　　　佛爲諸比丘
가지가지로 설법해 마치시자　　　　　　　　種種說法已
그 암마라녀　　　　　　　　　　　　　　　　彼菴摩羅女
차츰차츰 세존 앞에 다가왔네　　　　　　　　漸至世尊前

그는 부처님이 나무 밑에 앉으시어　　　　　見佛坐樹下

고요히 선정(禪定)에 드신 것 보고   禪定靜思惟
'부처님의 가없어하는 큰 마음   念佛大悲心
내 이 동산숲을 받으리라' 생각했네   哀受我樹林

단정한 마음으로 태도를 단속하여   端心斂儀容
본래의 아리땁고 고운 정을 버리고   止素妖冶情
공경하는 모습으로 마음은 지극하여   恭形心純至
머리를 조아려 발에 대어 예배했네   稽首接足禮

세존은 앉으라 명령하시고   世尊命令坐
그 마음에 알맞게 설법하셨네   隨心爲說法
'네 마음 이미 순수하고 고요하며   汝心已純靜
덕스러운 모습은 밖으로 드러났네   表徹外德容

젊은 나이에 재물이 풍부하며   壯年豐財寶
덕을 갖추고 좋은 얼굴 겸하고도   備德兼姿顔
능히 바른 법을 믿고 즐겨하는 것   能信樂正法
이것은 세상에서 어려운 일이니라   是則世之難
장부로서 노숙하고 지혜 있어서   丈夫宿智慧
법을 즐기는 것은 기특한 일 아니네   樂法非爲奇

그러나 여자는 정과 뜻이 약하고   女人情志弱
지혜는 옅고 애욕은 깊은데도   智淺愛欲深
능히 바른 법을 즐겨한다면   而能樂正法
그야말로 그것은 매우 어려우니라   此亦爲甚難

사람이 이 세상에 태어났으면　　　　　　　　人生於世間
법을 스스로 즐겨해야 하나니　　　　　　　　唯應法自娛
재물과 색(色)은 항상 보배 아니요　　　　　　財色非常寶
오직 바른 법만이 보배가 되느니라　　　　　　唯正法爲珍

좋은 건강은 병으로 무너지고　　　　　　　　强良病所壞
젊음은 늙음으로 변하게 되며　　　　　　　　少壯老所遷
목숨은 죽음으로 곤(困)함을 받지마는　　　　　命爲死所困
수행하는 법만은 침노할 수 없느니라　　　　　行法無能侵

사랑에는 떠나지 않는 것 없고　　　　　　　　所愛莫不離
사랑하지 않는 것 억지로 만나며　　　　　　　不愛而强鄰
구하는 것 뜻대로 되지 않으나　　　　　　　　所求不隨意
오직 법만은 마음을 따르느니라　　　　　　　唯法爲從心

남의 힘이란 큰 고통 되고　　　　　　　　　他力爲大苦
자재로운 힘은 큰 기쁨 되거니　　　　　　　自在力爲歡
여자는 모두 남의 힘 의지하고　　　　　　　女人悉出他
겸하여 남의 자식 배는 고통 있다네　　　　　兼懷他子苦
그리므로 미망히 깊이 생각해　　　　　　　是故當思惟
여자 몸을 싫어해 떠나야 하네"　　　　　　厭離於女身

그 암마라녀　　　　　　　　　　　　　　彼菴摩羅女
법을 듣자 마음으로 기뻐하였고　　　　　　聞法心歡喜
굳건한 지혜는 더욱 밝아져　　　　　　　　堅固智增明
능히 애욕을 끊을 수 있었네　　　　　　　能斷於愛欲

곧 스스로 여자 몸 싫어하고　　　　　　　　即自厭女身
또한 경계에도 물들지 않아　　　　　　　　不染於境界
비록 더러운 꼴 부끄러워하였으나　　　　　雖恥於陋形
법의 힘은 그 마음 권하였나니　　　　　　　法力勸其心

머리를 조아리며 부처님께 여쭈었네　　　　稽首而白佛
"높은 이의 포섭함 이미 받았나이다　　　　已蒙尊攝受
내일 저의 공양을 받아주시어　　　　　　　哀受明供養
저의 이 뜻한 소원 이루게 하여지이다"　　令滿其志願

부처님은 그의 정성된 마음 아시고　　　　　佛知彼誠心
겸하여 모든 중생 이익되게 하기 위해　　　兼利諸群生
잠자코 그의 청을 받아주시어　　　　　　　默然受其請
그로 하여금 기뻐하게 하시었네　　　　　　令即隨歡喜

그 여자는 눈과 귀 더욱 밝아　　　　　　　視聽轉增明
예배하고 집으로 돌아갔네　　　　　　　　作禮而還家

23. 신력으로 수에 머무르다
(神力住壽品 第二十三)

그때에 바이살리의	爾時鞞舍離
모든 리차비 장자들은	諸離車長者
세존께서 그 나라에 들어오시어	聞世尊入國
암마라 동산에 계시다는 말 들었네	住菴摩羅園
어떤 이는 흰 수레를 타고	有乘素車輿
흰 일산에 흰옷을 입고	素蓋素衣服
어떤 이는 파랑·빨강·노랑 빛깔로서	青赤黃綠色
그들의 차림새는 제각기 달랐나니	其衆各異儀
따르는 무리들은 앞뒤로 싸고	導從翼前後
서로 길을 다투어 나아갔네	爭塗競路前
하늘 관 쓰고 곤화복(袞花服) 입고	天冠袞花服
보배 꾸밈새로 장엄했나니	寶飾以莊嚴
위엄스런 모양은 밝고 또 빛나	威容盛明曜

그 동산수풀을 더욱 빛내었네   增暉彼園林

그들은 다섯 가지 위의(威儀)를 버리고   除捨五威儀
수레에서 내려 걸어나갈 때에   下車而步進
거만한 마음 버리고 얼굴은 공손하게   息慢而形恭
부처님 발에 머리 대어 절하고   頂禮於佛足
대중들은 부처님을 에워쌌나니   大衆圍遶佛
마치 해의 겹바퀴의 광명 같았네   如日重輪光

리차비에 사자(師子)라 이름하는 이 있어   離車名師子
그는 모든 리차비의 우두머리로   爲諸離車長
덕스러운 얼굴은 사자와 같고   德貌如師子
그 위(位)는 사자의 신하지마는   位居師子臣
사자의 교만을 멸해 없애어   滅除師子慢
사캬 족 사자의 가르침을 받았네   受誨釋師子

"너희들은 큰 위엄과 덕망이 있고   汝等大威德
이름난 종족에다 아름다운 풍채로서   名族美色容
능히 이 세상의 교만 버리고   能除世憍慢
법을 받음으로써 밝음을 더하였네   受法以增明

재물과 색과 향과 꽃의 장식도   財色香花飾
계(戒)의 장엄만은 같지 못하며   不如戒莊嚴
나라의 풍족하고 안락함만이   國土豐安樂
오직 너희들의 영화이니라   唯以汝等榮

400

몸을 영화롭게 하고 백성 편안하게 하는 것　　　　　榮身而安民
그 마음을 고루고 다루는 데 있나니　　　　　　　　在於調御心
법을 즐겨하는 마음 거기 더하여　　　　　　　　　加以樂法情
그 덕을 갈수록 더욱 높게 하여라　　　　　　　　　令德轉崇高

땅이 여위고 사람 마음 더러우면　　　　　　　　　非薄土群鄙
능히 모든 어진 이를 모을 수 없나니　　　　　　　而能集衆賢
마땅히 그 덕을 날로 새롭게 하여　　　　　　　　　當日新其德
만백성을 어루만져 길러야 하느니라　　　　　　　撫養於萬民

밝고 바름으로써 대중을 지도하기　　　　　　　　導衆以明正
마치 소가 나루를 건너듯 하라　　　　　　　　　　如牛王涉津

만일 사람이 능히 스스로　　　　　　　　　　　　若人能自念
이 세상과 뒷세상을 생각하거든　　　　　　　　　今世及後世
오직 마땅히 바른 계를 닦아라　　　　　　　　　　唯當脩正戒
행복과 이익으로 두 세상에 편안하리　　　　　　　福利二世安

여러 사람들에게 존경받으며　　　　　　　　　　爲衆所敬重
좋은 이름은 두루 흘러써지고　　　　　　　　　　名稱普流聞
어진 사람이 즐거이 벗이 되어　　　　　　　　　　仁者樂爲友
덕의 흐름은 길이 다함없으리　　　　　　　　　　德流永無疆

산과 수풀과 보배 구슬과 돌은　　　　　　　　　山林寶玉石
모두 다 땅을 의지해 생기나니　　　　　　　　　皆依地而生
계의 덕도 또한 땅과 같아서　　　　　　　　　　戒德亦如地

온갖 착함이 거기서 나느니라 衆善之所由

날개 없이 허공에 오르려 하고 無翅欲騰虛
강 건널 때 좋은 배 없는 것처럼 渡河無良舟
사람으로서 계의 덕이 없으면 人而無戒德
괴로움을 건너가기 실로 어려우리라 濟苦爲實難

나무에 아름다운 꽃과 열매 있어도 如樹美花果
가시 있으면 휘어잡기 어려운 것처럼 針刺難可攀
많이 알고 아름다운 얼굴과 힘 있으면서 多聞美色力
계를 깨뜨리는 사람 또한 그러하니라 破戒者亦然

훌륭한 궁전에 단정히 앉아 端坐勝堂閣
왕의 마음을 스스로 장엄하고 王心自莊嚴
깨끗한 계의 공덕 갖추어 淨戒功德具
큰 선인(仙人)을 따라 교화받아라 隨大仙而征

깃 붙은 새 가죽옷 물들여 입고 染服衣毛羽
소라 상투에 수염과 머리 깎더라도 螺髻剃鬚髮
계의 덕성을 닦지 않으면 不脩於戒德
어떻게 온갖 고통 건너갈 수 있으리 方涉衆苦難

낮과 밤으로 세 번씩 목욕하고 日夜三沐浴
불을 받들어 고행 닦으며 奉火修苦行
더러운 들짐승에게 몸뚱이 주고 遣身穢野獸
물이나 불에 들고 절벽에 몸 던지며 赴水火投巖

떨어진 과실 먹고 풀뿌리를 먹으며 食菓餌草根

바람을 들이켜고 강가수를 마시며 吸風飮恒水

기운을 마심으로써 곡식을 끊더라도 服氣以絶糧

바른 계율을 멀리 떠나면 遠離於正戒

그것은 짐승의 도(道) 배우는 것으로서 習斯禽獸道

바른 법의 그릇이 될 수 없느니 非爲正法器

계를 깨뜨려 비방받는 것 毀戒招誹謗

어진 사람으로서 친할 바 아니니라 仁者所不親

마음에는 언제나 두려움 있고 心常懷恐怖

나쁜 이름은 그림자처럼 따라 惡名如影隨

현세에서 아무런 이익 없거니 現世無利益

뒷세상 어떻게 편함을 얻으리 後世豈獲安

그러므로 마땅히 지혜로운 사람은 是故智慧士

청정한 계를 닦아야 하나니 當修於淨戒

나고 죽음의 넓은 들에서 於生死曠野

계는 그 좋은 길잡이 되느니라 戒爲善導師

계를 가짐은 제 힘에 있나니 持戒由自力

그것은 곧 어려움 아니요 此則不爲難

깨끗한 계는 사다리 되어 淨戒爲梯隥

사람을 하늘에 오르게 하느니라 令人上昇天

깨끗한 계를 이룩해 세우는 이 建立淨戒者

그것은 번뇌의 적음에 의하나니   斯由煩惱微

모든 허물은 그 마음 깨뜨리고   諸過壞其心

좋은 공덕을 상실하게 하느니라   喪失善功德

무엇보다 먼저 '내 것'을 떠나라   先當離我所

'내 것'은 모든 착함 덮어버리네   我所覆諸善

마치 재가 불을 덮고 있을 때   猶灰覆火上

발로 밟아 뜨거움 깨닫는 것 같느니라   足踏而覺燒

교만이 그 마음 덮어버림은   憍慢覆其心

마치 해가 겹구름에 숨은 것 같네   如日隱重雲

게으름은 부끄러워하는 마음 없애서   慢怠滅慚愧

근심·슬픔은 강한 뜻을 약하게 하며   憂悲弱强志

늙음과 병은 건강한 몸 부수고   老病壞壯容

'나'라는 거만은 모든 착함 멸하네   我慢滅諸善

모든 하늘의 아수라[1]들은   諸天阿修羅

탐하고 미워하여 싸움을 일으키어   貪嫉興諍訟

모든 공덕을 다 잃어버리나니   喪失諸功德

'나'라는 거만을 품기 때문이니라   悉由我慢懷

'나는 훌륭한 가운데서 훌륭하고   我於勝中勝

내 덕은 훌륭한 이와 같으며   我德勝者同

---

1) 아수라(Asura) : 인도에서 가장 오래된 신의 하나로서 싸우기를 좋아하는 귀신.

나는 훌륭한 이보다 모자란다'고   我於勝小劣
이는 곧 어리석은 사람이니라   斯則爲愚夫

색이란 모두 덧없는 것이어서   色族悉無常
움직이고 흔들려 잠깐도 쉬지 않아   動搖不暫停
마침내 없어지는 법이 되고 말거니   終爲磨滅法
무엇으로써 교만 부리랴   何用憍慢爲

탐욕이란 큰 근심거리니   貪欲爲巨患
거짓으로 친하면서 가만히 원수 되네   詐親而密怨
사나운 불은 그 안에서 나나니   猛火從內發
탐욕의 불도 또한 그러하니라   貪火亦復然

탐욕의 불길이 왕성하게 타는 것   貪欲之熾燃
이 세간의 불보다 더 심하네   甚於世界火
불길이 왕성하면 물로 능히 없애지만   火盛水能滅
탐하는 애욕만은 녹일 수 없네   貪愛難可消

사나운 불이 넓은 들을 태울 때   猛火焚曠野
풀은 다 타도 다시 살아나지만   草盡還復生
탐욕의 불길이 마음 태우면   貪欲火焚心
바른 법은 곧 나기 어렵네   正法生則難

탐욕은 세상 쾌락 구하지마는   貪欲求世樂
그 쾌락은 깨끗하지 못한 업만 더하고   樂增不淨業
나쁜 업은 나쁜 길에 떨어지거니   惡業墮惡道

원수로서 탐욕보다 더한 것 없느니라 　　　　　怨無過貪欲

탐욕은 곧 애정을 내고 　　　　　　　　　　貪則生於愛
애정은 곧 모든 욕망 익히며 　　　　　　　　愛則習諸欲
욕망을 익힐수록 온갖 고통 부르나니 　　　　習欲招衆苦
근본 악으로서 탐욕보다 더한 것 없느니라 　元惡無過貪

탐욕은 곧 큰 병이건마는 　　　　　　　　　貪則爲大病
어리석은 사람은 지혜의 약 쓰지 않고 　　　　智藥愚夫止
잘못 깨닫고 바르게 알지 못해 　　　　　　　邪覺不正思
탐욕을 자꾸자꾸 더하게 하느니라 　　　　　能令貪欲增

덧없고 괴로우며 깨끗하지 못함에는 　　　　無常苦不淨
'나' 도 없고 또한 '내 것' 도 없네 　　　　　無我無我所
이렇게 지혜롭고 진실한 관찰 　　　　　　　智慧眞實觀
능히 그 잘못된 탐욕 없애느니라 　　　　　能滅彼邪貪

그러므로 모든 경계에 대해 　　　　　　　　是故於境界
진실한 관찰을 닦아야 하나니 　　　　　　　當修眞實觀
진실한 관찰이 생긴 뒤에는 　　　　　　　　眞實觀已生
탐욕에서 해탈을 얻을 수 있느니라 　　　　貪欲得解脫

덕을 보거든 탐욕을 내고 　　　　　　　　　見德生貪欲
허물을 보거든 성냄을 일으켜라 　　　　　　見過起瞋恚
그리하여 덕과 허물 한꺼번에 잊으면 　　　　德過二俱忘
탐욕과 성냄을 없앨 수 있느니라 　　　　　貪恚得除滅

성냄은 본래 얼굴 변하게 하여 　瞋恚改素容
능히 단정한 빛을 무너뜨리며 　能壞端正色
성냄은 밝은 눈을 어둡게 하여 　瞋恚翳明目
법의 뜻을 듣고자 함 해치느니라 　害法義欲聞

친하고 사랑하는 의지를 끊고 　斷絶親愛義
세상의 천대와 업신여김 받나니 　爲世所輕賤
그러므로 마땅히 성냄을 버려 　是故當捨恚
분해하는 마음을 따르지 말라 　勿隨於瞋心

미치고 성낸 마음 잘 제어하는 것 　能制狂恚心
그것을 훌륭한 어자(御者)라 하네 　是名善御者

세상에서 일컫는 좋은 말몰이 　世稱善調馭
그것은 바로 그 말고삐잡이거니 　是爲攝繩容
마음대로 성내어 참지 못하면 　縱恚不自禁
근심과 후회의 불 이내 따라 타리라 　憂悔火隨燒

만일 사람이 성냄을 일으키고 　若人起瞋恚
민저 스스로 자기 마음 데우고 　先白燒其心
그 다음에는 남에게 더해 　然後加於彼
혹은 타거나 혹은 타지 않나니 　或燒或不燒

남·늙음·병·죽음의 고통 　生老病死苦
중생을 못 견디게 핍박하거늘 　逼迫於衆生
거기에 다시 성냄의 해를 더해 　復加於恚害

많은 원한에 다시 원한 더하네 多怨復增怨

세상의 온갖 고통 핍박함을 보거든 見世衆苦迫
마땅히 자비스런 마음을 일으키라 應起慈悲心
중생의 번뇌를 일으키는 것 衆生起煩惱
많고 적음의 한량없는 차이거니 增微無量差
여래는 거기에 좋은 방편으로써 如來善方便
병을 따라 간략히 말씀하나니 隨病而略說
마치 이 세상의 좋은 의사가 譬如世良醫
그 병을 따라 약을 주는 것 같네" 隨病而投藥

그때에 그 모든 리차비들 爾時諸離車
부처님의 설법하시는 말을 듣고 聞佛所說法
곧 일어나 부처 발에 예배하고 卽起禮佛足
기뻐하면서 공손히 받들었네 歡喜而頂受
부처님과 그 대중들에게 請佛及大衆
"내일 베풀 공양을 받드시라"고 청하였네 明日設薄供

부처님이 모든 리차비에게 佛告諸離車
"이미 암마라가 청하였다" 말씀하시자 菴摩羅已請
모든 리차비들은 애석히 여겨 離車懷感愧
"어찌 우리 이익을 빼앗느냐"고 彼何奪我利

그러다가 부처님의 평등한 마음 알고 知佛心平等
곧 따라서 기뻐하는 마음을 일으켰네 而起隨喜心
이에 따라 여래는 마땅히 잘 如來善隨宜

위로하여 그 마음 기쁘게 하고   安慰令心悅

타일러 이해시켜 돌려보내었나니   伏化純熟歸

마치 뱀이 엄한 주문(呪文) 입은 것 같았었네   如蛇被嚴呪

밤이 지나고 먼동이 틀 때   夜過明相生

부처님은 많은 대중 거느리시고   佛與大衆俱

암마라의 집으로 나아가   詣菴摩羅舍

그의 공양을 받으셨네   受彼供養畢

부처님은 다시 벨루(毘紐) 촌에 나아가   往詣毘紐村

거기서 안거를 받으셨나니   於彼夏安居

석 달 안거를 마치신 뒤에   三月安居竟

다시 바이살리로 돌아오셨네   復還鞞舍離

잔나비 못가로 나아가시어   住獼猴池側

고요히 혼자 숲속에 앉아   坐於林樹間

큰 광명을 두루 놓으사   普放大光明

악마 피슈나(波旬)를 느끼게 했네   以感魔波旬

그는 부처님 게신 곳에 나아가   來詣於佛所

합장하고 권하며 청하여 말하였네   合掌勸請言

"옛날 이란자나 강가에서   昔尼連禪側

이미 진실한 서원을 세울 때   已發眞實要

'내 할 일을 마친 뒤에는   我所作事畢

마땅히 니르바나에 들리라' 고   當入於涅槃

이제 할 일을 이미 마치었거니 今所作已作

마땅히 먹은 마음 실천해야 하네" 當邃於本心

때에 부처님은 피슈나한테 말하기를 時佛告波旬

"멸도할 때는 멀지 않았네 滅度時不遠

이제 앞으로 석 달이 차면 却後三月滿

마땅히 니르바나에 들어가리라" 當入於涅槃

때에 그 악마는 여래께서 이미 時魔知如來

멸도할 기약 있음을 알고 滅度已有期

그 마음 이미 만족한지라 情願旣已滿

기뻐하며 천궁(天宮)으로 돌아갔었네 歡喜還天宮

여래는 나무 밑에 고요히 앉아 如來坐樹下

삼마디를 바르게 받아 正受三摩提

업의 갚음으로 받은 목숨(壽)을 버리고 放捨業報壽

신력으로 목숨(命)에 머물러 계시었네 神力住命存

여래께서 목숨(壽)을 버리심으로 以如來捨壽

대지는 두루 진동하였고 大地普震動

시방의 모든 허공경계는 十方虛空境

두루하여 큰 불이 타고 있었네 周遍大火然

수미산의 꼭대기는 무너지고 須彌頂崩頹

하늘에서는 조약돌을 날리며 天雨飛礫石

미친 바람은 사방에서 세게 불어 狂風四激起

나무들은 모두 꺾이고 부러졌네   樹木悉摧折

하늘 음악은 슬픈 소리를 내고   天樂發哀聲
하늘 사람들은 기쁨을 잊었었네   天人心忘歡

부처님께서는 삼마디에서 일어나   佛從三昧起
모든 대중들에게 두루 말씀하셨네   普告諸衆生

"나는 이미 목숨을 버리었어도   我今已捨壽
삼마디 힘으로 몸을 보존하지만   三昧力存身
몸은 이미 썩은 수레와 같아   身如朽敗車
다시 가고 올 인(因)이 없노라   無復往來因

이미 세 가지 '유(有)'를 벗어났나니   已脫於三有
새가 알을 부수고 나온 것 같느니라"   如鳥破卵生

24. 리차비들 떠나다(離車辭別品 第二十四)

존자 아난다는	尊者阿難陀
천지가 두루 진동하는 것 보고	見地普天動
마음이 놀라 몸털이 일어서며	心驚身毛竪
"무슨 인연이냐"고 부처님께 여쭈었네	問佛何因緣

부처님은 아난다에게 말씀하시되	佛告阿難陀
"나는 머무르기 석 달 동안의 목숨(壽)	我住三月壽
다른 목숨(命)과 행(行)은 다 버리었나니	餘命行悉捨
그러므로 땅이 크게 흔들렸었다"	是故地大動

아난다는 부처님 말씀을 듣고	阿難聞佛教
슬픈 눈물이 줄줄 흘렀나니	悲感淚交流
마치 저 힘센 코끼리	猶如大力象
찬다나(栴檀) 나무를 잡아흔들 때	搖彼栴檀樹
나무는 흔들리고 결(理)은 졸리어	擾動理迫迮

향기로운 즙이 흘러내림 같았네   香汁淚流下

큰스승님을 친하고 존경하며   親重大師尊
은혜는 깊고 탐욕 떠나지 못함   恩深未離欲
오직 이 네 가지 일 말미암아   惟此四事故
슬픔과 괴로움을 견딜 수 없었나니   悲苦不自勝

"나는 이제 세존께서   今我聞世尊
결정코 열반하신다는 말씀을 듣자   涅槃決定教
온몸은 모두 맥이 풀리어   舉體悉萎消
방위(方位)를 잃고 목소리는 변하며   迷方失常音
들었던 법을 모조리 잊고   所聞法悉忘
어지럽고 놀라워 천지를 잃은 듯했네   荒悸亡天地

괴상하여라, 구세주시여   怪哉救世主
멸도(滅度)¹⁾하심이 어이 그리 빠르신가   滅度一可駛
찬물을 만나 죽을 것 같을 때   遭寒水垂死
불을 만났으나 어느새 꺼진 듯이   遇火忽復滅
모든 번뇌의 넓은 들에서   於煩惱曠野
방위를 잃고 헤맬 때에   迷亂失其方
문득 훌륭한 길잡이 만났으나   忽遇善導師
채 건너지 못하고 이내 다시 잃은 듯   未度忽復失

마치 사람이 넓은 사막 걸어갈 때   如人涉長漠

---

1) 나고 죽는 큰 환난을 없애 번뇌의 바다를 건넜다는 뜻. 열반(涅槃).

덥고 목마르나 물이 없다가	熱渴久乏水
맑고 시원한 우물 만났지마는	忽遇淸涼池
달려가자 그 물이 말라버린 것 같네	奔趣悉枯竭

검푸른 눈썹 조용한 눈동자는	紺睫靜睛目
삼세(三世)의 일을 환하게 보았고	明鑒於三世
슬기는 그윽하고 어둠 비출 때	智慧照幽冥
어둠은 얼마나 빨리 없어졌던가	昏冥一何速

이것은 마치 가문 땅의 싹이	猶如旱地苗
구름 끼자 비를 바랐지마는	雲興仰希雨
사나운 바람에 구름 걷히어	暴風雲速滅
하염없이 빈 밭을 지키는 것 같아라	望絶守空田

지혜의 밝음 없는 큰 어둠 속에서	無智大闇冥
중생들 모두 방위 잃었을 때에	群生悉迷方
여래는 슬기의 등불을 켰거니	如來燃慧燈
갑자기 꺼지자 헤어날 길이 없네"	忽滅莫由出

여래는 아난다의 그 마음 이프고	佛聞阿難說
슬프고 간절한 하소연 듣고	酸訴情悲切
부드러운 말로써 위로하면서	軟語安慰言
그를 위해 진실한 법 말씀하셨네	爲說眞實法

| "만일 사람이 그 자성(自性) 알면 | 若人知自性 |
| 근심과 슬픔 속에 있지 않을 것이네 | 不應處憂悲 |

일체의 함(爲)이 있는 일과 물건은　　　　　一切諸有爲

그 모두 닳아서 없어지는 법이니라　　　　悉皆磨滅法

나는 이미 너에게 말하였나니　　　　　　我已爲汝說

모임의 성질은 떠나는 것이요　　　　　　合會性別離

은혜와 애정은 항상되지 않거니　　　　　恩愛理不常

슬퍼하고 그리는 마음 버려야 한다고　　當捨悲戀心

함이 있어서 유동하는 법　　　　　　　有爲流動法

나고 멸하여 자재(自在)하지 않나니　　生滅不自在

비록 영원히 존재하려 하더라도　　　　欲令長存者

마침내 그리 될 근거가 없느니라　　　終無有是處

만일 '함이 있는 법' 영원히 존재하여　有爲若常存

옮기거나 변하는 일 다시없다면　　　　無有遷變者

그것은 곧바로 해탈이거니　　　　　　此則爲解脫

무엇을 다시 구해야 하랴　　　　　　於何而更求

너나 또다른 중생들　　　　　　　　汝及餘衆生

내게 대하여 무엇을 구하는가　　　今於我何求

너희들이 마땅히 얻어야 할 것은　汝等所應得

나는 이미 말하여 마쳤느니라　　　我以爲說竟

나의 이 몸을 무엇에 쓰려는가　　何用我此身

묘한 법몸은 언제나 존재하여　　妙法身長存

나는 나의 고요함(寂靜)에 머무르거니　我住我寂靜

오직 요긴한 것은 여기에 있느니라 　　　　　所要唯在此

그러나 나는 중생들에 대하여 　　　　　然我於衆生
일찍이 게을리 한 적이 없었나니 　　　　　未曾有所惓
마땅히 싫어하고 떠날 생각을 닦아 　　　　當修厭離想
'스스로의 섬(洲)'에 잘 머물러야 하나니 　　善住於自洲

마땅히 알라, 스스로의 섬이란 　　　　　當知自洲者
알뜰하고 부지런한 방편으로써 　　　　　專精勤方便
혼자 고요히, 한가히 살기 닦아 　　　　　獨靜脩閑居
남의 믿음을 따르지 않음이네 　　　　　不從於他信

마땅히 알라, 스스로의 섬이란 　　　　　當知法洲者
결정코 밝은 슬기의 등불로써 　　　　　決定明慧燈
능히 어리석음의 어둠 없애고 　　　　　能滅除癡闇
네 가지 경계를 두루 관찰해 　　　　　觀察四境界
훌륭한 법을 잡아 얻어서 　　　　　　逮得於勝法
'나'와 '내 것'을 떠나는 것이니라 　　　　離我離我所

뼈 줄기에 가죽과 살 바르고 　　　　　骨竿皮肉塗
피로 물 대고 힘줄로 묶었나니 　　　　　血澆以筋纏
자세히 관찰하면 그 모두 더러운 것 　　　諦觀悉不淨
어떻게 이 몸을 즐거워하리 　　　　　云何樂此身

모든 '수(受)'는 인연 때문에 생기는 것이어니 　諸受從緣生
마치 물 위의 거품 같아서 　　　　　猶如水上泡

나고 꺼지어 덧없고 괴롭거니　　　　　　　　　生滅無常苦
즐거워하는 생각 멀리 떠나라　　　　　　　　遠離於樂想

마음의 '식(識)'은 나고 머무르고 멸하여　　　　心識生住滅
자꾸자꾸 변하여 잠깐도 쉬지 않네　　　　　　新新不暫停
적멸(寂滅)을 깊이 생각해보면　　　　　　　　思惟於寂滅
'항상'이란 생각은 길이 틀렸느니라　　　　　　常想永已乖

갖가지 '행(行)'은 인연으로 일어나　　　　　　衆行因緣起
모였다 흩어졌다 항상 함께 있지 않네　　　　　聚散不常俱
어리석은 사람은 '나'라는 생각 내나　　　　　愚癡生我想
슬기로운 사람은 '내 것'이 없네　　　　　　　慧者無我所

이 네 가지 경계에 대해　　　　　　　　　　　於此四境界
깊이 생각하고 바르게 관찰하라　　　　　　　思惟正觀察
이것은 곧 일승(一乘)의 도(道)이거니　　　　　此則一乘道
온갖 괴로움을 모두 멸하느니라　　　　　　　衆苦悉皆滅

만일 능히 여기에 머물러　　　　　　　　　　若能住於此
진실하고 바르게 관찰한다면　　　　　　　　眞實正觀者
부처의 몸은 있고 없고 하여도　　　　　　　佛身之存亡
이 법은 영원하여 다함이 없느니라"　　　　此法常無盡

부처님이 이 묘한 법 말씀하시어　　　　　　佛說此妙法
아난다를 위로할 때에　　　　　　　　　　　安慰阿難時
모든 리차비들은 이 말을 듣고　　　　　　　諸離車聞之

황송하고 두려워해 모두 모여왔었네   惶怖咸來集

그들은 속된 태도 모두 버리고   悉捨俗威儀
부처님 계신 곳에 달려와   驅馳至佛所
예배 마치고 한쪽에 앉아   禮畢一面坐
물을 일 있었으나 말하지 못하였네   欲問不能宣
부처님은 그 마음 이미 아시고   佛已知其心
먼저 방편으로 말씀하셨네   逆爲方便說

"내 이제 너희들을 관찰하노니   我今觀察汝
마음에 이상하단 생각 있구나   心有異常想
세속에 인연한 일 모두 버리고   放捨俗緣務
오직 법을 생각함으로 뜻을 삼아라   唯念法爲情

너희들은 이제 내게 대하여   汝今欲從我
묻고 싶고 알고 싶은 일이 있지만   所聞所知者
내가 목숨을 마치는 때에   於我存亡際
부디 근심하거나 슬퍼하지 말라   愼莫生憂悲

항상됨이 없는 '함' 이 있는 성질은   無常有爲性
움직이고 변하고 바뀌는 법으로서   躁動變易法
견고하지도 않고 이익도 아니면서   不堅非利益
오래 머무르는 모양이 없느니라   無有久住相

옛날의 모든 선왕(仙王)   古昔諸仙王
바시시타(婆私陀) 같은 선인과   婆私陀仙等

만다트리(曼陀) 전륜성왕 같은 사람들   曼陀轉輪王

그들의 수도 또한 적지 않았네   其比亦衆多

그러한 모든 훌륭한 조상들   如是諸先勝

그 힘은 자재천과 같았지마는   力如自在天

그들도 모두 이미 없어져   悉已久磨滅

어느 하나 지금에 산 사람 없네   無一存於今

해와 달과 사크라 천왕   日月天帝釋

그 수도 또한 많았지마는   其數亦甚衆

그들도 모두 지금에 없어져   悉皆歸磨滅

영원히 사는 자 없었느니라   無有長存者

과거 세상의 모든 부처들   過去世諸佛

그 수는 강가(恒河) 강가의 모래 같아서   數如恒邊沙

지혜는 온 세간 비추었으나   智慧照世間

모두 다 등불처럼 멸했느니라   悉皆如燈滅

미래 세상의 모든 부처들   未來世諸佛

장차 멸할 것도 또한 그러하거니   將滅亦復然

이제 내 어찌 홀로 다르랴   我今豈獨異

마땅히 니르바나에 들어야 하리   當入於涅槃

저기는 제도해야 할 이 있거니   彼有應度者

이제 마땅히 앞으로 나아가리   今宜進前行

바이살리는 쾌락한 곳이라   毘舍離快樂

너희들은 우선 스스로 편안하라 汝等且自安

세간은 의지하고 믿을 것 없어 世間無依怙
삼계는 족히 즐거워할 것 없나니 三界不足歡
근심하고 슬퍼하는 괴로움 그치고 當止憂悲苦
탐욕을 떠날 마음 내어야 하느니라" 而生離欲心

결단하여 길이 이별한 뒤에 決斷長別已
북방으로 나아가 노니실 때에 而遊於北方
느릿느릿 먼 길을 걸어가시기 靡靡涉長路
마치 해가 서산에 기우는 것 같았네 如日傍西山

그때에 모든 리차비들은 爾時諸離車
슬피 탄식하고 길을 따라 돌아오며 悲吟逐路隨
하늘을 우러러 서러워하고 탄식했네 仰天而哀歎

"아아, 얼마나 괴상한 일인가 嗚呼何怪哉
몸은 마치 진금산(眞金山) 같고 形如眞金山
온갖 모양 장엄을 갖추었거니 衆相具莊嚴
상자 별시 잃아 무니지며 히는구나 不久將崩壞
덧없음은 어이 그리 사정없는가 無常何無慈

나고 죽음에 오래 목말랐는데 生死久虛渴
여래는 지혜의 어머니로서 如來智慧母
지금 우리들을 갑자기 버리시네 而今頓放捨
구원 없는 괴로움을 어떻게 하리 無救苦奈何

중생은 오랫동안 어둠 속에 있으면서 　　衆生久闇冥
밝은 등불을 빌려 길을 갔거니 　　　　假明慧以行
어찌하여 그 지혜의 해는 　　　　　　如何智慧日
갑자기 그 빛을 감추려 하는가 　　　　忽然而潛光

'지혜 없음'은 빠른 흐름이 되어 　　　無智爲迅流
모든 중생을 띄워서 흘려보내니 　　　漂浪諸衆生
어찌하여 이 법의 다리(橋)는 　　　　如何法橋梁
하루아침에 문득 끊어지는가 　　　　一旦忽然摧

자비스러운 큰 의왕(醫王)은 　　　　慈悲大醫王
위없는 지혜의 좋은 약으로 　　　　　無上智良藥
중생의 괴로움을 다스렸거니 　　　　療治衆生苦
어찌하여 갑자기 멀리 가는가 　　　　如何忽遠逝

자비의 묘한 하늘 깃대는 　　　　　　慈悲妙天幢
지혜로 장엄하고 　　　　　　　　　　智慧以莊嚴
금강심(金剛心)으로 얽매여 　　　　　金剛心絞絡
세간은 보고 보아 싫어하지 않았거니 　世間觀無厭

사당(祠)의 장엄하고 훌륭한 깃대 　　祠祀嚴勝幢
어찌하여 하루아침에 무너지는가 　　云何一旦崩
중생은 얼마나 복이 엷기에 　　　　　衆生何薄福
나고 죽는 흐름에 바퀴 도는가 　　　輪廻生盡流

해탈의 문은 갑자기 닫혔나니 　　　　解脫門忽閉

길이 고통하며 벗어날 기약 없네   長苦無出期
여래는 위로하고 편안하게 하더니   如來善安慰
정(情)을 베고 영원히 하직하시네"   割情而長辭

마음을 억제하여 슬픔·그리움 참으며   制心忍悲戀
시든 카르니카라 꽃 같았네   如萎迦尼花

주저거리고 또 느릿거리며 슬퍼하고   徘徊而遲遲
원망하며 길을 따라 돌아가네   恨怏隨路行
마치 그 어버이 잃은 사람이   如人喪其親
장사 치러 이별하고 돌아옴과 같았네   葬畢長訣還

25. 열반에 다다라(涅槃品 第二十五)

부처님이 열반(涅槃)¹⁾하실 곳으로 떠나시자   佛至涅槃處

바이샬리는 텅 비고 쓸쓸하기   鞞舍離空虛

마치 밤에 구름 어두워   猶如夜雲冥

별과 달이 그 광명 잃은 듯하였네   星月失光明

그 나라 이전에는 안락했으나   國土先安樂

지금에는 갑자기 시들고 여위었네   而今頓凋悴

마치 사랑하는 아버지 잃은   猶如喪慈父

외로운 딸이 홀로 슬피하는 것 같네   孤女常獨悲

단정하나마 학식이 없고   如端正無聞

총명하나마 덕이 없으며   聰明而薄德

---

1) ①승려의 죽음. ②도를 이루어 모든 번뇌의 속박에서 해탈하여 불생불멸의 법을 체득한 경지.

마음으로 말 잘하나 입이 어눌하고　　　　　心辯而口吃
밝은 슬기이면서 재주가 모자라며　　　　　明慧而乏才

신통은 있으나 위의가 없고　　　　　神通無威儀
자비심 있으나 거짓 많으며　　　　　慈悲心虛僞
높고도 훌륭하나 힘이 없으며　　　　　高勝而無力
위의는 있으나 법이 없는 것처럼　　　　　威儀而無法

바이살리도 또한 그러해　　　　　鞞舍離亦然
본시 영화로웠으나 지금은 말라　　　　　素榮而今悴
마치 저 가을밭 묘종이　　　　　猶如秋田苗
물을 잃고 다 말라 시든 것 같았네　　　　　失水悉枯萎

혹은 불을 끊고 연기 없애고　　　　　或斷火滅煙
혹은 밥을 대했으나 먹기 잊으며　　　　　或對食忘飡
공사(公事)나 사사로운 일 모두 폐하고　　　　　悉廢公私業
모든 세속 인연을 닦지 않았네　　　　　不修諸俗緣
다만 부처 생각해 깊은 은혜 느껴워　　　　　念佛感恩深
모두 입 다물어 말하지 않았었네　　　　　默默各不言

그때에 그 사자(師子) 리차비는　　　　　時師子離車
근심과 슬픔을 억지로 참으며　　　　　强忍其憂悲
울 듯 울 듯 슬픈 소리를 내어　　　　　垂泣發哀聲
못내 그리는 마음 나타내었네　　　　　以表眷戀心

"모든 사특한 길 부수어 깨뜨리고　　　　　破壞諸邪徑

올바른 법을 나타냈으며　　顯示於正法

모든 외도를 이미 항복받았었거니　　已降諸外道

끝내 가고 다시는 돌아오지 않는가　　遂往不復還

세상은 세상을 떠나는 길 끊겼으매　　世絶離世道

덧없음은 곧 큰 병이어라　　無常爲大病

세존이 이제 열반에 드신다면　　世尊入大寂

의지할 곳도 없고 구제할 이도 없네　　無依無有救

방편으로 가장 훌륭한 높은 이　　方便最勝尊

마지막 그곳에 광명을 감추네　　潛光究竟處

우리는 이제 굳센 뜻을 잃었거니　　我等失强志

마치 불이 섶나무 끊은 것 같네　　如火絶其薪

세존은 세상 은덕 버리었거니　　世尊捨世蔭

중생들은 못내 불쌍하여라　　群生甚可悲

마치 사람이 신력(神力)을 잃은 듯　　如人失神力

온 세상 함께 서러워하네　　擧世共哀之

더위를 피해 시원한 못에 들고　　逃暑投涼池

추위를 만나 불을 의지했더니　　遭寒以憑火

하루아침에 모두 텅 비고 보면　　一旦悉廓然

중생들은 어디로 돌아가야 하는가　　群生何所歸

특별하고 훌륭한 법 밝게 통달해　　通達殊勝法

그는 이 세상의 도주사(陶鑄師)였었네　　爲世陶鑄師

이제 이 세간은 주인을 잃었거니   世間失宰正
사람을 잃으면 도(道)는 곧 없어지리   人喪道則亡

늙음·병·죽음이 자재로워서   老病死自在
도가 없어지고 도 아님이 통할 때에   道喪非道通
능히 큰 괴로움의 기틀을 깨뜨렸네   能壞大苦機
이 세간에 그 누가 그와 짝하리   世間何有雙

지극히 뜨거운 큰 불길 성하여도   猛熱極焰盛
큰비는 그것을 끌 수 있지만   大雲雨令消
탐욕의 불길이 맹렬히 타거니   貪欲火熾然
그 누가 그것을 꺼지게 하랴   其誰能令滅

튼튼하고 굳세어 짐 지는 사람   堅固能擔者
이미 이 세상 무거운 짐 버리었네   已捨世重任
다시 어떤 지혜의 힘이 있어서   復何智慧力
청하지 않은 벗이 될 수 있으랴   能爲不請友

마치 저 사형을 받을 죄수가   如彼臨刑囚
죽음에 다다라 술에 취하는 것처럼   爲死而醉酒
저 중생들의 미혹한 식(識)은   衆生迷惑識
오직 죽음에서 생을 받았네   惟爲死受生

날카로운 톱으로 재목을 켜듯   利鋸以解材
덧없음은 이 세간을 끊어 헤치네   無常解世間

어리석음의 어둠은 깊은 물 되고 　　　　癡闇爲深水

애정의 탐욕은 큰 물결 되며 　　　　愛欲爲巨浪

번뇌는 거기 뜨는 물거품 되고 　　　　煩惱爲浮沫

사특한 소견은 마카라(摩竭) 고기인데 　　　　邪見摩竭魚

오직 지혜의 배만이 있어 　　　　唯有智慧船

능히 이 큰 바다 건너갔었네 　　　　能度斯大海

온갖 병은 나무의 꽃이 되고 　　　　衆病爲樹花

늙음은 그 나무의 잔가지 되며 　　　　衰老爲纖條

죽음은 그 나무의 깊은 뿌리가 되고 　　　　死爲樹深根

유(有)의 업은 그 나무의 싹이 되나니 　　　　有業爲其芽

굳세고 날카로운 지혜의 칼은 　　　　智慧剛利刀

세 가지 유의 나무 능히 끊었네 　　　　能斷三有樹

무명(無明)은 불 비비개(鑽燧)와 불씨가 되고 　　　　無明爲鑽燧

탐욕은 타오르는 불꽃이 되며 　　　　貪欲爲熾焰

오욕의 경계는 그 섶나무인데 　　　　五欲境界薪

지혜의 물로써 그것을 끄시었네 　　　　滅之以智水

특별하고 훌륭한 법 두루 갖추어 　　　　具足殊勝法

이미 어리석은 어둠을 깨뜨리고 　　　　已壞於癡冥

편안하고 고요한 바른 길 보아 　　　　見安隱正路

가지가지 번뇌를 끝까지 알았었네 　　　　究竟諸煩惱

자비로써 모든 중생 교화할 때에 　　　　慈悲化衆生

미운 이나 친한 이에 다른 생각 없었고   怨親無異相
일체의 지혜를 통달했거니   一切智通達
이제는 그 모두 버리시었네   而今悉棄捨

연하고 아름답고 맑고 깨끗한 음성   軟美淸淨音
방정한 몸에 가늘고 긴 팔   方身纖長臂
그러한 큰 신선도 끝이 있거니   大仙而有邊
그 어떤 사람인들 다함없으리   何人得無窮

세월의 흐름 빠름을 깨달아   當覺時遷速
마땅히 힘써 바른 법을 구하라   應勤求正法

마치 험한 길에서 물을 만났을 때   如嶮道遇水
물 마시고 빨리 길을 나아가는 듯 하라   時飮速進路
'덧없음'이란 매우 사납고 거슬리어   非常甚暴逆
두루 무너뜨려 귀하고 천함 없네   普壞無貴賤
올바른 관찰을 마음에 두어   正觀存於心
비록 자더라도 항상 깨어 있어라"   雖眠亦常覺

때에 그 리차비 사자   時離車師子
언제나 부처님의 지혜를 생각하며   常念佛智慧
나고 죽음을 싫어해 떠나려고   厭離於生死
사람 중의 사자(師子)를 찬탄하고 사모했네   歎慕人師子

세상 은혜·사랑을 마음에 두지 않고   不存世恩愛
탐욕을 떠난 덕을 깊이 받들어   深崇離欲德

가볍고 날뛰는 뜻 꺾어 항복받으며   折伏輕躁意
한적하고 고요한 곳에 마음을 두었었네   栖心寂靜處

부지런히 보시(布施)를 닦아 행하고   勤修行惠施
교만한 마음을 멀리 여의고   遠離於憍慢
혼자 한가로이 살기를 즐겨해   樂獨脩閑居
오직 참된 법만을 깊이 생각하였네   思惟眞實法

그때에 그 일체 지혜 가진 이는   爾時一切智
원만한 몸을 사자처럼 돌리어   圓身師子顧
그 바이샬리를 바라보면서   瞻彼鞞舍離
하직하는 긴 노래 읊으셨나니   而說長辭偈

"이 바이샬리에 노니는 것   是吾之最後
이것은 나의 가장 마지막이네   遊此鞞舍離
저 역사(力士)들의 사는 곳으로 가   往力士生地
마땅히 '열반'에 들어야 하리"   當入於涅槃

차례차례 계속해 노니시어   漸次第遊行
그 보가성(蒲加城)에 도착하시자   至彼蒲加城
편안히 견고림(堅固林)에 머무르시며   安住堅固林
모든 비구들에게 훈계하셨네   教誡諸比丘

"나는 이제 한밤중이면   吾今以中夜
장차 열반에 들 것이다   當入於涅槃

너희들은 법을 의지해야 하나니 　　汝等當依法
그것은 곧 높고도 훌륭한 곳이니라 　　是則尊勝處

수트라(脩多羅)에 들어가지도 않고 　　不入脩多羅
또한 율의(律儀)를 따르지도 않으며 　　亦不愼律儀
진실한 이치에 어긋나는 것 　　眞實義相違
그것은 마땅히 받지 않아야 하네 　　則不應攝受

그것은 법도 아니요 율도 아니며 　　非法亦非律
또한 나의 말한 바도 아니어서 　　又非我所說
그것은 곧 어두운 말이어니 　　是則爲闇說
너희들은 마땅히 빨리 버리고 　　汝等應速捨
밝은 말은 받아가져야 하네 　　執受於明說

그것은 곧 뒤바뀜이 아니요 　　是則非顚倒
그것은 곧 내가 말한 바이며 　　是則我所說
법답고 율다운 가르침이네 　　如法如律敎

내 법·율과 같이 받으면 　　如我法律受
그것은 곧 믿을 수 있고 　　是則爲可信
내 법·율을 그르다고 말하면 　　言我法律非
그것은 곧 믿을 수 없느니라 　　是則不可信

미세한 뜻은 이해하지 못하고 　　不解微細義
그릇 문자만 따르는 것 　　謬隨於文字
그것은 어리석은 사람으로서 　　是則爲愚夫

법이 아니라 망령된 말이니라　　　　　　　　非法而妄說

참과 거짓을 분별하지 못하고　　　　　　　不別其眞僞
주견이 없이 어둡게 받는 것　　　　　　　　無見而闇受
마치 놋쇠와 금을 함께 벌여놓고　　　　　　猶鍮金共肆
세상사람을 속임과 같느니라　　　　　　　　誑惑於世間

어리석은 사람은 얕은 지혜 익히어　　　　　愚夫習淺智
진실한 이치는 알지 못하고　　　　　　　　　不解眞實義
비슷한 법을 받고서도　　　　　　　　　　　受於相似法
참된 법을 받았다 하네　　　　　　　　　　　而作眞法受

그러므로 마땅히 자세하고 밝게　　　　　　是故當審諦
참된 법·율을 관찰해야 하나니　　　　　　　觀察眞法律
마치 저 금을 단련하는 사람이　　　　　　　猶如鍊金師
굽고 두드려 참금을 취하듯　　　　　　　　　燒打而取眞

모든 경론(經論)을 알지 못하면　　　　　　不知諸經論
그것은 곧 지혜가 아니거니　　　　　　　　是則非黠慧
마땅히 말하지 않을 깃을 말하고　　　　　　不應說所應
마땅히 봐야 할 것 보지 않는구나　　　　　應作不應見

마땅히 평등하게 받아들이고　　　　　　　當作平等受
글뜻과 말과 같이 행해야 하나니　　　　　句義如說行
칼을 잡아 방편을 쓸 줄 모르면　　　　　　執劍無方便
도리어 그 손을 다치느니라　　　　　　　　則反傷其手

말이나 문자를 잘 쓰지 못하면	辭句不巧便
그 뜻을 밝게 깨치기 어렵나니	其義難了知
마치 밤에 가서 방을 찾을 때	如夜行求室
집이 넓어 그곳을 알 수 없음 같으리	宅曠莫知處

뜻을 잃으면 곧 법을 잃고	失義則忘法
법을 잃으면 마음이 어지럽네	忘法心馳亂
그러므로 저 지혜로운 사람은	是故智慧士
진실한 이치에 어기지 않느니라"	不違眞實義

이렇게 훈계하여 마치신 후에	說斯教誡已
파바성(波婆城)으로 가시었나니	至於波婆城
그 모든 역사(力士) 무리들	彼諸力士衆
갖가지 공양을 베풀어 받들었네	設種種供養

그때에 어떤 장자의 아들 있어	時有長者子
그 이름을 춘다(純陀)라 하였는데	其名曰純陀
부처님을 청해 그 집으로 가	請佛至其舍
최후의 공양을 마련해 받들었네	供設最後飯

공양을 끝내고 설법을 마치신 뒤	飯食說法畢
쿠시나가라(鳩夷) 성으로 나아가	行詣鳩夷城
카쿠타(蕨蕨)와 히라니야(熙連)의	度於蕨蕨河
두 강을 건너가셨네	及熙連二河

| 거기에는 그 견고림 있어 | 彼有堅固林 |

안온하고 또 한적한 곳이었네　　　　　　　安隱閑靜處
금하(金河)에 들어가 목욕하시자　　　　　　入金河洗浴
그 몸은 마치 진금산 같았었네　　　　　　　身若眞金山

부처님은 아난다에게 분부하시어　　　　　　告勅阿難陀
그 나란히 선 나무 사이를　　　　　　　　　於彼雙樹間
물 뿌리고 쓸어 깨끗하게 한 뒤에　　　　　掃灑令淸淨
노끈 평상(繩床)을 두라 하시고　　　　　　安置於繩床
"나는 오늘 한밤중에는　　　　　　　　　　吾今中夜時
니르바나에 들리라"　　　　　　　　　　　當入於涅槃

아난다는 부처님 분부 받고　　　　　　　　阿難聞佛敎
기가 막히고 마음은 슬펐나니　　　　　　　氣塞而心悲
가서 울면서도 분부 받들어　　　　　　　　行泣而奉敎
준비를 마치고 돌아와 아뢰었네　　　　　　布置訖還白

여래는 노끈 평상에 나아가시어　　　　　　如來就繩床
북쪽으로 머리 두고 오른쪽으로 누워　　　北首右脇臥
팔을 베개 삼고 두 발을 포개었으니　　　枕手累雙足
그 모양 마치 사자왕(獅子王)과 같았네　　猶如獅子王

괴로움을 끝낸 마지막 몸은　　　　　　　　畢苦後邊身
한번 눕자 영원히 일어나지 않았나니　　　一臥永不起
그 제자들은 모두 둘러싸고　　　　　　　　弟子衆圍遶
"세상 눈이 없어졌다" 슬피 탄식하였네　　哀歎世眼滅

바람은 멎고 숲과 물은 고요하며 　　　　風止林流靜
새와 짐승들은 죽은 듯 소리없고 　　　　鳥獸寂無聲
나무들은 모두 진액 눈물 흘리고 　　　　樹木汁淚流
꽃과 잎사귀는 때 아닌데 떨어졌네 　　　華葉非時零

탐욕 떠나지 못한 사람과 하늘 들은 　　　未離欲人天
모두 크게 황공하고 두려워하였나니 　　　悉皆大惶怖
마치 사람이 넓은 늪에 놀다가 　　　　　如人遊曠澤
길이 험해 마을까지 이르지 못했을 때 　　道險未至村
다만 거기까지 가지 못할까 　　　　　　但恐行不至
마음은 두렵고 몸은 바쁜 것 같았네 　　　心懼形忽忽

여래는 마지막으로 누우신 채 　　　　　如來畢竟臥
아난다에게 분부하셨네 　　　　　　　　而告阿難陀

"너는 가서 저 역사들께 알려라 　　　　往告諸力士
내 열반할 때는 이미 이르렀나니 　　　　我涅槃時至
그들이 만일 나를 보지 못하면 　　　　　彼若不見我
길이 한스러워 큰 고통 생기리라" 　　　永恨生大苦

아난다는 부처님 분부 받고 　　　　　　阿難受佛敎
슬피 울면서 길을 따라가 　　　　　　　悲泣而隨路
그 모든 역사들에게 알리었나니 　　　　告彼諸力士

"세존께선 이제 마지막이네" 　　　　　世尊已畢竟
모든 역사들 그 소식 듣고 　　　　　　諸力士聞之

못내 큰 두려움 생기었나니   極生大恐怖

사내도 아낙네도 모두 달려와   士女奔馳出

울부짖으며 부처님께 나아갈 때   號泣至佛所

찢어진 옷에 풀어헤친 머리털   弊衣而散髮

먼지 쓴 몸으로 땀을 흘리며   蒙塵身流汗

통곡하며 그 숲으로 나아갔나니   號慟詣彼林

마치 하늘 복이 다한 것 같았네   猶如天福盡

눈물을 흘리며 부처 발에 예배할 때   垂淚禮佛足

근심과 슬픔에 몸은 시들어졌네   憂悲身萎熟

여래는 위로하며 말씀하셨네   如來安慰說

"너희들은 근심하고 괴로워하지 말라   汝等勿憂悴

지금은 마땅히 기뻐할 때이거니   今應隨喜時

근심하고 슬퍼함은 마땅하지 않느니라   不宜生憂慼

오랜 겁(劫)을 두고 꾀하던 바를   長劫之所規

나는 이제 비로소 얻었나니   我今始獲得

모든 근(根)의 경계를 이미 건너   已度根境界

다함없는 시원하고 맑은 곳이네   無盡清涼處

땅·물·불·바람을 떠나   離地水火風

지극히 고요해 나고 멸하지 않아   寂靜不生滅

영원히 걱정 근심 버리었거니   永除於憂患

어찌하여 나를 위해 슬퍼하는가   云何爲我憂

나는 옛날 가야 산에서 　　　　　我昔伽闍山

이 몸을 버리고자 하였느니라 　　欲捨於此身

그 본래의 인연 있기 때문에 　　以本因緣故

세상에 살아 지금에 이르렀네 　　存世至於今

위태롭고 연약한 이 몸을 보호하기 　守斯危脆身

독사와 함께 사는 것 같았거니 　　如毒蛇同居

이제는 큰 고요함에 들어 　　今入於大寂

뭇 괴로운 인연 이미 끝났느니라 　衆苦緣已畢

다시는 뒷몸을 받지 않을 것이매 　不復更受身

미래의 괴로움 영원히 쉬었거니 　未來苦長息

너희들은 다시 나를 위하여 　　汝等不復應

두려워하지 않아야 하네" 　　爲我生恐怖

그 역사들은 부처님께서 　　力士聞佛說

큰 고요함에 드신단 말 듣고 　　入於大寂靜

마음은 어지럽고 눈은 어두워 　　心亂而目冥

큰 어둠을 보는 것 같았나니 　　如覩大黑闇

그러나 합장하고 부처님께 여쭈었네 　合掌白佛言

"부처님은 나고 죽는 괴로움 떠나 　佛離生死苦

적멸의 즐거움으로 길이 간다 하시니 　永之寂滅樂

저희들은 실로 기뻐하고 경하하네 　我等實欣慶

마치 저 불붙는 집에서 　　猶如被燒舍

438

어버이가 불 속을 빠져나온 것 같네   親從盛火出

모든 하늘조차 기뻐하겠거니   諸天猶歡喜

하물며 이 세상 사람에게 있어서랴   何況於世人

그러나 여래께서 멸도하신 뒤에는   如來旣滅後

중생들은 다시 뵈올 길 없어   群生無所覩

영원히 구호를 받을 수 없으리니   永違於救護

그러므로 걱정하고 슬퍼하는 것이네   是故生憂悲

마치 저 상인 무리가   譬如商人衆

멀리 빈 벌판을 건너갈 때에   遠涉於曠野

오직 한 사람 길잡이 있었으나   唯有一導師

중도에서 갑자기 잃은 것 같아서   忽然中道亡

대중들은 다시 믿을 데 없거니   大衆無所怙

어떻게 근심하고 슬퍼하지 않으리   云何不憂悲

현세에서 스스로 깨달아 알아   現世自證知

일체를 알고 본 이 만났으면서   覩一切知見

그러고도 승리를 거두지 못하면   而不獲勝利

온 세상의 웃음을 받을 것이니   擧世所應笑

보물산을 지나면서 어리석고 미련하여   譬如經寶山

가난 괴로움을 지키는 것 같거니"   愚癡守貧苦

이와 같이 그 모든 역사들   如是諸力士

부처님을 향하여 슬피 하소했나니   向佛而悲訴

마치 어떤 사람의 외동아들이   猶如人一子

자비스런 아버지께 슬피 하소하듯 하였네 　　　　　悲訴於慈父

부처님은 잘 타이르는 말씀으로 　　　　　佛以善誘辭
위없는 묘한 진리 나타내 보이시며 　　　　　顯示第一義
그 모든 역사들에게 말씀하셨네 　　　　　告諸力士衆

"진실로 너희들의 말과 같구나 　　　　　誠如汝所言
그러나 도를 구해 부지런히 힘쓰되 　　　　　求道須精勤
비록 나를 보지는 못하더라도 　　　　　非但見我得
내가 말한 바 그대로 행하면 　　　　　如我所說行
온갖 괴로움의 그물 벗어날 수 있으리라 　　　　　得離衆苦網

도를 행하는 것은 마음에 있고 　　　　　行道存於心
꼭 나를 보는 데에 있지 않나니 　　　　　不必由見我
마치 저 병을 앓는 사람이 　　　　　猶如疾病人
처방을 따라 좋은 약 먹으면 　　　　　依方服良藥
갖가지 병은 스스로 없어져 　　　　　衆病自然除
의사 보기 기다리지 않는 것처럼 　　　　　不待見醫師

내 말한 그대로 행하지 않으면 　　　　　不如我說行
한갓 나를 보아도 이익 없으리 　　　　　空見我無益

비록 나와 서로 멀리 있어도 　　　　　雖與我相遠
법을 행하면 내게 가까울 것이요 　　　　　行法爲近我
함께 있어도 그 법을 따르지 않으면 　　　　　同止不隨法
내게서 멀리 떠남 알아야 하네 　　　　　當知去我遠

마음을 거둬잡아 함부로 놀지 말고   攝心莫放逸

꾸준히 힘써 바른 업을 닦아라   精勤修正業

사람이 이 세상에 태어나면   人生於世間

긴긴 밤 동안 온갖 고통 핍박하나니   長夜衆苦迫

어지러이 흔들려 편안하지 못한 것   擾動不自安

마치 바람 앞에 있는 등불과 같네"   猶若風中燈

그때에 그 모든 역사들   時諸力士衆

부처님의 자비스런 가르치심 듣고   聞佛慈悲教

마음으로 감동해 눈물 거두고   內感而收淚

스스로 억제하며 돌아갔었네   强自抑止歸

26. 열반에 드시다(大般涅槃品 第二十六)

그때에 범지(梵志) 있어	爾時有梵志
수바드라(須跋陀羅)라 이름하였네	名須跋陀羅

어진 덕을 두루 갖추고	賢德悉備足
깨끗한 계(戒)로 중생을 보호하며	淨戒護衆生
젊을 때부터 사특한 소견 가져	少稟於邪見
외도(外道)를 따라 집을 나왔네	修外道出家

그는 와서 세존을 뵈옵고자 해	欲來見世尊
아난다에게 말하였네	告語阿難陀

"나는 들으니 여래의 도는	我聞如來道
그 뜻이 깊어 헤아리기 어려우며	厥義深難測
이 세간에서 위없는 깨친 이로	世間無上覺
제일가는 조어사(調御師)라 하였네	第一調御師

그는 이제 열반에 드신다 하니　　　　　　今欲般涅槃
두 번 다시 만나기 어려워라　　　　　　難復可再遇
보기 어려운 이 보기 어려움　　　　　　難見見者難
마치 거울 속의 달과 같거니　　　　　　猶如鏡中月

나는 이제 그 위없는　　　　　　　　　　我今欲奉見
좋은 도사(導師)를 뵈옵고자 하노라　　　無上善導師

온갖 고통 면하기를 구하고　　　　　　　爲求免衆苦
나고 죽음 너머 저 언덕에 이르며　　　　度生死彼岸
부처님의 햇빛을 감추게 하여　　　　　　佛日欲潛光
잠시나마 그분을 뵈옵고자 함이네”　　　願令我暫見

아난다는 슬픔을 느끼며　　　　　　　　阿難情悲感
아울러 생각하기를 ‘비꿈이거나　　　　兼謂爲譏論
세존의 멸도하심 기뻐함이니　　　　　　或欣世尊滅
부처님을 뵈옵게 할 수 없다’ 고　　　　不宜令佛見

부처님은 그의 바라는 바가　　　　　　　佛知彼希望
바른 법그릇이 될 수 있다 아시고　　　　堪爲正法器
아난다에게 분부하셨네　　　　　　　　而告阿難言

“그 외도의 들어옴을 허락하라　　　　　聽彼外道前
나는 사람을 구제하려 나왔거니　　　　我爲度人生
너는 주저하거나 어렵게 생각 말라”　　汝勿作留難

수바드라는 그 말씀 듣고   須跋陀羅聞

마음에 큰 기쁨을 내어   心生大歡喜

법을 즐겨하는 뜻 갈수록 깊어 樂法情轉深

더욱 공경하면서 부처 앞에 나아왔네 加敬至佛前

시절에 맞추어 공손히 말하고 應時隨順言

부드러운 말로 인사드리고   軟語而問訊

화한 얼굴로 합장하고 청하기를 和顏合掌請

"내 이제 물어볼 일이 있나니   今欲有所問

세상에 법을 아는 이로서   世有知法者

나 따위와 같은 사람 매우 많지만 如我比甚衆

오직 부처님의 얻은바 그 해탈은 唯聞佛所得

다른 요긴한 도(道)라고 들었네 解脫異要道

원컨대 나를 위해 대충 말씀하시어 願爲我略說

갈증난 마음을 축여주시라   沾潤虛渴懷

이것은 논의하기 위해서도 아니요 不爲論議故

승부를 다투려는 마음도 없네" 亦無勝負心

부처님은 그 범지 위하여   佛爲彼梵志

여덟 가지 바른 길 대충 말씀하셨네 略說八正道

그는 그 말씀 듣고 빈 마음으로 받아들여 聞卽虛心受

마치 헤매던 사람 바른 길을 만난 듯 猶迷得正路

지금까지 배운 모든 그것들   覺知先所學

마지막 도 아님을 깨달아 알았나니 非爲究竟道

일찍 듣지 못한 것 비로소 들어 　　　　即得未曾聞

사특한 길을 버려 떠나고 　　　　捨離於邪徑

어리석음 어둠의 장애를 등졌나니 　　　　兼背癡闇障

그는 지금까지 배우던 것 생각했네 　　　　思惟先所習

"성냄·어리석음의 어둠과 함께하면 　　　　瞋恚癡冥俱

착하지 않은 업을 자라게 하고 　　　　長養不善業

애욕·성냄·어리석음과 같이하지 않으면 　　　　愛恚癡等行

능히 모든 착한 업을 일으킨다 　　　　能起諸善業

많은 학식과 슬기와 정진(精進)도 　　　　多聞慧精進

또한 유애(有愛)로 말미암아 생기네 　　　　亦由有愛生

만일 성냄과 어리석음 끊으면 　　　　恚癡若斷者

곧 모든 업을 떠나게 되나니 　　　　則離於諸業

모든 업이 이미 다하면 　　　　諸業旣已除

그것은 곧 업에서 해탈하는 것"이라고 　　　　是名業解脫

그러나 모든 업에서의 해탈이란 　　　　諸業解脫者

진리와 서로 맞지 않는 것이었네 　　　　不與義相應

"세간에서는 일체의 것은 　　　　世間說一切

그 모두 자성(自性)이 있다"고 말하나니 　　　　悉皆有自性

그러나 애욕·성냄·어리석음이 있고 　　　　有愛瞋恚癡

만일 그것이 자성이 있다면 　　　　而有自性者

그것은 영원히 존재해야 하거니   此則應常存
어떻게 거기서 해탈할 수 있을까   云何而解脫

설사 성냄·어리석음 없애려 하더라도   正使恚癡滅
그 '유애'는 다시 도로 생기리니   有愛還復生
마치 저 물의 자성은 찬데   如水自性冷
불을 인연해 뜨거워졌더라도   緣火故成熱
뜨거움이 그치면 도로 차가워지나니   熱息歸於冷
자성은 항상되기 때문이니라   以自性常故

마땅히 알라, 유애의 성(性)은   當知有愛性
학식·슬기·정진에도 더하지 않네   聞慧進不增
더하지도 않고 멸하지도 않는 것   不增亦不減
어떻게 그것을 해탈이라 하리   云何是解脫

전에는 생각하되 '나고 죽음은   先謂彼生死
본래 자성으로부터 난다'고   本從性中生
그러나 이제 그 이치 관찰하면   今觀於彼義
해탈을 얻을 사람 아무도 없네   無得解脫者

자성은 영원히 존재하는 것이어니   性者則常住
어떻게 거기 마지막이 있으랴   云何有究竟
비유하면 마치 등불을 켤 때   譬如燃明燈
그 빛을 없앨 수 없는 것 같네   何能令無光

부처님 도(道)의 진실한 이치   **佛道眞實義**

'애욕을 인연하여 세간에 난다' 하네   緣愛生世間

애욕이 멸하면 곧 '고요함' 이거니   愛滅則寂靜

인이 없기 때문에 그 과도 없느니라   因滅故果亡

본래 생각하기를 '"나"는 몸과 다르고   本謂我異身

지은 이 없다고 보지 않는다' 고   不見無作者

이제 부처님의 바른 진리 들으매   今聞佛正教

이 세간에는 '나' 란 있을 수 없네   世間無有我

모든 법은 인연으로 생긴 것이어니   諸法因緣生

그것은 자재(自在)가 없기 때문이니라   無有自在故

인연으로 생겼기에 괴로움 있고   因緣生故苦

인연으로 멸하는 것 또한 그러하니라   因緣滅亦然

세상의 인연으로 생기는 것 관찰하면   觀世因緣生

곧 단견(斷見)[1]을 떠날 수 있고   則滅於斷見

연(緣)이 떠나 세간이 멸하는 것 관찰하면   緣離世間滅

곧 상견(常見)[2]을 떠날 수 있네   則離於常見

그는 본래의 소견 모두 버리고   悉捨本所見

부처님의 바른 법 깊이 보았네   深見佛正法

과거에 좋은 인(因)을 심었으므로   宿命種善因

---

1) 단견(Uccheda-dṛṣṭi) : 만유는 무상한 것이어서 실재하지 않는 것과 같이, 사람도 죽으면 몸과 마음이 모두 다 없어져서 공무(空無)에 돌아간다고 고집하는 그릇된 소견.

2) 상견(Śāśvata-dṛṣṭi) : 사람은 죽으나 자아(自我)는 없어지지 않으며, 5온은 과거나 미래에 상주불변하여 간단(間斷)하는 일이 없다고 고집하는 그릇된 견해.

법을 듣자 곧 능히 깨닫게 되었거니   聞法能卽悟
맑고 시원하기 다함없는 곳   已得善寂滅
좋은 적멸을 이미 얻었네   淸涼無盡處

마음 열리고 믿음은 더욱 넓어   心開信增廣
누워 계신 여래를 우러러보네   仰瞻如來臥
세상을 버리고 열반에 드시는   不忍觀如來
여래를 뵈옵기 차마 하지 못했나니   捨世般涅槃

"부처님 아직 돌아가시기 전에   及佛未究竟
마땅히 내 먼저 멸도하리라"   我當先滅度

합장하여 거룩한 얼굴에 예배하고   合掌禮聖顔
꼿꼿한 자세로 한쪽에 앉아   一面正基坐
목숨(壽)을 버리고 열반에 들었나니   捨壽入涅槃
마치 비가 작은 불 끄듯 하였네   如雨滅小火

부처님은 모든 비구들에게 말씀하셨네   佛告諸比丘
"나의 이 가장 마지막 제자   我最後弟子
이제 여기 이미 열반에 들었거니   而今已涅槃
너희들은 마땅히 공양하여라"   汝等當供養

초저녁 이미 지나   佛以初夜過
달은 밝고 별들은 총총 빛나며   月明衆星朗
숲은 고요하여 소리 없을 때   閑林靜無聲
부처님은 큰 자비심으로   而興大悲心

모든 제자들에게 최후 분부하셨네　　　　　　　　遺誡諸弟子

"내 열반에 든 뒤에는　　　　　　　　　　　　　吾般涅槃後
너희들은 마땅히　　　　　　　　　　　　　　　汝等當恭敬
프라티목샤(波羅提木叉)를 공경해야 하나니　　　波羅提木叉

이것은 곧 너희 스승의　　　　　　　　　　　　卽是汝大師
어두운 밤의 밝은 등이요　　　　　　　　　　　巨夜之明燈
가난한 사람의 큰 보물로서　　　　　　　　　　貧人之大寶
마땅히 가르침을 받아야 할 것이니　　　　　　　當所敎誡者
너희들은 마땅히 그것 따르기　　　　　　　　　汝等當隨順
나를 섬기는 것과 다름이 없이 하라　　　　　　如事我無異

몸과 입의 행(行)을 깨끗이 하여　　　　　　　　當淨身口行
모든 살림살이 직업을 떠나야 한다　　　　　　　離諸治生業
밭과 집과 또 중생을 기르기와　　　　　　　　　田宅畜衆生
재물이나 또 곡식을 쌓아두기　　　　　　　　　積財及五穀
이 모든 일 멀리 떠나기　　　　　　　　　　　一切當遠離
큰 불구덩이를 피하듯 하라　　　　　　　　　　如避大火坑

땅을 개간하기와 초목을 베기와　　　　　　　　墾土截草木
의술로 모든 병 다스리기와　　　　　　　　　　醫療治諸病
우러러 천체를 관찰하기와　　　　　　　　　　仰觀於曆數
길하고 흉한 상(象)을 헤아려 알고　　　　　　　步推吉凶象
이롭고 해로움을 점치는 것들　　　　　　　　　占相於利害

450

이것은 다 할 일이 아니니라   此悉不應爲

몸을 절제하여 때맞춰 먹고   節身隨時食

남의 시킴을 받아 간첩질하지 말며 不受使行術

달이는 약을 만들지 말고   不合和湯藥

아첨과 거짓을 멀리 떠나라   遠離諸諂曲

법을 따르는 생활 가구는   順法資生具

마땅히 양(量)을 알아 받을 것이요 應當知量受

받은 것은 곧 쌓아두지 말지니라 受則不積聚

이것은 곧 간략히 계를 말한 것이니 是則略說戒

모든 계의 근본이 되고   爲衆戒之根

또한 해탈의 근본이 되느니라   亦爲解脫本

그러므로 이 법으로 말미암아 依此法能生

능히 일체의 정수(正受)는 생기나니 一切諸正受

그 일체의 진실한 지혜는   一切眞實智

이것을 인연하여 이루어지느니라 緣斯得究竟

그러므로 마땅히 잡아가지어   是故當執持

그것을 끊기거나 무너지게 하지 말라 勿令其斷壞

깨끗한 계가 끊어지지 않으면   淨戒不斷故

곧 모든 착한 법 생기게 되고   則有諸善法

그것이 없으면 모든 착함 없나니 無則無諸善

계를 이룩하여 세우기 때문이네 以戒建立故

이미 맑고 깨끗한 계에 머물렀거든 　 已住淸淨戒

모든 정(情)의 근을 잘 거두어잡아 　 善攝諸情根

마치 소를 잘 기르는 사람처럼 　 猶如善牧牛

함부로 사납게 덤비지 않게 하라 　 不令其縱暴

모든 근의 말(馬)을 거두어잡지 않아 　 不攝諸根馬

여섯 가지 경계(六境)[3]에 함부로 놀게 하면 　 縱逸於六境

현세에서는 재앙을 가져오고 　 現世致殃禍

장차는 나쁜 길에 떨어지리니 　 將墜於惡道

비유하자면 말을 잘 다루지 못해 　 譬如不調馬

사람을 구렁창에 떨어지게 하는 것 같나니 　 令人墮坑陷

그러므로 밝고 지혜로운 사람은 　 是故明智者

모든 근을 제 뜻대로 놓아주지 않느니라 　 不應縱諸根

모든 근은 매우 사납고 악해 　 諸根甚凶惡

사람의 큰 원수가 되건만 　 爲人之重怨

중생은 모든 근을 사랑함으로써 　 衆生愛諸根

도리어 그에게 해침을 입느니라 　 還爲彼傷害

그 깊은 원한은 독한 뱀이나 　 深怨盛毒蛇

모진 범, 사나운 불, 그보다 성해 　 暴虎及猛火

세상사람들 매우 미워하지만 　 世間之甚惡

슬기로운 사람은 두려워하지 않나니 　 慧者所不畏

---

3) 육식(識)으로 인식하는 대상(對象). 색경(色境)·성경(聲境)·향경(香境)·미경(味境)· 촉경(觸境)·법경(法境).

452

그는 오직 가볍고 덤비는 마음이　　　　　唯畏輕躁心

사람을 나쁜 길에 들게 함을 두려워하네　　將人入惡道

그 조그마한 쾌락에 편안해하면서　　　　以彼樂小恬

깊고 험한 곳을 보지 않기 때문이네　　　不觀深險故

미친 코끼리 날랜 갈고리 잃고　　　　　狂象失利鉤

원숭이 나뭇가지 얻은 것처럼　　　　　猿猴得樹林

가볍고 덤비는 마음 그와 같거니　　　輕躁心如是

슬기로운 사람은 거둬잡아야 하네　　慧者當攝持

마음을 놓아 뜻대로 하게 하면　　　　放心令自在

마침내 고요함을 얻지 못하나니　　　終不得寂滅

그러므로 마땅히 마음을 제어하여　　是故當制心

편하고 고요한 곳으로 빨리 가야 하느니라　速之安靜處

음식을 먹을 때는 분량을 알아　　　　飯食知節量

마땅히 약을 먹는 법처럼 하고　　　當如服藥法

그 음식을 먹음으로 말미암아　　　勿因於飯食

탐하거나 성내는 마음을 내지 말라　而生貪恚心

음식은 굶주리고 목마를 때문이니　飯食止飢渴

마치 헌 수레의 기름과 같느니라　如膏朽敗車

비유하면 벌이 꽃의 꿀을 딸 때에　譬如蜂採花

그 빛깔·향기 다치지 않는 것처럼　不壞其色香

비구는 다니면서 밥을 빌 때에　比丘行乞食

그 믿는 마음을 상하게 하지 말라　勿傷彼信心

혹 어떤 사람이 즐거이 주더라도　　　　若人開心施

마땅히 그 힘을 헤아려보라　　　　當推彼所堪

소의 그 힘을 헤아리지 않으면　　　　不籌量牛力

무거운 짐은 그를 해치게 하리　　　　重載令其傷

아침·낮·저녁 세 때를 따라　　　　朝中晡三時

차례로 바른 업 닦아야 한다　　　　次第修正業

초저녁과 새벽의 그 두 때에는　　　　初後二夜分

잠에 집착하는 일 없도록 하고　　　　亦莫著睡眠

밤중에는 단정한 마음으로 누워　　　　中夜端心臥

생각을 새벽에 매어두어야 한다　　　　係念在明相

밤이 마치도록 깊은 잠에 빠지어　　　　勿終夜睡眠

몸과 목숨 헛되이 지내지 말게 하라　　　　令身命空過

'때' 의 불은 언제나 이 몸을 태우거니　　　　時火常燒身

어떻게 길이 잠만 자고 있으랴　　　　云何長睡眠

번뇌는 온갖 원수의 집으로서　　　　煩惱衆怨家

빈틈을 타서 이내 나를 해치나니　　　　乘虛而隨害

마음은 잠에 빠져 어두웠거니　　　　心惛於睡寐

죽음이 이른들 누가 능히 깨우랴　　　　死至孰能覺

독사가 집에 숨어 있으면　　　　毒蛇藏於宅

좋은 주문(呪文)으로 나가게 하고　　　　善呪能令出

검은 살모사 그 마음에 있으면　　　　黑虺居其心

밝은 깸의 주문으로 없애야 하겠거늘 明覺善呪除

아무 방법도 없이 길이 잠자면 無術而長眠

이는 곧 부끄러움 없는 사람이니라 是則無慚人

부끄러움은 장엄한 의복이 되고 慚愧爲嚴服

부끄러움은 코끼리의 갈고리 되나니 慚爲制象鉤

부끄러움은 그 마음 안정시키고 慚愧令心定

부끄러움 없으면 선근(善根)을 잃느니라 無慚喪善根

부끄러워할 줄 알면 어진 이라 일컫고 慚愧世稱賢

부끄러움 없으면 짐승의 동무니라 無慚禽獸倫

혹 어떤 사람이 날카로운 칼로써 若人以利刀

마디마디 그 몸을 헤치더라도 節節解其身

성내거나 원망하는 마음을 품지 말고 不應懷恚恨

입으로는 나쁜 말을 더하지 말라 口不加惡言

나쁘게 생각하고 나쁘게 말하면 惡念而惡言

자기만 해치고 남 해치지 못하나니 自傷不害彼

몸을 절제하여 고행을 닦을 때에 節身修苦行

인욕보다 더 훌륭한 것 없느니라 無過忍辱勝

오직 인욕을 행하는 것만이 唯有行忍辱

항복받기 어려운 견고한 힘이어니 難伏堅固力

그러므로 원망하는 마음을 품지 말고 是故勿懷恨

나쁜 말로 남에게 대하지 말라 惡言以加人

성냄은 바른 법을 무너뜨리고　　　　　瞋恚壞正法

또한 단정한 몸을 무너뜨리며　　　　　亦壞端正色

아름다운 이름을 잃어버리게 하고　　　喪失美名稱

그 불길은 제 마음을 태우느니라　　　瞋火自燒心

성냄은 공덕의 원수 되나니　　　　　　瞋爲功德怨

덕을 사랑하거든 덕으로 원한을 품지 말라　愛德勿懷恨

집에 있으면 번뇌 많나니　　　　　　　在家多諸惱

성내기 때문이라 이상한 것 아니지만　瞋恚故非怪

출가한 이로서 원한 품으면　　　　　　出家而懷瞋

그것은 곧 이치와 어그러지네　　　　　是則與理乖

마치 그것은 찬물 속에 있으면서　　　猶如冷水中

왕성한 불이 있어 타는 것 같느니라　而有盛火燃

교만한 마음이 만일 생기면　　　　　　憍慢心若生

마땅히 제 손으로 정수리 쓸어보라　當自手摩頂

머리를 깎고 물들인 옷을 입고　　　　剃髮服染衣

손에는 밥을 비는 바루를 들고　　　　手持乞食器

치우친 곳에서 혼자 살아가거니　　　邊生裁自活

무엇 때문에 교만한 마음 내랴　　　　何爲生憍慢

빛깔옷 족속의 속인으로도　　　　　　俗人衣色族

교만은 또한 허물이거니　　　　　　　憍慢亦爲過

하물며 집을 나온 사람으로서　　　　何況出家人

456

해탈의 도를 뜻하여 구하면서   志求解脫道

교만한 마음을 만일 낸다면   而生憍慢心

그것은 크게 옳지 않은 일이니라   此則大不可

굽음과 곧은 성질 서로 어긋나   曲直性相違

서리와 불꽃처럼 함께하지 못하나니   不俱猶霜炎

집을 나와 곧은 길 닦는 이에게   出家脩直道

아첨과 굽음은 어울리지 않거니   諂曲非所應

아첨, 거짓과 허환(虛幻), 간사도   諂僞幻虛詐

오직 법만은 속이지 못하느니라   唯法不欺誑

많이 구하면 곧 괴로움 되고   多求則爲苦

욕심 적으면 곧 안온하나니   少欲則安隱

안온을 위해서도 욕심 적어야 하거니   爲安應少欲

하물며 참해탈을 구함에 있어서랴   況求眞解脫

아끼는 이 많이 구함 두려워하나니   慳吝畏多求

그 재물 손해볼까 걱정하기 때문이요   恐損其財寶

보시 좋아하는 이도 또한 두려워하나니   好施者亦畏

재물이 모지랄까 부끄러워함이네   愧財不供足

그러므로 마땅히 욕심을 적게 하여   是故當小欲

그의 베풂 두려움이 없게 하라   施彼無畏心

이 욕심 적은 마음 말미암으면   由此少欲心

곧 해탈의 도를 얻을 것이니   則得解脫道

만일 해탈을 구하고자 하거든   若欲求解脫

마땅히 족함을 알도록 익혀야 하네   亦應習知足

족함을 알면 항상 기쁨이 있고   知足常歡喜

기쁨은 곧 그 법이네   歡喜卽是法

살아가는 기구들 비록 추해도   資生具雖陋

족한 줄 알기 때문에 항상 편하네   知足故常安

족한 줄 알지 못하는 사람   不知足之人

비록 하늘에 나는 즐거움 얻더라도   雖得生天樂

족한 줄 알지 못하기 때문에   以不知足故

괴로움의 불은 항상 마음 태우네   苦火常燒心

부자로도 족한 줄 모르면   富而不知足

그것은 곧 가난의 괴로움   是亦爲貧苦

가난하여도 족한 줄 알면   雖貧而知足

그것은 곧 첫째가는 부자니라   是則第一富

그 족한 줄 알지 못하는 자에게는   其不知足者

다섯 욕심 경계는 더욱 넓어가나니   五欲境彌廣

자꾸자꾸 구해도 싫어할 줄을 몰라   猶更求無厭

긴긴 밤 동안을 달리며 고통하고   長夜馳騁苦

허겁지겁 걱정근심 마음에 있어   汲汲懷憂慮

족함을 아는 이에게 도리어 동정받네   反爲知足哀

많은 권속을 갖지 않으면   不多受眷屬

그 마음 언제나 안온하여라   其心常安隱

그는 안온하고 고요하기 때문에   安隱寂靜故

사람과 하늘 들이 모두 다 섬기나니 人天悉奉事
그러므로 마땅히 친하거나 섬김의 是故當捨離
두 가지 권속을 버려야 하느니라 親疏二眷屬

마치 빈 숲의 외로운 나무에 如曠澤孤樹
뭇 새들 많이 모여 깃들이는 것처럼 衆鳥多集栖
많은 권속 기르는 것 또한 그러하나니 多畜衆亦然
긴긴 밤 동안을 온갖 괴로움 받네 長夜受衆苦

권속들 많으면 얽매임 많아 多衆多纏累
마치 늙은 코끼리 수렁창에 빠진 듯 如老象溺泥

사람이 만일 부지런히 정진하면 若人勤精進
어떤 이익이고 얻지 못할 것 없네 無利而不獲
그러므로 마땅히 낮이나 밤이나 是故當晝夜
부지런히 힘써 게으르지 말라 精勤不懈怠

산골짝에 흐르는 실개울 물도 山谷微流水
늘 흐르기 때문에 돌을 뚫으며 常流故決石
불을 문길리도 정진하지 않으면 鑽火不精進
한갓 수고로울 뿐 얻지 못하리 徒勞而不獲
그러므로 마땅히 꾸준히 힘쓰기 是故當精進
힘센 사람이 불을 문지르듯 하라 如壯夫鑽火

착한 벗이 아무리 좋다 하여도 善友雖爲良
바른 생각에는 미치지 못하나니 不及於正念

바른 생각이 마음에 있으면   正念存於心

온갖 악한 것 들어오지 못하네   衆惡悉不入

그러므로 언제나 수행하는 사람은   是故修行者

마땅히 그 몸을 생각하여야 하네   常當念其身

만일 몸에 대하여 바른 생각 잃으면   於身若失念

일체의 착한 일 곧 잊어버리리   一切善則忘

비유하면 저 용맹스러운 장군   譬如勇猛將

갑옷 입고 강한 적을 제어하는 것처럼   被鉀御强敵

바른 생각은 겹갑옷 되어   正念爲重鎧

여섯 경계의 적을 제어하나니   能制六境賊

바른 정(定)은 깨닫는 마음 살피어   正定撿覺心

세간의 나고 멸함 관찰하나니   觀世間生滅

그러므로 마땅히 수행하는 사람은   是故修行者

삼마디(三摩提)를 익혀야 하네   當習三摩提

삼마디 이미 고요해지면   三昧已寂靜

능히 일체 괴로움 멸하느니라   能滅一切苦

지혜는 섭수에서 멀어지는 것   智慧能照明

또한 능히 밝혀 알게 하나니   遠離於攝受

평등하게 관찰하고 마음으로 생각하여   等觀內思惟

그것을 따라 바른 법에 나아가네   隨順趣正法

그러므로 속인이나 출가한 이들은   在家及出家

마땅히 이 길을 의지해야 하느니라   斯應由此路

남·늙음·죽음의 큰 바다에는　　　　　　　生老死大海
지혜가 그 가벼운 배 되고　　　　　　　　智慧爲輕舟
무명(無明)의 큰 어둠 속에는　　　　　　　無明大闇冥
지혜가 그 밝은 등불이 되네　　　　　　　智慧爲明燈

모든 결박의 때(垢)와 병에는　　　　　　諸纏結垢病
지혜가 그 좋은 약 되고　　　　　　　　　智慧爲良藥
번뇌의 가시숲에는　　　　　　　　　　　煩惱棘刺林
지혜가 그 날카로운 도끼 되며　　　　　　智慧爲利斧
어리석은 애욕의 빠른 물에는　　　　　　癡愛駛水流
지혜가 곧 그 다리(橋) 되나니　　　　　　智慧爲橋梁

그러므로 마땅히 부지런히 익히어　　　　是故當勤習
들음·생각함·닦음의 슬기를 내야 하네　　聞思修生慧

이 세 가지 슬기를 이루어 마치면　　　　成就三種慧
비록 장님이나 슬기눈이 트이나니　　　　雖盲慧眼通
슬기 없으면 마음은 거짓되어　　　　　　無慧心虛僞
그는 곧 출가한 이라 할 수 없나니　　　　是則非出家

그러므로 마땅히 깨달아 알라　　　　　　是故當覺知
모든 거짓되는 법을 떠나면　　　　　　　離諸虛僞法
미묘한 즐거움 곧 얻게 되어　　　　　　　逮得微妙樂
거기는 고요하고 안온한 곳이니라　　　　寂靜安隱處

방일(放逸)하지 않기를 숭상하여야 하네　遵崇不放逸

방일은 착한 일의 원수 되나니	放逸爲善怨
만일 사람이 방일하지 않으면	若人不放逸
사크라의 하늘에 날 수 있지만	得生帝釋處
마음을 놓아 방일하는 이	縱心放逸者
그는 곧 아수라에 떨어지리	則墮阿修羅
남을 편하게 하는 자비의 업을	安慰慈悲業
할 수 있는 대로 나는 이미 마쳤네	所應我已畢
너희들도 마땅히 꾸준히 힘써	汝等當精勤
스스로 그 업을 잘 닦으라	善自修其業
숲이나 비고 한가한 곳에서	山林空閑處
고요한 마음 더하고 키워	增長寂靜心
마땅히 스스로 부지런히 힘써	當自勤勸勉
뒷날에 뉘우침과 한이 됨이 없게 하라	勿令後悔恨
마치 세상의 좋은 의사가	猶如世良醫
병을 따라 맞는 약을 말해주어도	應病說方藥
병을 알고도 먹지 않으면	抱病而不服
그것은 의사 허물 아닌 것처럼	是非良醫過
내 이미 참된 이치 말하여	我已說眞實
평등한 길을 나타내 보였거니	顯示平等路
그 말을 듣고도 받아 쓰지 않으면	聞而不奉用
그것은 말한 이의 허물이 아니니라	此非說者咎

네 가지 참된 이치에 대하여 　　　　　　　　　於四眞諦義

밝게 알지 못하는 것 있으면 　　　　　　　　有所不了者

너희들은 이제 다 물어야 하고 　　　　　　　汝今悉應問

마음에 품은 의심 숨기지 말라" 　　　　　　勿復隱所懷

이와 같이 세존은 가여워 물었으나 　　　　　世尊哀愍教

모인 대중들은 잠자코 있었나니 　　　　　　衆會默然住

그때에 저 아니룻다는 　　　　　　　　　　時阿那律陀

모든 대중들 관찰해보매 　　　　　　　　　觀察諸大衆

잠자코 있어 가진 의심 없었거니 　　　　　默然無所疑

이에 합장하고 부처님께 여쭈었네 　　　　合掌而白佛

"달은 따뜻하고 햇빛은 차며 　　　　　　　月溫日光冷

바람은 고요하고 땅은 움직임 　　　　　　風靜地性動

이 네 가지에 대한 의심이나 미혹은 　　　如是四種惑

이 세상에는 이미 없는 것처럼 　　　　　世間悉已無

고집멸도(苦集滅道)의 참된 이치는 　　　　苦集滅道諦

진실하여 일찍 어긋남이 없나니 　　　　　眞實未曾違

세존께서 말씀하신 그대로이어서 　　　　如世尊所說

대중들은 아무도 의심이 없네 　　　　　　衆會悉無疑

다만 세존께서 열반하심으로써 　　　　　唯世尊涅槃

모두들 다 슬퍼하고 있지만 　　　　　　一切悉悲感

세존께서 말씀하신 그것에 대하여는 　　不於世尊說

흡족하지 않다는 생각은 내지 않네 　　起不究竟想

혹 처음으로 출가한 이 있어   正使新出家
아직 깊이 이해하지 못한 자라도   情未深解者
이제 그 간절하신 가르침 듣고   聞今慇懃教
의심이나 미혹은 이미 다 없어졌네   疑惑悉已除

이미 나고 죽음의 바다를 건너   已度生死海
욕망도 없고 구할 바도 없지만   無欲無所求
이제 모두 슬퍼하고 애달파하는 것은   今皆生悲戀
부처님의 멸도하심 빠름을 한탄함일세"   歎佛滅何速

부처님은 그 아니룻다의   佛以阿那律
갖가지 근심하고 슬퍼하는 말을 듣자   種種憂悲說
다시 사랑하고 가엾은 마음으로   復以慈愍心
그를 위로하여 말씀하셨네   安慰而告言

"비록 몇 겁 동안을 머무른다 하더라도   正使經劫住
마침내는 갈리어 이별하리니   終歸當別離
다른 몸이면서 서로 모인 것   異體而和合
언제나 함께할 수 없는 이치이니라   理自不常俱

자기와 남의 이익 이미 마치었거니   自他利已畢
한갓되이 머물러 무엇 할 건가   空住何所爲
하늘이나 사람으로 제도해야 할 자는   天人應度者
이미 다 해탈을 얻었느니라   悉已得解脫

이제 너희들 모든 제자는   汝等諸弟子

464

서로 전해 바른 법 이어가라　　　　　展轉維正法
모든 것은 반드시 없어질 줄을 알아　　知有必磨滅
다시는 근심이나 슬픔을 내지 말고　　勿復生憂悲
마땅히 스스로 방편을 힘써　　　　　當自勤方便
이별 없는 곳으로 나아가야 하나니　　到不別離處

나는 이미 지혜의 등불을 밝혀　　　　我已燃智燈
세간의 어둠을 비추어 없앴네　　　　照除世闇冥
세상은 다 굳거나 튼튼하지 않거니　　世皆不牢固
너희들은 마땅히 나를 따라 기뻐하라　汝等當隨喜

마치 어버이가 중한 병을 앓다가　　　如親遭重病
병을 고쳐 괴로움을 벗어난 것처럼　　療治脫苦患
나는 이미 괴로움의 그릇 버리고　　　已捨於苦器
나고 죽는 바다의 흐름 거슬러　　　　逆生死海流

온갖 괴로움과 근심 버리었거니　　　永離衆苦患
이 또한 나를 따라 기뻐하여야 하네　是亦應隨喜
너희들은 스스로 잘 단속해　　　　　汝等善自護
함부로 놀아 게으르지 말라　　　　　勿生於放逸
유(有)란 반드시 멸하는 것이어니　　有者悉歸滅

나는 이제 곧 니르바나에 들리라　　我今入涅槃
말은 지금부터 끊을 것이니　　　　　言語從是斷
이것이 곧 최후의 가르침이라"　　　此則最後教

부처님은 초선(初禪)의 삼마디에 들어   入初禪三昧
차례로 아홉째 정수에 들고   次第九正受
거슬러 차례로 정수하다가   逆次第正受
돌아와 다시 초선에 드시었네   還入於初禪

다시 그 초선에서 일어나   復從初禪起
제사선(第四禪)에 드시었다가   入於第四禪
정(定)에서 나온 마음 붙일 곳 없어   出定心無寄
이내 열반에 드시었나니   便入於涅槃

부처님께서 열반에 드시자   以佛涅槃故
온 땅은 두루 흔들리었고   大地普震動
공중에서 비처럼 불을 내리어   空中普雨火
섶나무도 없이 스스로 탔네   無薪而自焰

그 불은 다시 땅에서 일어나   又復從地起
팔방이 함께 타고   八方俱熾燃
나아가서는 모든 하늘 궁전이   乃至諸天宮
불타는 것도 또한 그러하였네   熾燃亦如是

우레와 번개는 천지를 뒤흔들고   雷霆動天地
벼락은 산천을 떨치었나니   霹靂震山川
마치 하늘의 아수라들이   猶天阿修羅
북을 치며 싸우는 소리 같았네   擊鼓戰鬪聲

미친 바람은 사방에서 일어나고   狂風四激起

산은 무너져 재와 먼지 퍼부어	山崩雨灰塵
해와 달은 그 빛을 잃고	日月無光暉
흐르는 물은 모두 끓어 솟았네	淸流悉沸涌
그 견고림은 모두 말라 시들어	堅固林萎悴
꽃이나 잎은 때 아닌데 떨어지고	華葉非時零
나는 용은 검은 구름을 타고	飛龍乘黑雲
다섯 머리 늘이어 눈물 흘렸네	垂五首淚流
네 천왕(天王)과 그 권속들	四王及眷屬
슬픔 머금고 공양을 베풀었네	含悲興供養
때에 정거천(淨居天)은 하늘에서 내려와	淨居天來下
허공에서 멈춰 늘어서 모시고	虛空中列侍
이 덧없는 변을 관찰하면서	觀察無常變
근심하지도 않고 기뻐하지도 않고	無憂亦無喜
세상에 하늘 스승 보냄을 한탄하여	歎世違天師
"눈(眼)의 멸함은 어이 이리 빠른가"	眼滅一何速
여덟 부류의 모든 하늘 신들은	八部諸天神
허공 가운데 두루 차 있어	遍滿虛空中
꽃을 흩뿌려 공양하면서	散華以供養
한없는 서러움에 잠겨 있었네	慼慼心不歡
그러나 오직 마왕만은 기뻐해	唯有魔王喜
풍류를 울리면서 스스로 즐겨했다	奏樂以自娛

잠부드비파(閻浮提)는 영화를 잃어   閻浮提失榮

마치 산이 그 꼭대기 무너지고   猶山頹巔崩

큰 코끼리는 흰 이가 부러지며   大象素牙折

큰 소는 두 뿔이 꺾이고   牛王雙角摧

허공에는 해와 달이 없으며   虛空無日月

연꽃이 찬 이슬 맞은 것처럼   蓮花遭嚴霜

여래께서 이제 니르바나에 드시자   如來般涅槃

이 세간의 처량함도 또한 그러하였네   世間悴亦然

27. 열반을 한탄함(歎涅槃品 第二十七)

때에 한 하늘 사내 있어	時有一天子
천백 개의 흰 고니궁전(白鵠宮)을 타고	乘千白鵠宮
하늘 위 허공에서	於上虛空中
부처님의 니르바나에 드심을 보고	觀佛般涅槃
두루 모든 하늘 사람 위하여	普爲諸天衆
'덧없음'의 게송을 노래하였네	廣說無常偈
"일체의 성질은 덧없는 것이어서	一切性無常
빨리 났다가 빨리 멸하네	速生而速滅
나는 것은 곧 괴로움을 함께하고	生則與苦俱
오직 적멸이 즐거움 되느니라	唯寂滅爲樂
행업(行業)의 섶나무 쌓였을 때에	行業薪積聚
지혜의 불은 그것을 태웠고	智慧火熾燃
이름의 연기 하늘을 찌를 때	名稱煙衝天
때맞춘 비는 그것을 멸하였네	時雨雨令滅

그것은 마치 겁화(劫火) 일어나더라도 　　猶如劫火起
수재(水災)로 말미암아 꺼지는 것 같았었네" 　　水災之所滅

그때에 다시 범선천(梵仙天) 있어 　　復有梵仙天
마치 '위없는 진리의 선인(仙人)'과 같이 　　猶第一義仙
하늘의 묘한 즐거움을 받으면서 　　處天勝妙樂
그 하늘 갚음에 물들지 않았나니 　　而不染天報

그는 여래의 적멸을 한탄하여 　　歎如來寂滅
마음은 고요하나 입으로 말하였네 　　心定而口言

"삼세의 법을 관찰해보면 　　觀察三世法
끝내 무너지지 않는 것 없나니 　　始終無不壞
위없는 묘한 진리 밝게 통달해 　　第一義通達
세상에는 그이와 짝할 이 없는 사람 　　世間無比士

슬기로 알고 또 보는 사람 　　慧知見之士
두루 이 세간을 구호하는 이 　　救護世間者
모두 다 덧없이 무너지거니 　　悉爲無常壞
어느 누가 영원히 존재할 수 있으랴 　　何人得長存
슬프다, 이 온 세상 중생들 　　哀哉擧世間
모두 사특한 길에 떨어졌구나" 　　群生墮邪徑

그때에 아니룻다(阿那律陀) 　　時阿那律陀
세상에 있어서는 불률타(不律陀) 　　於世不律陀
이미 멸하여서도 불률타 　　已滅不律陀

470

나고 죽음에는 니율타(尼律陀)　　　　　　　　生死尼律陀
여래의 적멸을 한탄하였네　　　　　　　　　　歎如來寂滅

"중생들 모두 장님이 되었구나　　　　　　　　群生悉盲冥
모든 행(行)의 무더기는 덧없는 것이어서　　　諸行聚無常
마치 가벼운 뜬구름 같거니　　　　　　　　　猶若輕雲浮
빨리 일었다 빨리 멸하므로　　　　　　　　　速起而速滅
슬기로운 사람은 그것 가지지 않네　　　　　　慧者不保持

'덧없음'의 금강 방망이　　　　　　　　　　無常金剛杵
무니산왕(牟尼山王)을 부수었거니　　　　　　壞牟尼山王
더러워라, 세상은 가볍고 성급하여　　　　　　鄙哉世輕躁
부서지고 깨뜨려져 견고하지 않구나　　　　　破壞不堅固

덧없음이란 사나운 사자는　　　　　　　　　無常暴獅子
용과 코끼리의 큰 선인 해치었네　　　　　　害龍象大仙

저 여래의 금강 깃대도　　　　　　　　　　如來金剛幢
오히려 덧없음에 부서지거니　　　　　　　　猶爲非常壞
하물며 탐욕을 떠나지 못한 이들　　　　　　何況未離欲
어찌 두려운 마음 내지 않으리　　　　　　　而不生怖畏

여섯 가지 종자에 하나의 싹　　　　　　　　六種子一芽
한 방울의 물을 받음으로써　　　　　　　　一水之所雨
네 가지 끎(引)의 깊은 뿌리와　　　　　　　四引之深根
두 큰 가지와 다섯 가지 과실로써　　　　　　二舸五種菓

삼제(三際)¹⁾에 걸쳐 한 가지 몸인　　　　　三際同一體

모든 번뇌의 큰 나무를　　　　　　　　　　煩惱之大樹

무늬 큰 코끼리 그것을 빼앗건만　　　　　牟尼大象拔

그래도 덧없음은 면치 못했네　　　　　　而不免無常

그것은 마치 저 시킨새(飾棄鳥)가　　　　猶如飾棄鳥

물을 즐기어 독사를 마셨다가　　　　　　樂水吞毒蛇

갑자기 큰 가뭄을 만나　　　　　　　　　忽遇天大旱

물을 잃고 그 몸이 망한 것 같네　　　　失水而身亡

저 뛰어난 말은 용맹스러이 싸우다가　　駿馬勇於戰

싸움 마치면 기죽어 돌아오고　　　　　戰畢純熟還

불은 나무를 의지해 타다가　　　　　　猶火緣薪熾

나무 다 타면 절로 꺼지는 것처럼　　薪盡則自滅

여래도 또한 그와 같아서　　　　　　如來亦如是

일을 마치고 니르바나로 돌아갔네　　事畢歸涅槃

또 마치 밝은 달빛이　　　　　　　　猶如明月光

두루 세상을 위해 어둠 없애고　　　普爲世除冥

중생들 모두 그 빛을 받다가　　　　衆生悉蒙照

달이 다시 수미산에 숨은 것처럼　　而復隱須彌

여래도 또한 그와 같아서　　　　　　如來亦如是

슬기의 광명 어둠을 비추고　　　　慧光照幽冥

---

1) 전제(前際)·중제(中際)·후제(後際). 곧 삼세(三世). 과거·현재·미래.

472

중생을 위해 어둠 없애다가   爲衆生除冥

니르바나 산에 숨어버렸네   而隱涅槃山

큰 이름과 훌륭한 광명   名稱勝光明

이 세간을 두루 비추고   普照於世間

일체 어둠을 멸해 없애어   滅除一切冥

쉬지 않는 것 빠른 물과 같았네   不停若迅流

잘 다루어진 일곱 마리 준마가   善御七駿馬

군사와 왕을 따라 놀 때에   軍衆羽從遊

마치 저 빛나는 해가   光光日天子

암자산(崦嵫山)으로 드는 것 같네   猶入於崦嵫

또 해와 달에는 다섯 가지 장애 있어   日月五障翳

중생이 그 광명 잃는 것 같네   衆生失光明

불제사(火祠)로 하늘을 받들어 마치면   奉火祠天畢

오직 검은 연기만 남아 있듯이   唯有燋黑煙

여래께서 이미 빛을 감추자   如來已潛輝

세상이 빛을 잃음 또한 그러하여라   世失榮亦然

은혜와 애정의 희망을 끊고   絶恩愛希望

중생의 희망에 두루 응하다   普應衆生望

중생의 희망이 이미 채워져   衆生望已滿

일이 끝나자 희망을 끊었었네   事畢絶希望

번뇌와 몸의 결박을 떠나   離煩惱身縛

그리고 진실한 그 도를 얻자　　　　　　　而得眞實道

군중들의 시끄럽고 어지러움 떠나　　　　離群聚憒亂

고요한 곳으로 들어가셨네　　　　　　　入於寂靜處

신통으로 허공에 올라 놀았지마는　　　　神通騰虛遊

괴로움의 그릇이라 버리었었네　　　　　苦器故棄捨

어리석음의 밤 겹어둠은　　　　　　　　癡冥之重闇

지혜의 광명으로 비추어 없애고　　　　　智慧光照除

모든 번뇌의 티끌과 먼지는　　　　　　　煩惱之埃塵

지혜물로 씻어서 깨끗하게 하였네　　　　智水洗令淨

다시는 자주자주 돌아오지 않기에　　　　不復數數還

영원히 고요한 곳으로 가셨나니　　　　　永之寂靜處

일체의 나고 죽음을 멸해　　　　　　　　滅一切生死

일체가 모두 높이고 공경했네　　　　　　一切悉宗敬

일체로 하여금 법을 즐기게 하고　　　　　令一切樂法

슬기로써 일체에 가득 채우며　　　　　　以慧充一切

일체를 두루 편안하게 하였고　　　　　　悉安慰一切

일체의 덕은 널리 흘러퍼지며　　　　　　一切德普流

그 이름은 일체에 두루하고　　　　　　　名聞遍一切

겹겹이 비춘 광명 지금에 그쳤나니　　　　重照迄於今

그러므로 그와 덕을 다투던 자도　　　　　諸有競德者

슬퍼하고 가엾이 여기는 마음 있네　　　　於彼哀愍心

네 가지 이익도 기쁘다 하지 않고　　　　　四利不爲欣

474

네 가지 손해도 슬퍼하지 않았나니   四衰不以感
모든 정(情)을 잘 거두어잡아   善攝於諸情
모든 근(根)은 밝고 트이었었네   諸根悉明徹

맑은 마음으로 평등하게 관찰하여   澄心平等觀
여섯 가지 경계에 물들지 않고   六境不染著
일찍 없었던 것을 얻었었거니   所得未曾有
남이 얻지 못한 것 얻었느니라   得人所不得

나고 죽음을 뛰어나는 물로써   以諸出要水
허하고 목마름을 한껏 풀어주었거니   虛渴令飽滿
남이 주지 못한 것을 주었지마는   施人所不施
또한 그 갚음 바라지 않았었네   亦不望其報

지극히 고요하고 묘한 상(相) 가진 몸은   寂靜妙相身
일체 중생의 생각을 알고   悉知一切念
좋고 나쁨에 흔들리지 않으며   好惡不傾動
그 힘은 모든 원수 이기었으며   力勝一切怨
일체의 병에 좋은 약이었거니   一切病良藥
그러므로 '덧없음'에 무너졌었네   而爲無常壞

저 일체 중생 무리들   一切衆生類
즐기는 법이 제각기 다르지만   樂法各異端
그의 구하는 바에 두루 응하여   普應其所求
그 소원을 모두 채워주었네   悉滿其所願

거룩한 슬기의 큰 시주(施主)는　　　　　　　聖慧大施主
한번 가면 다시는 돌아오지 않으리　　　　　一往不復還
마치 세간의 사나운 불길도　　　　　　　　猶若世猛火
섶이 다하면 다시 타지 않는 듯　　　　　　薪盡不復燃

여덟 가지 법(八法)²⁾에도 물들지 않고　　　八法所不染
다루기 어려운 다섯을 항복받아　　　　　　降五難調群
삼(三)으로써 삼을 보고　　　　　　　　　以三而見三
삼을 떠나 삼 이루고　　　　　　　　　　離三而成三
일(一)을 간직하여 일을 얻었고　　　　　藏一以得一
칠(七)을 뛰어넘어 영원히 잠들었네　　　超七而長眠

끝까지 고요하고 고요한 도(道)는　　　　究竟寂滅道
모든 성현들의 떠받드는 바이었네　　　　賢聖之所宗

이미 번뇌의 장애를 끊고　　　　　　　已斷煩惱障
받들던 사람들 이미 제도하였으며　　　宗奉者已度
굶주리고 목마른 가난한 이에게는　　　飢虛渴乏者
'단 이슬'로써 마시게 하였었네　　　　　飮之以甘露

욕됨을 참는 겹갑옷 입고　　　　　　　被忍辱重鎧
모든 성냄을 항복받았었거니　　　　　降伏諸恚怒
훌륭한 법과 미묘한 이치로　　　　　　勝法微妙義
여러 사람 마음을 기쁘게 하였었네　　以悅於衆心

---

2) 이익·불이익·명예·불명예·논의(論議)·무논의(無論議)·고(苦)·낙(樂).

세계의 착함을 닦는 이에게는   修世界善者

깨끗한 종자를 심게 하고   植以聖種子

바르거나 바르지 않음 익히는 이도   習正不正者

차별 없이 거두어 버리지 않았었네   等攝而不捨

위없는 법바퀴를 굴리실 때에   轉無上法輪

온 세상 기쁨을 받았었나니   普世歡喜受

일찍 법을 즐겨하는 인(因)을 심었기에   宿殖樂法因

이들은 모두 해탈을 얻었었네   斯皆得解脫

인간 세상에 노니시면서   遊行於人間

아직 제도하지 못한 이 제도하고   度諸未度者

진실을 보지 못한 사람들   未見眞實者

모두 진실을 보게 하였네   悉令見眞實

외도(外道)를 배우는 모든 이에게는   諸習外道者

깊은 법으로써 가르쳐주고   授之以深法

나고 죽음의 덧없음을 말하고   說生死無常

주인도 즐거움도 없음 말하였네   無主無有樂

큰 이름의 깃대를 세워   建大名稱幢

뭇 악마들을 쳐부수었고   破壞衆魔軍

나아가고 물러남에 기쁨·슬픔이 없이 進却無欣慼

생(生)을 업신여기고 적멸을 기리었네 薄生歎寂滅

건너지 못한 이 건너게 하고   未度者令度

벗어나지 못한 이 벗어나게 하였으며 未脫者令脫

고요하지 못한 이 고요하게 하고 未寂者令寂

깨닫지 못한 이 깨닫게 하였었네 未覺者令覺

무니는 고요하고 고요한 도로써 牟尼寂靜道

중생을 포섭해주었지마는 以攝於衆生

중생은 거룩한 도를 어기어 衆生違聖道

모든 바르지 못한 업 익히었네 習諸不正業

마치 큰 겁(劫)이 다한 것처럼 猶若大劫盡

법을 가진 어른은 길이 잠들었구나 持法者長眠

두터운 구름은 벼락을 울리어 密雲震霹靂

수풀을 꺾고 단 이슬 내릴 때 摧林雨甘澤

젊은 코끼리들 가시숲을 꺾었나니 少象摧棘林

기를 줄 아는 사람들을 이익되게 하였었네 識養能利人

구름은 흩어지고 코끼리는 늙었나니 雲離象老悴

이는 다 견딜 수 없었기 때문이네 斯皆無所堪

한 소견 부수고 한 소견 이루고 破見能成見

세상에서 건질 것 이미 건지고 於世度而度

모든 사특한 주장 무너뜨리어 已壞諸邪論

자재로운 도를 이미 얻었었거니 而得自在道

이제 '큰 고요함'에 한번 드시자 今入於大寂

세간에는 그를 구호할 이 없구나 世間無救護

마왕의 그 많은 군사들   魔王大軍衆

무기를 휘둘러 천지를 흔들면서   奮武震天地

무니의 높은 이를 해치려 하였으나   欲害牟尼尊

끄떡하지도 못하게 하였거니   不能令傾動

어떻게 문득 하루아침에   如何忽一朝

'덧없음'의 악마에게 넘어졌는가   非常魔所壞

하늘 사람은 구름처럼 모여들어   天人普雲集

허공에 가득 차서   充滿虛空中

다함이 없는 나고 죽음 두려워해   畏無窮生死

마음으로 크게 근심하였네   心生大憂怖

이 세간의 멀고 가까움 없이   世間無遠近

하늘 눈(天眼)으로 모두 비추어   天眼悉照見

그 업보를 환히 보기   業報諦明了

거울 속의 모양을 보는 듯하였었네   如觀鏡中像

또 하늘 귀(天耳)는 가장 밝게 트이어   天耳勝聰達

어떤 먼 소리도 못 들은 것 없었네   無遠而不聞

허공에 올라 하늘 사람 교화하고   昇虛教諸天

인간에 거닐면서 사람을 교화할 때   遊步化人境

몸을 나누었다가 몸을 합하고   分身而合體

물을 건너도 젖지 않았네   涉水而不濡

과거의 생을 모두 기억해   憶念過去生

몇 겁을 지나도 잊지 않았네 　　　　　　彌劫而不忘

모든 근을 경계에 놀려 　　　　　　　　諸根遊境界
많은 사람의 각기 다른 생각을 　　　　　彼彼各異念
남의 마음을 아는 신통의 지혜로써 　　　知他心通智
어느 것 하나 모르는 것 없었네 　　　　一切皆悉知

신통의 깨끗하고 묘한 지혜는 　　　　　神通淨妙智
평등하게 일체를 관찰했나니 　　　　　平等觀一切
일체의 누(漏)³⁾를 두루 다하여 　　　　悉盡一切漏
일체의 일을 이미 마치셨거니 　　　　　一切事已畢
그 지혜는 유여계(有餘界)를 버려두고 　智捨有餘界
지혜는 쉬어 길이 잠드셨구나 　　　　　息智而長眠

중생의 굳세고 딱딱한 마음도 　　　　　衆生剛強心
그를 보면 부드럽고 연하게 되고 　　　　見則得柔軟
성품이 미련한 모든 중생들 　　　　　　鈍根諸衆生
그를 보면 슬기는 밝고 날카로워졌네 　見則慧明利

한량없이 나쁜 업의 허물도 　　　　　　無量惡業過
그를 보면 제각기 통하는 길 얻었거니 　見各得通塗
하루아침에 길이 잠드심이여 　　　　　一旦忽長眠
그 누가 다시 그런 덕 나타내리 　　　　誰復顯斯德

----

3) 누(Āsrava) : 번뇌의 다른 이름.

480

이 세간은 구호할 사람 없어   世間無救護

희망이 끊어지고 숨길이 막혔거니   望斷氣息絶

누가 있어 맑고 시원한 물로   誰以淸涼水

그들에게 뿌리어 다시 살아나게 하리 灑之令蘇息

할 일은 스스로 일해 마치고   所作自事畢

큰 슬퍼하는 마음 이미 길이 쉬었네 大悲已長息

이 세간의 어리석음의 그물   世間愚癡網

누가 있어 그것을 다시 찢으며   誰當爲壞裂

나고 죽음의 빠른 흐름을 향해   向生死迅流

누가 장차 말하여 그것을 돌리리 誰當說令反

중생의 어리석고 미혹한 마음에   群生癡惑心

누가 있어 고요함의 도를 말하며   誰說寂靜道

누가 있어 안온한 곳을 보이고   誰示安隱處

누가 있어 진실한 이치를 나타내며 誰顯眞實義

중생들은 큰 고통을 받고 있거니   衆生受人苦

누가 자비스런 아비로서 구제하리 誰爲慈父救

마치 많이 외는 이 도리어 잊고   猶多誎志忘

말(馬)은 땅을 바꾸어 위엄 잃으며 馬易土失威

임금은 망해 나라 잃은 것처럼   王者亡失國

세상에 부처님 없음 또한 그러하구나 世無佛亦然

많이 알아도 말솜씨 없고   多聞無辭辯

의사(醫師)가 되어 슬기 없으며 　　　　　　爲醫而無慧

임금은 빛나는 모양을 잃은 듯 　　　　　人王失光相

부처 멸하자 세상은 빛 잃었네 　　　　　佛滅俗失榮

좋은 말은 좋은 말몰이 잃고 　　　　　　良駟失善御

타는 배는 뱃사공 잃고 　　　　　　　　乘舟失船師

삼군(三軍)은 훌륭한 장군을 잃고 　　　　三軍失英將

장사꾼은 그 길잡이 잃고 　　　　　　　商人失其導

앓는 이는 좋은 의사를 잃고 　　　　　疾病失良醫

성왕(聖王)은 일곱 가지 보배를 잃고 　　聖王失七寶

뭇 별은 밝은 달 잃고 　　　　　　　　衆星失明月

목숨(壽)을 사랑하는 이 목숨 잃은 것처럼 　愛壽而失命

세간도 또한 그와 같아서 　　　　　　　世間亦如是

부처 멸하자 큰 밝음을 잃었네" 　　　　佛滅失大明

이와 같이 그 아라한은 　　　　　　　如是阿羅漢

할 일을 이미 다해 마치고 　　　　　　所作皆已畢

모든 누(漏)는 이미 다하였으나 　　　　諸漏悉已盡

은혜를 알고 은혜를 갚기 위해 　　　　知恩報恩故

슬퍼하고 아쉬워해 되풀이해 말하고 　　纏綿悲戀說

부처님 덕 찬탄하고 세상 고통 펴놓았네 　歎德陳世苦

아직 탐욕을 떠나지 못한 이는 　　　　諸未離欲者

슬피 울면서 어쩔 줄을 모르고 　　　　悲泣不自勝

그 모든 누(漏)가 다한 사람은 　　　　其諸漏盡者

오직 나고 죽음의 괴로움을 한탄하였네 　唯歎生滅苦

그때에 그 모든 역사(力士)들	時諸力士衆
부처님 이미 열반하셨단 말 듣고	聞佛已涅槃
어지러운 소리로 슬피 통곡할 때	亂聲慟悲泣
마치 고니 떼가 소리개 만난 것 같았나니	如群鵠遇鷹
모두 몰려와서 쌍수(雙樹)[4]로 나아가	悉來詣雙樹
여래께서는 영원히 잠드시어	覬如來長眠
다시 깨어날 낌새 없는 것 보고	無復覺悟容
가슴을 치며 하늘에 외쳤나니	椎胸而呼天
마치 사자가 송아지 칠 때	猶獅子搏犢
뭇 소들 어지러이 울부짖음 같았네	群牛亂呼聲
그중에 한 역사	中有一力士
마음은 이미 바른 법 즐겼나니	心已樂正法
거룩한 법왕(法王) 이미 니르바나에	諦觀聖法王
드신 모습 분명히 보고	已入於大寂
"중생들 모두 잠들었을 때	言衆生悉眠
부처님은 깨우쳐 일어나게 하시더니	佛開發令覺
이제 도리어 니르바나에 들어	今入於大寂
끝끝내 영원히 잠드시었네	畢竟而長眠
중생들 위해 법 깃대 세웠더니	爲衆建法幢
이제 하루아침에 넘어졌구나	而今一旦崩

---

4) 사라쌍수의 준말. 석존이 입멸하신 곳. 중인도 구시나가라 성 밖 발제하(跋提河) 언덕에 있던 사라수림(沙羅樹林).

여래는 지혜의 태양으로서　　　　　　　　如來智慧日

크게 깨달아 밝게 비추었나니　　　　　　大覺爲照明

정진(精進)은 뜨거운 불꽃이 되고　　　　精進爲炎熱

지혜는 일천 광명 빛내어　　　　　　　　智慧耀千光

일체 어둠을 멸하였거니　　　　　　　　滅除一切闇

어찌 다시 영원히 어둡게 되었는가　　　如何復長冥

한 슬기는 삼세를 비추어　　　　　　　　一慧照三世

두루 중생의 눈이 되었더니　　　　　　普爲衆生眼

이제 갑자기 장님이 되어　　　　　　　而今忽然盲

온 세상 나아갈 길 알지 못하네　　　　擧世莫知路

나고 죽음은 큰 강물이요　　　　　　　生死大河流

탐욕·성냄·어리석음 큰 물결인데　　　　貪恚癡巨浪

법 다리 하루아침에 무너졌나니　　　　法橋一旦崩

중생들은 영원히 빠져 헤매리"　　　　衆生長沒溺

때에 그 모든 역사들　　　　　　　　　彼諸力士衆

슬피 울어 부르짖으며　　　　　　　　或悲泣號咷

혹은 소리 없이 가만히 근심하고　　　或密感無聲

혹은 몸을 던져 땅에 뒹굴며　　　　　或投身躄地

혹은 잠자코 깊은 생각에 들고　　　　或寂默禪思

혹은 번민하여 길게 신음하였네　　　或煩冤長吟

금과 은으로 꾸민 보배상여에　　　　辦金銀寶輿

향과 꽃 기구의 장엄 갖추어　　　　香花具莊嚴

| 여래의 몸을 편안히 모시고 | 安置如來身 |
| 보배장막으로 그 위를 덮었네 | 寶帳覆其上 |

당(幢)과 번(幡)[5]과 꽃 일산을 갖추고	具幢幡華蓋
가지가지 풍류잡이와	種種諸伎樂
모든 역사의 사내와 아낙들	諸力士男女
앞뒤로 모셔 공양 닦았네	導從修供養

모든 하늘은 향기로운 꽃 뿌리고	諸天散香花
공중에서는 하늘 음악 아뢰나니	空中鼓天樂
사람과 하늘 슬퍼하고 한탄하며	人天一悲歎
소리를 합해 다 같이 서러워했네	聲合而同哀

성안으로 들어가 사내와 여자	入城見士女
어른과 아이들의 공양 받아 마치고	長幼供養畢
용상문(龍象門)을 나와	出於龍象門
희란야(熙連) 강을 건너	度熙連河表
과거의 모든 부처 멸도하시넌	到諸過去佛
차이트야(支提)에 이르셨네	滅度支提所

고시르샤찬다나(牛頭栴檀) 향과	積牛頭栴檀
또 갖가지 이름 있는 향나무를	及諸名香木
부처님의 그 몸 위에 두고	置佛身於上
또 가지가지 향기름 붓고	灌以衆香油

---

5) 당(幢)·번(幡) : 불·보살의 위덕을 표시하는 장엄도구인 깃발.

그 밑에다 불을 붙이어　　　　　　　　以火燒其下
세 번이나 붙였으나 타지 않았네　　　　三燒而不燃

그때에 저 마하카샤파　　　　　　　　　時彼大迦葉
전부터 라자그리하에 있다가　　　　　　先住王舍城
부처님의 열반에 드시련다는 말을 듣고　知佛欲涅槃
그 권속을 데리고 거기서 올 때　　　　眷屬從彼來

깨끗한 마음으로 묘한 서원(誓願)을 세워　淨心發妙願
세존의 몸 뵈옵기 원하였나니　　　　　願見世尊身
그 정성된 소원 있기 때문에　　　　　　以彼誠願故
불은 자꾸 꺼지어 붙지 않았네　　　　　火滅而不燃

카샤파와 그 권속 이르러　　　　　　　迦葉眷屬至
슬피 한탄하면서 얼굴을 우러르고　　　悲歎俱瞻顔
두 발에 공경하여 예배했나니　　　　　敬禮於雙足
그러고야 비로소 불은 붙었네　　　　　然後火乃燃

마음에 번뇌불 끊어졌으매　　　　　　內絶煩惱火
바깥 불은 그것을 태우지 못했거니　　外火不能燒
바깥 가죽과 살은 태우더라도　　　　　雖燒外皮肉
금강(金剛) 같은 참뼈는 남아 있었네　　金剛眞骨存

향기름 이미 다 타고 난 뒤에　　　　　香油悉燒盡
금병에 그 뼈를 주워담았네　　　　　　盛骨以金瓶
법계(法界)가 다하지 않는 것처럼　　　如法界不盡

뼈가 다하지 않음 또한 그러하였네	骨不盡亦然
금강과 같은 지혜 열매는	金剛智慧果
움직이기 어렵기 수미산같이	難動如須彌
저 힘센 금시조(金翅鳥)[6]도	大力金翅鳥
능히 움직여 옮기지 못하더니	所不能傾移
그런데 그 보배병에 있으면서	而處於寶瓶
세상을 응해 널리 흘러퍼졌네	應世而流遷
이상하여라, 세간의 힘이여	奇哉世間力
적멸의 법을 능히 굴리매	能轉寂滅法
그 덕의 기림은 널리 흘러퍼지어	德稱廣流布
시방(十方)에 두루 가득 찼었건마는	周滿於十方
세상을 따라 길이 적멸하시자	隨世長寂滅
오직 뼈로 남아 살아 있구나	唯有餘骨存
큰 광명이 천지를 비추어	大光耀天下
중생들 모두 그 광명 입었더니	群生悉蒙照
하루아침에 빛을 감추어	一旦而潛暉
그 뼈를 병 안에 남기었었네	遺骨於瓶中
금강과 같은 날카로운 지혜는	金剛利智慧
번뇌의 괴로움의 산을 부수어	壞煩惱苦山
온갖 괴로움이 그 몸에 모였어도	衆苦集其身

---

6) 금시조(Garuda) : 머리는 매와 비슷하고 몸은 사람을 닮았으며, 날개는 금빛이고 머리에는 여의주가 박혀 있으며, 입으로 화염을 내뿜으며 용(龍)을 잡아먹는다고 함.

금강과 같은 뜻은 능히 편하였느니라 　金剛志能安

큰 고통을 받는 모든 중생들 　受大苦衆生
모두 그 고통 멸하게 하였더니 　悉令得除滅
그러한 금강과 같으신 몸도 　如是金剛體
이제는 불 때문에 태워졌구나 　今爲火所焚

그 모든 역사 무리들 　彼諸力士衆
용맹하고 건장하기 세상에 짝이 없어 　勇健世無雙
원수들이 주는 고통 꺾어 항복받아서 　摧伏怨家苦
괴로운 이 구제해 돌아오게 하였고 　能救苦歸依
친한 사람 고통을 받을 때에도 　親愛遭苦難
뜻이 굳세어 근심하지 않을 수 있었더니 　志强能無憂

이제 여래의 멸도하심 보고는 　今見如來滅
모두 근심하고 슬퍼하며 눈물 흘렸네 　悉懷憂悲泣

건장한 몸에 기운은 왕성하고 　壯身氣强盛
그 교만은 천운(天運)을 업신여기었거니 　憍慢虛天步
이제 근심·괴로움 그 마음 핍박하여 　憂苦迫其心
성안으로 들어갈 때 마치 빈 숲 같았네 　入城猶曠澤

사리를 가지고 성안으로 들어갈 때 　持舍利入城
거리마다 사람들 모두 공양하였고 　巷路普供養
높은 다락에 그것을 모셔두자 　置於高樓閣
하늘 사람들 모두 받들어 섬기었네 　天人悉奉事

488

28. 사리를 나누다(分舍利品 第二十八)

그 모든 역사 무리들	彼諸力士衆
사리를 받들어 섬길 때	奉事於舍利
훌륭하고 묘한 향과 꽃으로	以勝妙香花
위없는 공양을 일으키었네	興無上供養
때에 칠국의 모든 왕들은	時七國諸王
부처님 이미 멸도하셨단 말 듣고	承佛已滅度
그 역사들에게 사자(使者) 보내어	遣使詣力士
부처님의 사리를 청하였었네	請求佛舍利
그 모든 역사 무리들	彼諸力士衆
여래의 몸을 공경하고 존중하며	敬重如來身
또한 자기들의 용맹을 믿고	兼恃其勇健
이에 교만한 마음 내었었나니	而起憍慢心
차라리 그 목숨 버릴지언정	寧捨自身命

부처님의 사리는 놓지 않았네	不捨佛舍利
그 사자들 헛되이 돌아가자	彼使悉空還
칠국의 왕은 크게 성내어	七王大忿恨
군사를 일으켜 구름과 비처럼	興軍如雲雨
쿠시나가라 성으로 몰려왔었네	來詣鳩夷城
백성으로 성 밖에 나갔던 사람	人民出城者
모두 놀라고 두려워해 돌아와	悉皆驚怖還
그 모든 역사들에게 알리었네	告諸力士衆
"여러 나라 군사들 몰렸는데	諸國軍馬來
코끼리·말·수레와 또 보병(步兵)들	象馬車步衆
쿠시나가라 성을 에워쌌으며	圍遶鳩夷城
성 밖의 모든 동산수풀과	城外諸園林
샘물·못·꽃·열매·과실나무를	泉池花果樹
군사들이 모두 짓밟아버려	軍衆悉踐蹈
빛나는 경치 모두 못쓰게 되었다"고	榮觀悉摧碎
역사들 성에 올라 바라볼 때에	力士登城觀
모든 생업(生業) 모두 다 부서졌었네	生業悉破壞
이에 싸움 기구 든든하게 갖추어	嚴備戰鬪具
바깥 도적과 맞섰을 때에	以擬於外敵
쇠뇌(弩) 화살과 돌 날리는 수레	弓弩 ※石車
나는 횃불들이 모두 쏟아져왔네	飛炬獨發來

490

칠국의 왕은 그 성을 에워쌌는데　七王圍遶城
군사들은 모두 용맹하고 날래었으며　軍衆各精銳
우의(羽儀)는 왕성하게 빛나고 밝아　羽儀盛明顯
마치 일곱 개 빛이 빛나는 것 같으며　猶如七耀光
종과 북소리는 우레와 같고　鍾鼓如雷霆
군사들 용기는 구름·안개 같았네　勇氣盛雲霧

역사들은 이에 크게 성내어　力士大奮怒
성문을 열고 군사에게 명령했네　開門而命敵

그러나 나이 많은 모든 남자 여자로서　長宿諸士女
마음으로 부처님 법 믿는 사람은　心信佛法者
놀라고 두려워해 정성으로 소원하기를　驚怖發誠願
"저를 항복받아도 해치지는 말았으면"　伏彼而不害
친함을 따라 서로 권하여　隨親相勸諫
싸움하지 말기를 바라고 있네　不欲令鬪戰

그리고 용사들은 겹갑옷 입고　勇士被重鉀
창을 휘두르며 긴 칼을 번쩍이고　揮戈舞長劍
종과 북소리 어지러이 울리면서　鍾鼓而亂鳴
무기는 들었으나 아직 붙지 않았네　執仗鋒未交

때에 한 바라문(婆羅門)이 있어　有一婆羅門
그 이름 도로나(獨樓那)라 하였네　名曰獨樓那
많이 알고 지혜와 재치 뛰어났으나　多聞智略勝
겸손하여 많은 이의 존경을 받고　謙虛衆所宗

자비스런 마음으로 바른 법 즐겼나니　　　　　　慈心樂正法
그는 모든 왕들에게 아뢰었었네　　　　　　　　告彼諸王言

"저 성의 형세를 보매　　　　　　　　　　　　觀彼城形勢
한 사람으로도 당할 수 있겠거늘　　　　　　　一人亦足當
하물며 여러 사람 마음과 힘을 합해　　　　　　況復齊心力
저를 능히 항복받지 못하겠는가　　　　　　　　而不能伏彼
설령 저를 무찔러 멸한다 한들　　　　　　　　正使相摧滅
거기에 무슨 덕의 이름 있을까　　　　　　　　復有何德稱

날카로운 무기가 이미 서로 맞붙으면　　　　　　利鋒刃旣交
그 형세 둘 다 완전할 수 없나니　　　　　　　勢無有兩全
나를 곤하게 하고 저를 해치어　　　　　　　　困此而害彼
둘 다 상함이 있을 뿐이네　　　　　　　　　　二俱有所傷

싸움이란 그때그때 변화가 많아　　　　　　　　鬪戰多機變
그 형세 헤아리기 어려우나니　　　　　　　　　形勢難測量
혹은 강함이 약함 이길 수 있고　　　　　　　　或有强勝弱
혹은 약하고도 강함 이길 수 있네　　　　　　　或弱而勝强

힘센 사람이라 독사 업신여기면　　　　　　　　健夫輕毒蛇
어찌 그 몸 다치지 않을 수 있으랴　　　　　　豈不傷其身

어떤 사람 성질이 부드럽고 약하여　　　　　　　有人性柔弱
뭇 여자들의 칭찬을 받지마는　　　　　　　　　群女子所獎
싸움터에 다다라 전사가 되면　　　　　　　　臨陣成戰士

마치 불이 기름을 얻은 것 같네　　　　　　如火得膏油

싸움에는 약한 적을 가벼이 말라　　　　　闘莫輕弱敵

이른바 저들을 감당할 수 없다고　　　　　謂彼無所堪

몸의 힘이란 족히 믿을 것 없거니　　　　身力不足恃

법의 힘이 강함만 같지 못하네　　　　　不如法力強

옛날에 훌륭한 왕이 있었는데　　　　　　古昔有勝王

그 이름은 카란다마(迦蘭陀摩)라 하였나니　　名迦蘭陀摩

그는 단정히 앉아 사랑하는 마음 내어　　　端坐起慈心

능히 큰 원수의 적 항복 받았네　　　　　能伏大怨敵

대왕들은 비록 네 천하의 왕으로서　　　　雖王四天下

좋은 이름이 있고 재물이 많더라도　　　　名稱財利豐

마침내 허무(虛無)로 돌아가리니　　　　終歸亦皆盡

소가 한껏 물 마시고 돌아가는 것 같네　　如牛飮飽歸

마땅히 법으로 하여 의리로써 하며　　　　應以法以義

마땅히 화해의 방편으로써 하라　　　　　應以和方便

싸움에 이기면 원수를 만들지만　　　　　戰勝增其怨

화하여 이기년 뒷근심 없느니라　　　　　和勝後無患

이제 피를 마시는 원수 맺는 것　　　　　今結飮血讐

이 일은 애당초 옳지 못하네　　　　　　此事甚不可

만일 부처님께 공양하려 하거든　　　　　爲欲供養佛

마땅히 부처님의 인욕 따르라"　　　　　應隨佛忍辱

이와 같이 그 바라문	如是婆羅門
결정하여 그 정성된 마음 토하였나니	決定吐誠實
방법에 맞고 의리와 이치 있어	方宜義和理
그 말은 조금도 두려움 없었네	而作無畏說

그때에 모든 왕들은	爾時彼諸王
그 바라문에게 말하였었네	告婆羅門言

"너는 이제 때를 잘 맞추어	汝今善應時
지혜로운 이치로 이익되게 하였네	黠慧義饒益
친밀하고 지극한 정성된 말은	親密至誠言
법을 따랐고 이치에도 알맞았네	順法依强理

그러나 잠깐 우리 말 들으라	且聽我所說
무릇 왕자(王者)의 법이란	爲王者之法
혹은 다섯 욕심으로 말미암아 싸우고	或因五欲諍
미워하고 원망하여 힘센 이와 다투며	嫌恨競强力
혹은 그 즐거운 유희로 말미암아	或因其嬉戲
급하게 전쟁을 서두르지 않나니	不急致戰爭

이제 우리들 법을 위함이어니	吾等今爲法
전쟁이 무엇이 괴이타 하랴	戰爭復何怪

교만하고 또 이치에 어긋나도	憍慢而違義
세상사람 오히려 복종하거니	世人尚伏從
하물며 부처님은 교만을 떠나	況佛離憍慢

사람을 교화하여 겸손하게 함에서랴 化人令謙下

그런데도 우리들은 능히 我等而不能
몸을 죽여서도 공양할 수 없구나 亡身而供養

옛날의 여러 국왕들로서 昔諸大地主
필실아난타(弼瑟阿難陀)는 弼瑟阿難陀
한 단정한 여자를 위해 爲一端正女
전쟁하여 서로 죽이고 멸했거니 戰爭相摧滅
하물며 이제 맑고 깨끗한 況今爲供養
탐욕을 떠난 스승 공양함이랴 淸淨離欲師

몸을 사랑하고 목숨을 아낀다면 愛身而惜命
힘으로 다투어 구하지 않으리라 不以力爭求
옛날의 왕 카우라바(驕羅婆)는 先王驕羅婆
파안나바(般那婆)와 싸울 때 與般那婆戰

계속하여 서로 쳐부순 것은 展轉更相破
바로 이익을 탐함이었거니 正爲貪利故
하물며 탐욕이 없는 스승을 위해 況爲無貪師
다시 그 살기를 탐할 것인가 而復貪其生

저 라마 선인의 아들은 羅摩仙人子
천비왕(千臂王)을 미워하고 성내어 瞋恨千臂王
나라를 부수고 백성을 죽이니 破國殺人民
바로 성났기 때문이었나니 正爲瞋恚故

하물며 성냄 없는 스승을 위해 　　　　況爲無恚師

그 몸과 목숨을 아낄 것인가 　　　　而惜於身命

이 라마 태자는 시타(私陀) 아씨 위해 　　羅摩爲私陀

모든 귀신 나라를 쳐부수었거니 　　　殺害諸鬼國

하물며 껴받음 없는 스승을 위해 　　　況無攝受師

그 목숨을 죽이지 않을 것인가 　　　不爲其沒命

아리(阿利)와 바구(婆俱)의 　　　　阿利及婆俱

두 귀신 언제나 원수 맺음은 　　　　二鬼常結怨

바로 어리석기 때문에 　　　　　正爲愚癡故

널리 중생을 해치었거니 　　　　廣害於衆生

하물며 지혜로운 스승을 위해 　　　況爲智慧師

그 몸과 목숨을 아낄 것인가 　　　而復惜身命

이와 같은 그 많은 무리들 　　　　如是比衆多

아무 옳음도 없이 스스로 망하였네 　　無義而自喪

하물며 이제 천상·인간의 스승 　　　況今天人師

두루 이 세상의 공경 받거늘 　　　普世所恭敬

몸을 헤아리고 목숨을 아껴 　　　計身而惜命

힘써 공양하기 구하지 않으랴 　　　不勤求供養

네가 만일 이 싸움 그치게 하려거든 　汝若欲止爭

우리를 위해 저 성에 들어가 　　　爲吾等入城

그를 권하여 깨치게 하여 　　　勸彼令開解

우리의 소원 이루게 하라 　　　　　　　使我願得滿

너의 법다운 말로 인하여 　　　　　　　以汝法言故
우리 마음 조금은 가라앉았네 　　　　　令我心小息
그것은 마치 사나운 독사가 　　　　　　猶如盛毒蛇
주력(呪力) 때문에 조금 고요해진 것 같네” 　呪力故暫止

그때에 그 바라문은 　　　　　　　　　爾時婆羅門
여러 왕들의 시킴을 받고 　　　　　　　受彼諸王敎
성으로 들어가 역사들께 나아가서 　　　入城詣力士
인사한 뒤에 진심을 말하였네 　　　　　問訊以告誠

“저 바깥의 여러 왕들은 　　　　　　　外諸人中王
손에는 날카로운 무기를 잡고 　　　　　手執利器仗
그 몸에는 겹으로 된 갑옷을 입고 　　　身被於重鎧
용맹하고 날랜 군사 햇빛에 번쩍이며 　精銳耀日光
사자 같은 용기를 떨쳐 일으켜 　　　　奮獅子勇氣
모두 이 성을 쳐부수려 하나니 　　　　咸欲滅此城

그러나 그것은 법을 위함이요 　　　　然其爲法故
법 아닌 행동일까 두려워하네 　　　　猶畏非法行
그러므로 나를 여기 보내었나니 　　　是故遣我來
내 여기 온 뜻을 말하려 하네 　　　　旨欲有所白

나는 토지를 위해서도 아니요 　　　　我不爲土地
또한 재물을 구해서도 아니며 　　　　亦不求錢財

교만한 마음을 가진 것도 아니요 　　　　　　不以憍慢心
또한 원망하는 마음 품지도 않았네 　　　　　亦無懷恨心

다만 큰 선인을 공경하기 때문에 　　　　　　恭敬大仙故
나는 이제 이곳으로 나아왔나니 　　　　　　而來至於此
너희들은 마땅히 내 뜻을 알라 　　　　　　　汝當知我意
무엇 하러 괴로이 서로 버티랴 　　　　　　　何爲苦相違

높은 이 받들기는 피차 같거니 　　　　　　　尊奉彼我同
곧 법으로써는 형제이니라 　　　　　　　　　則爲法兄弟
이제 세존의 남기신 영(靈)을 　　　　　　　世尊之遺靈
한마음으로 다 함께 공양하자 　　　　　　　一心共供養

재물을 아끼고 아까워하는 것 　　　　　　　慳惜於錢財
그것은 곧 큰 허물 아니지만 　　　　　　　　此則非大過
법을 아끼는 허물 가장 심하거니 　　　　　　法慳過最甚
온 세상의 가벼이 여김을 받느니라 　　　　　普世之所薄

결정코 이 뜻이 통하지 않으면 　　　　　　　決定不通者
마땅히 손 대접의 법을 닦으라 　　　　　　　當修待賓法

크샤트리아의 법이 없거든 　　　　　　　　　無有刹利法
문을 닫고 스스로 버티어보라 　　　　　　　閉門而自防

저들은 모두 이와 같이 　　　　　　　　　　彼等悉如是
이 길하고 흉한 법 알리었나니 　　　　　　　告此吉凶法

나도 이제 내 가진 생각을　　　　　　　　我今私所懷

또한 거짓 없이 말하리라　　　　　　　　亦告其誠實

피차에 서로 어기지 말라　　　　　　　　莫彼此相違

서로 화합하는 것 도리에 당연하네　　　　理應共和合

세존께서는 세상에 계실 때에　　　　　　世尊在於世

언제나 인욕(忍辱)으로 가르쳤거니　　　　常以忍辱教

그 거룩한 가르침 따르지 않으면　　　　　不順於聖教

어떻게 공양이라 부를 것인가　　　　　　云何名供養

세상사람은 다섯 가지 욕심으로　　　　　世人以五欲

재물과 밭과 집을 다투지마는　　　　　　財利田宅諍

만일 바른 법을 위하는 이라면　　　　　　若爲正法者

성인의 이치를 따라야 하네　　　　　　　應隨順聖理

법을 위하여 원수 맺는 것　　　　　　　爲法而結怨

그것은 곧 이치에 어긋나나니　　　　　　此則理相違

부처님의 고요함과 자비로움은　　　　　佛寂靜慈悲

언제나 일체를 편안하게 하려 했네　　　　常欲安一切

크게 슬퍼하는 이 공양한다 하면서　　　　供養於大悲

도리어 큰 해(害)를 일으키다니　　　　　而興於大害

마땅히 사리를 고루 나누어　　　　　　　應等分舍利

두루 공양할 수 있게 한다면　　　　　　普令得供養

법에 순하여 좋은 이름 퍼지고　　　　　順法名稱流

정의에 통하고 도리는 피어나리　　　　　義通理則宣

혹 그들의 행동법이 아니더라도	若彼非法行
마땅히 법으로써 그것을 화하게	當以法和之
그것은 곧 법을 즐겨함 되어	是則爲樂法
법을 오래 머무를 수 있게 하리라	令法得久住

부처님 말씀하시되 일체 보시[1]에	佛說一切施
법보시가 가장 훌륭하다 하셨나니	法施爲最勝
사람들은 재물보시 행하지마는	人斯行財施
법보시 행하기는 어려우니라"	行法施者難

역사들은 바라문의 이 말을 듣고	力士聞彼說
마음으로 부끄러워 서로 바라보면서	內愧互相視
그 바라문에게 대답하였네	報彼梵志言
"너의 온 뜻에 깊이 감동하였네	深感汝來意

좋은 우정은 법말에 순하고	親善順法言
화한 이치에 높고 바른 말이네	和理雅正說
바라문의 하신 바 일은	梵志之所應
스스로의 공덕에 그대로 따랐거니	隨順自功德
저와 우리 사이를 잘 화해시키고	善和於彼此
우리에게 요긴한 길 보이었나니	示我以要道
마치 길을 헤매는 말을 제어해	如制迷塗馬
바른 길로 돌아가게 한 것과 같네	還得於正路

---

1) 보시(Dāna) : 6바라밀의 하나. 자비심으로써 다른 이에게 조건 없이 물건을 줌.

이제 우리 마땅히 화한 이치를 따라　　　　　　今當用和理
너의 말한 그대로 좇을 것이니　　　　　　　　從汝之所說
정성된 말을 돌아보지 않으면　　　　　　　　誠言而不顧
뒷날에 반드시 뉘우침 생기리라"　　　　　　後必生悔恨

곧 부처님의 사리 열어　　　　　　　　　　　卽開佛舍利
여덟 몫으로 고루 나누어　　　　　　　　　　等分爲八分
그 한 몫은 자기들 공양하고　　　　　　　　自供養一分
바라문에게는 일곱 몫을 부치었네　　　　　七分付梵志

그 일곱 왕들은 사리를 얻어　　　　　　　　七王得舍利
기뻐하면서 공손히 받아　　　　　　　　　　歡喜而頂受
자기들 나라로 가지고 돌아가　　　　　　　持歸還自國
탑을 이루어 공양을 더하였네　　　　　　　起塔加供養

그 바라문은 다시 역사를 구해　　　　　　梵志求力士
사리병을 나누게 하고　　　　　　　　　　　得分舍利瓶
또 그 일곱 왕에게서　　　　　　　　　　　　又從彼七王
여덟째 몫을 나누어 받아　　　　　　　　　求分第八分
가시고 들아기 차이트야(支提)를 세우고　持歸起支提
그것을 이름하여 금병탑이라 했네　　　　號名金瓶塔

그리고 또 쿠시나가라(俱夷那竭) 사람은　俱夷那竭人
그 남은 재와 숯을 끌어모아서　　　　　　聚集餘灰炭
한 차이트야를 세웠나니　　　　　　　　　而起一支提
그것은 이름하여 회탄탑이라 했네　　　　名曰灰炭塔

또 여덟 왕은 여덟 탑을 세우매　　　　　　八王起八塔

금병탑과 회탄탑과　　　　　　　　　　　金瓶及灰炭

이리하여 잠부드비파에는　　　　　　　　如是閻浮提

비로소 열 탑이 세워졌었네　　　　　　　始起於十塔

온 나라의 모든 남자와 여자　　　　　　　擧國諸士女

모두 보배로 만든 꽃일산 가지고　　　　悉持寶花蓋

그 탑들을 따라 공양했나니　　　　　　　隨塔而供養

그 장엄은 마치 금산(金山) 같았네　　　莊嚴若金山

가지가지 모든 풍류는　　　　　　　　　種種諸伎樂

밤낮을 쉬지 않고 길이 찬탄하였네　　晝夜長讚嘆

그때에 오백 나한은　　　　　　　　　　時五百羅漢

큰 스승의 그늘을 영원히 잃고　　　　永失大師蔭

의지할 데 없음을 두려워하여　　　　　怔然無所恃

모두 깃자쿠타(耆闍崛) 산으로 돌아가　還耆闍崛山

저 사크라 바위에 모여　　　　　　　　集彼帝釋巖

모든 경장(經藏)을 결집할 때에　　　　結集諸經藏

그들은 모두 함께　　　　　　　　　　　一切皆共椎

장로 아난다를 추대하였네　　　　　　長老阿難陀

"여래께서 늘 하신 말씀의　　　　　　如來前後說

크고 잔 것을 그대는 모두 들었거니　巨細汝悉聞

비제혜(鞞提醯) 무니는　　　　　　　　鞞提醯牟尼

이 대중들 위해 마땅히 설명하라"　　當爲大衆說

502

아난다는 대중 앞에서   阿難大衆中

사자좌에 올라   昇於師子座

부처님 말씀하신 그대로 말하려고   如佛說而說

"이렇게 나는 들었노라"고 말하였네   稱如是我聞

"나는 들었노라"는 이 소리 느꺼워   合坐悉涕流

좌중은 모두 눈물을 흘리었네   感此我聞聲

그 '법'도 같고 그 '때'도 같으며   如法如其時

그 '곳'도 같고 그 '사람'도 같았나니   如處如其人

그 설명을 따라 붓으로 받아 쓰니   隨說而筆受

그리하여 드디어 경장을 이루었네   究竟成經藏

부지런한 방편으로 닦고 배워서   勤方便修學

모두 다 니르바나 얻게 되었나니   悉已得涅槃

현재에 얻고 미래에도 얻을   今得及當得

그 니르바나 또한 그러하니라   涅槃亦復然

무우왕(無憂王)이 세상에 나와   無憂王出世

강한 자는 능히 근심을 하게 하고   强者能令憂

약한 자는 그를 위해 근심 덜어주었나니   劣者爲除憂

마치 무우화나무(無憂花樹) 같아서   如無憂花樹

잠부드비파의 왕 노릇을 하였네   王於閻浮提

마음은 언제나 근심하는 일 없고   心常無所憂

바른 법에 대하여 깊이 믿었나니   深信於正法

그러므로 '근심 없는 왕'이라 이름하였네　　故號無憂王

그는 공작(孔雀) 종족의 후손으로서　　孔雀之苗裔
바른 성품을 받아 태어났나니　　稟正性而生
능히 온 천하를 두루 건지고　　普濟於天下
아울러 모든 탑묘(塔廟) 일으키었네　　兼起諸塔廟

본래는 강무우(强無憂)라 이름하였고　　本字强無憂
지금은 법무우(法無憂)라 이름하나니　　今名法無憂

그는 저 일곱 왕의 만든 탑 열고　　開彼七王塔
거기서 사리를 모시어 내어　　以取於舍利
그것을 나누어 펴 하루아침에　　分布一旦起
팔만사천의 탑을 세웠네　　八萬四千塔

그중에 오직 여덟째 탑은　　唯有第八塔
저 라마 마을에 있어　　在於羅摩村
귀신과 용들이 지켜 보호해　　神龍所守護
왕이 가지려 했으나 얻을 수 없었나니　　王取不能得

비록 사리는 얻지 못해도　　雖不得舍利
부처님의 남기신 뼈 거기 있기에　　知佛有遺骸
귀신과 용들이 공양하는 줄 알고　　神龍所供養
믿고 공양하는 마음 더욱 더하였네　　增其信敬心

왕은 비록 그 나라 다스리고 있었지만　　雖王領國土

504

첫 거룩한 과(果)를 얻게까지 되었나니	逮得初聖果
능히 온 천하 백성들로 하여금	能令普天下
여래의 탑을 공양하게 하였네	供養如來塔
그리하여 과거에도 미래에도 또 현재도	去來今現在
모두 해탈 얻었고 얻을 것이요 얻게 하나니	悉皆得解脫
여래는 현세에 계실 때에나	如來現在世
그 니르바나 및 사리를	涅槃及舍利
공경하고 또 공양하는 사람은	恭敬供養者
그 복이 똑같아 다름이 없느니라	其福等無異
밝은 슬기와 왕성한 마음으로	明慧增上心
여래의 그 덕을 깊이 살피어	深察如來德
도를 생각하고 공양을 일으키면	懷道興供養
그 복도 또한 함께 훌륭하리라	其福亦俱勝
부처님은 훌륭하고 높은 법 얻었기에	佛得尊勝法
마땅히 일체 공양을 받을 만하고	應受一切供
이미 죽지 않는 곳에 이르렀거니	已到不死處
믿는 이도 또한 그 따라 편안하리	信者亦隨安
그러므로 모든 하늘과 사람	是故諸天人
마땅히 모두 다 언제나 공양하라	悉應常供養
제일 되시는 큰 자비시여	第一大慈悲

제일 되는 의를 통달하시어   通達第一義

일체 중생을 건지시거니   度一切衆生

그 누가 듣고 감동하지 않으랴   孰聞而不感

나고 늙고 병들고 죽는 괴로움   生老病死苦

세상 괴로움에는 그에 더한 것 없네   世間苦無過

죽음의 괴로움은 고통 중에도 큰 것   死苦苦之大

저 모든 하늘도 두려워하는 바이나   諸天之所畏

그는 두 가지 고통 영원히 떠났거니   永離二種苦

어떻게 그를 공양하지 않으랴   云何不供養

뒷세상의 목숨을 받지 않는 즐거움   不受後有樂

세상에는 그 위의 즐거움 없거니   世間樂無上

만일 큰 삶의 괴로움 보태면   增生苦之大

세상의 괴로움은 비길 데 없네   世間苦無比

부처님은 삶의 괴로움 떠났고   佛得離生苦

뒷몸을 받지 않는 즐거움 얻어   不受後有樂

세상을 위해 널리 나타내 보였거니   爲世廣顯示

어떻게 공양하여   如何不供養

모든 무니 높은 이 찬탄하지 않으랴   讚諸牟尼尊

내 처음부터 끝까지 한 일은   始終之所行

스스로 알고 본 것 드러내지 않고   不自顯知見

또한 이름과 이익 구하지 않고   亦不求名利

다만 불경을 따라 말함으로써   隨順佛經說

모든 세상을 구제하려 함이로다   以濟諸世間

옮긴이의 말(1988년 판)

70년대 초에 역자는 「자타카 *Jātaka*, 인연 이야기」를 소재로 하여 부처님의 일대기를 서사시로 쓴, 『큰 연꽃 한 송이 피기까지』를 간행한 바 있다. 이는 이른바 남전장경(南傳藏經)에서 취해 온 부처님 일대기였다.

이제 북전장경(北傳藏經)의 토대가 되고 있는 중인도 마명(馬鳴)의 『붓다차리타 *Buddha-carita*, 漢譯 佛所行讚』를 번역·출간하게 되었으니, 이로써 불교가 전래된 지 1600년이 넘는 우리나라는 부처님 일대기의 양대 산맥을 이루는 남전장경과 북전장경에 의한 불전문학(佛傳文學)을 모두 갖추게 되었다 할 것이나.

물론 이 『붓다차리타』의 대본은 산스크리트어(범어)로 씌어진 판본은 아니다. 범본 『붓다차리타』를 대본으로 한역(漢譯)된 『불소행찬佛所行讚』을 대본으로 하였다. 그러나 한역 『붓다차리타』는 중인도에서 북량(北凉)으로 건너온 담무참(曇無讖)에 의해 서기 412년에서 421년에 걸쳐 이루어졌는데, 그의 역문은 아름답고 격조 높은 운문으로서 오언(五言)의 궁정서사시체로 범어는 물론 한어와 한시를 자유롭게 구사하여 성취된 뛰어난 문학작품이라 하겠다. 따라서 『불소행찬』은 그것대로 한역 장경에서 불전문학을 대표하는 독자적인 위치를 점하고 있다.

제1장 「탄생」에서 제28장 「사리를 나누다」에 이르는, 대략 일만여 행의 서사시적 전개는 문자 그대로 불세출의 인간 붓다의 일대기를 장엄한 서사시로 형상화한 것으로서, 이는 초기 불교가 가진 원래적 모습은 물론 후대의 대승적 사상까지 포괄하는 심오한 사상의 표출이라고 보아야 할 것이다.

『붓다차리타』를 번역하는 데 있어, 역자는 원문 그대로를 살리려 노력하였음은 물론, 역문 또한 그것대로 시적 향취를 지닌 운문이 되도록 최대한으로 노력하였다. 다만 역자의 붓끝과 사고가 미치지 못함을 안타까워할 뿐이다. 역자의 숨은 노력은 이 서사시의 작자가 다음처럼 말한 바 그대로임을 밝혀 조금이라도 마음의 허물을 벗고자 한다.

내 처음부터 끝까지 한 일은
스스로 알고 본 것 드러내지 않고
또한 이름과 이익 구하지 않고
다만 불경을 따라 말함으로써
모든 세상을 구제하려 함이로다

물론 역자 자신은 이 시행에 까마득히 못 미치는 바를 잘 알고 있지만, 늦게나마 불편한 몸을 이끌어 이 작업을 진행할 수 있게 되었다는 것 또한 전생의 인연이 아닐까 생각해본다.

그동안 이 어려운 작업을 진행하는 데 헌신적으로 도움을 준 동국대학교 역경원(譯經院)의 박경훈(朴敬勳) 선생을 위시하여 고려원 편집실 최승호씨를 비롯한 여러분께 진심으로 감사드린다.

1988년 4월 果川寓居에서

삼가 옮긴이 씀

  전집 판으로 간행되는 김달진 전집 9『붓다차리타』는 1988년 고려원
에서 간행한『붓다차리타』를 저본으로 했다. 서기 1~2세기경 북인도
에 살았던 마명(馬鳴)이 쓴『붓다차리타』는 출생에서 입멸에 이르기까
지 부처님의 일대기를 다룬 궁정서사시로서 이미 오래전부터 세계적인
명성을 얻고 있는 작품이다.

  김달진 선생이 처음 국역한 저본은 범본(梵本)이 아니라 담무참(曇無
讖)이 4세기 초에 한역한『불소행찬佛所行讚』이었으며 한역본 또한 아
름답고 격조 높은 오언(五言) 운문의 궁정서사시체로 독자적 가치를 지
니고 있다고 전해진다. (근래에는 한역자가 담무참이 아니라 보운寶雲이
라는 설이 유력하다.) 김달진 선생의 역문 또한 시적 운치를 살린 유려
한 운문체로서 그 문학적 가치가 크다. 이름과 이익을 구하지 않았던
선생의 노고가 오늘에 이르러 더욱 높이 평가된다.

  이 책이 한국에서 세간에 알려진 것은 1980년대 후반 고려원에서 발
행되었을 때이다. 지금 시중에서 구할 수 없는 이 책을 이십 년 만에 다
시 전집 판으로 간행하게 되니 감회가 새롭다.

  이 책의 표기나 구성은 김달진 선생의 의도와 작품의 연구 자료로서
의 가치를 고려하여 그대로 살리는 것을 원칙으로 하였다.

  새롭게 출간되는『붓다차리타』가 오늘의 독자들을 만나 새 생명을 얻
어 부처님의 공덕을 되살리기를 기원한다.

2008년 4월
김달진전집간행위원회

김달진 전집 9

붓다차리타

초판인쇄 | 2008년 5월 9일
초판발행 | 2008년 5월 16일

지은이 마명 | 옮긴이 김달진 | 펴낸이 강병선

책임편집 오경철 이연실 한은형 | 마케팅 장으뜸 방미연 정민호 신정민
제작 안정숙 차동현 김정후 | 재무 박옥희 경성희 김정인
관리 지수현 박숙진 한보미 | CP 안정원 한숙경 한민아

펴낸곳 (주)문학동네 | 출판등록 1993년 10월 22일 제406-2003-000045호
주소 413-756 경기도 파주시 교하읍 문발리 파주출판도시 513-8
전자우편 editor@munhak.com | 전화번호 031)955-8888 | 팩스 031)955-8855

ISBN   978-89-546-0571-7 04810
        89-8281-060-9 (세트)

* 이 도서의 국립중앙도서관 출판시도서목록(CIP)은 e-CIP 홈페이지(http://www.nl.go.kr/cip.php)에서
  이용하실 수 있습니다.(CIP제어번호: CIP2008001323)

www.munhak.com